U0006633

歸雁

東南亞華文女作家選集

HOMING BIRDS:

Selected Chinese Women's Writings in Southeast Asia

林婷婷・劉慧琴◎主編

臺灣商務印書館發行

萬卷書籍，有益人生
——「新萬有文庫」彙編緣起

臺灣商務印書館從二〇〇六年一月起，增加「新萬有文庫」叢書，學哲總策劃，期望經由出版萬卷有益的書籍，來豐富閱讀的人生。

「新萬有文庫」包羅萬象，舉凡文學、國學、經典、歷史、地理、藝術、科技等社會學科與自然學科的研究、譯介，都是叢書蒐羅的對象。作者群也開放給各界學有專長的人士來參與，讓喜歡充實智識、願意享受閱讀樂趣的讀者，有盡量發揮的空間。

家父王雲五先生在上海主持商務印書館編譯所時，曾經規劃出版「萬有文庫」，列入「萬有文庫」出版的圖書數以萬計，至今仍有一些圖書館蒐藏運用。「新萬有文庫」也將秉承「萬有文庫」的精神，將各類好書編入「新萬有文庫」，讓讀者開卷有益，讀來有收穫。

「新萬有文庫」出版以來，已經獲得作者、讀者的支持，我們決定更加努力，讓傳統與現代並翼而翔，讓讀者、作者、與商務印書館共臻圓滿成功。

臺灣商務印書館董事長 王學哲

白舒榮

畢業於北京大學中文系。曾任中國文聯世界華文文學雜誌社社長兼主編等職。現為中國作家協會會員、中國世界華文文學學會副監事長、香港《文綜》雜誌副總編輯、中國作家協會臺港澳暨海外華文文學聯絡委員會委員、北美《世界華人週刊》常務副社長等。已出版《白薇評傳》、《十位女作家》、《自我完成 自我挑戰——施叔青評傳》、《熱情的大麗花》、《回眸——我與世界華文文學的緣分》等。合著《中國現代女作家》、《尋美的旅人》等。主編多種叢書。

序言　「終於把祖宗的文化烙在身上了」

讀《歸雁——東南亞華文女作家選集》

蒙慧琴學姊和婷婷文友青睞，囑我為她們新主編的《歸雁——東南亞華文女作家選集》寫點文字。接到她們的信之時，我正埋頭趕寫一本待交的書稿。本當婉謝，卻又捨不下這份友情。

「這份友情」，歸於兩位主編。在編選出版了《漂鳥——加拿大華文女作家選集》後，她們又再接再厲，不辭辛苦，為東南亞華文女作家們發聲。兩本書的編選，只有付出，無計酬勞，全然出於推動海外華文文學創作的執著。兩位行俠的文學義工，令我感動和尊重。

捨不下的「這份友情」，還屬於東南亞華文女作家們。她們中有我不少相交多年的好友，也有聞名而未曾謀面的新朋。

在華文文學這塊園地耕耘三十多年，可謂緣結五洲四海，相識幾遍天下，其中尤與東南亞華文文學界的交誼既久且深。

中國大陸改革開放後，從受新加坡一個文學團體之邀第一次邁出國門至今，雖然也曾開會或出訪踏足臺港、美歐、日本等地，但亞熱帶的東南亞國家始終是我光顧最頻密之處。東南亞十國中，除緬甸、柬埔寨和老撾外，都曾因華文文學出訪或會議多次來來往往。

我還有幸作為受邀貴賓先後出席過亞洲華文作家協會舉辦的會員代表大會，和「亞細安華文文學營」舉辦的會員雙年代表會。兩會雖是兩個組織機構，但其成員國，前者以東南亞為主，後者全系東南亞國家，新加坡、馬來西亞、菲律賓、泰國、印尼、汶萊、緬甸、越南等東南亞十個國家裏有八個成員相聚，尚缺的柬埔寨和老撾華文作家，他們也已在積極聯絡溝通。

這些不同形式的交往，讓我目睹了東南亞華文作家們對華文創作付出了怎樣的努力。

在定居海外的五千萬炎黃子孫中，東南亞占了五分之三。數量堪稱全球之最。由於政治和經濟的原因，歷史上有些國家曾經發生過嚴酷的排華迫害。

泰國軍政府時代，政治上的反共連帶將華文教育視為共產主義宣傳，進行嚴格限制。印尼專制軍政府更將漢字和漢語書與黃色書籍、毒品、槍支彈藥同等對待、列入被禁違者同罪之列。在長達三十二年的排華災難中，仍有不少華人像從事地下工作似的，冒死偷偷教漢語、學漢語、讀漢語書，頑強地捍衛中華文化，使漢字和中華文化沒有被消滅。

其他東南亞國家的華人和中華文化曾經的遭遇雖然不全這麼慘，但也好不到哪裏去。長夜過去，撥雲見日，尤其是中國大陸改革開放經濟騰飛後，東南亞華人和中華文化的地位亦水漲船高，華文文學是在寫作者和自覺肩負重任的文學社團堅忍不拔的努力下，蓬勃發展起來。

東南亞華文文學的艱苦歷程，東南亞華文作家們為華文創作付出的超常代價，令我萬分感佩、萬分敬重。

無論是始於二十世紀五、六〇年代的臺灣、還是大陸改革開放後的新移民，歐美華文作家基本是第一代華人，生長並受教育於母語國，華文創作起點較高。反觀東南亞華文作家，其多是華人移民第二代，土生土長，漢語已經不是賴以維生和發展的第一語言，學漢語受到多種侷限，從事華文創作需要付出更多的心力。這一客觀因素，使其整體創作水準或許稍遜於歐美，但其作品的自成特色、別具情懷，不容忽視，無法取代。或者可以說，相較於歐美華文創作，其作品更具有落戶國的風味，堪稱是更為典型的海外華文文學。

交走書稿，趕緊從電腦調出《歸雁》。一股亞熱帶濃郁芬芳的氣息撲鼻而至，身在北京，已然沐浴到了蕉雨椰風。

展開《歸雁》，先瀏覽目錄，但見一些友好笑盈盈迎面相向，彷彿在說：嗨！老友，又在這兒見面了！

有道是人生何處不相逢。

《歸雁》入選女作家六十八位。腦海中粗粗按文學社團人數估算，東南亞的華文作家，或者寫作人，少說也該有數百位吧，女作家在其中當占一定比例。六十八之數，顯然有遺珠，但就我的認知，比較重要的女作家基本包括在內了。《歸雁》是選本，不是全集。兩位遠在加拿大的主編，跨洋越海收集東南亞的作品，如果不是電腦時代，該是何等艱巨的工程。

以散文為主角的《歸雁》，妝點了少量小說文本。在華人第二代移民作家為主陣的行列，亦有零星新移民荷筆出征。

這些女作家有家庭主婦、華文教師、大學教授、報刊編輯、醫生、畫家、飯館老闆、企業掌門……身分形形色色。

相較於中國大陸，或歐美華人新移民，在東南亞華人身上保有更多中華文化傳統、儒家溫良恭儉讓的美德，多見於女作家們的為人和為文。

展讀《歸雁》，花團錦簇，題材各異，輯分為四，可一言以蔽之，篇篇都是情。人情，物情，親情，文學情，故園情，家國情。情情深濃。

展讀《歸雁》，無論寫人還是記事狀物。女作家們各獻其技，各逞其能。文筆或平實素樸，或溫婉華美。篇篇錦繡。

這些東南亞華文女作家，讓我動心處，還在於其身家性命雖然紮根異國他鄉，卻難以割斷對中華故國的牽念和愛心，對故國在發展中出現的不盡如人意的種種怪狀，不是袖手旁觀，更無冷嘲熱諷，而是抱持著：「我知道，只要有中國文化傳承的地方，就會有一群最好的人在鋪設著全中國人的理想。海外執教的這些年裏，這條理念一直深深的感動著我，而讓我切切實實的知道中國文化的可塑性和厚實性。」（菲律賓・范鳴英〈異樣的月光，一樣的情〉）

這些東南亞華文女作家，她們堅持華文創作，不僅出於熱愛文學和實現自我，而且是把傳承中華文化，當作義不容辭的一份責任。

「終於把祖宗的文化烙在身上了」（泰國・吳文君〈「荒屋學堂」出來的漢語老師〉），有篇文中的這句話，可謂《歸雁》中的華文女作家們所欲共同表達的心聲。

二〇一一年八月十日於北京

陳鵬翔

筆名陳慧樺，廣東普寧人。又筆名林寒澗、林莪等。馬來西亞覺民中小學畢業，一九七九年獲臺大比較文學博士。曾任臺灣師大英語系教授，世新大學英語系創系教授兼系主任，東南科技大學應英系主任，德明科技大學應外系特聘教授，現任佛光大學外文系創系系主任。曾與友人創辦星座詩社、噴泉詩社和大地詩社，著有詩集《多角城》、《雲想與山茶》、《我想像一頭駱駝》和《在史坦利公園》、散文評論集《板歌》、文學評論集《文學創作與神界》和學術論著《主題學理論與實踐》。學術研究編著十數種，中英文學術論文將近一百篇，散見於國內外權威學報及雜誌。事蹟收入中國及國際名人錄數種。

離散中的主體與中華文化的散播／轉譯

一邊閱讀、一邊欣賞完收編在《歸雁》這本選集裏的六十八篇文本後，我心情非常的激動，後頭所要說的話應看作是一位旅人在瀏覽完綺旎的風景後所作的一些反思。這些文章有出自當地被選為最受歡迎的十大作家之手，亦有出自較少見諸媒體的作者之手筆，不管她們採取了哪種文體——散文或是小說——來抒發她們的情愫，我發覺她們的心是熾熱與真誠的；她們確實是有話要說、要抒發！由於這些作者散佈在不同的國家，她們所見證的、所面對的事件／物當然不可能一樣，也就是說，她們作品的內容必然會呈現多樣化的姿態。

自編選者林婷婷和劉慧琴的輯別命名，尤其是給整本選集的命名過程來剔測，其實她們已經在給文本的內容作了歸類：第一輯的「故土心結」和第二輯的「異域新枝」在意旨上有些悖逆或者互補，第三輯的「親情無涯」和第四輯的「熙熙和鳴」在意旨上後者似有增補前者之功效。這麼說來，書名「歸雁」似已變成一個極具象可又極抽象的符具了；具象一點說，暮秋天氣漸趨酷寒時，野雁即聚眾南歸，然後到了春暖花開時節，牠們可又糾眾北返。換言之，雁群在這南歸、北返之間，牠們必然會在各地流下爪痕，而這種季節性的流動當然極富象徵意義。

我這篇小論／代序只擬從選集中抽選出十來個相關的文本來探討「離散的主體」和「文化散播／轉譯」這兩個主題。這是時下相當夯的兩個主題，而且都跟目前散居各地的華人的身分／屬性以及他們的作為密切相關。文化的散播／轉譯一直都是很實質地存在的現象，離散的主體／主體的離散也一樣，端視我們要如何看待它們而已。先說「離散」（diaspora）這個詞兒，它所指陳的觀念直指猶太人與其文化，它所夾帶／隨的觀念含有強烈的「猶太性」（Jewishness），這跟中國人向來所強調的「重土安遷」和「落葉歸根」截然不同（當然，這也不是說歷史上華夏民族就沒有遭受過外族的欺侮）。自《舊約聖經》裏的記載得知，猶太人是一個飽受壓迫、欺侮的民族，〈出埃及記〉裏所記摩西帶領古猶太人穿越紅海逃出埃及，今已證實是一歷史事實，他們之被追殺確實是外力強加於他們身上的大災難，「離散」自此就變成他們身上的「烙印」／「胎記」。同樣地，歷史上華夏民族同樣曾經遭受過異族的追殺統治，五胡亂華就是一個典型的例子。換言之，離散對許多民族（甚至人類）而言，它可是一個實質性的現象。以今日的科技、資訊時代來觀察人類／們的遷徙流動，「離散」可又有了新意新解。我在一篇題作〈張錯詩歌中的文化屬性／認同與主體性〉裏曾經引用了陳國賁反思海外華人世界主義身分的看法，他認為離散可作為華人新身分的一個理想策略，一群抱持世界主義者新身分的華人正在冒起，而這群世界主義華人的新身分特質有三：其一為精神依歸的多元性（multiplicity），其二為不同生活的融合性（hybridity），其三則為因應前二者概念而生的「立場」（positionality），其新身分係隨著不同的場合和不同的「觀眾」而不斷改變。其實，在當今這個地球村時代，吾人搭乘飛機，幾個鐘頭就可從一個洲飛到另一個洲，如果你有需要，你也可以在一個地方多待一段時日。在此情況底下，你我的認同都是流動的，都是「隨遇而安的」；到了一個新地域而不能設法投入／融入，你的情境一定會相當地尷尬而不安。在獲得這樣的透視力之後再來看看這本選集裏的文本，我們發覺第一輯裏的心楓在〈三城〉裏寫到家人常在馬尼拉、臺北和香港之間穿梭來往；同一輯中林樺的〈梅雨〉，其中書寫涉及蒙太奇筆法，亦即作者把對上海和曼谷的描述並置（范鳴英的〈異樣的月光〉亦用了同樣的手法，本文下段論述文化散播時會再討論吳文）。坦白說，這三個文本即已涉及離散及流動的自我認同問題。同樣地，第四輯裏張琪的〈兩頭都是家〉涉及的不只中國大陸和菲律賓，還有她的娘家臺灣；還有同一輯裏蓉子的〈榴槤情結（外一篇）〉，她涉及了中國和新加坡，還涉及童年短暫居留過的馬來西亞。這些文本都顯著地告訴我們，作者的自我認同是流動的。總之，在此地球村時代，這種流離狀態顯然是很自然的一種境況，這幾位作者都應是擁有世界主義者新身分的華人的代表。

這本選集裏有許多文本都涉及中華文化的傳播／轉譯，亦相當深入地展現了書寫者在傳播／轉譯（化）中華文化過程中的堅韌精神與可愛／可敬的角色。在東北亞甚至東南亞某些地區，儒家思想可說影響深遠，甚至可說是華人生活中的集體無意識，可華人在散播／轉譯其文化過程中，由於誤解或其他原因，有時也會遭受到打壓。在這本選集中，除了第三輯沒有篇章涉及中華文化的傳播／轉譯之外，其他三輯都有篇章或多或少涉及這個議題，茲羅列在此：第一輯有吳文君的〈「荒屋學堂」出來的漢語老師〉和范鳴英的〈異樣的月光，一樣的情〉，第二輯有杜鷺鶯的〈一棵草，一點露〉，第四輯有李惠秀的〈歡樂組曲〉、林素玲的〈糖在茶水裏溶化了〉和寧泠的〈迷思〉。在這六篇散文當中，杜鷺鶯在其文本中提到在菲律賓，近年來眾多移民的到來雖然已帶動了菲華文藝創作的活絡，可事實卻是，「有特色的菲華文學作品卻越來越少」，因此菲華文壇的前景顯然還是令人深感擔憂；此外，她又提到在此地球村時代，東西文化的匯通是非常重要的，而且絕對有其必然性。在〈糖在茶水裏溶化了〉這一文本中，林素玲曾多次提到中華文化在菲律賓的融匯與傳承，而她又引用了易中天的話說：「中國的文化傳統其實從來沒有中斷過，只不過是以不同的方式、通過不同的渠道在延續。」換言之，她對中華文化各種層次的傳播／轉化都深具信心。

在尚須探討的四篇文章之中，范文寫得最短，她應用蒙太奇並置的手法，把對故鄉臺灣的思念與菲律賓的風土人情同時展現在吾人面前；然而，就在她設法融入當地社會的同時，她也不忘批判家鄉社會的政治瘋狂。最重要的是，她堅定執著的信念是：「只要有中國文化傳承的地方，就會有一群最好的人在舖設著全中國人的理想。」這個信念「讓『她』切切實實的知道中國文化的可塑性和厚實性」。無獨有偶，就像她這麼樣執著於傳播中華文化的還有同在菲律賓橋校執教的李惠秀。李在〈歡樂組曲〉一文裏寫到她近四十年來一直都在負起「傳道、授業、解惑」的神聖任務，其實際內容係竭力傳承以及弘揚中華文化。她也在文中提到一九七六年馬可仕總統為了消滅華文而採行的菲化僑校政策，把一週教授華文的時數減至兩小時，可今由於中國大陸和平崛起的緣故，菲國政策略有改變，華校的數目已增至一百三十餘間，而李老師在艱苦中為弘揚中華文化及傳授中國語文所做的努力，確實令人動容與敬佩！

最後在吳文君的〈「荒屋學堂」出來的漢語老師〉和寧泠的〈迷思〉之中，我們又見識到華人在不同的國家為弘揚中華文化而盡心盡力的情形。寧泠原居住臺灣，大學數學系畢業後原投身國際貿易工作，後與夫婿移居菲律賓而從事華教工作，而其在菲國傳播與弘揚中華文化所作的努力可真叫人敬佩與動容。她以兩個例子來敘說其在居住地散播、轉化中華文化（尤其核心儒家思想）的成效。其一為採取各種方法來教導一位名叫李羅丹的菲裔學生，他從連一個中文大字都不懂的情況下學習中文，十年後他竟然能在畢業典禮上用中文致謝詞；另一位叫Rencie，她是一位七歲大的菲律賓女孩，應該是小羅丹的再版，初試啼聲時就一舉拿下華語講故事比賽的第二名。此外，寧泠亦在文中提到亞洲四小龍在經濟起飛並帶動國家的富庶之後，這些國家的人民並未因此而驕橫起來，這就具體而微地展示了中華文化以及優質的儒家思想的軟實力。其實，她沒有講到的是，儒家思想本來就是這些國家人民的集體無意識，勤奮而且勇於任事本來就是華人／華裔的特質，而這些特質正好具體而微地展現在我最後所要討論的吳文君的文本之中。

吳文君出生在邊陲的泰國南部，務農的家庭由於生活貧困，排行第八的她跟其他七位兄姊大都連正規泰文小學教育都無法完成，那更遑論去學中文。可就在她八歲那年，她的「福氣」來了。突然之間，他們村裏從馬來西亞來了一位業餘漢語教師，村民即合力把一間荒屋裝修成一間課室，一時之間，村裏那些沒有機會進正規學校的小孩就都被送到這個「荒屋學堂」來學中文。吳文君就這樣在「荒屋學堂」學了八個年頭的漢語，再加上兩年自修，她終於在一九六九年杪通過了泰國教育部舉辦的中文師資合格考試，實現了她長久以來所欲達致的人生目標——成為一位合格的漢語教師；後來又憑藉著勤奮進修，她終於如願取得了師範大學的學士學位以及後來的現當代文學碩士學位。我這則簡短的敘述不僅是要用來突顯吳文君那種令人刻骨銘心的奮鬥精神，更重要的是要導出激勵她發揮能量的根源所在：在他們兄弟姊妹進入「荒屋學堂」之後，她父親常常語重心長地對他們說：「我們是炎黃子孫，雖然遠離家鄉，但祖宗幾千年傳下來的語言文化總不能忘掉啊！」這種激勵她的話竟變成她勇往向前衝刺的動機，而在她榮獲碩士學位走出大禮堂那一刻，她似乎聽到父親在天之靈在向她喊話說：「女兒啊，你真棒！……你終於把祖宗的文化烙印在身上了，爸爸高興，爸爸覺得驕傲！」現今吳老師不僅在泰國學校任教，亦在泰國華文師範學院任教，她跟其同儕一直都在為振興華教以及弘揚中華文化而努力。我相信任何人在讀到吳文君這個文本時，他／她們一定會深受其中所洋溢著的奮發精神所感動。

我在上面的討論主要是採取議題／主題式的方式來論述，如果僅僅只遵照《歸雁》的主題分輯而言，則第一輯的「故土心結」主題就應可剖析為懷古、懷舊、懷友和崇古等；第二輯的「異域新枝」可表為半融入或是全融入、或是如魚得水般融入居住地等；第三輯的「親情無涯」則可剖分為父母情、兄弟情、友情、同胞情和同男／女情等；第四輯的「熙熙和鳴」則可剖析為感恩惜福、生命之樂章、國際化與多元化和世界主義者新身分等，這些所謂主題（已盡量避開本文所探討的兩個主題）和次主題大體上都可以在書中找到一些文本來加以申論。換言之，我若要再挑選兩三個主題來加以論述，則我這篇短文的篇幅可就會大量膨脹，這可不是我目今所要做的事。另一方面，如僅就文章的風格學來探討書中六十八篇文章的文采，其實僅是把它們分門別類就已經不容易，更何況要來仔細剖析個別作家的風格，那可是一件難上加難的事。在此我只能說，收在這本選集中的好些文本，它們的文字火候可說已臻至千錘百鍊的境界，而不管這些文字係以清淡或是以華麗為主，最重要的還是它們所蘊含的情感／情懷，那才是真正令人感動的地方。

這本集子雖說是以散文為主，可集子中的三篇短篇小說非常有特色。它們是孫愛玲的〈玉無緣〉、詩雨的〈扒手〉和姚念慈的〈生命不會有Take Two〉。詩雨這篇篇幅最短，只有八百多字，是所謂的極短篇。寫的是一位西裝畢挺而且開著嶄新轎車的男士，他在採購水果時反手捉到一個小扒手，後來在警署的求證過程中，他終於發覺，這個瘦弱、臉色飢黃的十二三歲小孩竟然是他的前妻所生，也就是他自己的兒子。這篇短文的敘述就此截止，留給讀者的是無限的想像空間。不管怎麼說，這個文本當然是一個小三故事的逆寫，在懸疑之中洋溢著人性。孫愛玲的〈玉無緣〉寫的是一個三角戀，她的鋪敘平穩而老練，最辛辣的描述也只有「我情不自禁吮吻著她的身體」這麼一句話，當然這句話也應當足以描述「我」與玉逍遙之間的愛戀關系。姚念慈這個短篇採用了魔幻寫實主義的技巧，把男主角周志彬在吃了安眠藥後被送到醫院急救的過程寫成他的靈魂已脫離軀殼而去，變成了一個「透明人」來觀察醫院內的急救過程；他甚至發覺病床上躺著的自己是「一個二十四、五歲左右的青年」。這篇短篇採取場景並置且又安排得似真似幻，我覺得它最令人動容之處應該是周志彬對至親撫育之恩的省思。

華人散居世界各個角落，從過去直到目今，在東南亞地區的人數一直都是最多的，而且他們對各地區的貢獻都是有目共睹的。在目前中國大陸和平崛起的時空底下，在這些地區推展華教以及華文文學的發展可能受到的阻難／打壓顯然已少一些，可距離蓬勃發展與花飄果墜的境界顯然還有待努力以赴。不管怎麼說，林婷婷和劉慧琴能為這個區域編輯出這麼一本選集，這應該是一個很重要的貢獻兼起點吧。

二〇一一・十一・十二　臺北市

歸雁：春回大地的喜悅

林婷婷和劉慧琴女士主編的《漂鳥：加拿大華文女作家選集》出版後，我邀請林婷婷女士再度為海外華文文學盡點力，選編一本東南亞華文女作家選集。秋天的漂鳥長途飛行到異鄉避寒過冬，到了春天千里迢迢回到故鄉，或許這就是《歸雁》的由來吧。

二十多年前，我奉派擔任中央社駐菲律賓特派員，報導過驚天動地的一九八六年的菲律賓不流血革命「人民力量」、以及隨後一連串十幾次的軍變，到一九九〇年菲律賓才停止動亂。

旅菲期間，我為了在德拉薩大學（De La Salle University）撰寫博士論文《菲華文學與選譯》，與菲華作家常相往來，研讀分析他們的作品，並翻譯成英文，成為菲華作品英譯的開創者之一。林婷婷女士曾在德拉薩大學任教，也是菲律賓文學與華人文學的橋樑，因此我們也有較多的往來。

在這五年多的變亂中，我體會了華人在東南亞各地的艱辛生活與奮鬥發展的成就。東南亞華人除了在經濟上爭取出人頭地之外，在文學上也有很傑出的成果。當年父祖輩飄洋過海，來到異鄉圖謀發展，期望有朝一日衣錦還鄉。異鄉人的生活非常艱苦，必須設法融入當地社會。苦悶之餘，抒發為文，文必窮而後工，因此產生了很多文人雅士。

發展有成的文人，或者辦報、辦雜誌，或者寫書記載異鄉的奮鬥經歷，以傳後世。

數百年來，東南亞華人的文學作品已有一席之地。在這本東南亞華文女作家選集之中，有許多作者是我當年熟悉認識的，也有許多是久仰其名的，還有一些是文學界的新朋友。今天能夠由林婷婷和劉慧琴女士將這些作品編成選集，或許也是臺灣商務印書館對華文文學的一種貢獻吧。

臺灣商務印書館總編輯　方鵬程

目錄

第一輯 故土心結

第二輯 異域新枝

第三輯　親情無涯

第四輯　熙熙和鳴

第一輯　故土心結

心楓（菲律賓）

本名王瑞瓊，又名全瑞瓊。因為當初父親移民菲律賓的文件記載錯誤，將錯就錯，而有個韓國人的姓。一九八二年菲聖大美術系畢業，八〇年代活躍於菲華文壇的年輕作者，曾是青年文學團體「輯熙雅集」的重要負責人和副刊主編，也是辛墾文藝社社員。從事室內設計工作十多年。現職家庭「煮婦」，喜歡嘗試美食，四處散步，簡單生活。

三城

前陣子帶十九歲的老大去香港辦他的成人身分證和英國海外護照。他在菲律賓出生，臺灣成長。從小跟著我們在馬尼拉、臺北、香港三個城市往來；我生命中最可愛的小男孩，一眨眼，已算成人。

我們在網路預約好時間，省去了排隊和等候的焦慮。一個早上，就很有效率地把這趟行程中最主要的兩件事辦好了。

然後，我帶他輕鬆地搭上往北角的電車，在第二層前座找到視線最好的位置。迎著初春的風，愜意地尋找我童年的足跡。

叮叮，叮叮，或靠站，或啟程，親切的鈴聲是香港孩子最熟悉的記憶；叮叮，叮叮，不管城市如何移山填海，多少新建築物高架橋忽地凌空林立，只要循著鈴鐺的聲音一路尋去，我就可以很安心地找到回家的路。

從中環、金鐘、灣仔、銅鑼灣到北角，是上中學後，每天必經之路。沒有手機和隨身聽的年代，一小時的車程，隨著車子緩緩前進，除了白日夢，窗外會經過那些公園，那些涼茶舖，成衣店甚至小水果攤；隔著車窗，我曾經如城市獵人般一一將它們標記在心底。

若從北角到中環，然後沿著木棉道一直往上走十五或二十分鐘，就可以在堅尼地城綠意盎然的隱密的半山腰找到我曾就學的聖保羅男女中學。

人生總會經歷一些「離開」，很多時候由不得我們選擇。

父輩為了生活遠渡太平洋，我，隨著大人的安排飛往馬尼拉。

那年，我十五歲。

最後上學那天，同學在她們的照片後面寫了大大的〈**勿忘我**〉，那幾個同學的名字，我真的一直沒有忘記。

十年之後，工作存了點錢，第一次回到香港。當飛機慢慢地下降，被遺忘了的一棟棟密密麻麻排列得像積木般的水泥叢林忽地掛在半空，映上眼簾，感覺很不真實。

回到香港，沒有家人的地方找不到家了。

三十幾年過去，世界變成一個地球村，為了童年所有熟悉的氣味，我們常常在香港作短暫的停留。由於我的出生地緣關係，孩子拿到可以隨時在島上居住的證件。

木棉道上，記憶中高挺的木棉樹不見了，沿著山路我終於找到我就讀過的學校，但那些同窗好友呢？

我常幻想有一天我們會在電車裏彼此相認。

●

上個月母親生日，我隻身到馬尼拉和家人一起為她祝壽。

走出機場海關，檢查行李時，一個胖胖的看起來頗親切的女檢查官看我拿著菲律賓護照，笑瞇瞇地指著我的行李問：「哦，回家啊？」「帶了什麼禮物？有我的嗎？」

「當然有。」可能因為回家的心情特別好，我趕緊回應，順手塞了兩張紅色鈔票給她，她的面容笑得更開了。

那是年輕時自己不可能做的事。年歲增長，看很多事物的角度和感受忽然不一樣了。

現在眼裏，她就像是娘家裏的人；對自家人的要求，總會多幾分擔待和寬容。

隔天，去觀光部辦免稅出境申請，那些菲律賓同胞親切的笑容給我的感覺也同樣窩心。

每年寒暑假帶孩子到菲律賓探親，他們覺得徒步在街道上沒有安全感，空氣不好，吉普車三輪車橫衝直撞一片混亂。我想起少年時到馬尼拉的心情，語重心長地告訴他們：不同地區有不同的文化優勢，瞭解一個人或一個地方都需要長時間去觀察、接納和認同。

記得第一天到馬尼拉，太陽猛烈，機場內外亂哄哄，我感覺流落到蠻荒境地，黝黑的嘰哩呱啦的菲律賓人，全都像外星人。

在這個國家，我一住十五年。

現在，我不但喜歡吃菲律賓菜，還有一本菲律賓護照。

我在那兒繼續完成中學，然後上大學，學講菲律賓話，結交菲律賓朋友，對菲律賓同胞的理解不再只是一點點。多年之後，我深刻瞭解到他們是世界上最有人情味、最單純、最善良又充滿藝術才華的民族。連在菲律賓土生土長好幾代的華僑，他們受到家庭傳承的保守觀念影響，純樸內斂，傳統的教育和成長背景使他們有一種獨特的謙恭的氣質，不是香港和臺北成長的年青人所能擁有的。

上世紀七〇年代，閱讀到鄭愁予的〈錯誤〉：我達達的馬蹄是美麗的錯誤，我不是歸人，是個過客；每次坐馬車（當年唐人街最方便的交通工具），聽著一路達達的馬蹄聲，總認為自己就是那個過客。

父親用閩南話教我們背誦李白〈春夜宴從弟桃花園序〉：「夫天地者萬物之逆旅，

光陰者百代之過客；」鴨子聽雷，當時不瞭解父親的心境。中年之後，逐漸明白，我們都只是天地的過客。

不管在哪一個城市。

不管在哪個城市，家人聚集的地方就是我的家。先生在臺北工作多年，臺北是孩子最熟悉的家。

他們小時候我帶他們讀過一本幾乎沒有文字的繪本，瑞士畫家約克米勒的作品《挖土機年年作響》，故事敘說隨著時間，城市一步步的發展，故鄉許多美好的景色都不見了。

在我們窗前，真實的故事同樣發生著。二十年來，挖土機年年作響，當年朋友口中鳥不生蛋的地方，當年窗前一大片湛藍的天空，青翠的花圃與草地都不見了。四周改建的高級豪宅使藍天越來越昂貴；看故事書的孩子，一下子也長大了。

移民加拿大的香港朋友來訪，作為地主我帶她們隨興漫遊臺北市。我們到陽明山竹子湖吃野菜；到故宮看現代動畫版的清明上河圖，到一〇一附近的誠品大樓購書，到淡水老街嚐古早味。

微風細雨中，從新北投捷運下車走十分鐘左右，就可以到日據時代留下的北投公共浴場（修建後現在改名為北投溫泉博物館）；沿著石板路往上會經過臺北著名的綠建築——北投圖書館，再沿著導引泉流的溝渠、步道、扶欄，可以一路走到北投一帶的溫泉源頭地熱谷。

循著遊客的眼光，我發現隨著時光，在新與舊，在傳統與創新，臺北旋轉出她美麗、獨特的城市光影。

簡單地沿著捷運路線旅行，就可以找到數不清的小吃和美食地圖，可以找到國際名牌精品店瞎拼，到處可以找到舒適的書店或音樂悠揚的咖啡小館，讓衣著鮮艷的男男女女歇腳……。

如果你懶得出門，只要動動手指頭，你要的物品就會送到你家裏。

和香港擁擠、緊張的節奏相比，臺北顯得慵懶閒適多了；但和馬尼拉相比，臺北卻又相對快速而井然有序。

•

從鳥瞰的距離觀望三城，一張張城市的地圖在我腦中翻轉，熟識的那些地標大概就是這輩子居住過的區域，比如香港的北角銅鑼灣，馬尼拉市區一帶和臺北的士林天母。

不管飛機即將降落哪個城市，這幾個地方都是我至愛的家園。

艾禺（新加坡）

新加坡作家協會副會長，世界華文微型小說研究會副秘書長。作品以微型小說與兒童文學為主，出版作品有小說集《困鳥》、《艾禺微型小說》；兒童文學《媽媽的玻璃鞋》等。任新加坡作家協會會刊《新華文學》編委。

那一盞天燈

他怎樣都想不到，同樣的目的、同樣的事情竟然會發生。

燈點燃的時候，海邊還很靜，一絲風都沒有，起初他還有些擔心燈會飛不起來，那一切的功夫就要白費了，沒想到剛一鬆手，風就來了，把燈緩緩的吹到天上去。

他坐了下來，望著越飛越高的天燈，心裏就有了踏實感。

回想起春節剛過不久，有一天坐在廳裏看電視，看到了一則新聞報導，突然想起了自己可以去做一件事，就興沖沖的出門去了，老婆緊追了出來問他要去哪裏，他也不說，就朝巴剎外的一排鄰里商店跑去。

在這個以老年人居多的組屋區裏，鄰里商店也老得無人問津了，十間有九間關著，唯一還在苟延殘喘的就是一間專做死人生意的紥紙店。

他一踏進店裏，老闆就迎了過來，多年的老街坊了，大家熟絡得很，畢竟，每年農曆三月清明和九月重陽他都會來這裏買些香燭冥紙去祭祖，墳都是要祭的，這裏的東西最齊全了。

「老陳，要買什麼啊？」

「我不是來買東西的，我想請你教我做一樣東西！」

老闆瞪大了眼睛望著他：

「我可以教你做什麼？」

「我要你教我做一盞天燈！」

「天燈？」

「就是孔明燈，那種可以放到天上去的。」

「你……你要它來做什麼？」老闆望著他，似乎越來越不明白了。

「總而言之，你不用問，教我做就行了，你要收多少錢我都給你！」他慷慨地說。

「哎呀，自己做什麼孔明燈，你要，我幫你做一個好了，自己做，要糊要紥，你從來都沒做過，很難的！」老闆搖搖頭擺手似乎極不贊成。

「不可以，如果不自己做，就不夠誠意了，你就教我吧！」他再三哀求。

老闆看他一副認真樣子，終於點頭答應。

從第二天的一早開始，紮紙店的後面就多了個佝僂的身影坐在那裏學做天燈，紮起框架使燈成型是首個步驟，竹片又削又利，一不小心就把手指都劃破了，他忍著痛，好不容易十隻手指都傷痕累累的時候燈才成型，眼看只要再糊上白中透黃的燈紙就可大功告成，可偏偏糊紙容易，要戳穿它也很容易，只要一時大意，粘糊糊的燈紙就給自己弄破了，又要重新糊過，做一個燈，竟花了他整整兩個星期的時間。

當天燈終於做好的時候，他高興極了，塞給了老闆一百塊，要求對方再幫個忙送他到海邊去，理由是燈那麼大，想乘坐普通的交通工具也不行，只有紮紙店老闆那輛羅喱，才放得下他親手做的天燈。

來到海邊還是下午，他越走越偏僻，往叢林的方向覓去，找了個應該不會有人走動的地方才把天燈放下，拿出已經準備好的筆和墨，開始小心翼翼地在燈上面寫了幾個字。

然後就開始等待了。

當夜色越來越濃，停泊在遠處的船隻開始亮起燈光的時候，他也把燈點燃了，只是一絲風也沒有，天燈能飛上天嗎？老天好像很快就感覺到他的誠意，燈一放，風就拼命吹來，把燈緩緩地送上天。

他坐了下來，望著越飛越高的天燈，心裏就有了踏實感。

本來一切都是好好的，突然，一架飛機以傾斜的角度低空切過，發出一陣轟轟響，把他和天燈都驚嚇了！

他突然想起了不遠的地方就是機場。

抬頭望天，只見受驚的天燈突然胡亂地搖擺著，慌不擇路般地竟往機場的方向飄去。

「不要去啊……不可以去那裏的！」他喊了起來，追著追著，腳下被樹根一絆，就撲倒在地上了。

一個星期前他看到國外一則放天燈祈求願望實現的新聞，誰知天燈飛到機場去，竟引起了一場嚴重的火災。

他當時在意的只是那些可以祈求願望實現的天燈，完全沒想到現在自己的天燈也會飛到機場去？

如果把機場燒了怎麼辦？他越想越害怕，爬起來想回家，突然一陣急促的心跳，四周就在他還沒來得及感覺黑的時候就已經全暗下去了……。

天燈飄啊飄，終於被風吹落在離機場很遠的一片草地上，還燃燒了起來，只是火勢實在太弱了，燈只燒了一面就滅了，剩下的另一面上工整地寫著：「我希望澤昆、澤豪、澤君，還有我的孫兒都能回來！」

原來天燈祈願是真的可以實現的，兩天後，他的兒子、兒媳婦和孫子都從不同的國家回來了，他們是回來奔喪的，對於一個莫名其妙在海邊死去的父親，大家都沒有寄予太大的傷感和好奇，畢竟大家都離家很久了，有些記憶也已經失去了。

只有那盞沒被人發現的天燈，說也奇怪，就在老人被送入焚化爐的那一刻，竟自焚起來，和老人在人世間一起灰飛煙滅……。

朵拉（馬來西亞）

原名林月絲。已出版個人作品集三十六本，獲文學獎三十六個。現為世界華文作家交流協會副秘書長、世界華文微型小說研究會理事、環球作家編委。曾為美國紐約《世界日報》、臺灣《人間福報》、昆明《春城晚報》專欄作者。曾任大馬棕櫚出版社社長，《蕉風》、《清流》文學雙月刊執行編輯。獲讀者票選為大馬十大最受歡迎作家之一。棉蘭首屆蘇北電影節顧問。小說《行人道上的鏡子和鳥》被譯成日文，並在英國被拍成電影。

回鄉的異鄉人

離開我的島嶼，意味著無家可歸，飄蕩與永遠的渴慕——奈波爾《抵達之謎》。

車子沿著海堤緩慢地順著路向前走，海對岸地平線上橘紅色的夕陽，意猶未盡地耀武揚威，無比熱烈地散發著一日裏剩餘的華麗，順手將堤岸邊排得整整齊齊的行道樹，彩繪上一抹抹閃亮鮮麗的烘眼金光。明知奪目的色彩在剎時間便消失無蹤，但最後的努力噴濺，一派豪邁大俠的揮灑作風，更令人既感動又讚賞。

黃昏時段的健行者寥落無幾，從前不曾注意的白髮老人占了更大的比率。他們熨貼挺拔的白上衣，下半截塞進半長不短的米黃色短褲，腰間扣著真牛皮製的褲帶，認真裝扮毫不含糊，再加上拉至膝蓋的黑長襪子和腳下那雙名牌的跑步鞋，一身英式打扮的整齊衣著，宛如海堤對面的平矮房子般少見。原為英國及歐洲風格的殖民時代款式的古樸老屋，如今只餘下灰撲撲的三兩間，頑固地錯落在設計新穎的高樓大廈之中。顯眼地新舊參差高矮分明，卻無格格不入的突兀生硬，反倒蘊含無窮的懷舊返古韻致，瞧看著彷彿聽到音樂旋律中那強烈起伏的節奏。

無關貧富貴賤，一般人選擇住家，心動情鍾的是新式格局的建築；純粹到來觀光的旅客，更心儀眷戀的是飽經滄桑的舊屋。

堤岸邊幾個不同種族的年輕人大概是相約來攝影。各人拿著各自不同款式的相機，擺著專業攝影家的姿勢。有的在為蒼老的古屋捕捉夕陽下漸漸隱去的光影，有的鏡頭對準漂浮在夕陽周圍，綽約變幻的斑斕晚霞和大海中的地平線徘徊，也有的更熱衷於將剛建好的高樓大廈攝收在光圈內。年輕人也許尚未清醒地意識到，無法抵擋的歲月冥頑不靈地堅持向前走去，有朝一日，嶄新豪華的建築物，亦不得不向停不下來的時光低頭妥協，日復一日逐漸衰老陳舊，成為斑駁而安靜的老屋殘樓。

不論是馬來人、華人或者印度籍的攝影者，每一個民族的姿態皆興致勃勃，透過魚眼精心觀看攝影機外的世界；他們大多更留戀於古屋舊居，被拍的樓房，寂然無聲地朝攝影機幽幽訴說著它被光陰點點漬漬沾染的痕跡。經歷過二、三百年悲歡歲月的盡情浸漬和洗刷，儘管遲緩迂迴，所有的美好和一切的醜陋，均沉靜地化為令人凜然的歷史檔案。

縱然是不同的種族，但藝術工作者大多個性固執，個人主義強烈，對於記錄是否真實，從不相信或服膺他人。別人毫不重要，自己照攝在相機裏頭的寫實，才是心目中的真實。真相永遠存在，只不過各人自有一套判斷的準則，絕不與他人雷同。

有人輕蔑佛家說的「境由心造」過於玄妙，但這卻是生活中絕對的真相。

那年一得知必須離開家鄉，遷移他州時，時時配備攝影機，到各處認為值得紀念的地方，一一拍下留念。那個時代，離別不只是空間的距離，還有更為遙遠的時間距離。高速公路尚未開始興建，單是來回的漫長路途，車程需要耗費一個白日的十二個小時。

攝下最多影像的是這座堤岸特長的海邊。時時在念的是剛學會背的一句詩句，要有大海的胸懷，才來看海。總懷著虔敬的心情到來眺望大海，為了鍛練自己持有大海一樣寬闊的氣勢。下課以後，懷抱著沉重的大書包，走著走著，情不自禁地便又來到海邊。陽光熾熱，氣候燠燥，極鹹的風既炎酷又黏滯，對於有著無窮無盡的熱情和好奇的年輕人，累不是理由，熱不是藉口，一旦投入，義無反顧，日日在海邊的毒辣日頭下，流汗，並流連忘返。

惜別的心情令風景出奇地美麗和扣人，一想到，啊，有大海的風景快要離遠了，淒楚和悲傷攜手前來痴纏不放；神經質地擔心，萬一離別日久，不管是鏡頭或者心底裏宏美博大的大海風景都會漸漸淡出，甚至於不知不覺間，悄無聲息便消逝無蹤。一邊卻又竊竊私心地切切盼望，最好是一個轉身，趁火紅的夕陽還來不及滑落山頭之際，即刻再反轉回來。

那時根本不知道，這是一個渺茫而永不可企及的願望。

海邊的攝影人不停地在調整距離和角度，哪一個方向最好最美和最理想？今天出現在焦距中的最好，當下的最美，一概經不起無垠歲月的侵蝕消磨。一旦掉入時光隧道裏，即使想像中和眼前的最為理想，照樣無法迴避成為過去的命運。

一切如此地不可意料。

命運是否存在呢？

年輕時堅決以為不存在，過了中年的回答彷彿是在逃避現實，我不知道。或者是不願意知道？

益發相信印象派創始人莫奈說的：「形不長在，色不長存。」

鏡頭下的海邊街景，新的舊的穿梭交疊，照片上的人，隨著時光之神的大手出力拉攏，這當兒走出照片之外，眼角嘴梢，無法泯滅的皺紋絲絲縷縷地相連。

迎面走來幾個穿著中學制服的女孩。從制服上印著的徽章看，她們全都就讀於海邊附近著名的女校，是和我不同班的年輕同學。青春無邪的外表，稚嫩秀氣的臉龐，奔放飛揚的氣質，夕陽這時無限慷慨地把黃金揮灑在她們身上，多麼像她們每天編織的璀璨夢想，在從容的腳步間亦趨亦隨，輕輕搖晃。

悠悠掠過的海風，揚起她們歡樂喜悅的清純笑語。美好的天真裏往往充塞著幼稚的傻氣。本應無憂無慮，卻很是愁意重重，成日憂心忡忡，只因今日和未來都不在手上，擔驚受怕之餘且不懂掌握，並非懈怠，僅僅是任意而無知地便把光陰虛度，隨興地就這樣把青春隨意揮霍。

恍惚看到自己，茫然迷惘地走在時間和空間交匯的縫隙裏，踉踉蹌蹌躦竄出來時，一陣接一陣驚心動魄的震憾在胸中兜繞，忍不住將車子停下。

十五歲看海邊的夕陽，和五十歲在海邊看夕陽，眼睛所見皆為酡紅的光彩，明亮的金黃，燃燒的紅霞。多少壯麗的迷夢痴想被神通廣大的現實篩子三兩下輕而易舉篩掉。不敢繼續輾轉低迴在浮晃游移的美夢裏，原本無邊的理想也被時光劃上一條濃黑的邊界線，如今方才驚悟自己的能力是多麼有限。

激越的海浪拍擊著岸邊的頑石，打雷一樣的轟轟作響。曾經嘲笑過不曾見過大海的朋友，他首次聽到洶湧而來的波濤聲，誤以為天要下雨。「打雷了」，怔怔地說，停下朝海灘走去的腳步。

「打雷了？」我也駐足不前，愣愣地回問。

晴朗的風和日麗天氣，不遠處明媚的藍天碧海，怎麼可能打雷？

原來是勢不可擋的滔滔狂瀾，看似退去卻昂然復來，懾人的潮聲渾厚深沉如一流歌手的嗓音。驚濤拍岸，驚得友人和我皆趑趄不前。

車窗外，應接不暇迴旋反復的海浪掀起又落下，一波接一波毫不含糊拍打著岸邊光滑的礁石，這回特意搖下玻璃車窗，專注地側耳傾聽，雷聲已不再響。

手機響起來，是那位將千變萬化在翻滾的浪濤誤為雷聲的友人，邀請我晚上一起吃飯。「你是客人呀，隨你的意，任你挑選一家你喜歡的餐廳。」盛意拳拳的友人如此這般說。

歲月恆是一步一步，不疾不徐。時光如流水，光陰似箭，都是心裏的感覺，尤其是中年後的人的深刻感覺。最真實的現實場景是，回鄉來，友人已經成為鄉人，而思歸心切的他鄉歸人竟變成是遠方的來客。

二〇〇七年歲杪，喜悅和著心酸，情怯怯自己開車回鄉。家鄉仍在，大海不變，鹹鹹的海水味道照舊在風中飄蕩，只有歸人，輾輾轉轉變成來自遠方的客人。

走下車子，面向大海，海浪在夕陽墜落的時候，跌落起迭的姿勢從不更改，夕陽濃稠的金光瞬息間滅去，黑暗迅捷地從天空掉落到海裏，茫茫夜色的堤邊身影模糊，回鄉的人惆悵地佇在鹹鹹的海風中，對岸和天空一起開始閃爍著深淺細碎的流麗微光，在外飄泊多年以後，漸漸衰老的家園近了，而我果真回得來嗎？

林樺（泰國）

原名張令驊，出生於中國上海，畢業於上海市第八女子中學，並自學高考上海華東師範大學的現代漢語、哲學、邏輯學。八〇年代旅居泰國成為泰籍華人。曾任：Maitrichit 語言中心中文教師，《亞洲日報》工商版編輯。二〇〇五年創刊《東盟 Economic Bridge》商務雜誌並任總編輯，現為東盟慈善基金會主席，泰中文化人聯合會新聞主任。

梅雨

初夏的上海，那天正值「入梅」。出浦東機場，迎面是和風細雨，是江南獨有的梅季。沿途可見一攤攤或黃魚三輪車上堆尖的紅裏透黑的楊梅，在綠枝葉的烘托中煞是誘人，腮腺子即刻湧起一陣酸意，真是望梅止渴了。

連日無風雨霏霏，悄然無聲悠悠灑灑著，卻是纏纏綿綿的。母親居室的窗外是一方小院，透過窗玻璃便見小院的一隅綠蔭蔥蔥。枝葉扶疏的翠竹在煙雨濛濛中越顯青綠。簇擁著翠竹的石榴，繁茂的枝葉上綴滿了猩紅的花蕾，沉甸甸的，在雨霧中撩人眼目。

累累花枝探出牆欄，與欄外一簇簇怒放的梔子花糾結爭艷著。緊依石榴的白蘭花含苞亭亭玉立，笑沐著霧般的濕潤。母親將一朵朵白蘭花骨朵採下，用細線穿過綠色的花蒂，掛置於茶几上的青瓷瓶內的絹花枝上，洗手間的鏡臺前。臥室窗臺上的文竹攀過窗櫺，在挺拔的細枝上也掛上幾朵。於是淡淡的清香瀰漫著，滲入一屋的溫馨，潮濕的空氣輕撫著劃過臉頰、手臂。噢，久違的梅雨！

雨霧濛濛間那環繞著的氣息，瞬間的、熟悉的、卻已遠離的是故居老宅獨有的滯澀凝重，以及斑駁的石灰牆角，青苔從石板縫隙中頑強地延伸，暗綠絨絨的，訴說著它的滄桑。那年少不知愁滋味的花樣年華，卻在為著霧紗般望不透的前程憂心忡忡的亦是瀰漫著的、糾纏著的。眼前的窗外，滿目盡是賞心怡悅的清新鬥艷，是母親數年悉心打理的小花圃。一株株攀牆越欄繽紛的花樹，是這些年母親晨出散步，從花販處購回時僅寸幾高的小樹苗：二元、三元、五元的，最貴的要十多元；老人家如數家珍。如今競相綻放著，在這梅雨時節叫人莫名的感動著。仍是濕濕的泥濘的，一長串重疊雜亂腳印的田埂，踩著晨光曦微，頂著朝霧，醒目的北斗星在天際閃爍著。贛北早春的寒風撩起耳際的短髮，涼颼颼的，農人已趕在日出前扶犁耕耘著了。舒捲的紅土地潤澤肥沃，淅淅瀝瀝的春雨，潛風入夜催醒一片飽滿的生機。稻秧水田間，一雙雙稚氣未脫盡的白皙腳丫子，劃過嫩綠的秧苗，洋溢出無數細小的漣漪。乍暖還寒是清明時節雨紛紛。如今這一雙雙腳丫子漂泊遠遊人生二十、三十、四十載；難覓相遇梅雨時。

久居番地，終年陽光絢麗，碧空浮雲，眼目之處綠樹紅花，芭蕉椰樹迎風展姿。突然進入雨霧濛濛的日子，整個身心懶懶散散的，不由自主地蟄伏於灰色的天際間。時間彷彿不再移動。只是在雨停的片刻，光著腳丫踏上小院內鋪就石卵的小徑，徘徊著，仰望那片天空，雲上的陽光穿越厚厚的灰色透亮一片。沒有陽光的日子裏，令我懷念曼谷的居家。駐足陽臺遠眺湄南河，沿河一長溜的濃郁蔥蘢伴著河水遠去。極目處隱去的宛如海市蜃樓。滯滬的時日偶遇晴，便邀上老妹一同搭公交車逛街。老城區的城隍廟、老街四牌樓、豫園，九曲橋的湖心亭靚茶、青果、蜜餞、小食。南翔小籠包、上海五香豆、雲糕酥糖。從美國漂洋過海而來的Haagen-Dazs的冰淇淋各款蛋糕。歐陸風情裝飾的小店格外醒目，光顧的多是年輕的男女和情侶。還有特別意義的蛋糕可訂製，別緻的江南繡衣、手工鉤織件、民間工藝飾品，琳琅滿目的小玩意都叫遊人駐足瀏覽，大飽眼福、口福。此時可不要忘記選一件心儀的禮物，給自己一個寵愛。在不思家事、瑣事的日子裏，隨著心情走一趟故里。回到年少時無甚物欲心思的悠遊、閒逛。昔日倚浦江堤牆觀日落西沉，聽拖輪的笛鳴，數著一連串隨著笛聲遠去的貨船，大洋輪高聳的煙囪，煙霧裊裊融入晚霞的黛色中。如今浦江兩岸的繁華榮錦非昔可比。湄南河仍然質樸無華，靜靜地流向她的歸處。

此時無論身至浦江畔或眺望湄南河，陽光依然在雲上照耀，即使是在梅雨時節，遊子的心始終為著那無風的細雨而感動著。詩人杜甫視霏霏細雨乃上蒼的恩澤吟道：

好雨知時節，當春乃發生。隨風潛入夜，潤物細無聲。

生命何嘗不是上蒼的恩賜，大自然萬般的變幻、美與和諧不就是芸芸眾生的寫照呢。

吳文君（泰國）

原名吳秀香，泰籍，一九五一年出生，祖籍廣東豐順。自小學習漢語，泰國皇家師範大學與泰國華文師範學院聯合主辦的中文系學士，二〇〇九年獲泰國崇聖大學與中國華僑大學聯合主辦的中國現當代文學碩士。先後任小學、中學、商業職校教師，中心公學、潮州中學教務主任，現任教於秉巴差越他那學校及泰國華文師範學院。一九九七年曾獲泰國九屬會館十年教齡及僑務委員會優良教師獎狀。

「荒屋學堂」出來的漢語老師

我從小生長在一個窮苦的家庭裏，父親和母親以務農種菜為生，生活很艱苦。天未亮，父親和母親便起來勞作，直到天黑。我們兄弟姊妹過著半溫不飽的生活，更不用說進學校受教育了。當時中國人重男輕女的思想還存在老一輩人的頭腦裏，認為女子無才便是德，女人是不應該讀書的。我爸媽的頭腦裏雖沒有這種思想，但是子女多，生活貧困，我們要想進正規學校上學，父母就有心無力了。

大哥、大姊、二哥、二姊、三哥、三姊都到了入學年齡，可他們也只好在家幫爸爸媽媽做農活。爸爸很內疚，因為他自己認不了幾個方塊字。他為了不讓我們成為文盲，堅持每天晚上在一閃一閃的煤油燈下，教哥哥姊姊們讀一些他自己讀過的書，背過的兒歌。我排行第八，每天晚上就坐在三姊旁邊，看三姊寫字背兒歌，也凝視著爸爸那飽經風霜，佈滿皺紋，顯露出慈祥的臉龐。這時，我彷彿覺得爸爸的身影很高大，他雄偉地站在我的面前，用柔和的眼光看著我，好像在對我說：「孩子，努力啊！前途是要靠自己刻苦去創造的。別氣餒，別灰心，別向環境低頭⋯⋯。」後來爸爸積攢了一點錢，把四哥送進泰文正規學校就讀，但四哥也只能唸完小學便輟學了。

也許是我的福氣，在我八歲那年，突然有一位從馬來西亞來的業餘漢語老師，到我們菜園村裏教漢語。當時農村裏沒有所謂的學堂，也沒有所謂的書齋。這位老師的到來，讓村裏的父老們如獲至寶。爸爸更是高興，他找了幾片舊木板，又釘又鋸的，把它做成幾張粗糙而堅固的桌椅，大家齊心合力，把一間荒屋裝修成一間在我們眼中是又好看又堂皇的課室。這所簡陋的課室，透露出我們村裏孩子們夢想中那美好前程的曙光。

父親把我們幾個沒有機會進正規學堂唸書的兄弟姊妹，全都送到這個「荒屋學堂」學中文。爸爸常常語重心長地對我們說，我們是炎黃子孫，雖然遠離家鄉，但祖宗幾千年傳下來的語言文化總不能忘掉啊！你們要好好把「唐人書」——漢語學好呀。當時在爸爸講的時候，我聽得似懂非懂，不大理解爸爸講的是什麼意思。那時我只知道我一定要把漢語學好，以後也要當一名漢語老師。因此，我每天都很快地把家務、農務做好，到了午休時間，我就會忘掉所有的疲勞，心情愉快地騎著自行車到「荒屋學堂」去學漢語。

在那個年代，泰國軍人政府對本地共產黨的活動嚴厲掃除，對社會主義中國採取敵對的態度，把進行華文教育等同於宣傳共產主義思想。所以當時的泰國政府對華文教育進行種種限制，還沒有全面開放。警察有時還會突然來檢查有沒有共產黨員。當時的政府限制上課的人數，不准超過七人，假如哪一個班的人數超過七人，就會以進行非法活動論處。當時村裏的父母們會為我們把風，一有什麼動靜，就會通知我們「波立（警察Police）來了！波立來了！」馬上這個信息就會從一家傳到另一家，很快就會傳到我們的「荒屋學堂」。當我們一接獲這個消息，大家便會一窩蜂地四處疏散，有些躲在草叢裏捉蟋蟀，有些則到園裏拔草、鋤草。當時我還覺得挺好玩的，既興奮又有趣，好像演戲一樣。當年，我就是在這種有驚、有險又有趣的學習環境下，度過了讓我難忘又不堪回首的童年。

我的童年雖不像有些人那樣絢麗多彩，無憂無慮，但在「荒屋學堂」裏度過的童年卻別有一番滋味。正是這種樸實無華、艱苦磨難的人生道路使我成功地步入人文社會。

我在「荒屋學堂」唸了八個年頭漢語後，老師便去曼谷執教了。我們這個「荒屋學堂」因為沒有了老師，而真正成了一所荒屋學堂了。後來我自修了兩年漢語，終於在佛曆二五一二（西元一九六九）年秋，通過了泰國教育部學術廳的中文師資合格考試，終於實現了我多年的人生目標——成為了一名漢語老師。當年爸爸蒼老的臉孔欣喜的表情是難以形容的。

佛曆二五一三（一九七〇）年，我拿到了師資文憑後，就單身匹馬從泰南的偏遠地區，跑到了繁榮熱鬧的大都市——曼谷來執教了。我很快由友人介紹到一所非正規的夜校教漢語。記得在上第一節課的時候，我戰戰兢兢地走上講臺，面對著一群職業青年，我感到有些膽怯。他們當中有些年齡比我還大。我不知道當時我自己的臉是紅還是白，講課時聲音都有點顫抖，好像不知道自己在講些什麼。好不容易把一節課講完了，我馬上走出課室，大大地鬆了一口氣。還好，這些成人學生都很自愛，學得也很認真。就這樣，我很愉快地在這裏工作了將近半年的時間，後來就去了內地一所華校執教。

從那時候起，我便一直東奔西走在泰國僑社所辦的華校執教。我從幼稚班一直教到小學六年級，雖然有時候也有些波折，但面對那些天真可愛的小學生，一切煩惱和不愉快的心情就一掃而光了。二十餘年粉筆生涯給了我安慰，給了我希望，也給了我各種人生的情趣。

後來泰國政府為了提高民眾教育素質，實行提高教師的文化水平政策，漢語老師也不例外。

在泰國成功創業的華僑，都十分欣喜、興奮，大家策劃、出錢、出力、通過各個僑社機構與中國國務院僑辦屢屢開辦漢語老師培訓班，一方面貫徹泰國政府的教育方針，另一方面則為振興華教；發揚祖國文化而努力。從而表現出海外華僑崇高的愛國精神。

泰國「報德善堂」不愧是泰國僑社最大的慈善機構，在董事長鄭午樓博士及副董事長胡玉麟博士的指示之下，派員與泰國教育部師範廳進行聯絡，最後與皇家師範大學共同簽署，特地為我們這些孺子牛，開辦了在正規時間以外的本科課程班。我如願以償進入了我夢寐以求的正規師範大學，最後終於畢業了，獲取了師範大學的文憑，成為一個和泰文老師一樣，擁有師範大學學歷的漢語老師。

「學無止境，活到老、學到老」是我最喜歡的警句，也就是它一直在鼓勵我，推我向前進。

二〇〇七年，我在泰國華僑崇聖大學和福建省泉州市華僑大學，聯合開辦的現當代文學碩士班，繼續深造。年已過半百的我，一面工作，一面唸碩士，頗多難度，不過也是一種挑戰。兩年來，我總抱著：「書山有路勤為徑；學海無涯苦作舟」韓愈《增廣賢文》的古訓。勤奮、潛心在學海中苦鬥，汲取更多更廣的知識，為明天華教的欣榮做好準備。

二〇〇九年，春暖花開時，我終於如期畢業，獲碩士學位。當我穿上碩士袍接文憑時，我心中感慨萬千，回想起小時候在菜園裏的生活，我真的連做夢也沒想到自己能獲得今天的碩士學位。接了文憑走出大禮堂，孩子的朋友，笑吟吟地舉起大拇指對我說：

「媽媽，您真棒！」我報以一個會心的微笑，表示默認也表示感謝。站緊崗位啊！吳文君。有人在叫我呢！

「女兒啊，你真棒！你沒讓爸爸失望，你終於把祖宗的文化烙在身上了，爸爸高興，爸爸覺得驕傲！」在天之靈的爸爸在對我喊出了他心裏的話。

君盈綠（新加坡）

新加坡華文作家，新加坡作家協會及世界華文微型小說研究會理事。作品偏向小說、散文。近年多寫微型小說、遊記、自然花草等散文。作品常見於新加坡聯合早報，文章也多次被中國著名報刊雜誌轉載並收入國內外書刊雜誌。著有散文集《愛的圈圈》，小說集《撿不回的歲月》、《喜哥》、《蛤蟆恰恰》、《君盈綠小說選》、《駱駝森林》、《君盈綠微型小說選》等。

我的百年老鹵

雪地上的奇葩

鹵鴨是潮州名菜，我則是百分之百的福建人，然而，對鹵鴨這一道潮州菜色卻是情有獨鍾。

據說好的鹵汁，可以代代相傳，成為百年老鹵，而且越陳越香，這點我絕對相信。從十指不沾陽春水的「小姐」轉變成人媳人妻人母的身分後，歲月流逝中，廚藝雖然一般，但也能在家人滿足的笑臉上為自己爭那麼一口氣。因此對於鹵鴨這道菜色，雖沒大廚做得夠味夠香，倒也差強人意。於是，就想學學人家，也弄個百年老鹵來自娛娛人。所以，冰箱裏總也有那麼一鍋所謂的陳香。

誰知兒子有天開冰箱找東西吃，忽而大喊：「老媽，快！快來看你那雪地中的奇葩！」

以責問的眼光緊瞪著他，他分辯似地忙對著那鍋「老鹵」急急指證：「你自己看！」

往揭開的鍋內一瞧，啊啊！原來我那鹵過一次又一次的黑色鹵汁，因帶著鹵鴨的大量油脂，所以在上邊凝成了一層乳白色，而今乳白油脂上居然開出一朵似頂著花瓣的桔紅色的不知名的「花」，那層油脂就像雪地。對！我的百年老鹵居然成了雪地上的奇葩！

事實上，那朵「花」是因為我把很多不同食品的鹵汁，不經加熱就摻雜在一塊兒，以為放在冰箱裏肯定不成問題，誰知道不同的鹵汁也會「相斥」，所以，發霉了！發霉的鹵汁反而有了個好聽的名堂，感謝兒子給他粗心的媽媽一個巧妙的粉飾。

月姐

「百年老鹵」當然來自鹵鴨。說到鹵鴨，就忘不了月姐。可能是月姐的緣故，所以我對鹵鴨的情結特別濃厚。

月姐在我大約十一、二歲的時候到我們家來幫傭，平時她都靜靜地不肯多言語，偶爾母親逗她話家常，她也是很謹慎地回答著。然而，她對我卻特別地疼愛、特別地有耐心。有一次她要回家去，我因覺得自己家沒什麼好玩好看的，所以就吵著要跟她去玩。母親當然不答應，她常常說的，女孩子家，到處去過夜，成何體統！

月姐與丈夫住在公司提供的宿舍裏。那天因為她丈夫值夜班，所以她告訴母親怕家裏冷清，要我去做伴，終於說服了母親讓我跟去，誰知我歡天喜地地跟著她回去，卻發現原來她家比我家還不好玩！

那天她親戚知道她回來了，就給她送來了一隻鴨子，我覺得奇怪，就多嘴問了一句怎麼有人送活生生沒殺沒煮的鴨子？怎麼不鹵好了送來？月姐問我是不是喜歡吃鹵鴨？其實從小到那會兒我也沒吃過幾次鹵鴨，因為母親不會鹵鴨子，但是我也隨便亂點頭。於是，月姐就連夜默默地殺鴨拔毛，還到隔壁人家去借了大鍋子來鹵鴨。我好玩地看著她忙忙碌碌的，然後在沉沉睡意中任眼皮闔上，在夜半的朦朧裏，總有陣陣鹵鴨的香味斷斷續續地衝入夢中。第二天，早餐桌上居然是一大盤斬好的香噴噴黑油油亮閃閃的鹵鴨！那一餐讓我有說不盡的高級享受，至今還依然是我魂牽夢縈的回味。

為人婦後，略微地懂點烹調之道，而月姐也老了。總想著好好地鹵隻鴨，回報當年如此善待我的月姐，無奈每回見她，總是見一回瘦一次，眼窩深陷不說，兩顴突出，齒搖齦收，偶爾買點東西給她吃，也總說沒胃口，吃不下。她有病嗎？有的，她的病已經拖了幾十年，滿以為治療有望，誰知卻是活不好死不了的絕症——心病。這需要的是心藥，而她的藥方，就是她身邊的兩個男人，一個是丈夫，一個是兒子。

月姐是在跟她丈夫結婚後才「跑」到我們家來幫傭的。有時一個月回去一次，有時久久都不肯回去。母親常常勸她回去，她就是不出聲，也不知道是為了什麼？

與丈夫結婚後，她就是這樣地維繫著兩人的關係，不像夫妻卻是夫妻，是夫妻就該生兒育女，可是等待了很多年，長輩朋友也都問了很多年，可她就是生不出孩子，守舊傳統的她，就這樣任人追問而總是啞口無言地委屈著過日子，很多人總問她為什麼？總催她快趁年輕的時候生幾個，一個也好。這就是老舊中國人最傳統的觀念，可每當提到這問題，月姐也只有苦笑的份。好幾次，被人問過後，我曾看過她偷偷地擦眼角。

後來，很多年過去了，終於在親戚的慫恿安排下領養了個兒子，自小心肝寶貝似地嬌寵著，誰知長大了卻成了個混世魔王！唉！月姐！想起來我就好像看到了你無淚的哭相。

混世魔王

有一次，我抽空鹵了隻鴨子給月姐送去，正好那混世魔王在家，正對著月姐煮好的四菜一湯甩筷子，見我來，急急換上一個笑臉滿口阿姨快請進來坐！我一看到他的臉卻是恨不得往回走，然而已被月姐一把拉進屋子裏。我悶聲不響地把鹵鴨交給月姐，月姐笑得好開心，頻頻說很香很香！比我當年鹵的那隻還香，看來我的四菜一湯根本比不上你的鹵鴨，我可得快快拿進去斬來吃。

月姐正欲拐入廚房，不料那混世魔王已一把把鹵鴨搶過去，且笑瞇瞇地對我道謝：「阿姨你來的正是時候，不然我就得餓肚子了。」邊說著已把鹵鴨從袋子裏拉出來，一扭扭掉鴨脖子，再扭扭下鴨腿，大口大口地吃起來，邊吃邊讚好邊點頭，滿足地露出那滿嘴油光的饞相！而月姐看著他吃，嘴角竟露出安慰的笑意，那傢伙，居然也不向我打招呼，吃掉了一隻鴨腿又扭下另一隻，餓鬼似地吃到不會吭聲，然後又將鴨身來個分屍，大口撕咬著整塊完整的鴨胸肉，邊對他媽吆喝：「喂！給我拿罐啤酒來！」月姐馬上疾步衝向冰箱，拿了罐啤酒給他，那死傢伙，竟瞪了他媽一眼：「不會開呀？沒看到我雙手油油的？」

月姐馬上就要幫他拉開啤酒拉環，我一手搶過啤酒罐，然後笑嘻嘻地對他說：「你媽哪會開這種罐子？我來！」

「哎呀！不好意思！」他邊說邊把我拉開罐環的啤酒搶過去，然後舔著舌頭邊說謝了謝了，邊仰頭大口大口地咕嘟著，啤酒泡沫流滿了他的下巴還往下淌，我真恨不得把整隻鴨子拿起來往他頭上砸，可桌上那些凌亂的骨頭怎砸得了他？

我「故作」心疼、很不客氣地說：「喂！這鴨子我可是做給你媽吃的，你怎麼可以都吃光了？」

他居然面不改色，看也不看他媽：「嗟！她不會吃的，這種人才不會享受，你做給她吃？白做了。還是給我這種懂得欣賞的人吃吧！」

月姐卻急急地指著桌上的殘餘說：「還有還有！就這些我都吃不完！」

我不再掩飾且生氣地說，「那可都是骨頭。」

月姐卑微地說：「我就喜歡啃骨頭，骨頭才香！」

「是嘛是嘛！我都說她這種人不會吃了，你還不相信！」那傢伙急忙得意地向我證明他說的沒錯！

我一口氣哽在胸口，不上不下的，很難受。想走，看到的是月姐可憐兮兮求我留下的眼神；想留，卻恨不得眼睛在當時短暫瞎掉，看不到他噁心的嘴臉，耳朵暫時聾掉，聽不到他對母親頤指氣使以及咀嚼食物時討厭的聲音。

沒想到我的鹵鴨那麼吃香，因為桌上只剩下鴨頭和長長的頸項，還有鴨腳、鴨背、鴨屁股。

他打著飽嗝出門去，臨行還有臉向我道謝。

月姐追到門邊可憐兮兮地叮嚀：「不要再去喝酒了。」

他一轉身，嘻瞇著眼：「對了對了！你不提醒我都忘記了，上次喝酒，還欠了咖啡店四十多塊錢，快！拿張五十來！」

月姐囁嚅著：「我沒有了，今天才十二號，那些錢，我得用到月尾的。」

「別囉嗦！快拿來！」那張看起來還算可以的臉，竟然凶成一隻狼狗！除了醜陋討厭還擺出隨時準備咬人的樣子。

我不能再明哲保身了，於是我寒著臉喝他：「喂！你這樣對待你媽！」

他換上一個笑臉：「哎呀！阿姨，你不知道的，我每個月發了薪水都把錢交給我媽，我也是拿回我自己的錢嘛！」

「給了你媽就由她做主，她得拿來當家用，你拿去了，她用什麼來還水電費、電話費？用什麼買好吃的給你享受？」

月姐已急急地把我推開，匆匆地塞了張五十塊錢的鈔票給他，催他快走。

他得意地吹了聲口哨，臨行丟下一句話：「哼！你懂什麼？還不是心疼我吃了你的滷鴨？」

我望向月姐，她眼眶微潮，卻急忙掩飾著衝入廚房拿碗筷，邊說：「來，讓我們倆好好地吃一頓！」

我跟入廚房，想對她說點什麼，她卻苦笑著說：「你要說什麼我都知道，不必說了。」

我們兩人靜靜地對著月姐的四菜一湯和桌上的殘餘。月姐表示賞臉地啃著混世魔王吃剩的鴨骨頭，也的確很賞識地說夠味道。

我忽然有一陣傷感，放下筷子，再也吃不下。

「你怎麼啦？」月姐急急問。問過了才想起我該是為了什麼。也就意興闌珊地放下筷子。

「月姐，我不在乎我的鹵鴨給別人吃了，但是你知道，我是特地做給你吃的！我不是常常有空下廚的。」想不到我已經是幾個孩子的媽媽了，在面對月姐時，聲音裏竟還有那麼多委屈。

「我知道，不要緊的，我知道你有我的心就夠了。」月姐安慰地拉著我的手輕拍著。

「不是的，月姐，你這樣寵他，究竟還要寵到幾時？」

「其實，也沒什麼啦……。」月姐說著，我看到她拼命擠出來的笑，但是那笑卻是我有生以來所看過的最苦的笑！

「月姐，你不用裝了，我什麼都知道！」

他因為違反交通規則，被罰款卻不去繳費，因此日積月累，越積越多，從幾十塊錢變成幾千塊（當然不只一宗），如再不繳費，就得上法庭，月姐嚇壞了，她唯一的兒子怎麼可以去坐牢？於是拿出私房錢幫他解決了。

月姐那丈夫從年輕時就不斷地做工加班，平日又省吃儉用，所以錢是有的，但是要他把錢用在這種兒子的身上，他是絕對不肯的。因此，幾年來月姐做工時所攢下來的錢，也被那「好眼力」的混世魔王給動用了。他看準了月姐心軟，需要錢用時總有一堆理由，譬如欠大耳窿錢啦，不還會被砍死啦（也真的有大耳窿追上門來喊打喊殺的），搞大了人家黃花閨女的肚子啦，得找錢給她去墮胎啦等等的（當然也的確帶個肚子微隆的女人回家來）。

月姐可急壞了，孩子是生命，怎麼可以隨便墮胎？人家要個孩子還求不到呢！不能墮！絕對不能！

那混世魔王道理鏗鏘地說：「她不墮胎，事情揭穿了，我會被她大哥他們砍死的！」

「怎麼，不管你走到哪裏，都總有人要砍死你？」做父親的冷冷地問。

「我的命值錢啊！」混世魔王居然還能嬉皮笑臉。

「快點拿錢來給阿玉去墮胎啦，要不然，遲了就來不及了。」他轉向母親伸手，還有一臉的惶急。

「不行啊！」月姐軟弱地說著。卻沒有一個有力的理由。

「不行也得行，犧牲一個還沒見過人世的，總好過死掉我這麼一個充滿活力的對嗎？」他好像真的急了。

「怎麼辦？」月姐無策地看著丈夫。

「不行！」做丈夫的冷靜地說。

「不行？你真的要看你唯一的兒子被人砍死呀？」月姐是真的急壞了。

「叫他們結婚。」做老子的簡短地決定一切。

「結婚？要花更多錢呀！」小子好像不勝負荷似地大喊。

「這一切，我來負責。」

「真的？」

這一次，不只混世魔王，連月姐都睜大了雙眼。後來她知道，原來丈夫是為了「無後為大」的苦惱，才急急要年輕的一對結婚，才不惜掏出存摺。

夫妻倆也算風風光光地給唯一的兒子辦了喜事，滿心等待著抱孫，尤其是月姐的丈夫，更是少有的興奮。

月姐也忙著做紅酒，買紅棗當歸等各種補品，準備給媳婦做月子的時候好好地補一補。女人生個孩子不易，一定要好好照顧，月姐自己沒生過孩子，倒也知道生孩子的辛苦。誰知道，小倆口結婚還不到一個月，就從床上打到地上，媳婦流產了，從醫院裏出來就直接跑回娘家，再也不回來了。

兩夫妻儘管心疼又怎樣？之後，混世魔王陸陸續續也帶過幾個女人回來過夜，把月姐當傭人般差遣。月姐被折磨得不成人形，她丈夫根本就不想看，只是不斷地加班，能不回家最好。

最後，混世魔王又因為玩了別人的女人，真的被人砍傷了，躺在醫院裏，月姐急急趕去看他，她丈夫卻說怎麼不一刀把他砍死算了？

月姐忍不住，說了丈夫：「你怎麼可以這樣說自己的兒子？」

「他不是我的兒子！」

「對！」月姐幽幽地說。「他也不是我的兒子，如果是我自己生的，我也就認了！」

丈夫的臉漲紅了，他終究沒說什麼，轉身出門去。

如果他是我親生的兒子

「如果他是我親生的兒子，我也就認命！」月姐的臉上充滿痛苦，幽幽地對我說。

「他不是你親生的，可是畢竟是你帶大的，是你自己把他寵壞的。」心直口快的我，毫不留情地直陳月姐的不是。

「就因為他不是我親生的，我總想到他是別人的孩子，所以也就不敢太嚴厲地管教他。」

「我不明白你為什麼會這麼想，我更不明白你當年幹嘛不自己生一個！難道你生不出？」話說出口我才發現自己又闖禍了。

「你以為要生就可以生了？」月姐的臉色，忽然覆蓋著一片帶黑的青藍色。原本已經瘦小的身軀，一下子萎縮了……然後是她長長的嘆息，然後，我看到她眼裏薄薄的淚光……。

我忽然有點害怕，輕輕抓住她的雙肩：「月姐，你沒事吧？」

「都一把年紀了，怎麼還會有事？」她吸了吸鼻子，牽牽嘴角，然後用那排假門牙，緊緊咬住下唇，似乎用盡力氣要把缺堤的淚水堵在齒縫裏。

我沒想到平時的口快心直，會泛濫成今天的不可收拾，我真的擔心！

「月姐，對不起！」

「又不關你的事。」

「那……我搞不懂了。」

「沒有人懂的……唉！」月姐幽幽地長嘆，斷斷續續地說：「如果我告訴你到今天……我……其實我還是一個……黃花閨女，你相信嗎？」

事情的發展超乎意料，也太戲劇化了，我好奇，可是我不敢追問，看到月姐靜靜地坐在陰影裏，默默地，任眼淚一串串地往下流淌……我的心好酸，我想，這眼淚，月姐大概已忍了半輩子了，就讓她好好地泛濫一次吧……。

范鳴英（菲律賓）

河南人，在臺灣長大並完成大學學業，婚後落籍於有美麗落日的菲律賓。於菲從事華文教育工作，曾任菲律賓中正學院教授，現任菲律賓晨光中學校長。暇時熱愛新詩與散文創作，對東南亞僑民文學及華僑新生代之文化衝擊現況尤為關切。作品《同是等待》等散見菲華及東南亞華文報章雜誌，並被收入各文學書刊叢書等。

異樣的月光，一樣的情

踏出臺灣，一晃就十餘年了！

小米都十一歲了，小麥也剛過完他七歲的生日。馬尼拉的日出日落，將我當初隻身的個體，轉眼已孕育成四人的家庭。更由於小米、小麥的相繼來臨，在這滾滾紅塵之中，又讓我多了一個那叫故鄉的地方。

的確，在馬尼拉的這些日子裏，生活是怡然而安適的。

客籍於此，除了兩個孩子早已菲化之外（所幸他倆還能說流利的國語），我也努力地學做一個本土人。我試著嚐他們的烤乳豬、烤魚蝦和那些又酸又甜的食物，我學著說大家樂（Tagalog）的菲律賓土話，雖然有些荒腔走板，倒也為平淡的日常生活增添不少樂趣。從節奏快速的地方走來的我，也學會了這兒緩慢悠閒的步調。與樂天知命、善良開朗的菲律賓人生活在一起，自己都覺得年輕快樂了起來。

但是我明白，我不是全然快樂的……。

我的快樂，一碰觸著月色，就變得捲縮了起來……。

我的快樂，在月光下，總會不經意地附著於另一個真正曾是我擁抱過的故鄉——一個同樣是被海洋環繞著的故鄉……。

一直以來，我總認為馬尼拉的月光和它的落日同樣叫人心醉，也許是被碧綠的海水輻射成的更美吧！它的天空清澈碧藍又低垂得似伸手可及。圓熟明淨的月，總像緊靠著我的車，在我前方晃蕩，我就加足馬力，在我每晚回家的路上和它玩著那永遠也不會贏的追逐遊戲。

我使勁兒地追逐著而樂此不疲，追著，追著，突然發覺我追逐著的是故鄉的月，是埋藏在我心底深處的一種永不褪色的情懷呀！

雖然在這十幾年裏，我目睹著它蛻變得走了樣，它混亂得有點離了譜，它膨脹得有點浮腫，它放縱地扭曲了民主，它的污濁破壞了自然，它的錢在瘋狂，政治在瘋狂，而親愛的手足同胞們也在瘋狂。不是嗎？

不，不是的，我肯定地告訴自己：它仍是昔日的謙謙君子。

因為我知道，只要有中國文化傳承的地方，就會有一群最好的人在鋪設著全中國人的理想。海外執教的這些年裏，這條理念一直深深地感動著我，而讓我切切實實的知道中國文化的可塑性和厚實性。

幾年來，無論我的足跡踏遍多少異地的路程，看過多少異樣的月色，卻怎麼也改變不了我那種異鄉即是故鄉一樣的情懷。

馬尼拉近日歷經風雨肆虐，連氣候也跟著受了傷。令終年四季習慣穿著夏衫的南國之人，皆裹上了他們的厚衣裳。

抬頭仰望星空，今晚難得出現一輪圓月，在暗淡的月色下，卻覺一股絲絲涼意感動著我！

那不正是臺灣初秋時節的涼意嘛！

雖無楓紅，西風點綴，在異樣的月色裏，我懷念那秋風吹起的季節！

許心倫（馬來西亞）

生於一九五二年，一九八七年畢業於馬來西亞理科大學，馬來西亞政府中學教師。

十五的月亮

我的媽媽來自中國大陸，年輕時就飄洋過海，離鄉背井到南洋六十載，每一日對故鄉的親人無不牽腸掛肚。當海路如此遙遠，航空不是窮人之所及時，媽媽只能付托於飛鴻與魚雁，傳達思念之情。

媽媽有一至親弟弟，從小生活在遙遠的故鄉小島。小島掛在中國大陸的南端，與碩大的母體比起來，她小得有如一滴垂垂欲墜的眼淚。小島大部分的居民以務農捕魚種海蠣為生。媽媽的弟弟是世代相承的富農之家，家裏有大片的田地可以耕種，因此生活富裕充實。

當中華人民共和國成立初期，國家政策主張人人平等，分田割地，還要分清階級。媽媽的弟弟首當其衝，田地被分割，一家人還被發配到荒地裏勞改。從此，媽媽的弟弟走在艱苦的歲月裏掙扎。

此後，媽媽的弟弟因缺乏營養而百病纏身，成了一個終日臥床的病人。於是，媽媽的弟媳必須下田種菜，養雞養鴨來養育一家尚在嗷嗷待哺的小兒。

在一張攝於一九七九年的照片裏，只見舅舅一家九口站在一間破屋前，個個瘦骨嶙峋，精神萎靡。他們身上穿的，是剪裁一律的白色短衣與黑色長褲。而白色短衣則已短得快要吊在胸前了。

事實上，這間「破屋」是一間只蓋了後廳兩間睡房的石頭屋。前廳的牆壁暫時以大石條堆疊成高低不一的圍牆，尚沒有屋頂。

原來，鄉下窮人家的屋子，都是先以一塊一塊有錢時才買下來的大石塊慢慢堆砌建立起來的。

原來，這些大石塊是媽媽在南洋謀生時，用一分一毫積蓄，為她的弟弟買下來的。媽媽的弟弟千辛萬苦叫人在「破屋」前拍了這張照片，寄給姊姊留念。

後來，這間石頭屋一共建了三年才完成。它的外表與內在呈現了原始的石頭紋理與氣息，雖然粗糙，卻有強烈的地方風格。它的面積雖然不大，卻容納了四個小房間，一個小客廳，一個小天井，一個小廚房，足夠讓一家九口安居樂業。

一九七九年初冬，媽媽在看了這張照片後，見親人個個骨瘦如柴，心痛欲裂。由於思親情切，就決定在她離鄉後的第四十三年，首次整裝回鄉探望弟弟。那年，她七十歲。那天，她用大麻袋裝了一袋子的舊衣服、一些藥品與食糧，努力抬回鄉。媽媽知道她的弟弟及家人經常衣不蔽體，食不溫飽，體弱力衰，尤其是弟弟，總是病不離身。

媽媽是由南洋搭機經香港，再乘十二小時的快輪前往廈門。那個曾經令她魂牽夢縈、牽腸掛肚的小島雖近在咫尺，就在廈門對岸，卻還要再乘渡船前往。她在南安的蓮河碼頭搭上一條帆船，小帆船由風行駛，船上一次只能載客二、三十人。

雖然媽媽礙於電訊不便，沒有把歸期預先通知故鄉的親人，但是，故鄉的風特別熱情，是帶信的使者，它早已把消息送至了故里。

媽媽的故里不過是那小島上，十八個鄉區中的一個鄉，一個全是「鄭」姓的鄉里，但是這裏人口眾多，大石條砌成的屋子密密麻麻，摩肩接踵地排列成林，僅在屋子周圍各留一條不到兩尺寬的細廊走道。於是，有些住戶就把雞鴨豬鵝類的家禽，養在大門前窗口下的一個圍欄裏。人與禽，如此天天共享天倫與氣息。

鄉裏的普通家居有一個近乎相同的建構模式。從大門跨過門檻踏進屋裏，左右兩邊有兩個小房，那就是廚房與儲藏室。接著，只見一片天光撒下來，照著一口小天井。過了天井，就是大廳。大廳的桌子上供奉著神明與祖宗的牌位。大廳的左右兩邊有四個小寢室了。

媽媽來到弟弟的家時，弟弟的家因金錢接濟不繼，還沒有蓋起屋頂，前廳也還沒蓋成，更甭說有廁所與沖涼房了。因此，媽媽必須借用別人家的洗手間來沖涼洗刷。而要「方便」時，那就須採用移動式的糞桶，放在床下，天天倒糞。男人則隨時可以在屋外胡亂圍起的露天糞坑方便。衛生問題在這類的農村從來就不被重視，溫飽才是大問題。

媽媽見到了弟弟，就像看到一具骷髏！他兩眼深陷，皮膚乾癟黝黑，已瘦得不成人形。弟弟正蜷曲瑟縮在一塊堅硬的木板床上。時正入冬，寒風刺骨，床上的弟弟正在不停地抖索。媽媽見狀如萬箭穿心，馬上到村裏的小市場上購買棉被與草蓆給弟弟裹身。媽媽把隨身帶來的「高麗參」燉成雞湯給弟弟暖身健體。經過幾天折騰，弟弟總算止了咳。

這時，弟媳雖是巧兒媳，但是，她煮不出一鍋帶米的白粥。家徒四壁呀，米缸只剩幾粒白米。大家吃的，盡是地瓜藤葉蘿蔔乾。

媽媽有七個侄兒女，三男四女。其中兩個男的聰慧勤懇，一個正修完中學課程；一個正在中學上課。媽媽即時把身上所有的錢幣全投資在兩個男孩的身上，希望他們學業有成，出人頭地。

看著尚未建成的家，媽媽決定繼續籌錢建蓋。在離開家鄉重歸異鄉的前夕，她隨地握筆寫下了一副對聯，心想若不能再回鄉，就讓弟弟把它刻在大門的兩旁作為紀念。對聯的內容充滿了無奈與遺憾：

「四十年代　風雲變幻　途窮寄異域
國土重光　緬懷往事　決心留片瓦」

媽媽於上世紀四〇年代以熱血青年的氣概參與了共產主義國家的改革，卻因剿共運動被逼離鄉背井。可是，當國土解放，共產勝利了，卻也被誕生在異鄉的小兒牽牽絆絆，回不去了。她只能在故鄉留下一片瓦，以能為親人遮風擋雨；以能作個紀念。

原來，媽媽是個不平凡的時代女性。

此刻，媽媽看著一望無際的地瓜花生白菜田地；看著只有一層高的石頭民房，親人群聚而居，四十三年來不曾改變，童年的記憶很清晰地全湧上了心頭。舊時的情景，歷歷在目。文明與發展的進度彷彿是這裏的陌生人，不曾留下痕跡。而農民們，還在田裏任勞任怨，漁民們則在海裏忍受風吹雨打，大家依舊節儉度日。

一九九二年，媽媽驚聞弟弟逝世！

一九九五年，媽媽苦籌旅費，再度返鄉看望弟弟的親人。她已年高七十八。當媽媽一踏入已經落成的屋子，迎接她的並不是弟弟本人，而是祭祖臺上一張半新不舊的人頭照。香煙繚繞啊，煙灰飛揚。弟弟已下黃泉。一家未亡人只能擁成一團，哭成淚人。弟弟最終敵不過營養不良症，欠缺 B12 營養素，虛弱而終。

這時，媽媽的大侄兒已大學畢業了，正在國家機構做事。另一個將成為人師。這意味著，弟弟的家庭經濟有所改善。這次為了迎接媽媽的再度回鄉，大侄兒在大門後的右側建了一個「現代化」的小廁所。抽水馬桶它開始在農家的民居有了非常重要的地位！然而，媽媽還是帶了一麻包袋的舊衣物與「快速麵」回鄉分派。

媽媽向四周觀望，發現家鄉的外貌依然是舊日的農村景色，人們不是捕魚種田，就是曬鹽撈海蠣，不然就製造香枝或砍磨石塊作為建築材料。

這當兒，交通工具除了是運載農作物的小卡車、載客的摩托車外，人們皆以雙腳走路。而路，是橫七豎八的鄉間小泥路，在農田中縱橫交錯，柏油路是很罕見的。

在整體上，農村的民房不是土黃色、橙紅色，就是灰白色；不是平屋頂，就是飛檐馬脊。總之，到處是石頭築起的傳統矮房子。只有幾戶富有人家，才有能力把房子堆疊成三層樓高。

家鄉的小市場，邋邋遢遢，在一個不遠的廣場，多是隨時隨地擺賣的攤販。幾代下來，他們都在做著自家村人的生意。小島就像是一個自閉的小孩，獨自在享受著自己淳樸的天地，沒有外人會來窺視與打探。

小島，似乎註定千年不變。

很明顯的，一九九五年間，小島的經濟還是像一條沉睡的小龍，懶洋洋地躺在泥地裏，睡它的年覺。

小島，是一滴眼淚，掛在媽媽的眼角，尚沒有人會去了解它的憂傷與驛動。

十五年，如白駒過隙。此時，九十三歲高齡的媽媽，已是一個遲暮的老人了。年老力衰的媽媽，連醫生也勸阻她遠行。可是，她就是要做最後一次的旅行，她還有一個心願未了。

二〇一〇年的春末，她帶著長大成人的一掛孩子，回鄉探親，認祖歸宗。中國有一句老話：「落葉歸根。」那是說，人，一定要有一個依據與根源。媽媽人在異地，但不忘故鄉的親人。海外華僑對故國的情意結就像水生的蓮藕：藕斷絲連。

飛機以九百公里的時速在四個小時內就飛抵廈門機場。出了機場，一行人坐上麵包車，行駛在美麗青翠的公路上，向正在招手的小島前進。

一路上，道路廣闊，空氣清新，兩旁花木扶疏，令人舒暢。媽媽的兒女，心連母心，個個對不曾見過的親人與故土充滿了疑惑與期盼。

然而，令孩子們眼界大開的，是要穿過一條海底隧道，才能到達那個小島。這條海底隧道穿越海底約七十米的土層，全長八千六百九十五米，造價為人民幣三十二點五億。它是於二〇〇五年九月九日開始建築，二〇一〇年四月通車，而工程的總設計師是中國的工程師。

小島於何時竟然如斯重要？竟然要拆掉先前建立的大橋以改建此隧道？而原因不過是要促成海上交通的順暢。

隧道筆直寬敞，安全適用，是中國的一大驕傲。工程之鉅，真是令人咋舌。

出了隧道，就是媽媽魂牽夢縈的故土了。

可是，媽媽卻被眼前的景象驚呆了！

故鄉有十八鄉，何時竟然全部變了樣？

一路上，只見裝璜華麗的大餐館、大酒樓、大洋房、大公寓如雨後春筍，到處林立。一個農村呀，竟然變成了一個非常熱鬧與高檔的度假勝地！

一路上，旅遊車進進出出，遊客來往不絕，往戰壕參觀；往購物市場買免稅貨。

一路上，海岸線風景旖麗，海風舒爽，是從來都不曾體會過的景緻。

一路上，只見地瓜花生田地讓路給樓房屋宇，而且，樓房的架構一層疊一層，四四方方，像共管公寓。

一路上，士敏士馬路廣闊平坦，四通八達。兩邊商店林立，商業正紅。鄉間小路已在樓房與樓房之間隱蔽。

一去經年，世事滄桑難免變化。只是這種變化太大了。

媽媽驚訝得目瞪口呆。

麵包車把媽媽一家八人「番客」載到了她弟弟的家門口。

咦？是一間三層高的樓房？不是那一間一層高的石頭屋？

咦？這裏的樓房幾乎全一個模樣，一個高度。而且一間連接一間，約有五十碼長。而左右隔壁街屋宇一行行，皆出現了相同的景緻。

這些樓房有的高達五層，每一層都有陽臺。而樓壁，不再是用大石塊砌成，而是用小紅磚鋪牆，再嵌上陶土瓷磚，很有一種「瓷磚壁畫」的感覺，只差沒有圖案。

那些用大石塊建成的民間傳統式樓房呢？

它們已經被高如椰樹的樓房環繞在內圍，像不被容許出門的媳婦。可是，它們的主人也想把石頭屋建高，以響應向上升高的「潮流」，於是，就把樓層加架在石頭屋上，一時形成了一種很奇異的建築形式。

環境往往在不知不覺中主宰了人們的生活方式。「潮流」更是如一股旋風，席捲了人們的思維。當新的旋風吹來，舊的風俗就此靠邊站，這彷彿就是社會發展的一種規律。小島的命運如是。於是，許多傳統古典的民居人去樓空，坍塌倒地，漸漸地被新時代的列車遺棄。

然而，由此，媽媽亦看到了親人的努力與拼搏的精神。人人在困苦中如鐵龍翻身，欲出人頭地。這種精神已體現在大地神州的經濟發展與國家的建設中。拼搏，維護尊嚴，吃得苦中苦，不輸人，就是中國人的本色。

此時，媽媽的兩個侄兒，一個在銀行業任職；一個在為人師，兩人經過多年的節儉與經營後，也分別在村子裏與廈門市擁有自己的房子。房子裏裝璜現代化。兩個生澀的年青人全都才貌雙全，穩重老實，勤奮工作，不斷地在改善家裏的生活水平。而眾姊妹們，也全都與夫婿在努力建立自己的高樓。

欣慰的是，媽媽當年一分一毫堆疊的石頭屋，還好好地挺立在眾樓房的內圍，沒有半絲損壞。而那兩幅對聯早已被嵌入了石塊中作永久的標誌。當眾人皆住進新屋子，這老屋就是一個艱辛時代的記憶與體現。

第二天，媽媽領著孩子們到墓地祭拜已逝的弟弟。啊，「頸長盼」的弟弟長眠在萬草叢生的墓地裏，想必已流下了欣慰的眼淚。

夜裏，侄兒家中宴客，還請來了眾多鄉親，如過年。大家雖不曾見過面，卻是一見如故。落葉歸根，血脈同盟，一切盡在同根生。

苦盡甘來啊。

看來，弟弟一家的經濟已有很好的改善。

原來，整個小島的實質與風貌全都改變了。

原來，中國政府正在開發這個小島。

這個小島，曾經猶如一粒小米，默默的隱藏在大碗公之底，搖搖欲墜。如今，烏鴉飛上枝頭變鳳凰，她即將變成第二個美嬌娘——「鼓浪嶼第二」。這個海島，就是曾經被農田綠地覆蓋千百萬年的「大嶝島」。

媽媽這一生，為故國的江山憂國憂民，為兩岸親人的生活勞碌奔波，不曾為過自己。

想當年，她與丈夫離開貧瘠與令人傷心的小島是因環境所逼。但是，「異鄉」並不是人人所說的黃金之地。生活，是要靠很大的意志與刻苦的精神來延續；尤其是在一個人生地不熟的異域。

一代的顛沛流離，勞碌奔波已成為過去。苦難的中華兒女總算見到了曙光。母親那一代的人造就了我們幸福的這一代，所付出的代價，是用「時間」與「生命」來爭取的。

今天，母親終於了了一個心願。她把散布於「南洋家鄉」與「神州故國」兩岸的大地兒女連了線，牽在了一起。

大地本是一家，更何況是泱泱大國散布在五洲七洋的中華兒女！

十五年前一遊，大嶝島上的月亮像純樸的村姑，害羞的發出一股寧靜清麗的幽黃，大地寂靜無聲。

十五年後重遊，月亮依舊圓。但是，它風情萬種，光芒萬丈。小龍甦醒了，島上的萬物在呼喚。

而最令人不可思議的是，在僅僅十五年的時間裏，大嶝島就如一棵被催生的大樹，枝葉茂盛，發展神速。

然而，媽媽的年華，敵不過歲月。

啊，人的一生，只不過滄海一粟。

唯有江山與功績，可千古永存，萬世流芳……。

完稿於二〇一〇年六月一日

段春青（緬甸）

緬甸華僑，一九八二年出生於盛產寶石的緬甸抹谷，在家鄉的私塾讀完中學後，於仰光取得師資資格。二〇〇六年在新加坡完成了「寶石鑒定」專科文憑，現為寶石鑑定師。為二〇一〇年十月於新加坡創立的《緬甸新文學網》創始人之一，並任該網之文學記者，《緬甸新文學網詩歌報》副主編。

我與緬華情

算來已五年沒回緬甸！離得越久，便覺得越遙遠。所以對著突然接觸的街道，古樸的民風和挑著擔子的小販，心裏有些酸楚，有些陌生。

鄉是老鄉，家是老家，入鄉的那刻，驀然發覺街道的清冷，市容的改變。難道說一個學校假期，便又送走了不少遊子？

踏訪當時的學校，已設立了圖書館！啊，這是當年我夢寐以求的小室啊！可惜我已錯過。但我仍然感謝教我讀懂方塊字的學校。母親曾說，他們那個年代是動蕩的社會！讀書是天大的奢求！我慶幸並沒有生在六〇年代，但也惋惜沒有生在緬華文學的鼎盛時期，一九六六年之前！我也想像不出母親說的那則小說，那則一九二一年時，曾在仰光《小說月報》刊登的短篇小說《命命鳥》，用的會是哪一種寫作手法？其實她也是從外婆口中得知的，她可憐小說裏那對因愛殉情的男女，那可是當代的羅密歐與茱麗葉。其實我更想，對像母親這般喜歡讀武俠小說的人來講，當時爭相連載的金庸小說才是她所嚮往的吧！這或許是她沒有生在那個時代的遺憾！

母親和父親一樣，讀書時是在華文文學非常動蕩的年代。但她後來靠讀小說而能認文辨字起來。父親就沒那麼幸運，他那年才二年級，學校就突然宣布收為國有，從此再也沒碰過課本。所以父親給母親的第一封情書裏，雖然寫滿一大篇，但能稱之為文字的卻僅幾個！

沒能好好讀書是他和母親的終身憾事！父母啊！每一個歷史片斷不論發生在何時何地，它都有發生、經歷和結束的過程。怨只能怨您們出生的年代是大戰後重振華文的時期。而到讀書的年齡時，卻不巧又碰上「緬式社會主義」！它迫使報業停刊、學校相繼關閉，之後緊接而來的，卻是更沉痛的排華事件。而很多人的讀書願望，從此便隨華文文學，進入黑暗的過渡期。

父親是喜歡讀書的，因為每當村裏發喜柬時，他都要拿著紅艷艷的帖子發楞。我知道他很想讀懂裏面的內容，也知道他心裏在想什麼。所以每當這時，我便會無聲地站在一旁，等待他問：「這是誰家的孩子結婚了？」

緬甸地大物博，尤其抹谷盛產寶石，風景優美！天藍而低，雲的影子能清楚地映在山崗和屋頂上。如今看著越建越宏偉的華文學校，我真的想大聲呼喚，對八〇年代後以講授佛經才能辦校的華僑祖先們講：「看哪！我能識字了！能為父親讀懂請柬、能為父親讀懂武俠小說大講大理段氏！這就夠了！相信後來的您們的孩子，孩子的孩子，也都能讀懂。」

在家鄉住了好長一段日子，回航時我特意去看望在仰光的九龍堂夜校校長林芳彥。他老了！但比我想象中硬朗得多。他一生從事教育工作，有時還提筆寫寫文章。在緬甸寫作的人不多見，而八十一歲的老人是我此生僅見的一人，所以格外珍惜與他的相識。雖然我們在五年前僅有過一面之緣，這一面足使我們彼此記得！我們就像忘年之交，在這些年裏誰都在惦記著誰，誰都沒有忘記過誰。

近年不見他用筆，我才擔憂地在晚間跑去學校找他。那時他正在整理二〇〇四年後新創的緬甸華文報章《金鳳凰》。見我時說：「你來啦！」便送了一份給我。

我之所以惦記著他，不僅因為他寫作，也因為他一直以來致力於推廣華文。他說：「這裏不像上緬甸有很多中文學校，我們只能以會館名義免費教授華文。三十多年了，我希望能趕快填補華文歷史的斷層！」

他確實老了，所以已不能寫作，我方知他停筆的原因。心裏有種不能言明的傷感，其實我何嘗希望他在每晚從學校返回時，想著當年一起寫作的朋友；又何曾希望他知道一個一個寫作的老人已從人間悄悄消失，然後後繼無人！但他都知道了！因為他說我能寫作是三十年來，他第一次看見過最年輕的人……而先前喜歡寫作的老人，他再也尋訪不到了！

老人，您不知，要不是您幾年前在《緬甸華報》發表我的第一篇文章，我相信對文字的感情還不會像現在那麼深厚！如今那份報紙雖然停刊，但遺留在我們彼此的回憶裏，是深刻而長遠的記憶。

很想很想對不得已停筆、排華後棄筆、年老後放下筆的老人們講，請放心！雖然華文文學在緬甸才有短短九十八年歷史，但經過創傷後的華人的後代如我，已能與文字交友！看佛學學校名義下，懂華文的孩子何止一萬個？我相信這只是一個過程，是文學起步的開始。不是說已有人將緬甸華文文學作品帶至「亞細安華文文學研討會」上了嗎？相信不久後，緬甸華文文學總會再有絢麗璀璨的一天。

夏蔓蔓（馬來西亞）

原名梁秀紅，生於南洋炎夏國度馬來西亞的聯合國世界遺產古城馬六甲。祖籍興安蒲田。英國林肯法學院畢業，曾任銀行顧問，法律學刊主編。除法律外，也深喜中國文學，文章常見於《星洲日報》。二〇〇九海鷗年度文學獎小說首獎得主，馬六甲中華大會堂二〇一一國際婦女節徵文賽評審。

南洋瑣夢

多年前，友人到國外讀書，有個灰綠眼珠稻穗色頭髮、長得很慧黠的小童問她從哪個國家來。她答：「噢，是馬來西亞。你知道在哪裏嗎？就在東南亞一帶。」小童想了想，又很有禮貌地問她：「請你告訴我，那邊的人，是不是都住在樹上的？」

比較有見識的大人，對南洋國度之了解，大概會好一點。但許多沒到過這裏的外地人，看來還是保存著童年從故事書中得來的最初印象：永遠是靓橙的太陽，赭紅潮濕的土地，遍地熱帶雨林毒蛇猛獸，成天被熱氣折騰得眼花頭眩的半文明居民——這裏說的，當然是種很浮面、很模式化的南洋。南洋是幾時有這麼膚淺枯悶了？

如從我細巧知足之世界的透鏡望出去的話，多數時候，我的南洋，本是個實實在在、馥郁寧和的夏香夢。雖然說它可恨的人有很多，而其中也不乏一些令我悲從中來的真話。但是，我想，它的好處，又何嘗是假的了？我這個生於斯長於斯的南國女兒，在這裏要以「內部知情人」的身分，專心致志地說它的好，把它一些我認為可親的地方、人物，小小地褒獎一下，處處為它隱惡揚善——我喜歡它的程度遠超過厭惡它不盡完善的地方。我就是這樣沒有歉意地偏心，尤其是對我長居著的，最近躍升為聯合國世界遺產的馬六甲。

的確，南洋很多時候是被一種敢愛敢恨的高熱籠罩著的——但它熱得有餘地、有良心，從沒把人逼上絕路過。在寒帶的嚴冬裏，「路有凍死骨」也算不上是「國內新聞」了。但在南洋，起碼就從沒聽說有誰被活活熱死過的。反之，如能用心去看，涼幽恬靜，舒心淨意的好地方，其實也多的很。比方說，如在懶拖拖之午後能偷得半日閒，坐在黑綠暗涼、金風銀砂之樹蔭下小憩冥思，還是讀本好書——對我而言，那就是千金難買的寫意時光了。這時，我有一種和和氣氣，「天塌下來當被蓋」的安心——像熟睡在沙籠裏的孩童，被唱著「董當沙央」的媽媽，拍著搖著疼著——世上沒什麼過不了的難關。如不遠處又有片奶藍淡紫交織的汪洋大海，那就更添一份如夢如幻的色彩了。

樹，我喜歡高大巍峨，卻出人意表地盈盈開滿了綺絢柔漫之鮮花的：像青龍木、火焰木。它們常令我想起「鐵漢柔情」這四個字。不知為何，有大樹的地方，也總是爽風習習——難道，大樹當真是風兒的家嗎？大把大把明黃、橙紅、大紅的花，隨著涼風，飛落在頭髮上、衣襟上、腳跟上——給樹下的人，一種很受歡迎，被歡慶著的大喜悅。在冷凜國度，在樹蔭下坐著，可是要著涼的，所以我就認為這裏熱得有理。

在炎熱的國度裏睡午覺，有個專門的英文字眼叫 siesta。我就給它翻譯為「夏蟄」吧！如有私人一點的地方，不妨在屋外兩棵鬱鬱蔥蔥的大樹間，掛個乾淨米白帆布吊床，甜蜜地夏蟄。要不然，重隱私的人，也可以窩躲在像荷蘭街那種淵深高敞，中央卻出其不意地出現個半明亮天井的屋裏。我總是詫異為什麼屋裏屋外，會是兩個截然不同的世界——外面騰熱著，裏面的石牆卻自顧自地散發著絲絲扣扣、山洞般的黑甜涼意。這種衝突性卻又平諧共處的熱與涼，給我一種八分清楚兩分糊塗，小病初癒，被呵護著的幸福感。如果從前在大學唸的是繪測，可能我會想要大規模地在赤道國度設計類似的房子，來造福人群。

因為天氣炎熱，各種冰凍飲品在這裏當然是大行其道了——八寶冰屑、椰糖晶露、各類熱帶果汁都是很美味很有特色的。但對於我，在午後來杯凍冰冰的奶茶，是比什麼都強的。茶我要特濃的，五分滑奶，一點糖蜜，寬大透明的玻璃杯要堆滿大大小小的冰山冰角，上面隨意地飄浮著大珠小珠般的泡沫。茉莉碧螺的淡雅恬靜它沒有，但它自然有「只此一家，別無分店」的香滑灑脫，沁人心脾的清潔涼淨。喝它時我常常感恩，希望這輩子天天能在熱天裏來這麼一杯。

屋裏正在吃午餐的兩個古稀老人，卻偏喜歡唱反調——正在很有滋味，悉悉索索地吃著滾燙、綿稀溜滴的暹米粥。小小烏木八仙桌上，闊氣地擺滿了家常小青花瓷碟——裏面裝著糖醋江魚仔、鹽烤花生米、五香豆干、蒜炒芥藍——簡單，味美，不費幾個錢。為什麼這種天氣裏吃熱粥，老人家也有說法——吃完粥，流了一頭一身的汗，人不就又涼了嗎？薑從來就是老的辣——你是說不過他們的。

屋外行人很少，但不遠處有個亮點——是個頗帶點姿色，正在舊街道懃懃走著的女子。搓舊了的天藍色娘惹繡綴菊上衣，與冷涼的綠藍花卉長沙龍，不鬆不緊地悶著她散著細細暖香的身子。她左手拿著個三層黃地滾青搪瓷飯格。最高一層，是三尾小蝦與剛過了滾水的羊角豆；第二層是用豆醬、肉桂、黃糖燜了整早的雞腿肉；最下面則是香肥鬆軟的白飯。太陽太大了，不得不撐把撒花水紅小洋傘。她腳步匆匆——她愛的人，就在附近開鋪，等著她呢。我覺得這時候的她，是很自然，很美的。

現在更熱了。有時幾乎可見曬得彎彎曲曲，騰升著的水氣。偶爾有車飛馳而過，卻又靜了下來。有輛三輪車因被正在拍照的獨行遊客擋住了路，就高音地「鈴！鈴！」了兩聲。三輪車夫是常叫人左右為難的人物——叫瘦乾黑小的他來載送兩個彪彪大漢，就好像有點說不過去。但不光顧他，卻又對不起他。我見過一個乾等著顧客的三輪車夫，他從口袋拿出薄薄幾張錢，細心地算了算，放了回去。過了幾分鐘又忡忡地拿出來，再算過。太少了！還不夠應付今天的生活費呢！不能回去！不能！我害怕看見勤奮老實正當地幹活，但掙不到錢的人。

現在是下午四點了。如有閒的話，我喜歡在廚房做南洋風味的點心。那天我一面哼著歌，一面歡欣地做了兩大銀盤子的酥脆幼蝦煎餅——材料都是新鮮現成的。因為高興的原故，覺得味道特別好。有一天，又烤了一小爐杏仁葡萄麵包——個個像嬰兒的豐圓面頰，叫人想捏它一把。雖然麵包是西式的，但我蘸著昨晚吃剩的，用了七八種香料煮成的麻薩辣，也覺得生命沒有虧待我。南洋人多能吃辣，許多美國人就不行。人家請他吃咖哩，他說：「活像在吃火！」

說到點心，就讓我記起小時候，常看見的一個流動燒賣檔。老闆有張油圓的臉，前面一個啤酒肚，頂著個「印度理髮師」頭。因為很矮小，腳不太能踩到三輪車的腳板，他總是左一上，右一下，有點吃力地搖晃著前進。每天下午三四點，等大家的午餐差不多要消化完了，他總是心懷不軌地出現在三街六巷，驚天動地地叱嚷著：「燒賣賣賣……！燒賣賣賣……！」那個「賣」字，他是要悠悠揚揚地拖著，拖著——到天荒，到地老——不願意離開啊，不願意。但今時今日，他終究是在這城裏失去了蹤影。

有義大利歌手帕瓦羅蒂潛力的，再有的就是開咖啡店的海南人了。離我童年老家數步之遙的街角，就有間很有南洋色澤的海南人咖啡店。店兩邊敞開著，擺滿了烏木圓雲石桌椅，帶點巴黎露天咖啡館之風情。黑漆櫃臺陳列著錫蓋大圓肚玻璃瓶。小孩踮著腳，吃力地探向裏面的五香餅、蛋花酥、七彩米果。我喜歡脆甜的貢糖，雖然它會粘牙

——它像美麗，卻夾雜著些總會過去之磨難的人生。蓄八字鬍的老闆問客人：「吃點什麼？」客人小聲向他說了，他回頭卻向廚房嚷嚷：「叻沙麵一碗！加辣！玉米冰一杯！少甜！」——貼滿冷硬白瓷磚的屋子，嗡嗡的回音——鬧得大家全知道了。嚷完後，客人還驚愕未定，他卻沒事人一般，又去幹他的活了。

這時屋外要下雨了。天上烏雲洶湧，一個精雕細刻的亮銀網羅剎那間罩住了大地。雷霆不按牌理地，到處「克隆恐，克隆恐」地轟擊——這邊打一回，那邊劈一個，任憑誰也比不上它的氣派。只要沒水患，雨我喜歡痛痛快快、豪情萬丈嘩啦啦地下的。維多利亞年代女作家——愛米麗曾說過，見識過這裏的雨天後，她才知道英國之雨，到底像隻小貓咪在呼嚕。

驟雨初歇微涼時，那是南洋的秋天。夜市的人出來了。有個人很落力地推銷一個馬幣十塊錢的柑橘水果榨汁器。我買了一個，他笑嘻嘻地說：「附送你張保健療方吧！」其中兩則「藥方」是這樣的：

1. 高血壓

酸柑兩顆，嫩椰一顆，連續喝兩星期。

2. 頭疼難眠

青蘋果一顆，紅棗六顆，泡參粉兩小匙，冰糖兩粒，文火慢燉。不管靈不靈，也都罷了——用的都是高維他命，營養豐富，吃不死人的材料——哪知有人因此好了，也還未可知呢！

賣花花綠綠衣裳的檔口也有不少——給夜市帶來一抹明媚嬌艷。但是我想，我做什麼都好，就是不能擺檔賣衣裳——那肯定是有賠沒賺。從前，連我年老的外婆也這樣地嫌我：「哎喲喂，怎麼穿得這麼素淨啊！」記得大學迎新週，刁難人的學長們有日心血來潮，如此下命令：「今天每人都得穿三種顏色以上的襯衫！知道了嗎？」我慌亂地翻遍衣櫥皮箱，竟找不出一件來。被問話了，只好低著頭道：「這樣的襯衫我沒有！」抬頭一看，大家扭曲著的臉，都在忍住笑。

很多農家人，拿了肥美新鮮的水果蔬菜，也在夜市裏擺賣。有一攤常賣較少見的蔬菜。我問長問短地，想知道這是什麼，那是何物，她也樂得告訴我：「哦，這叫薑花，炒江魚仔好吃！花生根用來煲雞湯，可增食慾！」有種彎彎曲曲，叫蛇豆的蔬菜，長得極像一條條的青蛇，有點駭人。我大膽買了一些，聽話地拿來炒雞蛋——那實在是人間美味。

有個賣麵粉糕的檔口，生意做得很火紅，我常去光顧。有一次我三幾個禮拜沒去了。再去時，她有點受傷地看著我說：「你也好久沒來了啊！」我是欠了她一個交待的。她頓時變成了個遠親，不單是個賣麵的。有個在大城市裏定居的友人對我說：「有天我單獨走在芸芸街上，突然想，如這樣臥地而倒，死去了，也沒有一個半個關心我的人知道。」這太悲哀了。但憑這點，我就會選擇住在人情味濃摯的南洋小城。

晚餐吃麻辣牛肉湯。牛肉我雖不常吃，但這檔的另當別論。我這樣跟老闆說得好好的：「不要肉丸，要加白菜！記得了哦！」他滿口答應，送來時，卻一樣有肉丸，白菜還是寥寥幾根——他不聽我的。但多去了幾次，我還沒開口，他卻說：「要加白菜，是吧？」但肉丸還是照舊給了。我喜歡他們家的瓷碗：上面畫著嫩潤撲紅的蟠桃，寫上「長生不老」四個字——後面兩個字是很多人，尤其是女人，奢侈而徒勞的願望。

廚房的米缸裏那天擱著顆青澀的鸚哥芒，現在熟透了，正發出濃密、鮮銳的香——我想切了它，卻又捨不得它的香氣——就決定讓它留到明早。一個到廚房裏修理冰箱的老年人，手機忽然響了——噢，竟是查查版的「快樂星期天」。我有一點驚詫——那應是個年輕繽紛消遙的世界呀。但為什麼不能呢？他也年輕過，也有權樂觀，當然也能讓美好回憶來點綴他那逐步灰淡的世界吧！

一天就這樣過去了。一天又一天，一年復一年。我就這樣輕輕地作著我恬靜、安然的夏香夢——人就是不太願意醒過來。

（曾獲二〇〇八馬來西亞海鷗年度文學獎優秀獎）

童敏薇（馬來西亞）

一九七九年九月四日出生於馬來西亞吉隆坡。畢業於復旦大學中國語言文學系學士、中國歷史地理學碩士。著有散文、隨筆、評論、歷史文化遊記等，作品多見於馬來西亞《星洲日報》和新加坡《聯合早報》。曾為《中國國家地理》雜誌、香港商務印書館等擔任編務。

何日君再來

翻開有皺紋的尋人啟事，報紙要找的人很多很多……。

突如其來的車輪把你碾轉過去，皮肉之苦大概瞬間就消失了。你的世界呈現一簾黑幕，隨著白影不聞不問，剩下二房十三個孩子。我的印象裏，沒有你。或者說在我出生以前，你已沉澱在後廳、和那古老時鐘並排得發黃的是大頭照。一年一度的清明盂蘭盛會，新舊冥火，被吟誦的魑魅魍魎；氣氛又把你從三十年前的那場車禍裏重新地被幾個孩子提起。誰知，年復一年。幼兒的我指著它支支吾吾說不上一個所以然，比我高的人都知道你是誰？為什麼被釘在這裏。每回和小弟妹玩捉迷藏，總免不了躡手躡腳地走過你眼神。害怕被你吞噬，我就藏在你的懷裏，膽小如鼠的他們便不會發現我。走進你的視線，他們的父母都沒有把你介紹好，以致你在這個家裏日漸失去一家之主的身分。宣傳的效應不徑而走。最後，小孩索性給你一個大家共鳴的稱號，給你追封加冕「鬼」的行列。這樣一來，彷彿我這個家族讓你的父嚴模糊，還落後在母系社會。古鐘被么叔在喬遷之喜時搬走了。雜草蠻生的背後記不得是墓塚還是廢院，外人看到的只是盲人摸象。

在我還上小學的時候你就病了，而且病得一蹶不振。你常常在藤椅上嚷著要起來，卻也常常在我面前摔跤絆倒。跌出你一身紅青紫綠的新衣裳，可見你不甘心，還在我面前逞能。最後，經我敲打鄰人漆黑窗戶下，求得一瓶止血藥。地上的鮮血正濃，老人的血液愈發棗黑卻沒有半點人工色素。我弱小的身軀無法支撐你的八十高壽。我哭，喊著你，你還是苟延殘喘地躺在血池裏，無病呻吟。聲聲的夙願，內容離不開回唐山的路。昨日童蒙，不懂我和你之間是如何交流。海上的浮萍，一盞盞，成指路的燈，人不知落葉歸根還是落地生根。只是，這一次並沒有要了你的命，反而是後來老死在老人院裏。

你習慣喚我大小姊而不叫我的名。你自認為是家裏最卑微的僕人，吃我們剩下的飯菜，然後向街坊嚷嚷母親和我合謀、對你施加虐待。生活，隱藏無盡地陰暗面。你常跟公公吵鬧，和媽媽鬥氣，嘴裏盡含十八層地獄的惡毒話。公公去了，媽媽成為你謾罵較勁的對象；媽媽外出，我卻成為你養精蓄銳可攻擊的親人——狗嘴長不出象牙，這一輩子居然也沒有聽過你半句讚美的話。隨著你的年老，看你進進出出政府醫院，使不懂事的媽媽突然成為一個合格的醫生。你的病情一次比一次嚴重，需要的鮮血一次比一次急迫。每次你病危旦夕我都正好不在，往往我滿懷希望來探病，你還可以對我冷眼。一旦我放心離去，你不是幾度進加護病房，就是以昏厥來張顯你脆弱的生命、表示你的敵意。

對你的印象隔閡著時間和空間，所以你走的時候，也沒通知我一聲。自我懂事的時候就寄生在你家裏，飯後，祖孫倆總是到院裏乘涼，穿戴著翡翠綠鐲子的手和纖纖小指在為彼此搔癢。每個星期爸媽只需和我見面一次，你是我那時最熟悉的人，但不可親。後來上學，我回到母親的身邊，雖然期間我們都有來往，兩人的手終究經不起時間的琢與磨，像碎了的花瓷。從小，我就覺得和其他孩子不同，因為我不會親近你們，更不理解其他向你們撒嬌的孩子的心情。你常常在浴室裏唱〈何日君再來〉，好像有意地讓泉下的爺爺聽見卻回不來；又或許是，你為那段已逝而未及時結果的愛情而緬懷。你常常說路遙知馬力，日久見人心。在你身上，我無時不感受到方塊字的蘊意深藏。然而，隱約中我似乎又知道你在說她——我是她的女兒，你自然是帶某種情緒來照料我。每回，我在馬路周邊撒野、和孩子打架、爬高跌跤、到園裏當小偷，反正我安全回來，你就送我一口飯菜。

爺爺（一九一九—一九七四）廣東惠州人；公公（一九一六—一九九四）廣東花縣

人；婆婆（一九一七—一九九九）廣東順德人；奶奶（一九一七—二〇〇三）祖籍廣東，生在州府。尋人啟事天天有，人卻天天不見，人不見了就被寫成啟事。啟事找不回人，卻記錄了人的自然消失。備註：數天前，父親重回祖屋搜尋出兩大本不屬於這個年代的相簿。相片片段式的記錄了從曾祖母至祖父再到父親母親的過去；於是，從父親的記憶中艱難再現家族史裏鮮為人知的褪色故事：祖父在世時擔任某家華文報館的主任要職，因一場意外奪命，該報館還大費周章報導這一則新聞；曾祖父在國家獨立以前遭受馬共迫害，死於非命。當場槍斃，即埋。只是道聽途說，人就沒有了。初次失神地看著一部兩部黑白相片，先輩的音容笑貌一一在相簿間倒帶再現。我不認識他們，彼此亦不曾碰面。只是他們的輪廓有幾分與父親母親相似。我的體內流著與他們大概相同的血型。血脈相通、血濃於水，就建立在相片與現實黑白之間。我不懂客家方言，父親說我是客家人。一切只因長輩在幼年教育「祖籍的概念」才得以保住。對於海外的華裔來說，除了能掌握自身的母語，再也不能出示任何的證據，證明他們的根不在這裏，而是在那遙遠的「大母雞」身上。源頭，應當在那冷冰冰地墓碑上，碩果數行已由紅轉淡的漢字，其中這樣刻著：「廣東惠州人氏」。

沒有人、驚覺，它潛伏的私念。

山可以移嗎？

靖竹（菲律賓）

原名施純青。筆名：靖竹、君愛竹、敬筑，祖籍福建晉江衙口鄉。臺北德明技術學院銀行管理科畢業。菲律賓《環球日報》每日專欄「爐畔雜記」執筆人（一九八七——一九八九），菲律賓中正學院中學中文部主任兼院長助理。自一九九九年起為菲律賓世界日報「反思集」、「拾貝篇」兩專欄執筆人，二〇〇〇年任菲聯合日報辛墾週刊「十字坡散記」專欄執筆，八〇年代加入菲華辛墾文藝社、亞華作協菲分會。九〇年代加入海外華文女作家協會。

老厝

那是一個再平常不過的日子，但是在阿光伯家卻是十分不平常，他已然衰老的身軀止不住興奮地顫動，他高興，只緣唐山老家的姪兒來看他。

姪子是他大哥的親骨肉，他十二歲起過海到呂宋勤奮打拼，省吃儉用，一積攢下錢就無私地寄回家鄉，奉養父母，又接了個弟弟來菲發展。他滿心歡喜地這麼做，只因當年父母親花錢買大字（護照）送他來呂宋的目的就是要賺錢養家。年少的農家子阿光從此開始學做買賣。時光在蕉風吹拂椰雨洗滌間飛逝，阿光從一個毛孩子長成了俊朗的青年，勤奮努力使他生意越做越順，在太平洋戰事爆發前，風風光光地娶回賢淑美麗的富家女為妻。

他節衣縮食，和弟弟二人把那所謂的「藥丸」（錢）一粒一粒毫不間斷地寄回家鄉，幾年後，破舊的老家煥然一新，建成一座亮敞敞的呂宋厝。阿光伯的父母滿意地站在陽臺上拍了張照片寄到呂宋，阿光看了難掩欣喜，立刻送往相館翻照，洗了一張八吋大的照片掛在家中牆壁上，每晚飯罷坐著搧涼，望著照片上的呂宋厝，他真的是作夢都會笑。

二戰勝利以後，他帶著嬌妻兒子回鄉為父母做大壽，為鰥居的大哥續了弦，親人個個獲贈黃金戒指、金項鍊，誰見了他都豎起大拇指誇讚阿光有出息，是鄉里的「榮譽」。

或許人們以為阿光在父母百年之後責任已清，可以和自己的妻兒好好享福，不必再那麼辛苦養唐山老家，哦不！大家都想錯了，阿光伯一直認為照顧那一大家子，資助平輩的兄弟妹們，是責無旁貸的。況且那素未謀面的子姪也來信說不可「半海停舟」，所以，為撫養兄弟們的下一輩，他還是扛住半肩責任，看病、買藥、嫁娶、姪媳婦坐月子，無不急急寄出家書夾上「藥丸」；習慣之後必成自然是不移的定理，到後來甚至他嫂子過世，那些已然成家的子姪還特別來信聲明：「喪葬費用我們兄弟『暫先』支付了。」

但是教識者心疼的是，這來自農村，為人憨厚的阿光伯應付不了現代化生意快速經營的方式，老老實實的他生意越做越小，風光不再。如今，眼看著已然成家立業的子姪，他老懷告慰，那股歡喜從心底油然生起，另一面卻不斷地怪姪兒們不事前來信通知，讓他沒能準備好酒好菜招待。

在說了些唐山老家人人思念二叔的話後，唐山來客言歸正傳。事因鎮上要拓寬馬路，老家房宅前面被劃入徵地的範圍，照例是由政府出資購地，因此特地飛來呂宋找叔叔要地契。阿光伯的視線移到牆上那張呂宋厝的照片，他低頭想了想，喚來妻子、女兒，要她們速往銀行保險櫃取來老厝地契。

阿光伯的女兒很精明，她不忍違拗父親，可也不願那樣不明不白地把地契交出去，於是便問賣地的錢怎麼處理，她的堂兄們輕描淡寫地應道：「那一點地賣出去也不值幾個錢，何況你們住呂宋，地契放這兒我們也不方便。」言下之意是賣地款項、祖屋、地契都歸他們了。

順利取得地契，唐山兄弟倆匆匆告辭，連便飯也來不及留下來吃了。從此呂宋厝就真的只留在阿光伯家中斑駁的牆壁上，他奮鬥幾十年的成果在老厝榮耀著，但在呂宋，他的住家依然是租的。

他終於再無心力經營生意，退休在家受兒子奉養，怎奈這個養活父母親一家三代人的樸實硬漢，習於照顧人，卻不習慣被人養，一旦休息下來彷彿患了大病似的；昔時的渾身精力，猶如繃緊的橡皮筋，這一會兒彈性疲乏，可就無力鬆散了！

他倚著床頭，望著那牆上老厝泛黃的照片，想到當年回鄉時，隨手灑著黃金，多麼受人歡迎啊！他老哥還指著那間房屋大聲地告訴他：「這間屋是你們二房的！」可是如今聽著故鄉人說起他那幾個姪兒有人建議賣掉那間呂宋厝，有人為爭那棟呂宋厝而翻臉動干戈！聽聞之餘他不禁痛心地長嘆。來探望阿光伯的幼弟勸二哥放寬心懷：「我們已老，責任也了，少年的，各憑本事去打拼吧！」

夕陽餘暉映著照片上的老厝，那棟老屋除了阿光伯當年衣錦還鄉時曾住過幾天外，他根本也未曾擁有過。說得具體一點那只是一紙說明他也曾經發達過的證書。

曉雲（泰國）

原名溫小雲。十三歲獲得第一個寫作獎，讀高中時正式開始創作。父親畢生為文藝工作奮鬥，自小受父親薰陶，愛寫各種體裁的文藝作品，文章散見於泰華各報文藝版、《泰華文學》及海內外刊物；一九九三年獲「春蘭‧世界微型小說大賽獎」；二〇〇三年獲泰華作協與《新中原報》聯合舉辦的短篇小說徵文比賽冠軍；二〇〇七年獲泰華作協主辦的微型小說大賽優秀獎；二〇〇〇年出版文集《問情為何物》。現為泰華作協秘書，《泰華文學》編委。

我的祖父

我的祖父離開我們已經快三年了，夜深人靜的時候，我總是想起他老人家。

一九〇七年秋天，祖父出生於揭陽五經富，是「玉合居」的大長孫，曾祖父只單傳他一人，所以曾祖母對他非常溺愛，用祖父自己的話說：「我年輕時是騎著高頭大馬踩著長統靴的敗家子。」

祖父於十六歲那年迎娶五經富鍋廠大戶人家的千金小姐曾氏為妻，據說婚禮熱鬧非凡，男方有華僑從國外回來賀喜，女方財力雄厚，陪嫁物無數，成為當地佳話。

祖母於一九三六年二月十九日生下父親。三七年初，當祖母又一次懷孕時，祖父別了嬌妻和幼子，遠渡南洋。幾年後，祖父在泰國賺了第一桶金，返回家鄉。時值日本鬼子入侵中國，在汕頭口岸，也是危機重重，幸得一軍官相助，總算化險為夷，軍官對年輕英俊多金的祖父大加賞識，把年輕貌美的女兒許配給祖父為二房。

祖父把新娶的美嬌娘帶回家，祖母極力反對，曾祖母卻是謝天謝地，說：「一個兒子兩個媳婦，是天上掉下的好福氣。」祖母帶著一雙兒女，回娘家告狀，大戶人家派了大隊人馬，大有「踏平玉合居」的氣勢。作為小妾，儘管有軍官父親，然路途遙遠也是遠水救不了近火，小奶奶受盡百般刁難。祖父成了夾心餅。只有七、八歲虛歲的父親，曾經跟他母親說：「讓小媽住下吧，我很快就長大了，能保護母親和妹妹了。」祖母摟著懂事的孩子失聲痛哭。

曾祖父去世後，祖母決定全家南渡南洋，條件是祖父不能帶小妾去。萬般無奈下，祖父送走小妾（據父親說，後來她傷心過度鬱鬱而死，真是紅顏薄命，讓人不勝唏嘘）。

然而曾祖母不想把老骨頭丟在異國他鄉，堅持留在家，並要求把最愛的孫子留在身邊以備百年之後有人提香爐。而從小跟著祖母的姑姑，哭鬧著不想離開她的祖母，最後，祖父母只能把兩個孩子留在老人身邊，為了家裏的祖孫，他們僅帶著足夠的路費就出洋了。

那年，父親年僅十二虛歲，便擔起家長的職責。年幼的父親當家開始祖孫三人相依度日，其中的艱辛和淚水，姑姑一提起便流淚。往後幾十年的日子，祖父每每想起這件事，總是覺得對不起父親。

俗話說，「百無一用是書生」，祖父母到了泰國，一個肩不能挑手不能提的書生公子，一個是千金大小姐，多年來，他們曾受過騙上過當，辛辛苦苦也沒賺上什麼錢，更別說給家鄉的老母親和一雙兒女寄錢了。

後來他們到了泰南宋卡歌樂縣，收養了他堂兄的一個女兒。

大國民的思想使祖父母一直用隨身證，沒有加入泰籍，而且，祖父一直希望能回去家鄉，所以在他們有能力買房子的時候也沒有置產，幾十年來一直租房住。

一九八九年九月底，我和姊姊移居泰國。十二月五日，姊妹倆到了歌樂，見到已經七十出頭的祖父（祖母曾經回去家鄉探親我們見過），當祖父聽見我們叫「阿公」時淚流滿面，他說他三十九歲便當上祖父，如今才親耳聽見孫輩的叫喚，太遲了，怎不讓他老人家激動！

一九九二年農曆六月，身患糖尿病和高血壓的祖母離開我們，祖父悲傷萬分，一下子老了許多，開始的一段日子，每天早上，祖父總在祖母靈前擺上早餐，然後他才慢慢地吃，邊吃邊流淚。

祖父母沒有多少財產，但祖父對祖母的愛，無論是在她生前還是逝後都深深讓人感動，特別是祖母去世前生病的十年，祖父十年如一日全心全意照顧她，用盡所有的方法盡量讓祖母少點痛苦多些快樂；祖母往生後，祖父幾乎是傾盡所有為她修了寬大體面的墳墓，而且把她安葬在親人的旁邊，就怕祖母在另一個世界會寂寞無依。

在祖母離開之前，父親曾兩次赴泰想把他們帶回老家安享晚年，但他們總沒有答應。祖母走後，父親又一次來泰勸說祖父落葉歸根，祖父答應了。

一九九五年五月，祖父終於啟程回國，一路上，他抱著祖母的香爐，每逢上下車或上下飛機，他總會告訴祖母別忘了跟著走，要回家鄉了。

回到家鄉後，祖父與父母住在鎮政府供應的三房一廳，一起享受著天倫之樂。

二〇〇二年八月十四日，父親因病離世，我們全家陷入巨大的悲慟中，對於兒子比老父先走，祖父表現得有些冷靜和理智，在我們慟哭聲中，祖父歎氣之餘也勸慰我們。

祖父的身體一向很好，父親去世後，母親無法目睹家中的繁雜事務，住到廣州弟弟家和泰國，祖父獨居著三房一廳，他可以自己照顧自己，包括買菜做飯洗衣等日常生活，他總說他什麼都可以做，不會拖累孫兒們。每天，住在前面一棟樓的二姊夫婦，都會去看老人家有沒有需要幫忙的，他總是趕他們快走別影響工作。

二〇〇七年夏天，天氣酷熱，祖父開始食慾不振，外出的孫子孫女，還有姑姑、姑丈和孩子們都趕回來探望。

病中的祖父，竟多次提起「父子會不會相剋相沖」，原來，對於父親比他早走，祖父一直耿耿於懷，父親屬鼠，祖父屬馬，馬鼠六相沖，潛意識中他總認為是他剋死了自己的親兒子，想來在父親走後的這幾年，祖父他老人家曾受過多少的煎熬呀，原來，在他冷靜和理智的背後有著多少的無奈和悲哀呀！

祖父年老時最喜歡的人有兩個，一個是他的寶貝孫子，即我的小弟弟在廣州從事員警事業。祖父把孫子穿著警服的照片沖洗了許多張，並過塑，送給他的老朋友和親人。而且，上衣口袋裏總放著一張，見到熟人便亮出來，自豪地說：「看，我的員警孫子，多帥！」在他病危時，還不時叨念：「怎麼才兩杠一星，看來該給他大領導說說，多給兩杠吧。」說得我們心酸又想笑。

祖父最喜歡的另一個人是中國溫家寶總理，當溫家寶當選為國家總理時，祖父比任何人都高興，說我們溫家有福祖上積德，出了個總理。為了找到滿意的總理相片，他走遍大街小巷的書店，最後，終於在離家三十多公里的揭陽市區的書店，找到一張黑白的照片，照片中總理親切地微笑著。祖父如獲至寶地把相片翻拍成彩色照，擴大成「十二×二十吋」，裝裱在精美的相框裏，掛在老家全村的公館牆上。在他老人家看來，溫氏出了這麼個大人物，是溫氏的驕傲和自豪。臨終前一星期，他還要求把溫家寶的相片掛在他的蚊帳上，他躺著也可以看見，並交待我們看好家鄉公館的彩色照，別被壞人破壞，說如損壞要以一賠三！

儘管醫生想盡辦法，輸液二十一天，九十高齡的祖父還是走了，帶著我們深深的不捨和傷痛，走的時候安心含笑。醫生的診斷是：無疾而終，就像油燈枯了，老樹朽了。

在整理祖父遺物時，我發現祖父把我們姊弟六個所生的孩子，也就是他的曾孫輩的出生年辰用紅紙抄寫得整整齊齊，十五個曾孫呀，難得老人家能夠如此用心，原來祖父對我們的愛是如此之深，只是，他從來沒有用語言表達出來！

我們以最隆重和體面的葬禮送走了祖父，並在百日內為他修建了比他修建給祖母更大更壯觀的墳墓。

我最親愛的祖父，願您在天上更加安寧！

謝馨（菲律賓）

一九三八年生於上海，一九四九年赴臺，一九六四年定居菲律賓。著有：《變——麗芙嫚英譯中》、詩集《波斯貓》、《說給花聽》、《石林靜坐》、《禮物》、《新詩朗誦CD》，《謝馨散文集》。詩作四度入選臺灣年度詩選。詩集《石林靜坐》獲二〇〇二年臺灣海外僑聯詩作首獎。

中國古代文物珍品觀賞

之一

居住海外，每次有中國文物的展覽，總盡量不放棄機會前往參觀。這次在菲律賓國家博物館和大都會博物館舉行的「中國古代文物珍品展」，我先後去看了三次。

國家博物館展出的是銅像和玉器，陳列室在四樓。這是一座宏偉典雅的建築，但展出的場地卻只有普通教室那麼大小的面積，而且一半擺設的是「銅像」，另一半才是「玉器」。

我先看玉器，就從進門左側貼牆的玻璃櫃開始；第一件是石器時代的一尊「黃玉獸形玦」，體積不大，但由於年代最古老，而且完好無缺，玉質細密瑩潤，形制純樸簡單，散發著一種天地元黃的蒼茫靈氣和玄秘，展覽會將它放在開宗明義的第一件，也許是有所用心的。以它來做這次展覽的「鎮寶玉」，也是擔當得起的。我對著它凝視良久，想到玉在中國古文化中深邃、廣泛的內涵，竟有著一種說不出的感動。

第二件是石器時代的一塊玉璧，直徑十六點八公分，是一塊素璧。雖因風化、鈣化失去原先的光澤，但形狀完好工整。《周禮．大宗伯》載：「蒼璧禮天。黃琮禮地。」大約是史前用來祭拜的聖物。

戰國時代的白玉龍形珮和白玉雙龍首珩是當時最流行的佩飾。令人驚嘆的戰國工藝精細、純熟、優美，在這兩件珍品上都可以欣賞得到。而且它們的玉質多麼晶瑩啊！是和闐玉還是岫岩玉呢？有些玉器展覽的註解會標明玉的種類、產地、雕琢和功用，這次卻只有朝代和尺寸。

三件漢代的劍飾——青玉雲紋劍瑟（西漢），青玉獸面劍璏（漢），青玉臥蠶劍首（西漢），還有一件白玉豬（漢）。由這幾件珍品可以看出漢朝治玉技術同樣高超精緻。玉璧是漢玉之表率，這次卻沒有展出。

展覽裏見到一件南北朝的「青玉辟邪」也是令人高興的。因為那時道教和佛教盛行，玉器的製作也受到影響，出現了許多神仙祥物思想的動物立雕，像天祿、符拔、辟邪等等，南北朝之後就很少製作了。

唐朝一件「青玉武士像」，體積很小，但卻可以看出唐代人物形象玉器強烈的雕塑感，放大幾十倍後也許會讓人聯想到現代朱銘的太極系列。

宋代四件——青玉花卉雲紋盒（北宋）、白玉嬰戲飾件（宋），青玉持蓮童子珮（宋），白玉臥狗（宋）。其中第三件讓我想起在介紹古玉的書上曾讀到有關「磨喝樂」（註）的典故，在宋朝，每逢七夕前三、五日，市井流行一種「磨喝樂」的習俗，尤其是小孩喜折未開的荷花把玩。有人將它製成玩偶，有木製、陶製、象牙甚至金、銀做成的，玉雕磨喝樂在宋代更是普遍的題材。這次展覽裏見到，禁不住勾起童心，使我突然笑出聲來。

遼金三件——白玉雙花佩、青玉雕人物山子、青玉巧做雕虎飾件，似乎看不出契丹遊牧的粗獷，反有中原雕工的雅緻。

明代四件——「白玉花卉執壺」、「青玉龍柄桃式杯」、「青玉雙螭耳杯、盞托」及「白玉透雕花鳥紋帶飾」。前三件充滿擺設的裝飾美，後一件則是名符其實玲瓏剔透的雕工啊！

清代五件皆係白玉——白玉佛手、白玉玉蘭花形花插，白玉渣斗、白玉「富貴有餘」如意、白玉雲龍紋肩蓋瓶。玉雕到了清朝，由於幾個重要皇帝的特別寵愛，可以說已達至工藝發展的頂峰，比起那些晶瑩剔透的翡翠飾品，繁複鏤空的大件陳設品或雕工細膩的立雕擺件等等，這五件是算不上代表作的，不過其中那件「如意」卻是這次展覽中的明星。就像巴黎羅浮宮中的那幅名畫——「蒙娜麗莎」，最受參觀者津津樂道。也許是人人渴望吉祥如意、萬事如意吧！而這件玉雕本身也確實得人喜愛，美麗的牡丹、雲紋、鯉魚、蝙蝠加上乾隆皇帝戊申新春的御題……。

這個玉展看來簡單，但相信籌備工作也一定非常繁重，像牆上張貼的中國玉文化介紹及中、菲、英三種文字的逐件解說，加上千里迢迢的運輸，昂貴的保險以及國際文化交流進行必經的種種磋商、聯繫和禮節，才使得眾多愛好藝術、文化的人們有觀賞和學習的機會。

之二

1

比起國家博物館的「銅像和玉器」，大都會博物館的展覽場地要寬敞得多了，布置和裝璜較完善，文物類別涵蓋面也較廣泛，有陶瓷、書畫、文房四寶、傢俱，甚至也可以把建築包括進去，因為入口兩座大紅的月洞門正是純東方的古典格式。穿過一條短而狹窄、兩側擺著文物珍品的甬道，豁然呈現的是一間琳瑯滿目的陳列室，展示著華夏五千年的歷史和文化，而此時此地，幽雅的國樂正輕輕地播放著。對於從小在中國環境長大的人來說，前來參觀這個展覽，也許能紓解鄉愁；對海外生長的中華兒女們，也許是一種文化傳承的啟迪；對友邦人士也許是一種多元的薰陶。

2

誰說逛博物館枯燥、無趣，十歲的小孫女丹妮就看得津津有味。牆上懸著一幅石竹，她站在立軸前注視了很久，因為我曾教她臨過鄭板橋的畫，同時，連帶她對展出的紙墨筆硯也不陌生了，雖然那支瓷身羊毫，比她的小楷毛筆大了許多倍，那尊端硯比她使用的要厚重得多，甚至那方品瑩紅潤的「龍鈕壽山石印」，她也瞭解它的用途，因為她也有一塊小小的木刻印章啊！我相信她看了這個展覽，對中國文物又會多了一些認識和印象。

3

每次見到磁州窯虎形枕，總會聯想到唐朝的小說《枕中夢》。不過這樣的故事對於十歲的孩子來說，也許太虛玄了，但按圖解說：猛虎辟邪，護人安眠是可以接納的；陶枕上飄逸的畫是老幼皆喜的。臺北故宮李霖燦古物專家在一篇介紹磁州窯的文章中就特別提到磁州虎枕灑脫的筆觸：「……只是虎尾這繞枕一盤，具足器型，令人擊節稱賞不已。」

磁州窯原是一個地方性的民窯，現已名聞天下。一九八〇年，美國印第安那波里斯博物館還舉辦了一次「磁州窯展」，並出了一冊完善的磁州窯書籍，震動學術界。磁州窯討人喜愛，因為它造型穩實，花色淳樸，給人一種真誠、溫暖的感覺。這次展覽中有兩件，除了「磁州窯虎形枕」外，另一件是「磁州窯龍鳳罐」。

4

大廳第一個玻璃櫃陳列著一件「斗彩鴛鴦臥蓮小瓷碗」，精巧奪目，逗人喜愛。斗彩又名「逗彩」，真是名副其實。看著這件可愛的小碗，心想不可能是傳世極少的成化珍品吧，註上書寫著的年代是康熙朝還是雍正年的呢？博物館的器物是不常見到底款的，更遑論摸摸、碰碰地把玩、端詳。「斗彩」又被稱為女人瓷，因它多數是小件器物。但這次展出卻見到一件很大的「斗彩八吉祥紋盤」，直徑約有十四至十六吋，八樣吉祥物是：輪、螺、幢、傘、花、瓶、魚、結，緒色繽紛，爭奇鬥艷，呈現了物的另一名稱「鬥彩」。

5

明代的藍釉是陶瓷的瑰寶，這次展覽竟出現了三件：「青花纏枝花卉棱花口盤」、「青花東蓮紋盤」及「青花攜琴訪友梅瓶」。明代青花以永樂、宣德年代的產品最為人稱頌，但不論這三件隸屬那一朝，每件都端莊素雅、格調極高。其中第一件纏枝是以花朵上下周轉、枝葉互相纏繞而成的圖案，加上棱花口的邊緣設計，顯得異常秀麗。第三件「攜琴訪友」閒適歡愉的意境令人嚮往。有人說：雕塑有形無色、繪畫有色無形，陶瓷有色形，而陶瓷上的書畫也是極為觀賞者重視的。至於這一件的器製梅瓶，原係盛酒用具，源於北宋的磁州窯，當時的梅瓶器腹有「清沽美酒」與「醉鄉酒海」字句。後因口徑小與梅之瘦骨相稱而得名。中國人喜歡瓶，取其音「平平安安」。陶瓷市場的價格也有一說法：瓶勝於罐、罐勝於碗、碗勝於盤。可能是由於易於擺設和收藏的原因吧。這次展覽中除了梅瓶之外有天球瓶、五菅瓶、橄欖瓶、撇口瓶、八棱瓶，可是卻少了被公認為形制最優美的玉壺春瓶。

6

青花的另一名稱為「釉裏藍」，是專對「釉裏紅」而言的。藍釉的藍使用氧化銅的釉藥，燒造成紅色者就是釉裏紅。釉裏紅在元朝時就已開始製作，但技術不及清代高明。而這次展出的兩件是「釉裏紅三魚碗」和「釉裏紅雲龍橄欖瓶」正是清代的珍品。同時，兩件器物上的圖案也是最常見的題材，每次書上介紹釉裏紅，似乎總是以它們來示範、那三條魚的名稱是鱖魚。

7

青瓷是中國古代最主要的瓷器品種，這次展覽會中有一件是北宋年代的「龍泉青釉五菅蓋瓶」。色澤淡雅清逸，古意盎然。這種造型稱「多菅瓶」，也有四菅、六菅、七菅、十菅等，是一種宮中的祭器。

菲華文藝協會常務理事莊良有對青瓷極有研究，她曾參與「浙江龍泉青瓷編輯研討會」，與大陸名考古專家朱伯謙及數位陶瓷學者合作，出版了《龍泉窯青瓷》一書。數年前，莊萬里「兩塗軒」書畫珍品捐贈上海博物館，菲律賓組團前往參與盛事。幸運地，也蒙莊女士特為安排去到西湖附近青瓷收藏最豐富的「浙江博物館」及「杭州市郊烏龜山的「南宋官窯窯址」參觀。最近，莊良有為楊應琳博物館及菲律賓東方陶瓷學會策劃了一次菲律賓漳州瓷展。數年前她也在艾雅拉博物館舉辦了一次「菲律賓出土的青花瓷」。兩次展出皆有她親自執筆文圖並茂的書籍發行。這位出身倫敦大學考古學系的前菲律賓東方陶瓷協會會長，不僅帶動了菲律濱對陶瓷藝術的欣賞，對整個東方陶瓷學術界也貢獻良多。

註：玉雕執蓮童子這一題材最早見於宋代，對這種造型的童子，民間有多種稱謂，如執蓮童子、持荷童子、磨喝樂、摩目侯羅、蓮孩、小玉人等等。關於這種造型在宋代出現的原因，專家說法不一。一說與佛教有關，將其稱作「磨喝樂」或「摩目侯羅」，是借用佛教天龍八部之一大蟒神「摩呼囉伽」的梵文音譯；一說與「化生」習俗有關，元代僧人圓至註引《唐歲時記事》：「七夕俗以臘作乳兒形，浮水中以為戲，為婦人宜子之祥，謂之化生」；還有一說，既與佛教的「蓮花生子」有關，也與傳統的「蓮生貴子」的吉祥說法有關。宋開玉雕執蓮童子之先河，元明清各代紛紛仿效，並一直延續至今。

（編者引自中國商報，收藏拍賣導報，〈七夕玩賞「磨喝樂」〉，王家年作，二〇一一年五月五日）

第二輯　異域新枝

一凡（汶萊）

本名王昭英，一九三九年生於新加坡，一九六八年隨夫定居汶萊至今。一九六二年新加坡南洋大學中文系畢業，後赴英國倫敦大學中文系攻讀。曾任第五屆冰心文學獎評委。主編新加坡南洋理工大學「中華語言文化中心」出版的《東南亞華文文學選集・汶萊卷》。重要作品有：詩文集《灑向人間都是愛》，散文集《跨越時空的旅程》、《雙飛集》以及微型小說集《一凡微型小說及其賞析》。

悠哉 此行

一談到旅遊，就想起友人調侃旅行團為高級逃難團。想想，短短十天左右，要走完好幾個國家，的確有點疲於奔命。

遇到清晨抵境的團，甫下飛機，睡眼迷矇，就得打起精神，遊覽到達酒店前路過的景點。到了酒店，一陣擾攘，稍事休息用餐後，又得擠上旅遊車，開始接下來的長征。累也得走，不舒服也得走。集體行動，不能遲到，不能早退。膳食再難吃，再不合胃口也得嚥下，不然觀光途中，飢腸轆轆可不好受。

有的團行程緊密，晚上還得打點好行李，放在房門口，讓行李一早先上車。偶爾忘了留下一、兩件清晨得更換的衣褲，就只能將就穿上髒衣上路。

晨鈴最難消受。帶著一身疲憊上床，好夢正酣，晨鈴的鈴聲就響了，只得趕快起床，匆匆梳洗，吃了早餐又再隨團出發了。往往車行不久，就有人開始打呼或閉目養神。導遊的講解，成了這些人的催眠曲。路上好風光，都無緣欣賞。對景點的認識，好些時候只憑照片上的浮光掠影，說不上印象深刻。曾在網上讀到如下頗能反映隨團旅遊真相的有趣的一段對話：「老兄，你看起來很疲倦，應出國走走，鬆懈一下。」答曰：「我剛旅遊回來。」

已有好些時日沒隨團遠遊了。非不為也，實不能也！上了年紀體力精力都不濟。月前與兒子一家四口同遊西澳，給了我們全新的旅遊體驗。除機票、旅社、行程等不勞我們費心外，每天都有充足的時間養精蓄銳。

也許有人會認為花了十天時間，只遊柏斯一個地方，似乎不划算。但收獲大小，是否一定與遊歷景點多寡成正比？人言言殊。

不隨團，不住旅店，我們租住的那間房子是座落在柏斯天鵝河（Swan River）附近。房子面對一個湖，附近有一個公園，是柏斯的高尚住宅區。樓高三層，我倆住在最高的一層。睡房折疊的木門一打開就是露臺。每天晨起第一件事，就是到露臺呼吸微帶寒意的新鮮空氣，做做伸展操，然後坐在椅子上觀賞湖面風光。偶爾興之所至，與孫兒女結伴到湖邊去餵野鴨，看游魚及小烏龜在清澈見底的湖中覓食，以及頭戴紅冠的黑天鵝，悠哉閒哉地在湖面遨遊。彷彿時光倒流，又返回童年時代。

沒有讓人神經繃緊的早叫鈴聲，我們就這樣從從容容地迎接一天的開始。

我們的觀光項目之一是參觀釀酒廠。初秋的柏斯，天高氣爽。一個艷陽天的午後，兒子駕著租來的車，帶著一家人向葡萄園出發。園主是移居澳洲的法國人，夫婦倆都對釀酒興致很高，也很有心得。酒廠設在園中的一角。甫進門，售貨員就非常殷懃地邀我們品酒。三元澳幣可品八種葡萄酒。聽她對酒的釀製過程、獨特風味等有關酒道娓娓道來，才瞭解為何葡萄美酒可與夜光杯同時入詩。

逛完柏斯主要的景點，偶爾一天半天，沒安排什麼特別的觀光項目。一家人就到公園走走，累了席地而坐看孫子們放風箏。週末就像當地人一樣帶點小吃去植滿白樹（Eucalyptus）的公園消磨半天。涼風過處，白樹發出的芳香，讓人神清氣爽。

澳洲的牛肉品種很多，沒出門時，媳婦就到超市買了上好的牛排、牛尾，在屋主設計非常現代化及富有創意的廚房，大顯身手。飯飽酒足，昏昏欲睡，兩老就在習習涼風的吹拂下，去見周公。兩個小孫子則到後園小游泳池嬉水玩樂。午休起身，一家人圍坐在泳池旁喝下午茶，吃當地應季水果。度過一個慵懶舒適的下午。

這種旅遊方式，身閒心也閒。正應了「春有百花秋有月，夏有涼風冬有雪；若無閒事掛心頭，便是人間好時節。」外子還在靠近後花園的書房，寫了一篇自已頗滿意的文章。我則讀完了龍應台的近作：《目送》。

《目送》是繼《孩子你慢慢來》、《親愛的安德烈》後，龍應台再推出思考「生死大問」的新作。書中如下一段話，深具震撼力。

「我慢慢地、慢慢地瞭解到，所謂父女母子一場，只不過意味著，你和他的緣分就是今生今世不斷地在目送他的背影漸行漸遠。你站立在小路的這一端，看著他逐漸消失在小路轉彎的地方，而且，他用背影默默告訴你：不必追。」

我因此更珍惜與兒孫悠閒共聚的每一分每一秒。

悠閒不同於懶散；懶散是一種生活態度；悠閒則是一種境界。柏斯行，我學會體驗悠閒，享受悠閒。

九華（菲律賓）

本名陳若莉，原籍四川，生於湖南，成長於臺灣，在美國夏威夷州曾居住十餘年，現長居菲律賓。曾就讀臺灣銘傳商專，菲律賓中正學院文史系畢業，曾任教於華校，為業餘作者，傳揚中華文化，喜愛文學是平生的執著。現任亞洲華文作家文藝基金會董事。亞洲華文作家協會菲分會常務理事，菲華文藝協會秘書長，菲華青文藝社創辦人。出版作品：《九華文集》臺北，秀威資訊，二〇一〇年。

一舉三得

紀念菲華三三讀書會五週年

相聚本是緣。何況每個月大家在一起共讀一本書或幾篇文章，享受學習的滋味，激發心靈的感動。成員之間的解讀與反思，使「文本」更是多采多姿，附帶清談、美食，令「三三」讀書會更形豐盛。

近年來，由於終身學習意識的興起，為了達到共同成長的目的，有些團體或私人就組成不同性質的讀書會，成為增加思想滋養的管道之一。我們現在是活在量的世界裏，不停地被輸入大量不必要的資訊，浪費在許多不該做的事情上。個人生命領域或生活歷鍊，在時空限制之內。正如莊子所謂：「生也有涯，知也無涯。」在忙碌緊湊的日子裏，抽出時間讓自己從書本中，擷取新知，在經典中豐富心靈。

「三三讀書會」則是由幾位喜愛文藝、家居地區較近些的文友，於每個月第三個禮拜三下午三時的聚會。從二〇〇五年八月開始，至今已五年。最初取名時，頗費思量，大家提出幾個名字，總覺不是那麼貼切，還有些替新生兒女命名慎重意味。到後來，覺得不能再拖下去了，大家通過採用「三三讀書會」之名。原來「『三』在中國文字裏是表示多數，非凡一、二所能盡者，藉示其多」，竟是個極有意義的數目字。「三字經」、「無三不成禮」、「三思而後行」、「一日三省吾身」、「三人行必有吾師」等等。對自我省視、為人處事、勤力學習，「三」字都起了重要的作用。而《說文解字》本義作：「三字是指天、地、人為最大者而言。」我們不敢妄自稱大，感恩平安活在天地之間，有幸與書結緣，與人結緣。

讀書會在進行之中，有三段不同的活動。首先是以讀書為主，每月輪流由一位成員揀選他喜愛與觸動其靈魂之作，因角度不同，讀物類別就更加寬廣了，該員帶頭與大家順序分段朗讀，再以不同的觀點來討論內容、文筆、技巧、分享感受與相互解惑，引發出創意。有時觸摸到文章的核心，「見其表，又見其裏」，與書中文字相遇、相合、相應、那種心靈契合的悸動，過去即現在，是超越了生命與時空。

除了讀書聲，接下來就是自由談的時間，世界大事、時政、氣候、環保、保健等等，上天下地無所不談。隨心所欲地發揮自己的看法，各人吹自己的調，唱自己的歌，毫無顧忌，樂趣無限。不分高低，不論輸贏，沒有隔閡，這是個大家都有聲音的聚會，往往是意猶未竟，留待下回分解，我們似乎比「竹林七賢」還要瀟灑些。

讀書會成員享受在書香中浸潤與真誠交流後，就是各式各樣的美食點心上場了。

中國人是個美食主義的民族，美食是中華文化的一部分，源遠流長；寫文章何嘗不是如烹飪一樣，都是藝術。成員中多為善飲食者，且有烹飪高手在內。經常吃到月曲了、王錦華小店內具有中菲特色的美點小吃，齒頰留香，其他成員也是供應不同風味的食品，及其拿手好菜，如謝馨的紅燒獅子頭、炒米粉等。亦品嚐到王兆鏞、王自然府上甘潤的好茶及咖啡或巧克力加美酒的濃鬱香醇，有次還吃到特別請烹調好手煮來馬來西亞的名菜（Laksa），用海鮮、麵條、椰子汁摻辣與咖哩混合而成，濃淡相宜，充滿了熱帶風情的滋味，令人讚不絕口。

「三三讀書會」是個令人期盼的聚會，每次都是讀得好、說得好、聽得好、談得好、吃得好，彼此之間的關懷與暢快，令大家心靈與味覺都感到很溫馨與充實。

方夢（馬來西亞）

原名方莉白。已出版作品：《舊愛新歡》（1990年），合集《閱讀名人》（讀者票選為十本最受歡迎的兒童讀物之一）、《記得當年年紀小》、《走過求學道路》。

家在蓮花河四合院

母親強留下二芬給奶奶為伴，毅然攜帶我與三珍跟隨「番客」，由家鄉坐小漁船上汕頭市，轉乘巨輪號「萬福士」直航南洋。

經過千山萬水，終於在叫「檳城」的土地上與父親團聚。父親早年隻身南來投靠十伯公，人隔萬重山，彼此牽腸掛肚，思念的情懷到此畫下句點。

從檳城黑水村往上走，有一間甚有詩意名為「醉林居」的食肆，行經側旁蜿蜒曲折的山間小道，繞過去再幾個拐彎，就到達山頂處一所依山旁建的鋅板屋。熱風陣陣迫人來的小屋，便是父親安頓我們所租賃的第一個居所。

匆匆半年過去，父親偕同妻女走出了鄉間，遷到市區蓮花河。

多麼風雅的一個街名：「蓮花河」！想像中，肯定有一條流水潺潺的河流；河面上綻放朵朵奼紫嫣紅、出淤泥而不染的蓮花。放眼望去，不見河流，也沒有蓮花，有的是遠處的蓮花河巍然聳立一座古老建築物——樓高兩層的老古宅，別稱四合院，它是清朝駐檳城首任領事張弼士先生的故居。

這老古宅也是我們遷入的第二個居所。兩層樓高的四合院，中間樓座為張弼士後人所聚居，住有他的幾房兒媳與孫輩。延伸左右兩側的樓宇，修建數十大小不一的房間，分租予有家累或男女單身房客。當時《星檳日報》主筆，副刊主任、也是當時的中學校長兩家，都是我們的芳鄰。

我們入住的是一間寬敞通風、四百多方呎的「上房」。也許父親與張弼士的一位孫輩是同事關係，所以獲此厚待。父親甚具心思，腦筋轉得特快。陽光灑滿地，四百方呎的一間房，讓他以粗厚堅韌、色彩斑爛的布幔做屏風分隔內外。布幔內是父親夜晚與母親耳鬢廝磨、蜜語重重的溫柔鄉，父親每天寫作、改課卷的茶几也擺在一隅；布幔外別有天地，一張厚實可靠的長型條桌，扮演著雙重角色——大白天是一家溫馨圍坐用膳的餐桌，入夜時分，父親神奇似魔術師，在大桌面墊上海棉之類的軟物體，再置一領草蓆其上，瞬間就變出我與三珍的「香閨」，睡鋪、枕頭與被褥，一應俱全。小姊妹酣睡至天亮，不得不佩服我們父親鉅細無遺的巧妙功力！

奶奶與二芬不久也到來團圓，弟妹爭相報到人間。父親每天一身白襯衫配搭白長褲，從蓮花河踩自行車到港仔墘中華學校去當「吃粉筆灰」的教書先生。

四合院後巷街口有專營洋人生意的冷藏公司，拋售進口冷凍豬肝，五角錢就有好大一塊，得拜洋佬不吃內臟之賜。冷凍豬肝堅硬如石，待解凍濾乾，即展現一副豐腴、撩人的紅艷艷體態、誘人食慾。母親切成超薄的一片片，灑上醬青、糖、胡椒粉、麻油，再擰些薑汁，五味雜陳。母親手腳麻利地控制火候，平鍋裏一煎，一道「豬肝煎」，鮮美得讓人沁上心頭，是咱家常備的佳餚珍饈。還有一味「冬菜麻魚湯」，不時雙雙陪同在飯桌上笑迎我們。

房門外是條長迴廊，旁邊兩個大天井。廚房就在廊腰近房客上下的鐵花旋轉樓梯處，裏面設好幾個爐灶供租戶煮食。我家的灶頭靠攏廚房門，雖寬闊有餘，但有一處令母親心生不安：每逢「大日子」，屋主捉來許多隻雞，總相中我家放碗盤的木桌下面，把雞隻縛繫在那。雞屎奇臭不說，雞毛隨雞展翅紛飛，甚不衛生，也只有強忍。

張弼士的兒媳五房姨太，總乘母親拿著鑊鏟在油煙氤氳中忙亂時，走來張望，並且不忘口操粵語戲謔一番：

「真係服你，今日又係呢味煎豬肝，同埋冬菜麻魚湯。是鬼見到都驚，你地就食極都唔厭。」

母親只有苦笑，無言以對。

供水不足而引發蠻橫無理及激烈爭執，是四合院裏幾乎天天都有的事。

當樓下住戶扭開水喉，樓上水量即細若鐵線，甚至滴水不漏，全因水壓超低衍生諸多問題。尤其在每天烹飪時刻，大家都爭著用水，這時，不是「樓下閂水喉！」便是語帶哀求的：「多隆，水喉別開太大！」

樓板年久失修，縫隙處處，每每於用膳時刻，水滴連連洩之板隙，不偏不倚、滴在飯桌上，旋即水花四濺，唯有停住碗筷。查實桌面上的水滴純屬小孩尿液，盛怒下拿起長竹竿對準滴尿的板縫狠狠敲它幾下，來個下馬威！但見好要收，否則，小娃兒再一次溺尿地板，或打翻尿盂，或洗濯樓板的污水傾倒了，因懷恨在心，不願及時揩拭，索性讓它滴瀝滴瀝滴個痛快！從後門出來，穿過滿是沙礫狹長的小巷，盡頭處設有三間泥磚廁所，殘舊破敗的墻垣，有石階供腳踏而上，有木門。內闢小洞通風，坑口下置放木馬桶，隔日會有人到來清屎換桶並涮洗。

住戶共用兩間，另一間為屋主專用，不用時就上鎖。

廁間該有的屎尿之外，附加了肥碩屎蟲不停蠕動，盤桓飛舞在屎坑周邊、嗡嗡作響的金頭大蠅。再有腥臭無比滲透經血的衛生棉、痰涎、嘔吐的穢物……。

視如廁為畏事，除了髒臭，羞見輪候上廁的「同人」，也是因素之一，怎麼講都是十分尷尬的事兒。扣上廁門，生怕發出一丁點聲響，總是百般「忍氣吞聲」，小心翼翼行事。事後更是多方迴避，為了避免再碰見廁友，唯有多忍耐幾分鐘惡臭的煎熬，俟至人去廁空才敢現身。

幼小的弟妹大小便都在家裏常備的鐵質尿盂行事。天亮，焦灼難安的我一直往門外探首視察，在確保周遭水靜鵞飛，環境處於「安全」中，才敢提著屎尿溢出的尿盂，三步拼兩步往廁所旁的大溝渠傾倒。若不幸途中遇如廁的人，對方炯亮的目光直往我手中發出異味的容器射過來，免不了迎來掩鼻撝嘴，頻吐涎沫的「禮遇」了。

獨有的一間鐵皮外加板壁的洗澡間，提供予四合院「全人類」沐浴，耗神費時、煩躁焦迫景況，非自身不能體會。選在天色微亮的清晨，或星光點點的入夜時分沐浴去吧，這或可遇上「門前冷落車馬稀」，免了輪候，一些長者在這刻見上面了，自己總會發揮禮讓精神，請他們自便。

張家的幾房兒媳中，八房，人稱八少奶者，五十出頭的婦人，圓融通達，深受房客敬重。父親多次不得不為四成發高燒，把月頭要繳付的三十令吉房租，挪用在金獅藥房一位西醫的診費上。母親頭兩三胎都生女兒，苦盼多時的這個男丁，每次發高燒，連連抽搐翻白眼，非得指名道姓，要那洋醫DR.摩根的處方才過得了關。窮教員捉襟見肘的窘境挨至月杪，仍交不上房錢，母親腼腆地向八少奶要求拖欠十頭八日，她二話不說，即為我們如數墊上。

母親兩次驗證子宮外孕，危急間被抬上救護車疾馳醫院，施行一場生死攸關的大手術。八少奶並不忌畏，一屁股坐上一般人視為不吉利的「紅十字」車陪同母親去醫院。

週末午飯吃罷，便有一把急似星火的催促聲從四合院中座樓上響開來。這不就是將半個頭顱伸出窗沿來的張家五少奶嗎？她拉開嗓子，朝向我家門口疾呼：

「潮州婆，快上來，等你開檯！」

「開檯」，打麻將是也。這一召，母親總會應聲飛快上樓去湊成「四腳」。

黃昏挨近，我也疾步飛上樓去為母親「站崗放哨」。因為愛看戲的父親週末必身在戲院，戲映畢正值黃昏，母親要趕在父親之前早一步踏入家門，才可相安無事。

五少奶的一班雀友打完八圈，意猶未盡，眼見天色還早，個個附議「東」、「南」、「西」、「北」再起它四圈，卻難為了我這個分秒必爭、盯緊街口的「放哨人」，隨麻將檯上一聲聲「自摸」、「碰」、「滿貫」而忐忑、張惶失措，不能自已。

父親「全身白」的身影出現在街口那一端了，我心跳加速，因為最後的「北風」圈還沒有完結，母親這刻的牌風正旺著，頻頻「吃糊」呢；任誰也不願抽身，唯有讓「風」繼續吹……。

四合院樓下寬闊的廳堂連同屋外一片廣場，都租給傳授武術的精武體育館。到了夜晚，便有一群老、中、青和愛好國術者前來練習拳法。四合院燈火通明，照耀得如同白晝，加上習武者使拳相搏時的吶喊聲，此起彼落，十分熱鬧，要到午夜才靜寂下來。

頻對鏡子搔首弄姿的我，迷上體育館習武的一位美少年，搞不清是否純屬落花有意的那種情愫？多年後面遇，他似乎已記不起我是誰了，而我卻懷有舊電影《窗外》劇中人林青霞，再見魂縈夢繫的老師那刻的悵然若失。眼前這垂垂老去、已成阿伯模樣的男人，竟是當年自己常刻意編織兩條油亮的辮子，守望在廣場一隅，翹盼他能按時到來揮拳耍棍，虎虎生威打幾拳，那位俊朗的他?!

蓮花河四合院，建於一八九七年。占地五萬三千方呎。有三十八間房，手工木雕門窗二百二十二扇，五個大天井，七個罕見穿鑿鐵花圖案而成二十餘梯級的S型旋轉樓梯。這棟建築已於一九九一年變成他人產業！

在新業主全面整修之後，藍得令人目眩的蓮花河四合院，現今是無數發思古幽情的遊客慕名到來一睹的歷史古蹟！

昔日同居一屋檐下的有緣人，如今天南地北，各散一方，相見無期。一些住客也已先後作古。

有望一日，生者還能在這已成為馬來西亞名古蹟的老宅院裏重逢。彼此是否還耿耿於當年為一管水喉而惡聲相對，因輪候沐浴相持不下而反目，遇我傾倒「夜香」宣洩不快而頻吐唾沫。

讓我們將過往一切不快事，從心版上抹掉，你我相偕在此緬懷隨風而逝的往事吧！

王錦華（菲律賓）

福建晉江人，一九四二年生於菲律賓。八〇年代開始寫作。一九八七年《時間之梯》獲菲律賓中正學院校友會散文獎第二名。一九八九年參加海華文藝季散文獎，以〈大哥〉獲佳作獎。二〇〇五年出版散文集《時間之梯》，二〇〇七年與夫婿月曲了合著出版《異夢同床》。

小店櫥窗

請問老闆娘

那天，外子跟我正在辦公室休息，員工敲門說有兩位客戶有事要「請問」我，我趕緊出門接見。是兩位七十多歲的華婦，一見到我，就笑瞇瞇地問：

「請問老闆娘，你到底是『大陸婆』還是『臺灣婆』？我倆正在打賭……。」看她倆像孩子似天真的發問，我不禁失笑，嫣然回答：「我是『番仔婆』。」只見她倆熊抱大笑，笑得好燦爛……。

其實，我的身分時常被客戶誤解，摯友劉純真說可能是因為我常常穿著唐裝，讓人家有一種「中國」的感覺。董君君摯友在我的《時間之梯》序上，就這樣寫著：「很中國的錦華。」

「老闆娘，請問一下，（客戶指著陳列的菜餚）這些都是你煮的嗎？」我坦然回答：「不是全部，因為我們的菜餚時常要『變』，所以大部分是我們夫婦親自下廚。」她接著說：「我就是聽你工人說，你們夫婦每天一大早就起來為『小店』做羹湯，但我的朋友卻不相信，她說老闆娘每天打扮得漂漂亮亮的，那有可能親自出手……？」忘記告訴她，我連上菜市都穿著絲襪哩！

「請問你是老闆娘嗎？」一位中年菲律賓人板著臉岸然發問。我釋然點頭。

「我很生氣。」他直言地說。我急問：「為什麼？」讀出我臉上的問號，他隨即「改容變色」的說：「每次到這裏，我帶來的錢總得花光光，妳的員工真會招買，介紹這，推薦那的，很難抗拒……。」說完，在我肩上拍拍，並豎起拇指：「好！我喜歡這裏，包羅萬象！」

翻檢昨日

客戶說，王彬街的小吃，你們「小店」都應有盡有，只是沒有「灌腸」（香腸）。客戶的要求，只要做得到，我總是「如願以償」。

於是我把「收藏」四十多年的灌腸做法自記憶中翻檢回來。

我令傭人從抽屜裏找出做灌腸的「工具」，一個特別訂製的漏斗，便向肉販訂購五花肉、小腸。帶著興奮的心情，重回做灌腸的日子。

當我開始向傭人示範做灌腸的過程，淚水突然奪眶而出，此景此情讓我想起結婚第二年，外子工作的公司倒閉，失業的他，暫時充當「遊民」做些小生意。雖「住公吃婆」，但我也得找事貼補家費，因為我們已有了老大。

利用從烹飪學校學來的廚藝，「大膽」地在家裏開班招生，教導烹飪，同時做些加工食品售賣，灌腸就是其中之一。

做灌腸過程繁雜，耗力費時。當年，從上菜市，處理切、灌、綁、蒸，到招買、送貨，都是我一人「獨當一面」經營。如今有肉販送貨，群傭做事，「小店」為市場……。同樣做灌腸，卻有兩種的心情。昔日，心情苦酸、空虛、茫然；今日，心情開朗、充實、傲然。就如黃碧端女士在她的〈逝日篇〉這樣寫著：「所有照耀過的星光都未曾告別，它們在無數光年外仍然存在。所有的時日也因而未曾告別。它們是去年的落花幻作春泥，是昨日的霜雪今朝重新成為雨露……生活原是一種不斷的經驗失落，不斷的重新填充的過程。」

因為是引叔（Intsik Kasi E）

經理報告，店裏又發生偷竊案，一星期裏連續被偷兩盒FERN-C。我蹙眉詰問，怎樣發生的？經理叫店員理道向我述情。理道說第一次失竊，他一無所知，第二次，他可親眼看到。他說那天，一位老婦女買了幾件食品，付錢後，還在店裏踱來踱去，不一會兒，他看見那老婦自櫃架上拿了一盒FERN-C塞入膠袋，匆忙走出。我責怪理道為什麼沒有當場把她抓住，他支支吾吾回應：「因為她是『引叔』（菲人對華人的稱呼）呀！」我錯愕了一下，然後說：「引叔也要抓！」

心灰意冷

那天，跟老公在「小店」餐廳用午飯，鄰桌坐了四位菲漢，他們叫了好幾道菜餚，看他們吃得津津有味，我這做老闆的覺得很欣慰光采。當他們要付帳，我轉頭一看，碟上還剩下四串BBQ，推測他們會叫工人打包，沒想到，拿到找錢，就一個個走出餐廳，看到他們如此浪費，心裏好惋惜。不一會兒，一侍員拿著一個大盤子和抹布要來收拾桌面，我暗地裏替他高興，他多福氣，有四串未沾過的BBQ可加菜，出乎意料，他卻把它當垃圾扔進大盤子與用過的碗碟混在一起。眼巴巴的看他糟蹋食物，心裏好憤怒……。曾經因為廚房的工人把整鍋的「隔夜飯」丟掉不吃被我嚴厲責罵，如今……唉！

工人如此難受教，真叫我心灰意冷。

裝聾作啞

星期日的一個早上，老公跟我如常到「小店」巡視業務。一進門，跟一些穿著運動裝的少男少女擦肩而過，他們剛用完早餐。瞬間，突然聽到一員工喊叫：「快追！把他們攔住！」我急問：「發生了什麼事？」員工皺眉回應：「他們把桌上的兩個紙巾盒帶走了。」（紙巾盒子是進口的，很精緻，市面上買不到，只售給餐業者，每一個價值二百五十塊）。正要追究下去，跑出去攔住客戶的工人回來報告：「Ma'm！追不上，已經坐車子跑掉了！他們都是『引叔』哩！」在眾目睽睽之下，我只有「裝聾作啞」。

阡陌（泰國）

原名周治蘋，生於臺灣，商業專科畢業，隨著婚姻旅居香港，從事教學工作，後隨夫返回僑居地泰國。作品常見泰國《中華日報》散文詩專輯和詩刊專輯，以及臺灣日報等，並被收入《中外華文散文詩作家大辭典》、《新世紀》季刊和臺灣《葡萄園》詩刊發表。個人格言：用文字感悟生命，揣摩韻味深刻的人性，用繪畫感悟超然情境，溫潤清澈的內心世界。

心路

繞著兩傍嫣紅燦爛的籐蔓，半山彎之後，就是屋前的紅磚路，黃淡淡的喇叭花，在午後寂寞的山風中輕柔的搖曳著。

每天從繞著山坡歸家的路上，眺望這一片美不勝收的山色，花香總是撲鼻而來。嗅撫著風中的花穗，然而心卻像飄蕩的破網，總是收不住什麼！又似乎遺漏了些什麼！心牢裏深鎖著一顆不能自主的心，只怕不知還有多少走不完那疲憊的人生路？只怕不知還有多少奔走不完的臺階？這段深沉的心境！使我辜負了這一片青山秀麗的美景。

狂浪，一波一波的接踵而來，才明白身在滄海一隅，是多麼的孤立無援，當一切漸漸被吞噬時，才明白人生的跌宕起伏，是多麼的無助，冷暖的世間情，一夕之間竟如此的脆弱，如此徹骨。

一場變遷，將自己陷入谷底，一個無可預知的宿命竟捉弄著毫無備戰能力的我，我彷彿破舟在波濤中載浮載沉，為了避開流言，我選擇了自我放逐，獨居深山。

群山在雲彩之間，一個依山而行的小屋，就是我隔世避居的地方，我的世界在折難壓抑中，除了憂慮無依，還需面對凌亂的一切，唯獨傍依在這裏一幅一幅蒼翠的彩畫和我朝暮相伴著。

山崖上的低層小房窗前，把山巒幽谷盡收眼底，窗前的樹梢像是綠幔懸掛著，當陽光從枝葉穿過，花影便翩然入屋。

別有一片天的是花木深秀的窗外，鋪著紅磚的平臺，老樹參天，遠眺過去，是一望無際的草坡，和生長在翠綠之間的野花。夏日剛過，秋時來臨，鳳凰花便把整個山丘染上了菊黃，一片花海就在我的眼前鋪展開。

秋風吹，陣雨落下，黃葉隨風落地，花便漫天飄零，一季繽紛的花開花落後，心中那楚酸、苦澀和凄美，格外的填膺。

獨居山中後，他總是沉默著，在這山色秋雨的花影小居中，像枯藤無聲無息的懸在那兒。

我努力又無奈扮演著多重角色，捉摸著他低迷的思緒，有時伴著他走在夕陽下，然而蹣跚的影子背後，卻是一雙更沉重的腳步，伴隨著歸鳥的低鳴。

孤影在晚霞中，像一個正被病魔折磨的殘燭，在風絮中，儘管亂了那白髮，他卻無力去撥弄……。

黃昏，美麗的彩霞已不再美麗，落日，倒映著他那人間數十載的流金年華，已悄悄沉寂在歲月的河床裏。

每天清晨，山林的生命還浸著早晨的露水的時候，我便沿著屋後的小山坡，走在通往山下的街道，那是一條人工開闢的捷徑，小坡僅僅是一條長著綠苔的石階，一眼望去，是一片參差的幽林，除了不必繞道，也是為了把自己寄托給林間的風聲，草木的清香，和寒風中吹拂的細雨，以及簌簌的落葉而來，因此晨嵐未散，我便穿梭在林間小道上。

靜幽幽的山林，偶爾才和熟悉這條山路匆忙而行的碎步聲相遇，不管風和日麗或細雨綿綿，探訪這一片世外天地，生生不息的野花草，總是綻放著無窮的意蘊。這樣的清晨，把自己放逐林中，在短瞬間放下一夜難眠的憂慮，忘情地沉澱著寂寥的心境，這樣的清晨，我像是林中的幽靈，而不再是激流中的輕舟。

陽光漸漸穿透樹林，頓然回到俗世，奔向醫院的道上，醫院那踩不完的階梯，走不盡的長廊，匆忙的人，擠著相同的電梯，也擠著相同的憂愁，纏繞在每一張臉上是深鎖心扉的焦慮和煎熬。醫院裏，生老病死，是那麼真實而殘忍，是那麼觸手可及。在落寞的眼光交投中，看到了彼此的傷痛，所有默默的，悲憫祈福都盡在不言中。

我像疾風般快步奔走，在徹夜難眠的清晨，我只盼在瞬間就能見到他，內心憂喜參半和矛盾交戰著，只害怕那相隔一夜的病情，在第一眼已經承受不起的巨變。醫生的每一次出現，話語神情都敏感地牽動著我脆弱的神經。多少次，我強忍著惶恐的淚水，努力捉摸和克制著醫生道出的每一句令我驚厥的話。那不明就理的病因，和一切可能的不祥徵兆時刻籠罩著我。每一天不安的等待和醫療，叫我度日如年。

病榻前，我迴避著他消極無奈的呆滯，我閃躲著彼此對視的那種茫然，只能極力地掩飾懸掛在內心的恐懼。

工作室裏，不再有那忙碌的身影，病魔折磨之下，他軟弱得像嬰兒。然而我卻慌亂而毫無作為。所有的後續，取捨和終結，充滿猶豫，束手無策，不知道如何將殘局收拾。我努力做好每一個環節，但是絆石挫折總糾纏著我，儘管我不斷地揣摩他的方法，他的果斷，他擇善的固執和堅持，然而那力不從心的百般無奈，無法延續他的精練，令我感到萬分的頹喪。

望著案上的水杯，空晃著的大班椅，頓失依賴的彷徨，令我不禁淚水濕襟，多想停止所有的思憶；只是，每一個遊走著他身影的角落，都讓我觸痛。記憶中，人生之路，為賦詩詞強作愁的年少不羈，青澀中困頓拮据的日子，依然我行我素，但是，面對真正席捲而來的山洪，風雨無窮，我卻招架乏力，我看到的只是一個多麼渺小無能的自己。

分不清是拒絕了朋友，還是被朋友疏遠了，分辨不出憐憫或是關懷，我厭倦在兩者之間猜測與強求，封閉的距離像護城河，守護著我僅存的尊嚴，為著避開道不盡是非傳言，我選擇承受著萬般落寞，固執的保守著一份不能平衡的執著。為了掩蓋挫敗無助的內心，虛偽地將自己包裝著，可是面具的背後，卻是一個被自悲、傷痛圍繞的自己。

每天將心情放逐在山林之間，自顧焦慮的奔走忙碌著，多少次，還是難耐那份山居的空寂，獨自走進熟悉的咖啡座，茫茫然的在那一縷縷的咖啡香醺裏，品啜著，感懷著那些風花雪月的時光。人群裏，和相望無言的陌生人對坐著，隱隱的迎面而來的是似曾相識的臉孔。然而，窒閉的內心卻找不到一點容納自己的位置，望著熙攘往來的人，迴盪著的是許多嬉笑的話語，但天地之寬，婉約的容顏裏，卻分辨不出哪一張歡顏屬於我那封閉的世界。

沒有距離的人群中，心是那麼的孤立，而孤立的世界外面，一切變得遙不可及和無比的陌生。

小屋中，度過了風雨低迷的日子，病中的他決定回歸故里。我，滄海中的浪者，沒有告別，沒有祝福，只是輕裝上路，心中依然藏著太多的不捨和眷念，悄然地離去，淡淡的揮別了我的小屋，揮別了總被我帶著哀愁踩過的山林。

春未來，人已在天涯，再次千里漂泊，飛越了另一個異鄉。異鄉，平原矮樹，沒有寒冬，沒有壓迫和冷暖，我看見晴空萬里，白雲如棉，千里煙浪的浮雲，沐浴在長春的花樹，有著不盡璀璨的顏色，一陣陣的煙雨，來得虛無，去得飄渺，一番景色，一番新的人和事，新的醫療方向，使他的病情奇蹟般地絕處逢生，我不再飽受煎熬，不再孤軍奮戰。

深邃的黑洞裏，終於透進了曙光。天邊，碩大的夕陽就在雲空下新的世界裏，終於看到一波清流，和生命潮汐的湧動。春雨，滌洗了我心窗長久抹擦不去的風塵，再次看到一個開始茁壯的生命，所有的負荷掛慮終於卸下。

回望那年，寂寞的小屋，寂寞的山路，寂寞的林間，冷冷的風，冷冷的心，冷冷的情，走過了苦澀的春夏，蕭瑟的秋冬，無數個夢魘沉浮的夜晚，我們共同承擔一個命運，冷暖相知。

然而在陌生的南國，每當花落時節，秋風飄在寂寞的空枝，孤寂重新纏繞著我，我對遠方的思憶，更深更深。我知道，我不會再回到憂傷的小屋，寂寞的山路，悲傷的林間；但也許有那麼一天，我這個天涯過客，將會像鴻雁飛過，深情再注視一次包容我的青山翠谷。

杜鷺鶯（菲律賓）

祖籍福建，廈門出生。上世紀七〇年代移居菲律賓。愛好手工藝製作及心情寫作。早年曾從事華文教育並經營紙藝專賣店。曾為報刊撰寫折紙專欄。出版個人文集《黃昏不再來》、翻譯詩集《籠》。作品散見國內外刊物及菲律賓華文報紙。菲律賓「新潮文藝社」成員。

一棵草，一點露

旅行歸來，即收到一份快遞郵件，是菲華文壇前輩小華的贈書《走進別人故事裏》。扉頁中有小華的親筆贈語簽名，娟秀的字跡，透著中國書法的功力。輕輕翻開書頁，小華的身影即刻出現在眼前；久遠的記憶與思緒也如彩蝶般，翩然而至。

我與小華私下並無交情，就算在某個場合碰面，也只是彼此點頭招呼，甚少多語。然而，這種其淡如水的君子之交，緣起卻很早，那是在上世紀八〇年代初，外子與小華的已故夫婿王國棟就已是「亦商亦友」的忘年之交。

當一個事業剛起步、對文學感興趣並頗能「侃」的小夥子，遇上性格豪爽、擁有自己企業、「喜歡搞文藝，愛爬格子」（小華形容）的文藝前輩，於是「洽談生意」的初衷就往往被海闊天空的「侃大山」所淹沒。王國棟還有位會寫文章的夫人，夫妻倆志趣相投，身邊一群熱愛寫作的同好文友，當時菲國的軍事戒嚴剛解除，這些文學愛好者常聚在王國棟和小華的公司裏，為他們的文藝社發刊、創作而雀躍投入。

那時我正孤身來到這個異域，周遭全是陌生的環境和聽不懂的言語。安家郊外，看不到中文報紙，欲與中文相會，唯有到唐人街王彬的「新疆書店」。這家馬尼拉唯一的中文書店，擺著當年熱門的港、臺文學書籍、雜誌：金庸、古龍、瓊瑤、三毛、席慕容，《皇冠雜誌》、《明報週刊》價格不菲，想買卻囊中羞澀。

有一天，外子給我帶來了一本《菲華文壇》創刊號，封面設計者還是我們的一位本家大哥。我因而知道了「耕園文藝社」，知道了王國棟、小華和活躍在當時華文寫作圈的一些文學愛好者和他們作品中所傳達的在異地他鄉的心情。

我開始慢慢調整心態，用一種感恩歸屬之心，去學習、聆聽周遭的聲音，並開始嘗試動筆寫作、給報社投稿。

至今我仍收藏著《菲華文壇》創刊號至王國棟先生去世後，由小華「代徵」出版的最後一期一共四本的《菲華文壇》。雖然在訊息發達，兩岸三地的華文作品已隨處可得的今天，這些菲華文學作品或許有點過時，卻也反映了當時作者們的拳拳之心和寫作熱情。

如今菲華文藝寫作的生態環境已今非昔比，菲國媒體傳播的寬鬆自由、中國國際地位的提高、近年眾多新移民的到來，帶動了菲華文藝寫作更加活絡。互聯網的方便，更使得投稿人的範圍由當年的少數僑生華裔擴大到世界各地的華人。

作為菲華寫作者，何其有幸，只要你肯犧牲一點「拜金」時間；只要你用心勤奮，願意動手將自己的所思、所想化成文字，並有不在乎稿費的心理準備——幾乎沒有一家中文報紙會拒絕你的投稿！所以有人開玩笑說：菲華文壇「作者比讀者還多」，但事實卻是：有特色的菲華文學作品卻越來越少，很多文藝團體都在為菲華文壇的前景擔憂。

去年聖誕，女兒紐約的房東送了我一支自製的手工簽名筆。作為回禮，我和女兒到香港的玉石市場買了一對大陸價格、陰陽不同刻法的龍鳳玉石牌。然後親自動手，為玉石牌打上了吉祥的「萬」字中國結飾物。一邊叮囑女兒，在送禮物時務必跟房東作一番「文化」宣傳：雄龍、雌鳳；「陰」（拓）、「陽」（刻）；金銀對配這些簡單的中國元素，結果，經過這番「東意西達」，這位洋女士如獲至寶，立馬讓她的男友過來：

「這配著金結飾的陽刻龍玉牌是送給你的。」

大陸去年熱播的大型電視連續劇《蝸居》，男女主角有一段頗為經典的對話：

……

女：你覺得妻子是你身上的那一部分？

男：是我的眼睛……。

女：那我是你的……？

男：腳踝，你是我的腳踝……。

女：（嬌嗔）你說什麼？

……

此時，稍懂西方文化的人其實都能意會了：眼睛固然重要，但即使瞎了，也能好好地活著。希臘神話中「阿基里斯的腳踝」的典故，指的是一個人的致命點。

上面兩個例子，「東意西達」也好，「西風東漸」也罷，都有異曲同工的巧妙。我要說的是，如今文學的潮流正朝著不同文化相互認識、相互比較、相互影響的趨勢發展。東西方不同的文化素養也正通過那些有學識、有經歷的作者之筆，相互傳遞。用自己熟悉的語言文字來寫作和閱讀，不該只被當作單純的文化傳承手段，更應是讓人開闊眼界、瞭解世界的搜尋引擎。

菲律賓有著比東南亞乃至亞洲其他國家更接近西方的傳統文化。這個千島之國，上半段的歷史是歐洲的西班牙殖民文化，後一百年卻對美國文化亦步亦趨。如果細心觀察，菲律賓簡直就是「貧窮版」的美國，一切均以美國為範：文化教育、娛樂喜好、生活習俗——除了守法。

生活在這裏的華裔華僑家庭，日常生活和思維觀念也無可避免地會常處在東西文化的交匯點上，對東西文化的差異，自然也就信手拈來皆可喻。菲華家庭重視教育，歷來有許多優秀的子弟後代，或出洋留學、或受雇於跨國公司，或融入本地政商、文化教育等主流社會行業，菲華固有的傳統家庭觀念和親密結構又使得兩代或三代人之間還能保持相互的溝通和瞭解。有些父母長輩常有機會到國外去探望兒女，親歷其境，近距離接觸各種不同的文化……這是菲華作者的優勢。

余秋雨隨「鳳凰」電視臺走完了歐洲，在《行者無疆》的自序中輕嘆：「……從那片遙遠的土地深處呼喚出來的，果然是一些早想諦聽的本真之音。」

腳踏東西文化混合土地的菲華作者，是不是也早該聽到馬亞鳥（註）（maya bird）的啼鳴？

二〇一〇年九月二十二日

註：菲律賓國鳥。

依林（新加坡）

原名劉雲，原籍天津。文學碩士、新加坡文藝協會網站創建人、網站技術部主管、總編。美國文心社理事，舊金山總圖書館中文閱讀會主持人。《品》月刊編委、特約撰稿人。《新加坡文藝報》、《美華文學》編輯，北京寫家文學院特邀作家、寫家網榮譽總編輯。曾任《活躍一生》雙周刊主編，創作有散文。小說、評論、詩歌等。作品散見於新加坡、中國、澳洲和北美報刊 文集。

返璞歸真紫茄正當食

惺忪著睡眼，推開咿咿呀呀的老木門，赫然迎眸的就是門前這一畦菜園的油綠碧翠，晨曦在枝頭花間葉幃上躍動，那沁人心脾的清新撲面而來，於是就陡然醒了。

這是母親和我瞭如指掌的菜畦，父親和弟弟們主管責任田，從不染指這裏。這幾分地從開春到秋收都是洋溢著歡悅的。頑凍的土壤一解凍，母親和我就忙於計劃、播種了。從嬌嫩如嬰的幼苗長到高莖闊葉的成株，再到累累碩果的老枝，都是母親和我眉宇間的欣喜。

最愛夏天，滿畦的菜蔬撒著歡兒地開著花結著果。番茄、豆角、燈籠椒、菠菜等不同品種為了不串種，都各在一方，東西兩端遙遙相望，這一端是金黃的番茄、纖長的長豆、潤綠的燈籠椒和亭亭的本地菠菜，那一端卻是紅艷的番茄、精短的豆角、赤彤的燈籠椒和扇葉肥腴的大葉菠菜。菜畦中間的是些獨一無二的蔬菜，最悅目的莫過於茄子。

家在西北，只這一款滾圓的紫茄。愛極它的紫色，它那絨絨的淡紫茄花，在深綠的葉間少女般腼腆地打著朵兒，再裊娜地綻開，恬淡的嫩紫含著金燦燦的蕊芯，著實叫人疼愛。我與村中其他女孩不同，從不戀羨粉紅，唯獨痴迷這般柔和清雋的淡紫色。這密密匝匝的枝葉間黃瓜花、蕃茄花、豌豆花……都在陽光下舒展著，不經意掠過時，它們更是巍巍顫顫而明媚地笑著，唯獨玲瓏小茄花兒，綠茵之間的一抹寧靜的清紫，總讓我想起徐志摩那首《雨巷》中悠長又寂寥的江南雨巷裏，撐著紙油傘的丁香一般的女子。我對這小小的茄花也是一見傾心罷！

茄子長得很快，眼見花開花落，賞識不夠它淡紫的唯美，茄瓜兒就跟腳而來了。我極其關注每株茄子結果的數量和順序，頭茄一露面，就開始忙碌著去葉打杈掐頭，茄子趕著趟兒成熟了，從頭茄到滿天星，都彷彿成群結隊地來了，層層濃綠遮掩不住，真叫人目不暇接。我深信那墨紫的花型茄柄是茄花的另一世風采，若祖母勁實的手，緊緊握著碩大溜圓的茄瓜。茄瓜的顏色是整個菜畦中最處世不驚的，紫得厚實，紫得裎亮，母親教我趁嫩摘下茄子。整個菜畦中茄子和豆角是老得最快的，似乎卯足了勁兒要撐滿每早我挎著的柳籃。

家裏煮飯的油是稀罕的，例常是母親把臘月煉好的豬油放在罈子裏，一年日日三餐，起火做飯，用一淺底的勺兒貼著油皮輕輕一撇，這一丁兒油量在若大的鐵鍋底上和著蔥花嗞嗞作響，頓時葷鮮撲鼻。母親把收回來的菜洗淨切塊，難煮的先放易熟的隨後，通常茄子最多，用加幾顆大粒鹽的井水泡去澀味和烏汁，一等番茄炒軟出汁後，茄子就率諸菜呼啦啦入鍋，大鐵鏟左右生風，因油少，僅上下翻炒片刻就需加水，兩瓢井水下去，蓋上蓋，向烈烈的爐膛裏猛填幾把葵花杆，不一會兒滿屋裏就飄蕩著大燴菜熱騰騰的香氣，西北人家習慣趁熱把燴雜菜澆在飯或麵上，再托上這沉甸甸的粗瓷大海碗，湊幾鄰居，蜷縮著蹲在院牆根，唏唏嚕嚕吃個痛快。母親說茄子最好，隨味入味，但凡是燴到鍋裏的蔬菜，都可在燴茄子中品對出來。以茄當肉，是大人們哄弄孩子的說法。燴菜中的茄子柔軟嫩滑，孩子們唯有臘月正月才能吃到肉，只知好吃，卻記不清味道，因此油水最少的夏季，經大人哄說，也覺得茄子在齒頰間確實有吃肉的似曾相識了。

茄之肉味，其實要算冬天。夏季裏吃不了的茄子，在母親手裏彎彎繞繞幾個來回就成了長長的茄條，茄條在井拔涼水裏浸泡一刻，撈起後在烈日下曬乾，一挽挽吊在涼房的椽子上。寒冬無鮮菜，卻能有幾片肉，此時泡開茄條，切成段兒，和酸菜、馬鈴薯及幾片稀罕的白肉片一起燉，飯桌上肉片分盡，舉箸齊向的就是口味與肉相差無幾的燉茄子了！

十年之後，離開西北三千里。我住宿的學校離姨媽家好幾公里。他們一家擠在城市邊緣的工廠的一間狹窄的小倉庫裏，但極善待我。我在週末踏上哐哐啷啷的「古董」自行車，不知疲憊地趕路「回家」。那時的食油緊俏，而茄子很吸油，姨媽卻常以我最愛的紅燒茄子和炸肉茄夾相待。姨媽守著煤球爐子煸炸烹炒的神態我從不曾忘記，她總是督促我現得現吃，那外皮裹了一層麵漿，中間夾滿肉餡的茄夾外脆裏嫩，咬下去，肉和茄子融合一味，濃鮮醇濡。歲月流轉，之後我再次遠走他鄉，林林總總的茄食我見識過不少，但姨媽的茄夾和燒茄子卻是天下唯此一家的。

又是十年，我隻身南下，在獅城留步。第一次在超市裏看到茄子的時候，簡直要驚呼：終於明白清朝葉申薌的《踏莎行・茄》中稱茄子為落蘇：「昆味稱奇，落蘇名俏，五茄久著珍蔬號。」南方紫茄纖俏，想來清晨葉下那修長油亮的茄果，真如中華結下低垂的絲錦色澤的流蘇，那清朝朱彝尊咏茄「隴上紫瓜好，黛痕濃抹，露實低懸」時的情形就陡立眼前了！

讓我再開眼界的是新加坡很出名的一道客家菜——釀豆腐中的食茄方法：窈窕的紫茄斜切成薄片，抹上雪白的魚膠，和許多蔬菜、魚餅魚丸海鮮及豆腐一併擺在潔淨的玻璃櫥內。蔬菜都是生的，羊角豆、燈籠椒、苦瓜、尖椒、鮮菇等等，豆腐有生有熟，但一律都有玉色的魚膠或填充其中，或貼抹上下，店家按客所點，放入滾開的用江魚仔久熬而成的高湯中過湯，北方人涮火鍋似的，燙涮幾分鐘即撈起入碗，火候剛好，菜色依舊鮮艷。添湯淋汁，乾濕兩吃，任君自選。我通常選湯湯水水的「濕」方享用，請店家澆一勺清湯，自己盛一小碟辣醬，這一餐看似水煮什錦的釀豆腐吃起來格外清爽，尤其茄子，細膩軟潤，透著淡淡的香甜。新加坡人多在外用餐喝茶，少在家中開宴。家中有長輩的，老人們則會在家中烹飪拿手好菜。我十分幸運被邀請過幾次，品嚐朋友家中長輩的私房菜。一位祖籍廣東的老婆婆知道我愛吃茄子和肉骨茶，飯桌上她捧出場的蒸茄子，教我好一番驚喜：一層層手撕茄條交錯著一層層混合著火腿絲、香菇絲、薑絲和瘦肉絲的輔料。老婆婆特地用她收藏的粗拉拉的公雞碗盛著。虔誠地舉茄子入口，一些兒肉骨茶的滋味，最突出的是軟茄中各種糅合的滋味交融著馥鬱著，非但不油膩，還倍覺口胃大開。離開新加坡的時候，這位婆婆還特地給我做了道地的肉骨茶，她說：「想肉骨茶的時候回來看看，婆婆煮給你！」新加坡的美食，新加坡的明媚生活，新加坡人的淳樸熱誠，是我無論走到哪裏都忍不住回頭的理由。

十年又十年，何止河東河西？踏入「美麗間」算不算是人生之旅上的機緣巧合？入鄉隨俗，餐食中最多的是西餐，生吃冷食，起初並不適應，幾次三番向父母投訴。母親安慰我：年輕的時候，大魚大肉百無禁忌，但人至中年，要開始清慾養生，健康為本。他們晚年更為如此，飲食均衡而清淡，尤其晚餐，無肉少油，粗糧外加拌青菜，茄子是三兩天即涼拌一次的。二老相信茄子可助清除腸胃積存的油脂，生茄子漂去苦澀，切成細絲亦或薄片，配上其他蔬菜，苦瓜、青椒、黃瓜等，加上麻醬、醋、幾滴橄欖油冷拌，據說相當可口。這般吃法，真可謂返璞歸真！可惜我至今不曾認真嘗試，一則是老美家人不習慣麻醬加醋的涼拌，二則是我日漸喜歡上烤蔬。各樣蔬菜要嘛切成塊兒穿串兒，要嘛切片，刷上薄薄一層橄欖油，撒一點海鹽，在烤箱中不需多久即熟，茄子、蘑菇、蒜粒和馬鈴薯一起烤時，十幾分鐘即可，茄子若烤得恰到好處，裏面是嫩的青潤，外邊是脆的焦黃，旋即就成了這一餐的搶手菜！番茄、燈籠椒、瓠瓜、青瓜僅需幾分鐘，烤去水分的蔬菜和蒸煮煎炸的味道大不相同，保留著鮮菜的清香，口感卻溫和，做配菜或三明治都輕而易舉，也健康美味，這和大洋彼岸的父母親也算遙相呼應，遵從他們的勸誡：健康是福，隨時應變，隨境更食。不單單飲食如此，待人行事不也如此嘛，適時適宜，方圓得體，隨遇而安，人生的春秋冬夏也就四季安泰了罷。

青如蔥（新加坡）

原名王麗珊。《錫山文藝》主編。寫作，看書，種花，從來是生命裏不可或缺的構成物質。常常把簡單的事物看得很複雜，因為思想複雜；常常把複雜的事情處理得很簡單，因為頭腦簡單。因錯愛而行文，氣候尚需醞讓。因被錯愛而編輯，突破在進行當中。

「卡」住的一天

今天早上，林老太太出門時，兒子要她先檢查手提袋，看看要帶的卡都帶齊了沒有：門卡、電話卡、樂齡卡、圖書卡、乘車卡、用餐卡，還有一張最重要的現金卡。兒子知道媽媽非常健忘，一再叮嚀她要拎好手提袋，別顧著東看西看而把它落在哪個角落裏。

「好，好，好！」老太太高興地接受了兒子的嘮叨，因為這表示他的關心。

兒子趕著去上班，因為要讓媽媽搭便車，便催著林老太太趕快出門。他把林老太太送到百貨公司的大門口就走了。時間還早呢，許多商店都還沒有開門營業。林老太太坐在門口旁邊的石椅子上，為一天的開始掀開序幕：看著來來往往的上班一族，在她眼前形色匆匆地掠過，成了一道亮麗的早晨風景線。但她不知道，除了這一項，今天的其他節目和往常並不一樣呢。

看累了過往的人群，林老太太開始她的第二個節目。她來到百貨公司最頂層的電影院，挑選了一部搞笑的電影，當她伸手掏卡要去購票的時候，問題就開始出現了：她找不到她的樂齡卡！售票小姊說沒有樂齡卡就不能買優待票。「我這頭白髮還不能證明我很老了嗎？」林老太太指著自己滿頭的銀絲問。

售票小姊笑著說：「您看起來還很年輕呢！」

林老太太好笑又好氣：「我這張七十五歲的老臉，看起來難道還像沒有過五十五歲的人嗎？」可是售票小姊只認卡不認人，硬是不肯通融，真掃興！

林老太太沒辦法，走出戲院下了兩層樓，來到了分區圖書館。她走進圖書館裏東翻西看看，找了一本合意的書想借回家。一摸口袋，咦，圖書卡也沒有了！老太太只好去讀報紙。看了一會兒報紙，就被中央冷氣系統吹得身上直哆嗦，便又趕緊走到樓下戶外去曬曬太陽。開始曬的時候感覺挺暖和，再曬多一陣子，頭髮稀疏的頭皮就開始疼了起來。近午的陽光好猛吶！聽報上說這是本地百年來最熱的六月天。老太太望望天空，天空亮得讓人睜不開眼睛，老太太只好又縮回百貨公司裏去。

百貨公司裏商店林立，新奇古怪的東西有趣又可愛，可卻都不是林老太太這把年紀用得著的；再說給孫子買他們還不要呢，就嫌奶奶買的東西土氣。林老太太只好看看摸摸，拿起放下，一件也不敢買。

看多眼花走多腿軟，林老太太肚子有點餓了。走進冷氣食閣，由於現在已經過了午餐時間，空位倒是有的。林老太太想先去買一杯香濃的奶茶來喝，伸手進了口袋，啊！食閣的用餐卡和現金卡也不見了！喝不成飲料，也吃不成東西，林老太太感覺好沮喪。因為兒子怕她帶錢出門會惹眼，就換成現金卡給她用，所以林老太太身上可是一分錢也沒有呢！

又累又渴，林老太太在食閣裏的椅子上打起盹來。這一小睡說久不久，等到她被熙熙攘攘的嘈雜聲吵醒時，已經是傍晚夕陽西下的時分了。食閣裏用餐的人潮多了起來，林老太太不好意思再霸占位子，再說她也坐到腰酸背疼了，就起來走動走動。

走不了幾步，感覺頭有點暈眩，肚子在抽筋，身體隱隱約約好像還有點發燒。林老太太慌了，心跳無端端地加快起來。還好，她記得兒子曾經說過：「媽，您一不舒服，就要記得馬上去看醫生。」家庭醫生的診所不在這裏，林老太太沒了主意，就慌裏慌張地踱進一間私人診所裏去了。

「身分證？什麼身分證？我沒有。」林老太太把頭搖得撥浪鼓似的，臉色好蒼白。

「那您叫什麼名字？住在哪裏？」那人又問。

「住哪裏？那個英文名很難叫的，什麼 a⋯b⋯什麼的。」林老太太搔了搔頭，又說：「我的名啊？我叫阿妹，對，我老公叫我阿妹。」

「阿妹老太太，您再想想，家裏的電話號碼幾號？」

「我都告訴你了，我的電話號碼寫在電話卡上，這麼多號碼我怎麼會記得呢？」那個人點點頭，一雙手盡往臉上搓。他已經好累，問了老半天，這個迷了路又報遺失了一大堆卡的老太太，沒能給他提供些什麼有用的線索。

林老太太是在走進診所，當櫃臺小姐問她要身分證時才開始恍惚起來的。她要看什麼病，住哪裏？老太太一下子全忘了。護士小姐讓她坐在診所裏慢慢想，直到診所快打烊了，老太太突然說遺失了東西不肯走，診所裏的人只好把老太太送到鄰里警局來。

林老太太坐在鄰里警局的沙發上，渴得頻頻舔嘴巴。年輕的警員見狀，連忙給她沖泡了一杯熱騰騰的美祿（Milo），林老太太連呷了幾口，這才覺得好過一點。可是夜已深，鄰里警局也要打烊了，警員只好把老太太又送到金文泰警署來。

林老太太在警署裏走來走去，一下子看看水族箱裏游來游去的非洲王子，一下子又去逗兩隻養在小池子裏的巴西紅耳龜。「我的小孫子也有這樣的一隻小烏龜耶！」老太太得意地說。局裏值班的警員笑著點點頭，他們都在忙碌地填寫著一些表格。

「孫子有紅耳龜成不了線索，如果有養星龜，那就不一樣了。」有個警員打趣說。

「沒有人來報失蹤案？」

「有，可是名字不一樣。」

「哦……」

「她今晚要睡在哪裏？」

「要不你帶她回家睡？」那個一瞪眼，一拳正要往同事身上捶下去。「不用麻煩，我自己會回家。」幾雙眼睛馬上把視線都投在林老太太身上。

「你們把我送回剛才那間百貨公司，我就會搭巴士回家。」

「噢！天啊，您怎麼不早點說?!」

「你們都沒有問我會不會自己回家。」

林老太太有些靦腆地嘟嚕說。

「那你剛才為什麼不直接回家？」

「我的卡都不見了，怎麼搭車回家？」林老太太覺得這些警員有點笨。

警員把林老太太載到百貨公司門口，林老太太告訴他們平時她就在那裏等短程巴士。幸好還趕上最後一班夜車，一位警員替林老太太付車資，陪她上了車，巴士後面跟著一輛警車。在巴士上警員問林老太太認得路嗎？

林老太太說：「車窗外黑濛濛一片，怎麼認啊？」

警員張大嘴巴：「那你怎麼說懂得回家？」

「我在第三個車站下車，就懂得回家。」

「哦，原來是這樣。」警員噓了一口氣。

林老太太心裏肯定了這個警員真的非常笨。「我不要坐你們的車就是因為這樣囉。」她提高聲量有些傲慢地說。

下了巴士走幾步路，不遠處就有幾棟私人公寓。林老太太加快腳步，來到了入口處。夜晚的保安人員換了一批人，都不是白天認識的熟面孔。保安人員問找誰呢？什麼事？警員告訴保安人員這位老太太說她住在這裏，可是忘了帶門卡。保安人員問那她家住在哪個單位呢？他好打電話給屋主，請他們下來把老太太領回家。老太太一聽問她號碼，「轟」的一聲腦袋又全空了，支吾了好一會兒都說不準，連警員都替她急了。

幸好這時一個夜裏在外蹓躂的小伙子拐了進來，老太太尖叫了一聲：「阿 boy！」那個叫阿 boy 的小伙子笑笑跟老太太打了個招呼，待看到老太太身後跟著的警員和警車，又嚇了一跳。

警員問：「小弟弟，你認識這位老太太嗎？」

「認識，她住在這裏。」

「哪一座？幾樓？」

「不太清楚，不過我常常在樓下看到她。」

「阿 boy，我是你的鄰居啦！都同住了五六年還不清楚，這樣 blur 。」

警員瞪了阿 boy 一眼，搖搖頭問：「那你住幾樓？」

「十五樓……。」阿 boy 不好意思地低下頭，心裏也許在暗暗取笑老太太：你住了五六年還不清楚自己住幾樓，不是更blur！

警員把老太太送到家門口，公式化地辦了些手續後就走了。看到林老太太平安無事地回到了家裏，原本坐立不安快急壞了的兒子和媳婦都鬆了一口氣。兒子馬上要去警局銷案，林老太太也要跟著去銷案。兒子問：「媽，你去警局銷什麼案呢？」

林老太太笑著說：「我還以為我的卡全不見了，原來都在手提袋裏。」

「那手提袋落在哪裏了呢？」

「沒落在哪裏，就放在家裏我沒帶出門。」林老太太高高地舉起那個「卡住」的手提袋，開開心心地結束了「卡」住的一天。

邱苑妮（馬來西亞）

早年畢業於馬來西亞北方大學經濟學榮譽學士，二〇〇五年獲中國南京大學現當代文學碩士，二〇〇九年獲中國南京大學現當代文學博士。現為南方學院中文系講師、亞洲文藝復興與跨文化書院研究員。曾獲全國嘉應散文獎首獎、南洋大學校友會微型小說獎第二名、星雲文學獎散文優秀獎、馬鳴菩薩文學獎散文佳作獎。著有散文集《在流牧地》，文學評論集《美麗與哀愁，凝眸與訣別——沈從文小說自然象徵意蘊研究》。曾為南洋商報及東方日報副刊專欄作者。

古樓翦影

在她的生命中，有那麼一條河流，總在夢裏煥發出彩虹一樣的妖嬈顏色。她童年的腳趾像兩朵鮮嫩、艷麗的五瓣花朵兒，在旁著這條河的古樸鄉土上，美滋滋地隨意綻放著。

古樓，是個王姓聚集的魚米之鄉。一條古樓河把古樓市鎮及對面港劃分開來。這條母親河不只見證了古樓的歷史，且世世代代滋潤著兩岸的土地，哺育著樸質的村民。沿著這條水域一幢幢浮樓連綿一氣的懸浮於河沿線上。家家枕河而棲。村民大致都是吃水上飯的。漁民幾乎一生都是在水上度過的，他們的生命已和古樓河緊緊地拴在一起。一條河牽動著漁人全部的悲歡。

在暮色圍困中，古樓渡輪疲憊蒼老的身軀緩緩地從對面港口吱扭而來。它的身體在河面上浮晃著，像承載著一個古老的夢境。印度船工把跳板一端固定在碼頭，一端搭在船舷，渡輪上的乘客一個個走過跳板，一路搖搖晃晃地上岸去。我尾隨著候船的人群上船。待船身稍微顛簸，渡輪已施施然的朝對面港灣游戈而去。航行時濺起嘩嘩的水聲。

在一片飽含水氣的口音像網一樣罩住我的耳膜之際，引擎拖船已施施然拖拉著渡輪靠攏對面港碼頭。多年來，川行兩岸的渡輪是對面港居民聯繫古樓市鎮唯一的交通工具。和我們一起過渡的有面容黧黑、頭戴竹笠、身背魚箕的闖海漢子，有攜兒帶女的嫂們姑們……。

眼前的湯湯流水是一片豆綠色。兩岸的浮樓連綿一氣。河面一片煙。一些隱秘的、生動的、遙遠的、溫暖暖、濕漉漉的日子，在一片煙嵐中鮮活起來。

外婆的浮樓是她童年的遺骸，日日夜夜懸掛在夢境邊緣，恰似一種永恆的召喚，充滿了生命的質感。房子分兩進，一面瀕水，一面著陸。向河水的那一部分用熱帶木料打入水中作屋基，並且用一根根木柱高高的撐起；牆面和地板都是用木片鋪就而成。著陸的那一面奠基於堅實的土地上，門前是一條小街。瀕海的那一頭，只用木板鋪成三面牆體，迎著河的容顏的是一溜的木欄杆，整間房子灌滿了風聲與水聲。朝朝夕夕，歲歲年年，古樓河的雨意煙嵐，撲面迎來。從地板的木片隙縫間，甚至可望見潺潺流動的河水，隨著歲月的腳步奔騰不息。

這裏每家每戶的後進，都縱向河面搭建由木條隨意鋪就的小小木橋碼頭。木條板塊之間銜接得不是很嚴密。走在上頭不只是搖搖晃晃的，而且如果你穿的是高跟鞋，鞋跟往往會被卡住。就這樣一個簡陋的自家碼頭，也彷彿在告知你，漁家們註定顛簸一生的宿命。繫船樁上栓著自家的漁船或舢板，三三兩兩臥在水面上，成一排，成一串，互相擠挨著，有股親密勁兒。

就在這兒，她和父親一起度過無數的垂釣時光。父親總是俐落地握著魚竿，將鈎線深深地拋入河中。接著是父女倆斂聲屏氣的等待。在一片靜寂中，不只聽到微波嚼咬船板細碎聲音，她更是樂意把魚兒想像成充滿靈性的美麗脊椎動物。它們不只體態均稱地在水中恣意浮游，而且是充滿音樂細胞的。魚兒們也是擅於彈琴的，它們創意的以水底各式各款的卵石作為琴鍵，用尾巴輕輕地、優美地敲擊著，水面微微泛開的圈圈漣漪就是那串串音符的折射。

當魚漂上下抖動了起來，水面往往會泛起一瓣又一瓣的大漣漪。這是魚兒咬鈎的美麗信號。魚兒被從水裏拉上來之際，往往還在徒然地前搖後晃的垂死掙扎著，身上的鱗片在陽光的映照下，兀自閃著銀白的光束。而當把它們從魚鈎摘下來，放在魚簍裏的時候，它們似乎才接受了自己的厄運，用尾巴無力地劃出一道蒼白的弧線。這光景，總要教她眼角洇洇地濕了一大片。就是這些美麗的脊椎動物，用光滑柔韌的身體，教會了她生命最初的殘忍。

漁村的生活是寂寥的。白天的曬場可成了女人的天地。她們手腳俐落地剖魚曬鮝撿蝦米補綴漁網的當兒，口也沒閒著。老話題就彷彿是一塊年深月久的磨刀石，女人的嘴就如刀子一樣銳利，輕輕地、白閃閃地跳蕩幾下，那鋒利勁就似一尾銀蛇般，滑滑溜溜地躍舞起來。這裏的女人們，就是靠講閒話與瀰散在空氣中的那股魚腥味，充實了單調的漁村生活。

退潮擱灘時節的午後，男人們則一面把煙抽得嗞啦嗞拉地響，一面清船艙，洗漁具，燀燀船底……等等。單看這一切光景，倒讓人覺得他們那一份生活是那樣地美滋滋的。可是別忘了，凌晨三點，這些漁佬兒們就得離開懷中熱乎乎的身體，在鬼魅的夜色中，提著一盞桅燈準備出公海捕魚。河面黑魆魆的，只有天上的繁星和河面上漁船的桅燈交融在一起。漁火飄忽不定，有如這些闖海漢子們波譎雲詭的命運。然而他們是那麼忠實、本本分分、莊嚴地活著。擔負了上天派給自己的那份命運，為自己，為兒女，繼續在這條河流上營生作業。

在天光迷蒙之際，漁市場又是另一番熱鬧光景了。這時節的漁市場湧動著疊疊人影。那些在河面上徹夜鏖戰的漁佬兒，滿眼紅眼絲，帶著滿身的疲憊與水漬，紛紛把船兒攏向碼頭，吭哧吭哧地，將彌散著濕漉漉葷腥味兒的大小筐簍漁獲，往漁市場挑。

這些穿風踏浪的闖海漢子，不拘叔伯們或哥兒們，一張張臉膛都被海風和太陽，吹曬得猶如羲皮般粗糙。他們拉網的手，往往五指叉開如招風的葵扇。一身古銅色的皮膚，在蛋青色的晨曦下孳孳發亮。瞧他們一面貓著身子把各色漁獲分類，一面瓮聲瓮氣的和魚販估價，魚販們照例總要嫌瘦厭肥的，逗得漢子們不計生冷的把野話說盡。生活氣息撲面迎來。

對這一切，她皆是那麼的愛著，十分溫暖的愛著。她的感情早已融入這一切光影聲色裏。她那充滿水意靈靈的憂鬱氣質，也是這條河浸濡而成的。這一湯湯流水更是滋養了她的文學生命，讓她一步步行向更深廣的天地裏。

秋笛（菲律賓）

原名劉美英，祖籍福建南安，生於馬尼拉。在菲律賓接受雙語教育，大學畢業後毅然踏進華校服務四十餘年後才退休。上世紀六〇年代在大學求學時開始從事文藝工作，主編鷺江出版社出版的菲華女作家選《綠帆十二葉》；作品被選入十多種選集。著作有《園丁的獨白》、《秋笛文集》、《花茶》、《記憶林》等散文集，其中《花茶》榮獲臺灣僑聯總會之「華文著述散文佳作獎」。

水災獵影

（一）

雨，一陣又一陣，絲毫不想停的意思；水，一尺又一尺地增高。路上的水已經湧進淑珍家的大廳。那是座一層樓的房子，他們沒辦法往上逃，臥室裏還有一個癱瘓的老伴。這時候，淑珍真的手足無措。兒子站在院子裏指揮女傭把缸裏的金魚放進塑料盆裏，女兒在客廳裏打電話叫救護車。她坐在床邊陪著老伴。不久，兒子搬來了一個很大的長方形塑料盆，那是兒子為金魚洗玻璃缸時，金魚的臨時住所；現在，他把塑料盆拿到房裏，打開櫃門，把裏面的被褥拿出來，一邊把被褥鋪進塑料盆，一邊要他娘收拾老爸的藥品等等，然後兒子抱起他的老爸，讓他躺進塑料盆裏，就這樣他們一家三人涉著及腰的水，推著躺在塑料盆裏的老人慢慢走到停在水位較低的救護車上去。街道上的水像海浪那樣湧向他們，好幾次幾乎把淑珍沖倒，幸虧有女兒在旁扶持著，不然，她可能就被洪水沖走，比老伴早一步回天家了。救護車順利地到了醫院，辦好了住院手續，他們就住在那裏，待洪水消了之後，兩個年輕人才回家。家，已面目全非，他們不知該如何收拾……。

（二）

最後一節課之後，已經快中午了，外面是傾盆大雨，莉絲心急地趕著要回家，聽路人說哪一個街段車子已無法通行，哪一座橋快被水淹沒，她更是心焦如焚，兩個未滿十歲的孩子在家，雖說他們住的地方從來是不漲水的，可是下那麼大的雨，孩子們會害怕呀！

她坐上了「集尼」（註），在輕軌電車站下來，擠進輕軌電車，在終點站下了車。大街上，水已經有一尺多深，走過一段路，又坐上另一部「集尼」。車就像船那樣慢慢在水中走，路上有幾部車停了下來。坐在車上，再怎樣急也無濟於事，莉絲只能閉上眼睛禱告。大概一個鐘頭之後，終於到了她該下車的地方。下了車，歸家的路已是一條小河，值得感恩的是，她們住的那一帶較高，所以水不會侵入他們的家。

打開門，兩個孩子跑上來，投進了媽媽的懷裏。

（三）

下了一整夜的雨，整個早上雨也不曾停過，街道上的水都湧進家裏了。惠美和兒子兩個人被困在二樓盼望雨能早點停。今天早上母女醒來，看到外面的情況，他們已經把樓下的電器搬上樓。雨不停地下著，再幾個臺階就上二樓了。這時候，惠美的手機響了，是她的妹妹打來的：「姊，我被困在辦公室沒辦法回去，兩個孩子在家裏，姊，你過去陪他們，好嗎？」

妹妹的家就在附近，水可能也漲得很高了，兩個孩子，兩個孩子，怎麼辦？她和兒子商量。兒子說：「我們過去吧！表弟一定嚇死了。」

「怎麼過去？水那麼高！」

「游過去！」

「什麼？我不會游泳啊！」

「我揹你。」

說完，他走下幾步臺階，讓母親趴上他的背後：「媽，你要抓緊哦！」

他就這樣背著母親游到姨母家。

（四）

那場雨，下得可真大。我剛好在學校開會，會畢，校長要我們幾位同工隨她回去，她說她那部車比較高，應該是可以涉水過去。剛要上車，碰到另外一位同工，她好緊張地說，路上的水已經漲得很高了，她的家從來沒漲過水，現在水已經沖進屋子裏，家裏只有兩個子女，輕便的東西，姊弟倆合力搬上樓，電視機和鋼琴，他們無能為力了。如今路上漲水，她的車也沒辦法衝過去。於是，校長也要她和我們同車回去。車繞了幾條路，路上的水都超過半個車輪，司機只好又把車開回學校。我們聊了一會兒，校長的公子說要用大車來接我們。托校長的福，我總算平安回到了家。

翌日，我和女兒要去探望在醫院的小孫子，順便去買點罐頭食品。車開到大路上，我們才知道昨天的災情是多麼慘重。路邊好多男女老少匆匆地走著，有的在打掃、有的在清洗、有的伏在一堆堆看似垃圾堆裏找東西。好多小木屋倒塌了，他們的家一夜之間被毀掉了。和小木屋剛剛相反的是那些工廠。一層樓高的鐵門上，或是圍牆上高高的鐵絲網，都掛上了各種顏色的塑膠袋，那是昨天隨著洪水從河裏浮上來的，水退了，塑膠袋就掛在那裏。大路上也有堆集如小丘髒兮兮的東西，這些都是我們平時隨地拋擲的廢物。如今，江河怒吼了，我們把本來清潔的土地給弄髒了，它們無法再承受了，全部拋上來回饋給人類。我們是不是應該好好反省一下？我們是不是要學會好好地保護我們的地球？

後記

二〇〇九年九月二十六日早上，我七點多鐘出門參加中國歷史講習班，十點我急著到任職的學校去開會。那時候，天下著濛濛雨，我沒帶傘，就這樣穿過細雨走過去，沒想到，這場雨越下越大，竟造成了一場大水災。據說這次水災的原因，主要是近郊蓄水池水位已極高，為減壓而開閘，以致失控而引起的。

註：菲律賓獨特的公共交通工具，是用「吉普」車改造而成。「吉普」車後座被改造成兩排相對而坐的座位，可容納十多個乘客。

黃梅（菲律賓）

本名黃珍玲，原籍福建晉江，生長於菲律賓。在馬尼拉完成中學教育後，以僑生身分回國升學，就讀國立臺灣師範大學國文系。畢業後返菲，服務於菲華教育界近三十年，曾任菲中正學院中學部中文主任及大學部講師，並兼任菲《聯合日報》文藝副刊主編。業餘愛好寫作，作品以散文為主，小說為副。現任菲華文藝協會及菲留臺校友會常務理事，熱心推動菲華文運，曾獲中國文藝協會第四十屆「海外文藝工作獎」及世界華文作家協會「世界華文文學貢獻獎。」

吃司馬中原的豆腐！

這次臺灣名作家司馬中原先生應亞洲華文作家協會菲分會之邀請，來菲主持三場講座（第三場是應中正學院之請，給孩子們講「人」的故事）。筆者有幸在接待他的時候，聽到了他許多詼諧幽默的談話，因為他不但學識豐厚、見聞很廣，而且非常健談，聽他講話，真的是如沐春風。而更令筆者深感得意的，是自己還吃上司馬中原先生的豆腐。

那是因為近日我正準備要寫篇「吃豆腐」的文章，投給《耕園》的「食話食說」專欄，所以就在跟司馬中原閒聊時，趁機向他請教為什麼要把討女人的便宜叫做「吃豆腐」。他回答說：這是因為豆腐很軟，容易下嚥，表示受欺負也不回手。不過要點是這種占便宜的做法，是只能動口不許動手的。哦，明白了，原來這種在口頭上占女人便宜的人，還稱得上君子呢，因為君子是動口不動手的啊！

但我們又何以有幸能吃上司馬中原先生的豆腐呢？其實這不是口頭上的占便宜，而是實實在在地吃到司馬中原先生親手做的獨門好菜——豆腐丸子。

原來司馬先生不但能寫善道，還是一位烹飪高手呢！那是因為他的夫人體弱多病，所以他很早就下廚掌管司馬家的飲食之事，算得是一位「家庭主夫」，練就了一手好廚藝。只是他今年八月才出爐的散文集《司馬中原笑談人生》一書中，他寫了「人生八大藝術」，就是沒寫到「廚藝」，希望不久的將來可以讀到他寫有關烹調藝術的妙文。

就因為司馬老師不以君子之身而遠離庖廚，所以他對得意門生董君君筆下的油煙世界非常欣賞，說她的文章有俠氣，就自動要幫她的書寫序。並且還要趁此次來菲的難得機會，上君君的「天利餐室」的廚房裏，表演他的烹調工夫，做幾道菜給大家嚐嚐。

只是君君因為自家的餐廳是專做定食外賣的，廚房簡陋，怎麼容得下大作家在那兒表演手藝呢？因此便支支吾吾地不敢答應。

後來，在菲華文協的歡迎晚宴上，司馬中原幾杯茅臺老酒（邵建寅老來招待的）一下肚，便又提起要親自下廚做兩道菜給大家品嚐的事，我們聽了都高興得很，這種美事焉能錯過，但是要在哪裏做呢？為了方便，筆者便建議就在司馬先生下榻的泛太平洋大旅社，也是楊美瓊所主有的中國城餐廳的廚房裏做，楊美瓊馬上表示贊成，於是司馬中原就宣布他要做的菜是「豆腐丸子」和「燉海帶結」，並且立即當場開列所需的食材給董君君去辦。

好，就這樣說定，時間就是次日下午司馬爺爺給中正學院的學生講完故事之後，就回旅社進廚房做菜。這事是聽者有份，誰要吃大作家司馬中原的豆腐，那就千萬別遲到。

在中正學院的演講一結束，我們就陪司馬中原回旅社，然後在楊美瓊的帶領以及筆者和董君君的陪同下，我們闖進了平日「閒人勿進」的廚房重地，觀賞大作家的手上工夫。

這時戴著白色高帽子的大廚、二廚和伙夫們都已上陣，大家圍繞在爐灶砧櫥之間，要看這位身著唐裝、斯斯文文的小老頭兒（司馬在笑談人生的文章裏的自稱）展示手上的刀鏟功夫。待君君把準備好的食材拿出來，計有豆腐八大座，冰凍過的蝦仁碎肉各一包，海帶結一大盤。此外，尚有打理過的小辣椒、大蒜仁和嫩薑等調味料。這時司馬大師傅便捲起袖口，開始作業。

他先把豆腐用紗布包起來，隔著紗包揉碎它，將之弄成一顆大圓球，然後拿到水槽中雙手不斷地用力揉搓，好把豆腐中的水分擠出來。揉了一陣子之後，他便把這份工作交給在旁觀看的二廚繼續做，自己操起菜刀來，將大蒜和小辣椒都給剁碎，放置一旁，然後從二廚手中接過已擠乾水分的豆腐包，將之打開把碎豆腐全部放進一個不銹鋼大碗裏，再把一些些碎肉與蝦泥放進去，將之與碎豆腐和在一起揉搓，接著又加入蒜泥和碎椒，再用力地搓。在這個過程中，他不斷地加進些許雞精和精鹽、胡椒粉來調味。

這時他忽然想起了這道菜最重要的一味——芫荽（香菜），他就向董君君要，君君才想起芫荽被忘在車子裏了，於是我們便轉向大廚討，大廚為難地說不久前因為碧瑤那裏颸颱風，菜園淹水，芫荽斷了貨，現在廚房裏只剩下些菜梗。司馬師傅說這可是重要的佐料，缺了它可就失去味道，只好將就把菜梗接過來剁碎了和進去。還好，君君已經十萬火急地把放在車上的大把新鮮的芫荽拿上來了，就立即將之全部剁碎，放進豆腐泥裏，繼續再揉一陣子，使你泥中有我，我泥中有你，混為一體了，才將之搓成一個個拳頭大的球，放進蒸籠裏蒸它十五分鐘，這道「豆腐丸子」便可以上席了。

司馬中原老師這道豆腐很有特色，有別於我們平日所吃的各種豆腐。它的特色就在於它已失去豆腐那又軟又嫩的本質，而成了一種混合著各種香味的豆腐泥，有一種新鮮的口感，其中最突出的是那股強烈的芫荽香味，難怪有幸吃到它的文友，都對之讚不絕口。

其實司馬老師所做的另一道菜「燉海帶結」也有特別的風味，只是因為筆者想占大作家的便宜（事先向他報備過），所以就專拿他的豆腐作為題目來寫。真的，做夢也想不到會吃到司馬老師親自下廚烹調的豆腐。可惜的是當時陪他進入廚房看他動手操刀的我們三人——楊美瓊、董君君和筆者都是落伍的電子白痴，身邊都沒帶個附有攝相功能的手機，未能即時拍下大作家下廚的寶貴鏡頭，真是一大憾事，只好借助這枝拙筆，寫下這段佳話，以作紀念。

二〇〇九年十一月二十四日

梅筠（新加坡）

原名辜楚霞，新加坡公民。從事教學工作超過三十年，曾任教育部課程發展署課本編寫員。七〇年代開始文藝創作，曾獲多項全國性文藝創作比賽獎項。出版著作有：《英桃枝的夢》、《心中話》、《捕蝶人》《小象軍軍》、《虎奶奶和長下巴》、《梅筠微型小說選》和《與桃花相約》等七本個人文集。新加坡作家協會永久會員。

她說她很累

媒體訪問她：紀曉容小姐，你獲得國家如此殊榮的××藝術獎，你有什麼感言？她苦笑。一會兒，淡淡地說她很累。記者小姐正想追問，她已悄悄走開。第二天，報章頭版在很顯眼的地方標下：我國獲得××獎的藝術家，她說她很累。看了報章後，她獨自悵然一笑。

老同學玲打電話來：你怎麼搞的？這是你出風頭的時候，你應該發表偉論，大大恭維某某人，推銷你的嘔心瀝血的作品，或者暢談你的創作理念，怎麼會說出我很累這種話？

紀曉容放下電話，不語。她走出斗室，站在院子前，不其然用手撫摩一尊名叫「牽」的作品。這一米寬、一點五米長的石雕是她花了近四個月的作品。那是一雙纖長、瘦細爬滿青筋的手，這雙手抱住一個出生不久的小孩。那是一場天災，她目睹一個女人為了救別家的小孩，而犧牲了自己。那年的震撼，使她決心用她的雕刀，雕出她內心的感動。那手傳達的是一個「愛」字，一種「大愛」的精神。命名「牽」是希望能牽動人們內心深處的靈魂。在這個處處講求經濟效益、自私自利的功利社會，人心容不下一粒沙子，人性在不知不覺中泯滅，而被視為理所當然。

她小時候在甘榜（鄉村）長大，純樸簡約的生活，讓她對大自然有一份無法言喻的眷戀，而對甘榜，她有一份濃得化不開的情感。她家後面有一座山，常有些掉落的石子，每一次放學回家，他總會順手撿一些回來。對著這些石子，她有一種說不出的親切。不管是圓的方的長的短的，她都給它們命名，然後擺滿了她那間小小的木屋。而這些石子，就是她的朋友，她的夥伴。父親的早逝，母親為了糊口，日以繼夜的出賣勞力。石子就成與她分享喜怒哀樂，傾吐心聲的對象。

有一次，她在學校的圖書館裏翻到一本書，書裏的圖畫剎那間在她眼前亮了起來。她看到一顆顆小小的石子，活靈活現地展示在她面前。它們對她笑，對她哭，向她扮鬼臉，向她搔首弄姿。那一天，她像走進了一個繽紛世界，那絢麗多彩的世界向她撲過來，她義無反顧的一頭栽了進去。從此以後，她把五分一角的零用錢省下來，買雕刻刀，買參考書。找石子看參考書，偷偷雕刻起石頭似乎是她每天必須練習的功課。她還記得，有一次，她為了省下零用錢，餓著肚子沒吃早餐而在學校暈倒，最後，還勞駕校長召來救護車把她送去醫院。自此，媽媽嚴禁她與石頭為伍。媽媽嘮叨：一個女孩子，刻什麼石頭？

隨著人口的急速增長，社會的變遷，她住的地方被政府徵用，木屋被拆，土地重新規畫。她們被安排住到一間小小的政府組屋，由於居住空間小，媽媽要她捨棄那些和她形影不離的「夥伴」。那是個生離別的場面，她記得清清楚楚，儘管她哭得死去活來，叫得聲嘶力竭，也無法打動母親的鐵石心腸，挽回「夥伴」們被丟棄的命運。

進入社會工作後，對石子的愛戀已到了「痴」的地步。想出國深造的念頭像一顆埋在心裏的種子萌芽成長。母親的體弱多病，沉重的醫藥費使紀曉容喘不過氣來。直到她三十歲那一年，母親因敵不過病魔，最終撒手西歸。度過悲痛期後，她重燃希望，背了行囊到法國去，三年前，為了照顧多病的母親，她錯失一份獎學金。而出國是她多年來的夢，如今她終於能如願以償。在法國幾年，她省吃儉用，束緊腰帶，四年來從不回國，沒有娛樂；打工，兼職，刻苦學習是她生命的全部。她像一條如飢似渴的小小游魚，突破困境僥幸游入浩瀚無垠的大海，無時無刻不捉住每一分每一秒的學習機會。她總算熬過了四年。

老同學玲在機場迎接她學成歸國時，看她憔悴不堪，弱不禁風的樣子。心疼地說：「怎麼搞成這個樣子。」

對這一切，她都不在意。這些年的磨煉，磨出她堅毅的性格。想是終日和石頭為伍，讓她吸取了石頭的靈氣，看她柔弱的軀體，說話輕聲細語；無法想像，她卻能以一支小小的雕刀，一雙粗糙修長的手，鏤刻出一件件令人刻骨銘心的作品。把一個大千世界把玩於股掌間，

她對生活的要求降到最低點，布衣粗食，淡飯輕茶，一切物質享受跌到零。而她的創作慾望讓她昇華，無視於生活要求。生命的短暫讓她珍惜每寸光陰，創作已是她生命的全部。

她說她很累。她的創作獲得了××藝術獎時，記者小姐問她，她說她很累。一個瘦弱不堪的女子，終日對著一塊塊碩大無比的巨石，要搬、扛、推、移、滾、挪，你說能不累嗎？記者小姐心裏想。

數十年和石頭相處，使她摸透了石性、石情、石氣、石骨，也造就她如磐石般牢固、堅貞不移的性格。生活無法滌洗她的理想，挫折不能磨損她的銳氣，但三餐不繼，居無定所，確使她累了身心。

她知道她創作的道路是艱辛的。可是奔騰於她血中的藝術細胞，無時無刻不在催促她，鞭策她，使她不顧一切往前走。

屋外大片的草地是她展示結晶品的地方。一座座白若雪、堅如山的石雕，就像她十月懷胎所生出來的孩子，或睡或躺或坐或臥，擺弄著種種憨態。她知道，這樣一個空間，在這寸土如金的島國，她的經濟如何負荷？目前這土地又被徵用，租地的價錢一漲再漲。在這一個功利社會，藝術何價？她記得她的畫家朋友黃告訴她一件事。國家級博物館想收藏他的作品，卻吝於付錢，私底下跟他說：「可否送一幅作品給我們？」她問黃如何回答，黃看了她一眼，聲音冷冷道：「我如果富裕，當然樂於貢獻，目前我連住宿和吃飯都成問題。」她當然更明白自己，搬家，搬家，再次搬家將是無可避免的。但是這麼一群「孩子」她將如何安頓？「拖兒帶女」到處奔波，「無家可歸」的心力交瘁，她的心好累好累。

她說她很累。但生命必須繼續，日子也得過。她的理想尚未實現，現實已悄悄登門造訪。望著她的「孩子」們，她深深嘆息：也許，也許到我倒下，永遠不醒為止！她能以手中的刻刀雕刻出眾生相，卻無法雕刻自己的命運。

風中的她，似已鑄成一座石雕，和她的孩子們融為一體。

董君君（菲律賓）

本名黃秀琪。一九三九年生於菲律賓，畢業於菲華培元中學。曾獲王國棟文藝基金會小說獎（一九八五年）、菲華文經總會小說獎（一九九三年）、菲華柯俊智文教基金會小說獎（一九九九年）、臺灣僑聯總會華文著述獎小說類第一名（二〇〇一年），並出版過《君君小說集》（馬尼拉：王國棟文藝基金會，一九九九年）

誰愛去美國

二〇〇八年二月份收到海外女作家協會的邀請函，通知赴本年度會員大會。怎樣的靜極思動，如驚蟄一聲，喚醒了我這冬眠半世紀多的懶蟲，伸個懶腰，打幾個呵欠，起了到美國一走的念頭。圓三年前申請赴美馬失前蹄的夙願。自己驛馬星動，還挑動劉純真從神聖的教育崗位上請假，八人結伴一行……。

有兩次赴美經驗的老四說，先叫司機去付申請表的手續費，就可以直接排隊去問話。誰知我、黃珍玲、劉純真三位夕陽依山族，凌晨五點就到美使館排隊。隊伍已排了幾里長，不慣久站的我們，站得雙腳僵硬，就左、右、左、右原地踏步，促進血液循環，好在我們不會化濃妝，不怕時漸發高燒的太陽，曬溶了化妝品，用皮包給臉頰一小片陰影聊勝於無，全身曬得臭汗淋漓。珍玲說：「與其三個齊中暑，不如一個排隊，兩個站到樹蔭下休息。」好主意！三個有難同當，輪流擁抱大太陽。

曬得煩躁極了，想到報上的新聞照片——蘇聯的婦女在排隊買麵包的無奈。自怨，這又何苦呢？自己不是舉足輕重的代表人物，去或不去，大會都不會起一絲漣漪，不過為了去玩的念頭，動了凡心，竊想有這邀請函申請證件大概容易多了。

罰站了兩個小時，七點隊伍開始移動，不，開始蠕動，九點，警衛宣布截止進入，一天只問三百人次。天呀！為什麼不先點算隊伍人數，宣布排在三百零一往後的人明天請早，任人在烈日下煎壞了。

叫兩個男工人午夜十二點鐘，帶了三張凳子和點心汽水去美大使館排明天的隊。凌晨等我們去插隊。九點我們剛爬到閘門，又宣布截止人數進門。好在三百零一名後的人，在申請表上貼一標籤「明天的七點鐘」為這小小的恩寵，平息了一點點火煙。

憑藉「明天七點鐘」的標籤，以為不用排隊，就可以進閘門，誰知前面有昨夜就來排隊的人龍，警衛說也要排隊。勉強答應我們插在龍腰處。等進到裏面，有劫後餘生的激動。

又是排隊！不過冷氣室內排隊與外面發燒的太陽下排隊，感受不可劃上等號。等到初審給號碼後有了一線生機，初審就判「死刑」的，皺眉苦臉地往外走——六個月後再送審。我們領到號碼，老心跳躍，有了一半機會好過沒有指望。我們三個排在同一個ＣＯＮＳＵＬ（領事）問話，珍玲是先鋒，帶著笑容出來，不用問她批准了。純真也一樣輕鬆過關，換我進去，把申請表格和海外女作家協會的邀請函送去窗口，立即開口，把惡補學來的一句英語「I can't speak English」（我不會講英語）說出來。

滿臉繞腮鬍的ＣＯＮＳＵＬ微笑著（我心裏讚著：他的絡腮鬍梳理得好看，很適合他的臉龐）。把我的表格看一下，轉頭請一位清麗大方的華女職員來翻譯，她問我：

「你是做餐館生意的，怎麼是作家呢！」

「我寫作是業餘的！」

「在什麼報紙上發表文章？」

「華文報的《聯合日報》。」

ＣＯＮＳＵＬ一直以評估不信的眼光看我，我微笑以對，心裏嘀咕（作家或煮婦都不寫在臉上的）我知道他看我不像是作家，不相信我是作家，翻譯者告訴我說：

「把你的作品，翻譯成英文送來看，還有你這本是新護照，把上本舊護照也帶來。」我微笑點頭。

ＣＯＮＳＵＬ在一張紙上寫著，「尚欠證件」叫我過兩天帶來，我轉身走出來，心頭攪拌著委屈，也想不去也罷，誰愛去美國?!

珍玲、純真以祈盼的眼光看我走出來，對我不能過關不信、意外，珍玲還批十年呢！純真也批了三個月……在車上我告訴她們：「不去了。」她們說枉曬了三天太陽，放棄可惜！還沒「批死」，還有一線機會……。

承多位文友關心，打電話來問申請簽證的事，我一再復述經過與結果，一再表示放棄，施穎洲老先生也來問事由，勉勵我不要放棄，他老人家為我寫介紹信，美使館裏有他認識的人，給我證明我的文章在聯合日報上發表，我是文藝團體的一位理事……。

瓊安熱心地請她的女兒給我翻譯我的一篇小說，感於這麼多文友的勉勵，我再開步走，再出發去申請。

又叫工人午夜去排隊，才趕得上三百名內的機會。自己一個人早晨五點就去排隊，形單影隻，一腔的委屈，這又何苦呢！

拿到一張粉紅色的「B8」的號碼，念到「B6」號碼時，我跟「B9」號碼的菲婦站起來走到前面去排隊，誰知叫進去的號碼是「B10」「B11」就不叫我們兩個的號碼。我們兩個不禁彼此細聲相問，你有聽到我們兩個相連的號碼嗎？沒有可能兩個都聽不到，什麼原因呢？一頭霧水，滿腔的問號？又回座位枯等，我就粘住這菲婦，一來我們號碼相連，二來我要靠她用英語詢問，越等越心焦氣煩，幾次想站起來，一走了事，冒火地想著：「誰愛去美國?!我大娘是要上那裏花美金的，不是去TNT（菲語，意即非法居留）搶賺美金的，何苦如此刁難?!」倏然間想到我的一位親家，在申請赴美簽證時，在諸多轉折後，ＣＯＮＳＵＬ看了他交上的多份證件後，仍不批准，親家怒髮衝冠，在ＣＯＮＳＵＬ面前撕破所有的文件，說一句：

「我不是非去美國不可！」

那傻眼的ＣＯＮＳＵＬ，瞪著難得一見發怒的老中走掉了。

我當然不夠資格耍脾氣，不過心中發發牢騷而已。中午十二點，播音請所有的人，吃了午飯後再來繼續申請。

又是排隊！連吃一頓速食餐也排隊。我這是犯了啥災星？右腳的關節炎來勢凶凶，一動抽痛，舉步艱難，咬著牙齦走路，爬樓梯，不動也抽痛，走路一拐一拐的，我快受不了啦。

思緒千轉百轉，我跟那拿「Ｂ９」號碼的菲婦，枯坐十一小時，不見呼叫我們的號碼，三百名等問話的一個個走掉了，整個大廳只剩下我們兩個，娜緻坐不住了，急走向問話的窗口，繳上我們兩個的號碼，女ＣＯＮＳＵＬ臉上也有了疑問，轉身問辦公室裏的人，不知從什麼人桌上拿到我倆的護照，被伸縮橡皮圈紮在一起。

先問娜緻，她交上所缺的證件批准了。她站在旁邊等我（剛才說好，她跟我坐車到茫茫街，再搭電車去加佬幹（路名））。

我先開口說惡補來的英語「**I can't speak English**」。女ＣＯＮＳＵＬ微笑著，翻看我的舊護照，翻開「菲華文學」第二集，那裏面有我的一篇小說，瓊安的女兒幫我翻譯的，她把那份英文文稿看了兩頁，再落眼在我的照片上，她看照片一下，看我一下，再看照片一下，再仔細端詳我的臉……（我心裏冒火了，又不是閻王爺在對著生死簿驗明正身，或有某通緝犯同相貌的巧合，用得著這麼小心火燭）我有拿了護照調頭一走的衝動……。

她轉頭向左邊說話，我不懂英語不知道她說了什麼？昨天那一臉絡腮鬍的人，走過來看我一下，對女CONSUL點頭微笑，也對我微笑，這微笑像強力滅火噴霧劑把我心頭的火煙噴滅。

拿到簽證後，我一身臭汗，手足發軟，（本來嗎，從早晨五點到下午五點折騰下來，我已像熬稻草人）一面自責著：這又何苦呢！誰愛去美國?!一會兒，心頭的颱風轉向，自己耍脾氣道：哼！你不許我去，我偏偏要去！拿到簽證後，我不去可以吧！這些都是背後罵死皇帝情緒化的話而已，我不禁罵自己：幼稚！

我這耳順的老太婆，常因關節炎痛得步步維艱，還想去美國！聽了文友的鼓勵打氣，兒女們也紛紛給美金壯行色，又勉勵老媽說：「您現在不去，到哪一天走不動了，您就不能出遠門……。」聽了勸，就說去吧！還有兩個多月才動身，趕快找醫生醫關節炎，所以中、西醫都找，吃藥、擦藥、泡藥、熬藥，做復健運動，兩個多月中，關節炎有減輕，但沒有痊癒，也就不斷在要去、不去的猶疑中搖擺，自己都嫌自己煩不煩？

行囊中有止痛藥、有驅風油、有胡椒貼膏，就這樣帶痛出遠門赴會去，說實在的玩心更重。我這被懷疑的冒牌作家去不去赴會大會都不會起一絲漣漪。

大會看見菲律賓有八位的代表不由不引起關注，會中傳出一句話：「菲律賓這麼多代表是不是要競選大會的副會長？」（副會長是來屆的當然會長）我心裏感慨著大會的文友是以「君子之心度小人之腹」（小人乃小人物也）。我個人的感想，舉辦這世界性的聚會乃勞民傷財的大事，此乃千斤重擔找誰來擔當?!扛得起也得有肯扛的人。

我是自討苦吃，右腳膝蓋關節炎，左手肩周炎，不能使力，一動就痛，不能舉高，手臂不能後轉，大會最後一晚同樂會，老少同唱「當我們同在一起」，大家手拉手走圓圈，不知道是那位文友把我的左手一拉，啊喲，痛澈心肺，我又不能唱「當我們痛在一起」，只好咬著牙齦，急放手退出圓圈。

從舊金山飛洛杉磯（Los Angeles）時，我就決定退出隊伍去侄女家歇足，雙腳又痛又腫，已不能以忍痛的意志支撐下去，同行的美瓊姊、純真姊、瓊華、珍玲，紛紛一句句：

「坐這麼多鐘頭的飛機，不多看幾個地方是很冤枉。」

「去 Los Angeles 又不用走路?你坐輪椅我們來推，不去世界賭城看一看，來一趟美國，空走了。」

好！就去賭城，我是捨痛陪文友。我這渺小的人物，「雞仔心，鳥仔腦」眼光淺，竟敢對舉世聞名的賭城下這麼一句「不過如此」的評語：

不過多盞幾千房間的大旅社；天上的星星傾落這裏，綴成彩色斑爛，閃爍千轉的霓虹燈，點亮了沙漠的一角，少得可數，豆干似的造型，多樣的草地，旗竿似可數的幾棵樹，是花一張張美鈔強栽出的綠意，至於一臺臺吃角子老虎機，閃爍的燈泡，像迷惑的魔眼，引誘人去抓發出叮噹的錢幣。

我驚見一個露腿露酥胸曲線誘人的兔女郎，不是她的性感，藏的地方比露的地方少，讓我傻眼的是她的老。濃妝掩飾不了臉上的皺紋，一張臉像老房子斑剝的牆壁，刷上了白堊……托高而挺的酥胸，像灌水的汽球，鬆弛波動而起皺紋，天！她比我還老。舉世有名的賭城，難道請不到年輕貌美的女郎?!我再看她一眼，要證實不是我眼花，而是她老得不忍卒睹，我替她傷心，強顏扮俏，她萎縮的酥胸是不是世界經濟衰退蕭條的預兆？

當我打電話給侄女美芳，要到她家去休息，等同行的文友一起返菲。姪婿亨利接電話，我問他：我忽然到他們家，會不會打擾他們的生活（畢竟他們去國十多年，我聽多了年輕一輩對親情的冷漠），「阿嬸，歡迎都來不及，說什麼打擾，我駕車去接您。」

回來兩星期多了，我瞞著一件事不告訴家裏的人，老四跟侄婿通了幾次電話，他高興地一再謝謝我幾天內煮了多種家常菜給他們吃，也教會了美芳，以後每個週末他們家有中國菜吃了。

夢莉（泰國）

原名徐愛珍。泰籍華人，祖籍廣東澄海，泰國出生。中泰未建交前，冒著風險把中國機械產品引進泰國。現為泰華作協會長，永泰發、曼谷航運、蟻氏兄弟等有限公司副董事長。暨南大學海外華文研究中心特約研究員。出版了《煙湖更添一段愁》、《在月光下砌座小塔》、《人在天涯》、《片片晚霞點點帆》、《心祭》、《相逢猶如在夢中》、《夢莉文集》等。作品多次獲獎。

「作協」是我最溫暖的家

我的文學創作，開始是孤單單的在靜夜偷寫，沒想到後來變成公開的在文壇上露臉。更沒想到還當上了泰國華文作家協會的副會長，並且還連任了八屆！

泰華寫作人協會，正式成立於一九八六年，那時我已加入了「作協」。一九八七年十二月應香港《文學世界》犁青先生之邀，和方思若、何韵、嶺南人、白翎、範模士赴港開會。由此認識了張香華、劉湛秋、周明、曉鋼。

一九八七年，先後由中國來泰國訪問的兩個作家代表團，和泰華寫作人協會舉行座談會，我也參加了，從而認識更多的文友。

一九八八年，泰華寫作人協會理事會改選，第四屆理事會成立，我榮幸地被選為副會長（會長方思若、副會長還有司馬攻、嶺南人）。

我被選為副會長，使我甚感不安，文壇許多老前輩，副會長怎輪到我？況且我又是個女性，我真為我的這名副會長感到擔憂。但已經成為事實，就只得戰戰兢兢的當上了這名副會長，從此下了決心要為「協會」做點事。

八〇年代，我的業務特別忙，經常去中國洽談商務，可是，人在國外心中卻掛念多多，寫作人協會的會務和文友們也是我的牽掛之一。

當時我在商務、事務之餘（其實，這點「餘」也是擠出來、偷出來的），參加「協會」的活動，另一方面還在深夜裏看書寫作。

我不會忘記，文友們對我的鼓勵支持和愛護，司馬攻也是其中之一。

司馬攻不但關懷我，對其他文友也很關心，尤其對「作協」付出的更多、更多。

一九九〇年四月，泰華寫作人協會屆滿重新改選，結果司馬攻被選為第五屆會長，在第一次理事會上，他提出要把「泰華寫作人協會」改為「泰國華文作家協會」。

當時理事會的理事既有贊成，有不同意，也有的不表態，不過公開發言的很少，只是在私下嘀咕。

司馬攻見狀便立刻作了解釋，他說：「我不是想當第一屆泰國華文作家協會的會長，而是目前世界華文文學的潮流所趨。『寫作人』這個名詞是以前星、馬各地的文學團體採用的，泰國也跟著用這個名稱。現在星、馬各地的『寫作人協會』都改為『作家協會』了。為了適應潮流，和方便與其他國家的華文文學團體聯繫，所以，我才有這個建議。我不是好高騖遠，確實有這個必要。」

經過他一番解釋，理事們也表示贊同，記得當時司馬攻還鄭重其事，要同意的舉手，並由秘書白翎記錄。

說實話，有關「協會」改名的問題，起初我也猶豫不決，因為我怕成為「作家」，後經司馬攻語重心長的解釋，我才舉手贊成。

那次理事會，是在是龍鳳酒樓三樓舉行的。

當時，「作協」還沒有會址，司馬攻曾對我說：「泰華文友應該有自己的家。」

一九九〇年，大概是年底吧，司馬攻約我和靜華姊還有白翎吃午飯，飯後，他說帶我們去看個地方。

他說的「一個地方」，就是目前我們「作協」的會址，當我們到了拉瑪戲院三樓一間房間的門口，門上鎖，司馬攻要白翎把門打開，只見裏面空洞洞，沒有一件傢俱，黑斑斑的牆壁，破舊的塑膠地板。司馬攻說：「這是作協的會址。」當時我吃了一驚，「會址？」我疑問：「怎麼沒聽你說！」

司馬攻笑說：「除了白翎，誰也不知道，我請白翎作代表，租下了這間房間，合同也簽好了。」

我說：「作協會址要開會通過嗎？」

司馬說：「當然。因為這間房的公司剛搬走，二樓的張鐵筆先生從許伯侯兄得知作協在找會址，便馬上通知我，為了怕給別人租去，便決定租下來，等裝修布置好，再在此補開理事會通過。」

一九九一年一月，泰華作協在「新址」開會。理事們都很高興，泰華作協終於有了會址。

文友們有了自己的家，接觸的機會也多，相聚的時間也長了。

在泰華作協沒有會址的那段時間，幾次「作協」開理事會，初期總借用新中原報的會議廳，後來又改在酒樓舉行，每次會議結束後便各自離開。

自從有了會址，每個星期天，總有十幾二十位文友到作協聚會。每次開理事會，會議結束之後，總是會終人不散。理事、文友仍留下來聊天。

對我來說，從「作協」有了自己的家，由於接觸多了，使我對好多文友有了更多更深的認識和瞭解，以前有些陌生的文友也成了知己。

泰國華文作家協會，依章兩個月開一次理事會。但由於每個星期天，泰華作協的主要成員，文壇主力都在「作協」會面，因此，泰華作協的運作，就比較敏捷及時。

幾年前，欣逢二〇〇〇年千禧年之慶，也正好是泰國華文作家協會成立十五週年，泰華作協出版了一套叢書——《泰華作協千禧年文叢》。

出版千禧年文叢的計畫，是司馬一個星期天在作協聚會的時候提出來的，便立刻得到多數理事的支持。

《泰華作協千禧年文叢》共收進了三十二位文友的三十二個單行本，從構思到出版，只花了四個多月的時間，這除了歸功於司馬攻、陳博文、白翎、黎毅、老羊、洪林、倪長游、曾心、林牧、陳小民、馬俊嘉等十位編委的勞力，以及文友們的大力合作外，作為編輯中心的作協會址，也起了很大的作用。

「作協」有了會址，星期天有空我便會到「作協」。但後來一段頗長的時間，我極少到「作協」。

七年前，我外子患上了肝癌，我內心焦慮萬分，除了安慰他、照顧他，經常陪他跑醫院看醫生，也經常赴北京、上海、昆明、廣州，等地去治療。

隔年，次女小燕——就是我在一篇散文中提到的「我家的小院長」。也同樣不幸的患上了癌症！當時，家中有了兩位患上絕症的人，我神魂俱亂，心如刀割，感到撕心的悲痛！我想；老天何其殘忍要這樣加罪於我……。

二〇〇三年，外子謝世，繁重的業務擔子，以及種種難解的問題，排山倒海的壓得我幾乎倒下。

不到一百天，這個可怕的日子終於到來了。我的愛女，我最最疼愛的女兒也離我而去，隨他父親相繼去世與我永別了！我更是痛不欲生。為什麼最苦最不幸的事接連落在我身上，我的精神差點崩潰，終日憂傷憔悴。

當時剛好中國作家協會書記張鍥先生蒞泰訪問，他通過文化參贊先給我來電話，後來也親自給我聯繫通了電，可我竟精神失控，在電話中失聲慟哭，從來，我不曾這麼失態，或失禮。至今，我仍滿懷歉意，當時由於過度悲傷，話都講不出來。以前我幾次到北京，他都很熱情的宴請我，這次他的到來，湊巧碰到這個情況我不但沒盡地主之誼，連一句客氣話都無法說，現在回想起來，還總是耿耿於懷。

在這種心境下，我那有時間和心情去作協！強烈的悲傷，突然使我記性極差，很簡單的事，有時思索了半天，就是記不起來。文章更是很久都沒寫。我曾對司馬攻說：「我有負作協和支持我的文友……。」

司馬攻安慰我：「夢莉，你別想得太多，朋友們會理解你，目前你主要是：身體第一，業務第二，作協就放在第三、第四吧。」

兩年來，煩人的事雖然接踵不斷，但情緒稍為穩定，業務還是忙忙亂亂。近來，我又走進了作協，星期天抽空到作協會會文友。

進了作協，心情便會舒暢一些，聽文友們的高談闊論，歡聲笑語，煩心惱人的心思暫時驅散，心境也豁然開朗。

這次泰華作協為了慶祝成立二十週年，及泰華文學八十年雙慶，除了開會慶祝外，還要出版《泰華作協二十年》專輯。

司馬攻非常注重這個專輯，除了請黎毅兄負責編務外，他在作協總向文友們催稿，討文。就是沒向我要稿！

我瞭解司馬攻不敢向我邀稿的原因——他知道我特別忙，近年血壓又很不正常……。

司馬攻不向我催稿，反而增加我的內疚！於是，憑我瑣碎的記憶，零零亂亂地寫了一些我和「作協」的往事，算是向作協交稿，也以此向文友們作個交代。

雖然我很忙，但文學還是我的最愛。

雖然我認識的人多種多樣，但文友是我的最知己。

雖然我到過不少地方，但作協是我最溫暖的家。

孫愛玲（新加坡）

祖籍廣東惠陽，香港大學哲學博士，曾任香港教育學院講師，現任新加坡國立教育學院亞洲語言文化學部助理教授。著作有《紅樓夢對話研究》、《論歸僑作家小說》及《兒童文學與讀寫教學》、《綠綠楊柳風》、《碧螺十里香》、《玉魂扣》、《孫愛玲文集》、《水晶集》、《孫愛玲的寓言》等。曾獲中國、新加坡、臺灣多種文學獎。小說譯為日文和英文。

玉無緣（節選）

我們這個社會不少時候就是講實際，人的生存但求反應快，變形很快，當然很多時候要靠自信和狠。很多人有自信就不夠狠，很多夠狠卻沒有重心和實質。玉逍遙不同，別告訴她什麼是不能做的事。她兩眼望到你的眼裏去，她跟你說話時，不看你的身、不看你的腳，她看你的眼睛，叫你無法抗拒，別想在她面前撒謊，你只要肯做，她會給你時間。

由於工作的關係，我們輪兩班時間吃飯，玉逍遙到午飯時間一定休息，她很隨便，碰巧遇到誰就跟誰吃飯，有時自己一個人，拿一份報紙，吃完飯後就要一杯咖啡，看一兩份報紙。

這一天我與她一起吃午飯，大家點了所要的食物後，她眼光落到我頸上，她說：「為什麼不把那塊玉丟掉，很難看！」

我先是一愣，從小到大，我未曾有過這樣的思想，也不曾有人如此跟我說，那麼直截了當，把玉丟掉！我一時不知道該說什麼？我低頭望一望我那塊玉，問：

「真的很難看？」

「要它辟邪擋災？」她嘴角牽動，似乎是嘲笑，喝一口咖啡。

「我從小體弱多病，母親給我戴玉，那是她的心意。」

「你現在還體弱多病嗎？」

「現在？我已經兩年沒傷風感冒。你想我把玉卸下來？」

「哦！我只是覺得它礙眼。當然這是你的自由。男人戴金戴銀總不是滋味，賈寶玉的時候已經過去了。」

「你不喜歡賈寶玉？」

「我嗎？我喜歡泰山。」說完她哈哈大笑。

我回到家裏對著鏡子，端詳我的身體。我把玉除下，我第一次覺得我沒戴玉時，我的身體是好看的。乾乾淨淨，起碼我覺得自己乾乾淨淨的，雖然因為夏天游泳把身體給曬黑，在頸上留下一條白色的繩蹟和頸前的玉痕。

我很喜歡自己沒有戴玉的身體。我在想：是因為我本能的喜歡，還是因為玉逍遙的喜歡，我是不是受她的影響，當然我不希望受她的影響。

我又把玉戴上，把衣服穿上。母親拍門：

「喂，叫你喝湯，怎麼叫了老半天都不應，我看你是不是睡著了。」

「什麼湯？」

「雪蛤雞湯，整天看你熬夜打電腦，不補一下身體是不行的。」

「媽，以後不必煲那麼貴的湯，煲清保涼、青紅蘿蔔湯就行了。」

「那些湯太涼，你受不了的。」

「什麼受不了，我幾年來都不曾病過。」

「截住！人好好的不准提病，避諱呀！」

「媽，你說我不戴這塊玉好嗎？」

「不行，你別亂來！」

「有一天我會把玉除下。」

「你千萬別這麼做，這玉啊辟邪消災，叫你長得這麼高大。」

「好，你不如說這雞湯更有效。」

「你千萬不能把玉脫下？誰教你的？」

「媽，真的很難看，你看，你不覺得難看嗎？我呀，那天去試一件絲的襯衫，那個給我試衣服的差妹（香港人稱年輕印度女子），就覺得我那塊玉不合襯；還有我的同事，她笑我這麼大的一個人，佗一塊玉，不像話。」

「她們懂什麼？你去問喜娟，她肯定就不嫌你戴一塊玉。別多說了，出來吃飯吧！」

提起喜娟，原先母親和姊姊都不喜歡她，可是隨著喜娟上來的次數多了，有時又帶些她母親煮的鹵水鴨、芋泥甜品，倒也叫她們歡心，她們喜歡吃潮州菜，喜娟的母親是潮州人。

我呢，對喜娟沒有進一步的發展，也不知道是什麼道理，有時母親不在，喜娟喜歡到我的房裏，我教她一點電腦操作，有時她就勢吻我，我也止於吻她、撫她，我自己倒是能自制，不知道為什麼，體內有一鼓力量節制著我。有一趟，喜娟很激動，除去衣服的扣子，我幾乎屈服，偶然一抬頭，忽然望著電腦，我那股激情一下消失，把喜娟扶起，扣上她的扣子。

那晚喜娟是哭著回去的。我只得安慰她，她倒自責起來，一連串發問：「你是不是覺得我很賤，要主動給你。」

「你以後還會不會睬我？」

「你會不會看不起我？」

我對她說：「乖，回家去，不要想太多，沒事的。」最後到了她家門，她抹乾眼淚對我說：「我知道，你不愛我！」

我想說不是，她已經把門關上。

喜娟、電腦、玉、玉逍遙——總是在腦子打轉，當我困擾時，自然而然我又會把頸上的那塊玉除下。近來好多晚，我都把玉除下來睡覺，沒有那塊玉，我翻身，覆著睡，都很舒服，而且也睡的香甜；因為以往我常被那塊玉的繩子扼緊著喉，或猛一翻身，那塊玉會碰在肌肉上，把我驚醒。有時玉繩太長，一覺醒了，繩和玉糾纏在一塊，弄老半天才解開。我開始覺得那塊玉真有點煩，有時照鏡子，穿上白襯衫，那玉就真是礙眼。

然而我始終沒有把它扔掉！

玉逍遙與我們在一起已經四個月，她說要走了，問她到哪裏去，她說到新加坡去，有一家國際電腦公司請她過去，我們問她是否移民過去，她說只是去工作。她的天地是寬闊的。

說到移民新加坡，新加坡代辦處發出表格的第二天，母親就替我去排隊，人龍由海富中心排到灣仔那個方向（那是一九八九年的移民潮），母親在夏天太陽下打著傘，表格拿回家時，滿臉通紅，我很生氣：

「都叫你別去拿表格，遲些時候我自己去拿，就是不聽，那麼多人，排幾個小時，你怎麼受得了？」

「我還不是為你好，你怎麼有時間去排隊呢？我反正在家裏沒事情，就替你拿了，你盡快填好，早一點交上去。我去看弄點什麼給你吃。」

當晚母親就頭痛發燒。真是的，我心裏很不高興，再看到那份表格，一份藍色表格八頁紙，一份黃色六頁紙，從家譜查到舊地址，出世紙、身分證、護照、中學教育、專業文憑、工作經驗；加上各種影印、糧單、稅單，缺一不可。我足足搞了一個星期才弄妥呈交上去，看那接待處的小姐用力地在那公文袋上蓋上印，我問她要等多久，她說等三個月吧！

果真等了三個月，那天正是玉逍遙跟大家說她要走了，我突然接到新加坡移民代辦處打來的電話。

「對不起，你的申請已經被拒絕，請到公司來領回一千二百元及其他影印數據。」兩個不愉快的消息同時出現，我實在很難說誰輕誰重，兩個消息都令我不好受。

母親尤其失望，我似乎比父親當年還不如，父親憑他當郵差一職，還為我們換了間寬敞一倍的住屋。而我憑著七千元的收入，會考及格的文憑，五年的工作經驗，卻不能通過移民公司的規格。

那位新加坡小姐說：你必須要先在新加坡找到一份工作，工資有千五元坡幣，然後再申請，才有批准的希望。

我的情緒低落，被人評估落第，真不好受。玉逍遙對我說：「或許我到了那邊能幫你找工作。你吃虧的地方就是沒有專業文憑，其實你對電腦有那麼濃厚的興趣，應該去讀電腦專業文憑。你工作了這幾年，應該也存了些錢吧！」

二十三歲的我要再讀書，相信不會太遲，何況我知道母親還有一點積蓄。父親當郵差時，由於工作的關係買了保險，我若去美國或加拿大讀書，她肯定會把保險金拿出來，她一直以為會考給我重大的打擊，我再也不想讀書，其實我早就沒事了。果然母親聽說我要再去讀書，她高興得很：

「去加拿大，陳姨、方姨她們都在加拿大，她們會幫你找學校，加拿大好啊！」

「媽，你看你，請你不要再亂搞了，我自會去申請學校。」

「你父親那筆保險金可以拿來用。」

「媽，我不放心你啊！」

「我還有你大姊呢，我都忘了告訴你，你大姊有喜了，將來她生了，我會幫她帶孩子，她照樣去工作，你別為我操心。」

路還是有的。根本人活著，見一步走一步，船到橋頭自然直。突然間我像是放開了，在不知不覺中，我的心踏實了許多。

玉逍遙要走了，大家為她開了一個歡送會，九月底天氣還是那般熱，愛麗斯提議租一隻艇出海去，我們都歡呼贊成。

這幾個月來我和玉逍遙每日接觸，與她很談得來，有時也陪她去喝喝酒。玉逍遙喜歡工作後去喝一杯啤酒，她說：「我喜歡凍啤酒第一口灌下腸，直涼透心窩的感覺，很好，很舒服。」

然後再吸一、兩根煙。她喜歡露天酒廊，她說：「讓夜幕輕輕地蓋住你，你有種被大自然籠罩的感覺。」

我喜歡玉逍遙，或者說我愛玉逍遙，然而我說不出口，我知道我罩不住她，我不是大自然，我甚至不是她心目中的泰山。

她說：「我第一次結交你這麼年輕的朋友，我的那班朋友，他們都比我大，比我成就高，很會思想，我在他們一群人中受了很多教育。」

無可否認，交年紀大的朋友，會學到許多東西，就如我在玉逍遙身上所學到的一樣。我常常放工後陪她喝酒，閒聊一陣，然後各自回家。回到家後，我盼望第二天再見到她。

可是不久她將要離我而去！

歡送會的那隻遊艇是愛麗斯負責租的，三千元的船租，遊艇上還有水可以沖涼，設備挺不錯的。遊艇開往一個不知名的小島外，大家下海游上岸去。玉逍遙游泳術不差，她喜歡大海。眾人游向岸去，她嚷著游向旁邊的懸崖，沒有人響應，只有我跟著她，她顯然是出慣海的人，很小心避開嶙峋的石頭，她順利地爬上懸崖大石，向岸上的同事大喊，像個孩子似的。可是沒有人游過來，大家似乎很滿意自己的落腳處。

我因為不累，在海上游一會兒，最近我學了蝶式，我要在這寬闊的大海中表演一番。我使頸擺動我的腰部，我的手向前拍，幾乎像海豚一樣，直行向前，一面將尾部擺動，心裏十分興奮。我甚至覺得那泳褲在我下部是個累贅，因為它似乎也想鑽出來加入整個的運動。

我在水中第一次覺得我的意志和我的動作融為一體，我此刻是那麼的喜歡我自己。我注意到玉逍遙在大石頭上專注地凝視著我，我游向她，小心地上了石頭。我很開心，真的，我一身是水，與玉逍遙面對面，我對她說：

「哈，真開心。」

「你知道嗎？你剛才真像一隻海豚！」

「什麼？」

「像海豚！很有力，很伶俐的樣子。」

「真的嗎？啊！」我笑著看到她眼裏去。

我低頭掃我身上的水珠，我看到了我那塊玉，我把它除下，握在手中，此刻把它丟入海中，正是最好的時候。

「想把它扔掉？」

「是的，自從你第一次提起，我就想有一天一定要把它扔掉。」

「為什麼一直不扔。」

「怕我母親嘮叨。」

「現在呢，怎麼向她老人家交代？」

「我一直在暗示她，總有一天我會把這塊玉丟掉，我不能太傷她的心。」

「是的？」她用手指在我的頸上玉繩和玉痕的部位移動，我輕輕地吻她的手。她說：「玉代表慾！」

「什麼？」我一時驚愕。

「玉代表慾，慾望的慾，諧音。」

我煞有所悟，一時之間，母親的慾望，我的慾望，都交織在這塊玉上，叫我遲疑了。

「還想丟掉嗎？這玉？」她把玉接過去，放在嘴邊一吻。她這小動作令我心頭一陣激盪，如果她允許的話，我將愛她七世。然而我忽然想起她的名字叫玉逍遙，我一時之間難過了起來，她似乎察覺了我的感傷。

「不捨得這塊玉？」

「不是，是不捨得它的內涵。」

「那就留著吧，脫了它不砸碎也行的，人世間終歸沒有人像寶玉如此灑脫。」她順著手勢撫摸我的腰部

我此刻只覺得十分地需要她，靈與性都如此地需要她。

我望向岸上，由於潮漲，人群似乎離我們更遠了，嶙峋的大石成了我們的屏障。玉逍遙穿的是兩截的黑色泳衣，她的皮膚由於夏天的緣故給曬成了朱古力色。

我把下巴壓在玉逍遙的肩上，她的肩因游泳而留下兩種膚色，一條細白的痕跡將肩膀分界，白線外棕色的皮膚猶如兩片可口的朱古力中間隔一條奶油，我情不自禁吮吻著她的身體。我此刻完全成了她心目中又伶俐、又有勁的海豚。

待我望著藍天休息的時候，玉逍遙坐起身來望向大海，我輕輕地撫她的背，心裏十分歡愉，我把第一次的經驗給了她，她自然不是第一次，但我是那麼心甘情願地給了她，她是配得著的。我想起當晚為什麼不給喜娟，原來我下意識中是要等待玉逍遙。然而會在此時、此地、此刻，那就不是由得我的，我的眼光忽然停在懸崖上的那塊玉上，水花拍擊上來。

潮漲得更高，水一寸寸上了岩石，我們滑下了水，游上岸去，又回到人群當中，似乎沒有事般度過一個下午。然而我的心是舒暢的，滿足的，我時不時望著玉逍遙。

我的思想和我的身體，在這一天有了新的突破，我成長了，在這一天內，我有著無比的自信。

回程的時候，我邀玉逍遙到船尾去，這時天成了淡紫色，我手上握著玉，我說：「來，看我把它拋入大海，讓它回到大自然去。」

說完我用力地把玉拋出，回頭望著玉逍遙，她眼中滾下了兩顆晶瑩的淚。她把淚抹掉，微笑。我們正要說些什麼時，愛麗斯過來喊我們：

「喂！拍團體照了。」我們一群人在夕陽下留下了倩影。

當晚我送玉逍遙回家，由於大家都累了，我沒有久留，然而在她屋子的牆上，我看到了這一幅字：

「假作真時真亦假，無為有處有還無！」

這真假有無是否是玉逍遙的人生觀？我還得費時費神去瞭解，然而我自己清楚知道要擁有玉逍遙不是不可能的事。自從把玉拋掉之後，這人間應糾纏的關係，我似乎又明白了許多。說實在的，就算明天玉逍遙不再出現，我的心還是踏實的。

回家的路上，人們窗戶傳來最後報告新聞的聲波，說明天將是英國國會公布香港居民中，有多少人獲得居英權的消息。我肯定沒份，我是屬於香港的。我出生在這地方，那塊使我成長的嶙峋大石，我拋掉的那塊玉，都在這島上，這土地上，這海裏！我只覺得：「世路如今已慣，此心到處悠然。」

母親為了我扔掉那塊玉而傷心了好一陣，可是不久她給另一種喜悅給覆蓋了，因姊姊得了一個兒子，母親把希望又移向這嬰兒。最妙的一件事是：當小寶寶彌月的時候，母親從袋裏拿出一塊玉，小心地縛在那小頸項上，然後她和姊姊都很滿意地笑了。玉！

楊美瓊（菲律賓）

筆名莎士。祖籍福建漳州，自幼僑居菲律賓，為菲律賓聖道多瑪示大學數理學士。熱心菲華文藝活動及支持海外華文教育。著作有《四海情緣》（世界華文作家出版社出版），《莎士文集》（廈門鷺江出版社發行），為東南亞華文文學大系之菲華文學代表作，《歲月烟雲》散文集，《雨夜》短篇小說集等。現任亞洲華文作家協會菲分會名譽副會長，菲華文藝協會常務理事，亞洲華文作家基金會副董事長，菲律賓僑中學院名譽董事長及教育基金會總理之職。

手杖因緣

五年前，海外華文女作家協會選定九月間在德國旅遊勝地巴鴻堡（Badhomburg）召開第八屆雙年會。我偕同黃珍玲、陳瓊華、范鳴英三位文友以會員身分赴會。那時候，我因平時缺少運動，又患有骨質疏鬆症，常感雙腿乏力，不堪多走路。當知悉此次會議結束後，將有五天德國城鎮之遊，遊程包括觀光歷史古城、古堡、十八九世紀帝王時代所建皇宮及皇家博物館，此外還有山水勝地逍遙遊的安排。我擔憂自己腳力不濟，特地在出發前到本地骨科醫院附近的專賣店購得一根可摺疊的手杖，放進行李箱裏備用。果不其然，當旅遊到達新天鵝堡時，旅遊車只准停在山腳下，要參觀這座由十九世紀路德維希二世所建造、聞名全球的巍峨宮殿，旅客就得徒步順著上山的斜坡走上去。雖然說在山腳下販賣紀念品的商品，就有一家排列著幾根登山用的手杖出賣，但是我有備無患，取出隨身帶著的摺疊成三段的手杖拉直，扶著它就一步一步的登山，確實節省了不少腳力。

上山後，與同行的文友排隊等著進入皇宮參觀。這座建築在山坡上，外表巍峨宏偉、氣象萬千的宮殿有五層樓高，共有三百五十二梯級，要盡覽皇宮內部深具皇家氣派的裝潢及賦有歷史價值的珍藏，就要一層樓一層樓爬上去詳細觀摩欣賞。同來的一位高齡文友，登山後已氣喘咻咻，體力不支，那堪又要爬上爬下幾百級的臺階？相較之下，我的情況比她撐得住，就把手杖借給她使用。心情一下子很輕鬆愉快，還阿Q式的為自己的未雨綢繆沾沾自喜。

返菲後不久，在一次的餐會中，邂逅一位久未謀面的老同學，她扶著一根手杖走路。這根手杖的杖身是不銹鋼製成的，光滑悅目，扶手由玻璃纖維塑成，與手杖尾端的橡皮墊都以淺灰著色，整根手杖看起來色澤柔和、素雅大方。我禁不住問她何處購得？她說是女兒買給她的，又問我要買給誰使用。我說近來兩腿乏力，說不定哪天會用得著，先買一根存放著，有備無患嘛。不到幾天，這位老同學就送了一根樣式完全一樣的手杖到我居處，說是送給我的。我又感激又高興，把它排放在房間近門口的角落。

「說不定哪一天用得著。」真是一語成讖，不幸被自己言中了。兩年後，一次下樓梯不慎，跌斷了腿骨，進醫院手術，一星期後出院，先是坐輪椅，再來是雙手扶著助行器走路，最後，就成了手杖族的一員。老同學所送的手杖就派上了用場。

這段期間，家人又為我買進了大小兩根下部裝有四隻腳的手杖。不過，我還是屬意那根老同學送我的，它與我同進同出，相依為命了。

今年七月，我隨身帶著相依為命的手杖遠赴溫哥華看女兒。有一次，四弟開車來接我到列治文市他的居所。一踏入門，就注意到客廳火爐邊的牆角倚著一根造型輕巧的淺褐色手杖。我問是誰用的，四弟笑著解釋那是有一次逛日本人開的商場時，看到這根手杖輕巧可愛，一時高興就買下來，沒人用，如果我喜歡就拿了去。因為是自己的親弟弟，我就不客氣的收下了。之後，我帶著新手杖偕同他們夫婦倆，驅車越過加拿大國境到美國的柏仁罕市鎮吃海鮮大餐，逛百貨商場及超市購物。一路上，我的目光常會不自覺的落在手中的新手杖上，心情就像小孩子穿上新衣裳逛街一般的愉悅。

這一年來，每天伴著手杖過日子，在無奈與懊惱的心情下，不知不覺的卻對手杖生出依賴性的親切感。在任何場合，遇到手杖族的朋友，我心中總會升起一縷「同是天涯淪落人」的感慨。有時候，我更遐思著，今後不管在國內或國外，只要看到造型、色澤、質料、手柄上雕刻有特色、或具有紀念性的手杖，我都會毫不遲疑的買回來收藏。

日子一久，更會自我打趣，自稱是「手杖收藏家」了。這，該說是苦中作樂吧！

二〇〇九年十二月一日

黎紫書（馬來西亞）

原名林寶玲，一九七一年出生於馬來西亞。一九九五年奪下第三屆花踪馬華小說獎首獎，之後接連獲同一獎項，以及其他多種獎項。長篇小說《告別的年代》被《亞洲週刊》選為二〇一〇年十大中文小說之一。已出版著作有：長篇小說《告別的年代》；短篇小說集《天國之門》、《山瘟》、《出走的樂園》；微型小說集《簡寫》、《無巧不成書》、《微型黎紫書》；散文《因時光無序》；個人文集《獨角戲》，以及編著花踪文學獎回顧集《花海無涯》。

字與塚

我想起來了。那個長假，炎炎的日頭下，每週有六日吧，我得徒步南行，到離住家不算太遠的印刷鋪裏打工。鋪子很窄小，像個小工作坊，以致我遲疑著該不該把它稱作「印刷廠」。那是一間老式雙層店屋，格局狹長，樓上似有別的租戶，有獨立的旁門出入。樓下的空間被兩臺碩大笨重的印刷機器占用了大半，餘者堆滿了成摞成疊的紙張與印刷品——部分半成品，部分已包裝好等待送出去，部分已經被廢棄。那些未被可觀物質填充的空間，則洋溢著油墨的苦香與紙品受潮後散發的黴味。

那時我約莫十五、六歲吧？年底七週的學校長假，我每天穿著涼鞋走路去上班。有時候去得太早，店閘門只掀開一半。我縮著身鑽進去，逕自到小小的辦公間裏向老闆報到。那裏面坐著個老人家，有時候會是他的女兒，是個中年婦人了，我從未曉得誰才是真正掌權管事的頭家。

他們每天早上給我分配當天的工作，性質變化不大，裝訂、打包、給機器裝紙……更多時候會讓我到後頭的字房裏「揀字」。那時候還用著鉛版印刷，每天總有一堆用過後被扔到簍子裏的鉛字，如累累戰骨，等待回到各自的歸屬。後來熟練了，功夫升級，還得按指示將架子上的鉛字挑揀出來作清樣。我意識到鋪裏所有工人都厭惡這活兒，因此我這幹不了別的事兒的新進雜工來得正好。我自己卻是心中暗喜的，那是我最喜歡的差事——有自己的工作間，幽黃燈泡的昏照下與滿室鉛字為伍，待久了便有一種在陵墓中考古似的味道。

現在回想，那揀字房就在店尾一隅，鄰著廁所，兩室門外有個小面積空間，凌亂地堆放著許多陳年雜物。別人也許都把那裏當活死人墓，潮味總是從舊貨和棄物堆裏透出來的，字房裏則鉛粒鋪天蓋地，像文物，又密密麻麻如歷史的複眼；都冷森森，似在對誰逼供。可那逼仄的斗室卻成了我一個人的太虛佳境，說起來那也是我「實質上」與文字結緣的地方，就像那裏有一爿不為人知的輕舟，可讓我在時光中逆溯，蕩入倉頡墓中。

我左掌抓住一把鉛字，右掌揀著一顆，食指尖輕輕摩挲和感觸那上面的凸體，辨識它們的形象、字型與字號。那樣地專心致志，那樣地神不守舍，呆一整個上午甚至一整日也不怕會有人探頭進來干擾。

這世上就該有那樣的地方，空寂玄奧，包羅萬象。即便小小一個角落，也足夠造就與成全你飄渺的幻想，或偉大的沉思。如今我知道該為彼時有那樣一個堆滿文字的小房間而感恩，正如一座宏博的阿根廷國家圖書館與深邃的博爾赫斯如天作之合，我想那小小的字房與我也十分匹配。我喜歡那裏面的每一顆鉛字，它們有沉甸甸的重量，它們有留在我手上的炭色粉末，那些陽文印雕般的凸體，更重要的是它們所暗示的種種可能；一張傳單，一束喜帖，一本書。

而今我看見了，當初那女孩因不能抽離而未能意會的景象——我站在一座晦暝的字塚內，燈下的側影如宣紙上的一灘潑墨；女孩像個牧人，讓迷失了的鉛字逐一歸位。這世上所有尚未成書的書都在我的指間，像無數成熟的精魂在輪候屬於它們的肉身。那字塚裏無所不有，每一個文字都遠比一座圖書館浩瀚，它們加起來也隱含了上蒼記錄造物的所有卷宗。我的掌心，有一個漸漸生成的宇宙。

奇怪的是，這圖景幾乎沒有在我的腦中留下任何印象。也許短短數週的經驗實在太依稀，也可能堆滿雜事與光陰棄物的記憶層將它藏得太深，當然更有可能的是我年少時蒙昧，只能自覺歡喜，未能伸長思想的觸爪。

那一年長假結束以前，我辭了工，很可能最後一日仍然窩在字房裏，下班前兩手全被鉛字染黑。我用那一雙手小心翼翼地接過老闆結算出來的工酬，鈔票上散發著唯鈔票獨有的汗水味，像是狐臭，一整間鋪子的油墨味都遮掩不了。

在印刷鋪一月半，印象中並未見過他們接印真正意義上的「書本」，全都是不過一些宣傳用的廣告小冊，更多的是那時節趕印的掛曆，折式包裝盒，以及好幾批紅彤彤的、上面印著龍鳳搶珠圖的囍帖。老闆是個老派的小商人，最終七除八扣後付我的工資是夾著幾個硬幣的，一個子兒不少。他甚至沒讓我拿走過一個以風景畫或明星照作背景，上面的小方格詳細印著兩行跑馬圖的劣質月份牌。字房外面放雜物的地方倒是堆著不少往年的掛曆，年年月月，像是過期前沒來得及花費，只得心虛地掩藏起來的舊時光。我確曾不屑於老闆的小氣，可自己也不真清高，臨走時還是偷偷把幾枚鉛字放進褲口袋裏。

我記得回家後我曾向兩個妹妹展示過那些鉛字。攤開手掌，它們像僵死了的昆蟲臥屍於我掌中。因我不善收藏，也因為我根本沒放在心上，那些被抽離字房與印刷鋪後馬上失去生命的鉛字，遂成了幾枚毫無存在價值的鉛粒，自然如同我的其他零碎玩物，不久便失落在歲月的罅隙中。

至於那滿滿停泊著鉛字與精魂的小房間，也很快淡出我的記憶。

那家印刷鋪如今肯定已經不存在了。每次我回老家，仍然常有機會開著車從那條街上經過。兩排老店屋還守在原處，其中許多已經翻新過經營著別的生意。可因為絲毫沒留下「曾經有過一家印刷鋪」的痕跡，以致那一小段經驗也幾乎從我的意識中連根拔去。若不是前些日穿進老家舊街場的巷弄，經過一家製作名片和膠印的老店窗前，瞥見了桌上放著的小盒子裏裝著好些鉛字粒，想來我不可能在茫茫蕩漾著的浩渺時日中，打撈起這遺失經年的吉光片羽，以及那一座漂流已遠的字塚。

我一眼把它們認出來了。那些鉛字，依然像是鑽出了時間厚土，從千年以前爬到這桌上來的昆蟲，或僅僅只是些標本作用的屍殼。身邊的友人問我何以曉得。我微微一楞，回過頭看他。有點背光呢，店鋪樓上蕨影搖曳，小巷上空的陽光被風搖得沙沙作響。

那一瞬，我看見一盞昏黃的孤燈，幽蔽的斗室，鉛字上的眼睛如滿天星子，朝我幽幽凝視。我終於想起來了。

鄧麗思（馬來西亞）

馬來西亞土生土長的華人。祖父母皆來自中國，父親是移民的第一代。生活在一個多元種族，多元文化的環境裏，身為華裔，從小就堅持學習母語。到了大專，選擇念中文系。大學畢業後，從事中文廣播。辭去廣播工作後，照顧孩子之餘也寫作，尋找心靈的寧靜。

聽，清真寺在歌唱

水龍頭的水嘩啦嘩啦地流。

下午四點三十分，距離丈夫下班孩子放學還有一個多小時，馬太太趕緊淘米煮飯。山下的清真寺透過擴音器，傳來禱告的聲音。很清晰。她聽不懂禱文，卻對那特有的旋律，如此熟悉。

這個旋律，她聽了四十多年。少年時，晚飯後觀賞國營電視臺的中文節目，每看至興起，「唈」，節目突然中斷，一段回教禱告插播。身邊的長輩怨聲四起。學校公民課說回教是國教，因此傍晚七點半電視播映回教禱文，似乎是理所當然，反正身旁嘀咕著的長輩也不能做什麼，大家只好靜靜地觀看電視螢幕上清真寺的建築設計。時日久了，她甚至可以模仿那禱告的旋律。

城裏的清真寺，清晨約莫五點半，擴音器就會傳開近五分鐘的禱告。安靜的城鎮，冷冷的空氣，清晰的禱文。淺眠的長輩總嫌它擾人清夢，而她自己則知道再多賴個幾分鐘床，就得準備梳洗上學。

後來她到另一個城市工作。租房子時，她付較高的租金，特意租了間遠離清真寺的樓房。當她有能力購買房子時，城裏的新興住宅區，五步一小回教堂，十步一大回教堂，她再也沒有什麼可以堅持的了。

有一年秋天，她背包到印度旅行，當晨星還未完全褪去，她已踽踽獨行至聖湖，等待眾多教徒在晨光中沐浴浸洗的景象。湖畔那座婆羅門神廟宇，在冷冽的空氣中傳來陣陣清脆的鐘聲，還有，禱告聲。

恍惚中，她像是回到年少時每個上學的清晨——隱約聽見遠處清真寺傳來的禱告。原來，她的家鄉，似乎無時無刻不存在這種異國風情的元素，然而她卻要漂洋過海來到印度，才發現晨曦中的禱告，原來可以如此莊嚴肅穆。

後來，她在一座山上的公寓住了下來。城裏大大小小的清真寺，每一天的禱告聲，總會往高處傳。一天五回的禱告，她總可以聽到個三、四回。偶爾一些宗教司遲了一兩分鐘祈禱，幾間清真寺的禱告聲就像二重奏。每一次聽見清真寺的禱告，她很自然就把自己想像成一個來到埃及或阿拉伯旅行的遊人，竟也自得其樂。

然而她卻從來不敢將這種想法告訴任何人。就像在學生時代，她常常看見馬來女生穿 Baju Kurung（註一）上課，鬆鬆寬寬，長長的裙角蓋著足踝，好看又舒服。她一直想擁有一套穿著上學，可是她唸的是中文源流的學校，穿這樣的校服，恐怕會招來閒話。後來幾度遷居轉校，她從華教源流的中學，轉到國民中學（註二）念書，學校規定每週五的週會，女生若不願結領帶，就得穿 Baju kurung 校服上學。她原本可以理所當然地擁有這麼一套校服，可就不知道為什麼，她最後寧願冒著忘記戴領帶而被處罰的可能，也不願套上 Baju kurung 校服。

晚上八點三十分，她如常將洗乾淨的衣服拿到露臺晾，山下傳來城裏那間大型回教堂的晚間禱告。山腳那間小型回教堂同時也響起禱告聲。纏著她的孩子說：「回教堂又再唱歌了。」

他們這座山，可以聽見很多聲音。除了清真寺固定時間的禱告，警車、救護車、消防車的警報，也常常從山下那條繁忙的道路傳上山來。山之高，甚至可以遠眺吉隆坡塔和雙峰塔，在夜裏一閃一閃發出光芒。

這幾天，屹立在這兩座地標的那座城，當權又當家的大黨，在開一年一度的代表大會，各方與會人馬在會上聲嘶力竭吶喊叫囂。

馬太太想起父親每年觀賞電視直播國慶遊行，最殷切聽見的就是站在檢閱臺的國家領導高喊「默迪卡」（註三）。然後，父親會語帶激動地和他們兄弟姊妹，重溫一九五七那年自己在默迪卡球場，見證國父阿都拉曼（註四）宣布獨立那一刻，再給他們講一堂國家從殖民到獨立的歷史課。

「從一五一一年到國家獨立，其他種族也一樣被殖民政府邊緣化，所幸國內三大民族團結一致，才成功擺脫殖民的統治。只是不知道為什麼，多年以後，就只聽見某個單一種族被虧欠，利益得補償的論調？」年近九十歲的父親，前天和她通電話時激動地說。嚇得她趕緊安撫他，免得老人家又再輕微中風。

代表大會種種令人憂心的狹隘言論，不通過回教堂的擴音器，而是通過電視現場直播直達千家萬戶。馬太太不得不請哥哥，若沒必要就不要讓老爸看電視。

馬太太記起有一年，同樣的一個大會，竟出現代表要非馬來人被送回宗祖國的激烈言論。

馬太太不禁想起自己的丈夫馬國強。當年馬國強追求她時，她還取笑他的名字土氣。後來丈夫告訴她，那是他父親對國家的一番願景呢。國強、國興、國旺，公公的三個兒子，見證了公公的心願。馬太太生下第一個兒子，夫妻倆請老人家給孫子取個名字，公公建議命名宇航，那是因為當時國家正積極發展航宇業。

清真寺的禱告還未散去。馬宇航乘媽媽晾衣服，也跑到露臺玩曬衣用的夾子。「媽媽，馬來人唱歌給他們的神聽，我們同時也聽得見，就好像唱給我們聽哩！」兒子稚氣地說。

馬太太用手撫摸著兒子的臉蛋，眼裏滿是不安。

註一：Baju kurung，可音譯為「芭祖枯籠」，馬來族群的其中一種傳統服裝。

註二：國民中學，這是馬來西亞政府全津貼的中學，學生以馬來同胞為主。所有科目皆以馬來文授課。英文列入正課學習。母語班（中文／印裔的淡米爾）不列在正課上。這類學校如果在校外找不到合適的師資，又或許是沒有家長要求開母語班，再不然就是要求開班的人數不足，母語班就辦不成。

註三：「默迪卡」，馬來語 merdeka 的中譯，意思是獨立。

註四：國父阿都拉曼，即馬來西亞的獨立之父，全名 Tunku Abdul Rahman。

蘇淑英（印尼）

筆名舒韻。出生於印尼蘇北省先達市，五歲隨父母遷居蘭都市。自幼受父親薰陶，喜愛閱讀書籍，也受母親影響，酷愛唱歌。在蘭都讀完初中後，到棉蘭就讀棉華中學，一年後學校被關閉而停學。就棉蘭各華文報章（印廣、早報、訊報）刊登過的文章，合集成一本書，以書中的一篇遊記《櫻花開了》為她的第一本書的書名。

不可思議

讀了某君寫的關于貓的神奇故事後，不禁想起了小時候我爸生前的事蹟，當然也是有關貓的。

話說當年花會風靡了整個小鎮，大家都無心做生意，茶餘飯後，都忙著圖猜（當時由花會「師爺」出圖猜），不然便求神拜佛或憑夢而猜，猜中所賺之錢比做生意還快，幾倍的錢很快便到手中，相反的押不中的話，金錢流失的如流水般，可真是有人歡笑有人愁。

我爸便是屬於後者，天天猜得焦頭爛額總猜不中，眼看輸掉的錢越來越多，心情也越扭緊，媽成天嘮叨著：「正經的生意不做，難道要輸得傾家蕩產才甘心？」爸的心情很亂，聽見媽的嘮叨也光火了：「都是你，嘮叨得財神都跑了！」所以家裏總籠罩著火藥般的氣氛，緊張得令人喘不過氣來。

當時我家住的是板屋，鼠輩猖獗，明目張膽，家裏的東西都被咬破，真是束手無策。爸的朋友見狀提議養隻貓，他的母貓剛產下一隻獨生貓，便吩咐他送來，大約兩星期左右，這位朋友便把貓送來了。

是隻小花貓，骨碌碌的圓眼不友善的瞪著，齜牙咧嘴，弓著背戒備著，發出佤佤的吼聲。

爸見了這貓，便喜歡了。他說這貓身上的條紋非常特別，就像老虎一樣，而且是獨生貓威武得很，鼠輩們肯定嚇破膽，爸爸的話我們從來都非常相信，但這回卻有些半信半疑。

剛來的頭三天，都是爸親自餵食，可牠總是乘人不在時才吃，過了第三天牠便失踪了，爸非常惋惜，四處找尋不著。

幾天後，我聽到屋後傳來微弱而嘶啞的貓叫聲，急忙打開後門，啊！是小貓回來了，不過它的背上被人淋了熱水燙傷了，聲音也發不出來，此時憐憫之心油然而起，急忙把它抱進屋裏，呼喊爸爸。爸見狀急忙取藥替牠敷上，嘴裏則罵著不知哪個殘忍的人，怎下得了毒手。

此後小貓乖乖地待在家裏，說也奇怪，不見牠怎麼捕鼠而鼠輩們自動絕跡了，從此家中便安寧了。

每天早上爸出門，貓兒便在路口轉彎處等他回來，晚上則蜷伏在爸的腳旁伴著他。

花會接近尾聲了，爸臉上的愁容更深，輸掉的錢數目太大了，卻欲罷不能，越輸越想翻本，越想回本卻又輸得更慘。

今晚是花會圖猜的最後一天，在昏晚的燈光下，爸望著桌上的圖猜絞盡腦汁不斷推敲著畫中的涵義，內心忐忑不安，該押哪個號碼？這可是有關錢財的重要決定啊！可不能再輸下去，一定要贏，一定要贏。

噹！噹！時鐘敲了十二下，已經半夜了，爸爸想不出該如勾圈，此時，貓兒跳上桌子，坐在圖猜上，朝著爸喵喵的叫著，爸輕輕的把牠抱下。「貓兒，別鬧。」可是貓兒又跳了上去，不斷叫著喵喵。爸尋思也許是牠餓了，便到廚房取些食物給牠吃，又坐下來繼續他的難解之謎，不可思議的貓兒再度跳上來，爸光火了，重重把牠摔下，但牠還是跳了上來，爸搖搖頭，對貓兒說：「也許是你也不贊成我賭花會吧？不過我已騎虎難下，該如何是好？這是最後一次，若讓我贏了，我發誓以後再也不賭了。」貓兒望著爸喵喵，叫聲更大了，爸靈機一觸，對貓兒說：「是不是你要我押『貓』啊？」貓兒像懂人話似的跳下桌子，於是爸把心一橫，押「貓」！

當時聽大人們說花會的「貓」很少開的，想不到貓兒給了爸的靈感真的中了，爸回了本，真的，此後爸再也不敢玩花會了。

小貓兒變成爸心目中的福星，餐餐少不了牠愛吃的魚。

第三輯　親情無涯

第三部　殘山剩水

尤今（新加坡）

新加坡著名作家，已出版小說、散文、小品、遊記等一百五十餘部（其中七十五部出版於新加坡，另七十七部作品分別出版於中國內地、香港、臺灣，以及馬來西亞等地）。曾獲第一屆「新華文學獎」、第一屆「萬寶龍——國大藝術中心文學獎」、二〇〇九年榮獲新加坡新聞與藝術部頒發的「文化獎」。她的作品每年都被新加坡多所學校選為課外輔助讀本；同時也成為許多大學研究生的研讀本。

一個我不想嫁的男人

——記我的另一半林日勝

「一米一飯，當思來處不易」，這是我耳熟能詳的家訓。小的時候，每當碗裏留下吃不完的飯粒時，母親總愛嚇唬我們：「長大以後，這些飯粒就會變成你們臉上的痲子了。」十分害怕，三兩下子，便吃得個精精光光了。有一回，母親因事外出，大姊「狐假虎威」，監督我們吃飯，看見我碗裏殘留的飯粒，她竟「另闢蹊徑」地教訓我：「快吃完它，不然，以後你一定會嫁個你不想嫁的丈夫！」當時年紀小，丈夫是圓是扁是長形還是橢圓形的，根本沒個概念，又哪會放在心上呢？把姊姊看成「紙老虎」，推開飯碗，一溜煙便跑掉了。

姊姊的「預言」，果然「應驗」了。

我真的嫁了一個我不想嫁的丈夫。

這位名字喚作「林日勝」的男人，不懂中文。

我一直懷疑自己前生是粒方塊字，所以，今生無論怎樣都愛它不夠。有時，我亦懷疑，汨汨、汨汨地流在我血管裏的，是液狀的方塊字，所以，才會痴痴地生出與它共存亡的感情。

進入了織夢的年齡後，老是幻想未來的伴侶是個眼睛裝滿了憂悒的詩人，執子之手，談詩論文，與子偕老。

然而，丘比特的箭偏偏射歪了，射中的那個人，不懂中文，又不諳文學。他在馬來西亞求學時，第一語文是英文，第二語文是馬來文；高中畢業後，負笈紐西蘭，取得土木工程學位，又到澳洲考取了碩士學位。之後，留在悉尼工作。生活語言和工作語言都是英文，華文於他而言，好似外星人的語言。

在國外留居長達十載後，他被派遣到新加坡擔任子公司的總裁。我在朋友的家宴上邂逅他時，正是他初返新加坡時。

當晚，在眾人好奇的探詢下，他娓娓暢述國外見聞，不是炫耀式的，也不是渲染式的，只是以平穩的語調，細說內心的感想，間中夾以豪邁不羈的笑聲。當晚，我覺得他好像一根湯匙，把原本猶如凝水般的氣氛攪得很生動、很活潑。家宴結束後，他毛遂自薦，送我回家。

知道我在國家圖書館工作，自次日起，他便成了圖書館一部「活動」的書，總在特定的時間出現，走來走去，佯裝借書。借回去的書還沒有讀，次日又原封不動地拿來還，然後，再借，顯得十分忙碌。後來，每當斑斕的黃昏把圖書館外面的馬路鋪陳出一片絢麗的旖旎時，他便站在那兒等，等我下班。最後，我也成了一部「活動」的書，被他歡歡喜喜地擺放到家裏去了。

共結秦晉之好時，大家都說，我們這兩個來自不同星球的人，是不小心地碰在一起的。我讀的是文科，是百分之百的華校生；他呢，讀的是理科，是純粹的英校生。教育背景南轅北轍，興趣嗜好更是背道而馳。運動是我隔世宿仇，卻偏偏是他最大的愛好；我天天與方塊字痴纏不休，但是，方塊字一爬上他的眼皮，立刻便成了催眠劑。

有好事者因此預言，不出三年，我們必定分道揚鑣。

然而，我們風調雨順地過了一年又一年，二〇〇六年，慶祝三十週年紀念，朋友探問相處秘訣，我言簡意賅地說道：

「婚前睜開一雙眼，婚後閉上兩隻眼。」

婚前，巨細靡遺地觀察對方的性格，寧可錯過他不嫁，不可放過他人格的缺點不計較；婚後呢，雞毛蒜皮的小事任它去，不爭執、不抱怨、不嚕囌、不記恨。曾讀過兩句極為睿智的話：「雙眼一閉一開，短短的一天又開始了；雙眼一開一閉，長長的一輩子就過去了。」複雜的人生，簡化起來，就是如此而已，那麼，在長眠之前，每天睜開雙眼，快快樂樂地把那一天過完，不是很好嗎？

文字於我而言，是酒，也是罌粟，一陷進去，我便醉得、迷得難以自拔。無數、無數個傍晚，當他拖著疲憊的身子回家時，飄浮在屋子裏的，不是飯香菜香，而是一個個方塊字的影子。娶了個如此「不負責任」的妻子，他不怨不惱，只問：「老婆，今晚，上哪兒用餐？」我擱下書、放下筆，快快樂樂地換了一身光鮮的衣服，偕他出門吃香喝辣去了。

我愛整潔，屋子總收拾得纖塵不染。可是，日勝卻是個不拘小節的男人，看過的報紙雜誌隨地亂丟，散亂不堪；吃過食物的盤子隨手亂置，群蟻聚集；每次回家，鞋子總不放進鞋櫃裏，隨便一甩便入屋來，兩隻鞋子好像頑童一樣東歪西倒於在大門處，十分不雅。開始時，我還嘮叨幾句，後來，看他積重難返，便自行清理了，反正是舉手之勞嘛，何必為了這等芝麻綠豆的小事而傷了和氣呢？再說，他弄亂的只是屋子而已，又不是我的心，又何必在意？

他喜歡打高爾夫球，非常喜歡。星期天一到，天泛魚肚白時，便意興勃勃地呼朋喚友上高爾夫球場去。有親友看到我和三個孩子待在家裏，一臉同情而又一語雙關地說：「星期天呢，該是一家子出遊的好日子啊！」我微笑地應：「天天都是好日子呢！」不是嗎，人生無處不風景，分分秒秒都是好時光。日勝玩他愛玩的球類，我和孩子在窗明几淨的家裏共享閱讀與烹飪的樂趣。他樂在外，我樂在內，各取所愛，半點遺憾也沒有。

我酷愛旅遊，有一回，異想天開地說：「真希望擁有一張會飛的地毯，帶我周遊列國。他輕描淡寫地說：「哪裏需要靠那張地毯！不論在天涯、在海角，你想去哪兒，我都可以偕你同去。」這話，聽起來誇張，然而，婚後，他果然成了我的「地毯」，帶著我，飛到了地球上大大小小無數個或繁華或落後、或富裕或貧窮的國家去。我們年年外出旅行，在北極圈裏，我們看靈巧的馴鹿在皚皚的白雪上留下串串俏麗的腳印；在撒哈拉大沙漠裏，我們和遊牧民共數天上繁星；在亞馬遜叢林裏，我們向土著學習以吹管殺戮野豬；在突尼斯，我們初嘗穴居的奇特滋味；在伊朗的千年古村內，我們領略濃鬱如酒的古老風情；在沙烏地阿拉伯，我們看富豪以揮金如土的方式過窮奢極侈的生活；在古巴，我們看生活苦悶的人們如何以歌舞釀造精神的罌粟；在治安極壞的南非，我們體驗受槍影威脅的恐懼；在海地，我們感受到那種宛若置身人間地獄的痛苦……。

自助旅行，不是「美食＋購物＋觀光＝快樂」這種一成不變的方程式，反之，它充滿了難以逆料的危險。願意冒險，只因為我希望能夠在有生之年好好地把我所寄居的地球遊一遍。來地球走一趟不容易啊，人人買的全都是「單程票子」哪！時常有人問我：「難道你不怕嗎？」這個問題，常常讓我回想起那一回的非洲之旅。我們乘搭飛機到一個小城市去，那種落後的小型飛機，只能容納十個人。飛至半途，遇到強大的氣流，飛機上上下下地顛簸不已，機上乘客（包括我）都大驚失色，尖嚷出聲，只有日勝，安定若素，連眉毛也不抬一下，依然拿著報紙，讀。事後，我問他：「難道你不怕嗎？」他淡淡地說：「有些事情，是我們全然控制不了的，又何苦白白擔心呢？是好是壞，順其自然。」他這種豁達的人生哲學，也很好地影響了我。是的，當人力無法扭轉天命時，我們就聽天由命吧！這樣一想，真的是「雷打不驚」呀！

平常在生活裏，日勝倒是有著很好的「危機意識」。

八〇年代初期，有一天，他忽然帶了一張光碟回來，意興勃勃地對我說：「今後的世界，勢必由電腦主導，你快點去學中文電腦輸入法吧！這張光碟，是我托人從中國買回來的！」

對於一向患著「科技恐懼症」的我來說，電腦不啻洪水猛獸，我本能地起著抗拒。把光碟擱置一旁，依然故我地伏案而寫，寫寫寫、寫寫寫，寫得手指發痛、之後，用柔軟的手巾纏著發腫的手指，繼續再寫。日勝日日在我耳邊絮聒不休，每天下班回來，就問：「幹嗎還不學用電腦？」不屈不撓，問了又問、問了再問。我煩了，生氣地應道：

「我喜歡寫字啦，在稿紙上寫作，還可以練書法，一舉兩得，你就不要再干涉我啦！」日勝不輕易言棄，我的耳朵生了一層厚繭，他的「苦口良藥」依然破繭而入，我無奈地升了白旗；結果呢，我成了新加坡最早使用中文電腦從事寫作的人。從此，任由十指在鍵盤上飛舞，快樂得像擁有了整個世界。然而，那個苦勸我學電腦的人，看到我運鍵如飛，卻又不時揶揄我：「咦，我還以為你愛寫字，現在，用電腦，又怎麼能練書法呢？」我一面手不停地敲打鍵盤，一面笑嘻嘻地說：「哎呀，我已經改過自新啦，你這陰險小人，還要翻舊賬來挖苦我！」

蘋果手機一面世，他便買了一支給我。我說：「我已被科技追得喘不過氣來了，你就讓我放慢腳步吧！」他好整以暇地說：「根據我的經驗，每回勸你改用新的產品，都得磨破唇皮後，你才會點頭。現在勸你用，我估計明年這個時候你才會動心哪！」瞧，他又不依不饒地在翻舊賬了！

我愛下廚，在「研發新菜」的過程裏，常常會煮出一堆亂七八糟的東西。孩子們最沒義氣，一看勢頭不對，一個個趕快找藉口，腳底抹油，逃之夭夭。留在家裏對影成四的，一定是我的老伴，這時，我便不由得想起臺灣著名作家琦君的名句：「滿床兒女不及半床夫」。最慘的是，對著滿桌「滑鐵盧」的菜餚，他吃得齜牙咧嘴、苦不堪言之際，還得想方設法發掘那也許根本就不存在的優點，加以表揚。他常常說，別人失意時，絕對不能落井下石。老妻在烹飪上三番幾次失敗，他也只好咬緊牙關，捨命陪君子了，等我終於試驗成功後，他也如釋重負。去年，我一部結合文學與美食的書《螃蟹爬上樹》上了新加坡暢銷書排行榜，許多朋友和讀者照著書內的食譜，都煮出了可口的菜餚，當她們對我蹺起大拇指時，我便微笑地說：「一道好菜餚後面，往往有個好男人。」

在婚姻這一碼事上，我嫁了一個我不想嫁的男人。

他不懂中文，我寫的書，他連標題也看不懂。他開口說中文時，常常會讓我尷尬得想抱頭鼠竄。比如說，當年他抱著三歲的女兒看孔雀開屏時，居然興奮地叫道：「你看，你看，那隻鳥的雞翅膀開得多麼大！」還有，他有時想賣弄剛學會的成語，結果，適得其反，像那一回，一位大學教授來訪，帶她四出觀光，車子經過人潮洶湧的牛車水時，他得意揚揚地說：「您看，人天人地呢！」我的媽呀，「人山人海」竟然蹊蹺地變成了「人天人地」！

但是，嫁了這個不懂中文的男人，我甘之如飴。

他不懂，但是，他尊重，他支持。

每回到中國旅行，逛書局，不論逛多久，他都默默地等，無怨無惱地等。我買了大包小包的書後，他便左一包右一包地代我拎回旅館去。每回接到國外文藝團體的邀請時，他總說：「去吧，去吧，孩子我來照顧。」每回我得到文學獎項或有新書面世，他總是忘了謙虛的美德，「與有榮焉」地和張三說、和李四講，唯恐天下不知。每回國外文友來訪，談文論藝他不行，可是，他會帶上家裏最好的葡萄酒，為文友設宴、勸飲。

我真的、真的嫁了一個我不想嫁的男人。

他從來不用我渴望的甜言蜜語來製造生活的框子，他也不喜歡用馥鬱的鮮花來點綴生活的窗戶。

然而，他一直很努力地落實每一個無言的承諾，當年把結婚戒指套上我的無名指上時，他便用堅定的眼神告訴我，他將以歡笑做成心靈的花串，讓我長年長日地戴著。

在婚後長長、長長的歲月裏，他以他堅實的肩膀築成了一道牆，我害怕時、我傷心時、我疲累時、我彷徨時、我失落時，有一道牆，就近在身邊，讓我靠，穩穩地靠。

嫁他，無悔。

而且，幸福。

有一次，我開玩笑地說：「喂，我在手臂上做個記號讓你辨認，下一輩子再做夫妻。」兒子聽到了，立刻調侃地說道：「這個記號很重要，方便爸爸辨認後逃走。」這時，我多希望他說：「打死也不逃！」但是，他只嘿嘿地笑，不肯做聲。我知道，他心裏肯定在想：「下輩子的事，誰知道呢？」對於不肯定的事，他一向不會輕於許諾的。

想到也許就只有這一輩子的緣份，對於當前的每一個日子，我更是珍惜如金了。

何逸敏（新加坡）

新加坡公民，新加坡澳州國際學校中文教師。現任《新加坡文藝》、《新世紀文藝》等文學雜誌文字編輯和美術編輯。新加坡文藝協會理事。中國北京師範大學新加坡校友會副會長。加入新加坡作家協會、更生美術協會、新加坡商業專業婦女協會、南洋孔教會、中華總商會暨通商中國、南洋學會、新加坡世華文學研創協會。漢語言及文學學士，漢語言及文學碩士。另擁有理工科文憑。歷任工程師，報紙和雜誌記者、文字編輯，書籍出版責任編輯、中文教師。

牽手

記得和一幫朋友去南大俱樂部卡拉ＯＫ時，有著專業歌喉的美姐唱了一首蘇芮的〈牽手〉，那反映深刻人生的歌詞，讓我愛上了這首歌。在中國參加電視臺合唱團的我原先是女高音，隨著教書生涯越來越長，嗓音從高音漸漸變為中音，也帶有低沉的沙啞了，唱這首歌正和調。我決定上網學唱這首歌，聽著聽著，唱著唱著，想起最近發生的一些事，百感交集，潸然淚下……。

上星期聽說過去的同事蔡老師將要光榮地從教育戰線退休了，我忙中偷閒地搖個電話，想約個時間與她碰頭。電話那頭的「孩兒王」天生一副老師嗓門，爽快地相約在茶室，想必她退休後精神狀態還不錯。

我們已經十幾年未見面，女人到了中年，怕別人說老，我一番「扮年輕」梳妝後赴約去了。

我先到了，悠閒地叫了茶，邊欣賞著茶室的典雅裝飾，邊耐心地等待「蔡頭」的到來。因為她姓蔡，所以她自己也常自嘲自己叫「菜頭」。

悄然無聲地坐在我對面的是一位十分憔悴的老婦，我簡直不敢相信我的眼睛，發生了什麼天大的事，還是她真的被誰砍了「菜頭」！我不禁伸出略帶憐憫的手，輕撫她那粗糙又乾皺的小手，我突然急切等待她告訴我她容顏驟變的原因。

女人的眼淚是經不起提起傷心事的，原來都是她老公在言語上無數次地中傷和刺激她，令她備受精神折磨。她的一句：「我真是不折不扣的『菜頭』，他不給家用，又搞外遇。為了四個孩子，我忍了三十三年了。兩年前他心臟病死了。」如同控訴，如同掙脫，如同淌過了「忍耐」的河流。從她的眼裏，我彷彿看到她曾經有過的無奈，當下憧憬未來歲月的期盼。望著她，我衷心祝福她新生命的心靈釋放，帶給她重新沐入縷縷春風的細雨。

在開人生第一瓶香檳酒時，誰又會知道未來的路是什麼？對於有些女人，也許是一個大大的「忍」字。牽手，扛上莫大的承諾。

同樣，在參加朋友的新書發布會時也巧遇一位至少十年未見的同鄉，依舊美麗的窈窕身姿，算來她的年齡也五張沒找了，可是富有涵養的微笑，得體的穿著，高貴的氣質，隨著年齡越發醇香。見面寒暄幾句不解興奮之情，索性走去附近的酒店，在潺潺流水聲中，傾談。大廳裏的鋼琴表演者，彈奏著激情的樂曲，起伏的旋律伴隨著同鄉的話語，灌入我難以置信的耳朵。

些微低垂的眼神，在極短的瞬間暴露出這位同鄉的憂鬱。善於觀察的我心頭掠過一絲疑問，這麼多年，她生活得怎樣？不打聽不為過，一打聽心潮澎湃。

她緩緩告訴我，二十四年前，她兒子生下來就不幸被確診為自閉症。十年前，他丈夫得了精神病。五年前，她得了子宮癌。前年，他丈夫病逝了，去年他兒子也確診患上精神病。他們結婚後第三年他丈夫就一直養病在家，生活的重擔一人扛，無怨無悔，笑臉迎人。她說，忍一忍，日子就過去了。

生活的磨難，毫不留情地加重於柔弱的女子。女人的一生，如同四季。春種需要夏耕，秋收需要冬藏。種子種下了，辛苦地照顧，巴望著收穫，凜冽的寒冬卻張牙舞爪。藏起來辛酸，甚至沒有時間拭淚，空靈的心包容一切。

牽手，溫馨。也許，前路並不好走，也許，今生更忙碌

多少人面對困境，如孤獨的牧羊人，在茫茫的草原感到無助，風暴的偷襲，烈日的

焦烤，堅強的牧羊人嘗試走出人生的曠野，嗅吸綠草的芬芳，透明的露珠也成了他精神的拐杖，它輔佐，它依靠。聽一聽萬籟的蟲鳴，扭身駐足的休憩，甘露般潤喉的清涼，拌和那傷了心的、苦澀的細淚，輕輕地掛在面頰，任由風吹，任由雨打。

牽手的承諾，一生的守候，是滄桑還是滄海桑田？

生活以迅雷不及掩耳之勢撲面而來的打擊，是要被擊垮還是扛起？弱小的身軀，柔軟的心腸，托起一顆閃亮的愛心，承受！

回望嵌入泥土的腳印，明天的陽光，昨日的艱辛，一步一步，踏碎……。

李憶莙（馬來西亞）

現任馬來西亞華文作家協會副會長，《馬華文學》主編。曾主編《馬華文學大系》短篇小說卷之一。長期擔任全國各項文學獎評審。曾獲馬來西亞中華大會堂聯合總會頒發首屆「馬來西亞優秀青年作家獎」。先後發表長、中短篇小說逾二百多萬字。著作有長篇小說《春秋流轉》、《鏡花三段》；中短篇小說集《痴男、怨女》、《夢海之灘》、《李憶著文集》、《女人》；散文集《去日苦多》、《漫不經心》、《城市人》、《地老天荒》、《歲月風流》、《大地紅塵》、《年華有聲》等。

菱花照影

那年乘夜班火車回吉隆坡。在半睡半醒的狀態之中，心中雖不著意月色，卻另有一番由火車引伸開來的沾親帶故、映照歲月的悠遠和滄桑。在此時追憶年華似水，畢竟有嫌造作。即使是月色昭昭，光彩流動中亦不覺得人世間到底有些什麼烜赫，倒是於人事物事的本質上，能不因而多出些紛雜情緒，也算是開竅的了……。

小時候，不時聽到母親在談話中提到火車。可坐火車，於我而言是不足為道的，也不能領會火車與母親以及我之間有著怎樣的牽連。火車緩緩停下來，我忽然想起很久以前，在我還是個小孩子的時候，有一天中午，母親牽著我橫過馬路，白花花的陽光下，我只看見母親撐著的那把傘（其他風景都讓大傘給遮檔住了），那是一把綠色的竹骨油紙傘。那天的太陽很猛烈，撐傘似乎也起不了什麼作用……忽然，母親在馬路中間停住了腳步，我這才發現我手裏拿著的紙袋破了，袋子裏的橘子嘩啦啦地一古腦全都滾落在地上，四散蹦跳著，像各自有目標似地自覓去處而去。這邊廂，母親一面喊住我別動，一面趕緊俯身去撿起離她最近距離的橘子，然後左右張望一下，確定沒車後才對我說：「快，趕緊過！」

那是一個小小的橫禍，在記憶中揚起，又輕輕地落下，恍若夢境。

想起這些，火車是主要的因素。近些日子，過去的種種不時在我腦海裏浮現，恍如昨日。而母親她還健在，並且感覺到她的存在、參與，以及無所不在……似乎聽到她最愛掛在嘴邊的那句話：「先問問自己，你是否真誠的對待生活？」

「真誠的對待生活」？在當年，我們何曾在意過？

如今想來，心中溢滿了酸楚，前塵往事不斷在腦海中回轉……像遠古月照下來的千載輕愁，感覺上是隔得遠遠的，實際卻不然；母親的光彩流盼，不就是「千金撒盡還復來」這麼一回事嗎？事實上母親故去已整整二十一年。不是說，時間是治療一切傷痛的良藥嗎？原以為，時間會逐漸模糊了母親的音容，然後我們便會慢慢地把她忘了。原以為這即便不是定律，也是個定局，這種事情不就明明白白地擺著嗎：人死如燈滅啊，灰飛煙滅。而事實卻並非如此！至此，我終於體會到「永遠活在我心中」這句話，它也並非前人的信口開河。也正如母親常說的：「針唔刺到肉點知痛？」她的諸如此類的日常用語，無時不恰如其分地滲入她的人生哲學裏面。而這種人生哲理對我亦產生了影響。倘若把這比喻為俚諺，亦自有其趣味雋永之處。

母親的一口廣東南海話，詞彙不見得有多華麗，亦不豐富。但說起話來，語氣淡淡的，偶爾會不經意地冒出一兩句文藝腔來，讓我驚艷不已──這種「偶爾不經意」的文藝腔，聽在耳裏，心裏不由地泛起一陣遼遠之思……。

總覺得廣東話有一種從容不迫的開拓性，它基本上是屬於巷陌語言：俚俗、潑辣，且帶點小家子氣。可卻有著無限的開拓性能──細緻起來時，那種秀麗又豈是「典雅」兩字所擔當得起？而它本質上的俚俗之氣，亦有其趣味雋永之處。哪怕是平鋪直述吧，也充滿了意象，那簡直是一種藝術的昇華，詩情畫意中又不失世俗人間……。

一陣擾嚷，火車已到站，停在一個叫 Rawang 的小鎮。我其實也不知道身在何處，只在抬眼間看見車窗外的那面牌子，白底黑字寫著：Rawang。在平常的日子裏已是那麼容易地便想起母親，此刻人在火車上，燈影綽綽，塵緣停棲在夢之外，腦海中湧現的便全都是有關母親的記憶，關於火車，關於南下遷徙，母親對這些事情的追憶，每一次都給我一種新的感動。除了切身問題，再引伸開去的便是「人生無根蒂，飄如陌上塵」一類的感慨。而母親倒是無所謂的，她認為人生為糊口奔波忙碌，舉家遷徙是正常不過的事。

「邊度好搵食去邊度。」則是選擇上的問題，也是一種優勢的選擇。這廣東南海女子，她的樂觀豁達，是有著那麼的一種樂觀而樸拙的底蘊。那年，母親抱著不滿歲週的我，搭上南下的夜行火車。火車緊追著星光，搖搖晃晃地馳進漫漫長夜，奔向不可知的未來。

或許應該這麼說吧，我的記憶中有火車，母親卻占了很大的部分——她是記憶的關鍵，長久地記掛在我的心上。

火車在黑夜裏行駛著，滿窗星光，兩旁都是漆黑的膠林，無邊無際的。車廂裏燈影綽綽，過道旁吊著條沙龍，那是我的臨時搖籃。母親每搖一下，那勾著沙龍的彈簧便發出吱啞吱啞的聲響。母親說：「你呀，濃眉毛，小眼睛，胖嘟嘟的。醒了也不鬧，光是笑。有人走過，總是忍不住要停下來逗逗你，順口便問：『是個男的吧？』我就奇怪了，反問：生得大塊頭點，就一定系男仔咩？」

為此，我竟怔忡了好一陣子。

根據母親的敘述，那個南下的夜晚，沒有月亮。從車窗望出去，天空是漆黑的，連一顆星星也看不到。

「其實那天晚上是十五呢，可卻沒看見月亮。」母親是這樣說的。「半夜裏，厚厚的雲層終於被風吹散了，便看見幾顆星星，在遠遠的天邊閃爍著，像遠處的路燈，陪伴著夜歸人……。」

「星星像遠處的路燈？陪伴著夜歸人？」對於母親諸如此類的文藝腔，我仍然是相當震驚的。

一如當年母親所說的：「在人的一生當中，對生活的真誠是很重要的。」——是很重要，可得要經歷了多事之後才能明白呢？

其實，母親的意思是：「這不僅僅是『生活』而已。真誠也是一個信念。」

所謂知女莫若母，此乃一種與生俱來的感應。母親很早已預知今天——我遲早都會明白的，而她的至理明言也不會變成廢話。我對人生是樂觀的。若問人生有什麼事最讓我傷感，也許是生離死別吧。除此，世上還會有什麼讓人痛心疾首的呢？人事糾紛？江湖恩怨？也不見得吧，倒是那血緣至親，那剪不斷的親情最為牽動人心。在時光流逝間你猛然一回頭，這才恍然大悟，原來死亡不管是多麼尋常，或者多麼莊嚴，也總是教人難以言說。即便如此，亦無可迴避。細細思量，這又實在是個因人而異的問題——總沒有一盞燈來照亮暗淡的心。紛爭不斷，皆在日常的人事上；而「人事」一詞，雖泛指日常生活的事務，實際在各人的心中皆有其位置。因此它並不是一個泛泛之詞，而是有其單門獨戶存在意義。

在這個意義上，實在不能不承認人與人之間的紛爭，是功利與私心鬥爭之下所產生的激進怨恨，卻又不受理智管制的一種情緒，所以這種討伐式的紛爭，讓人類長期處於不安、孤獨、恐懼之中，卻總無止境。唯有繼續紛爭，永遠討伐下去……。

不是有一句話說：「人，生而便註定必須生活在人群中，並且無法與人徹底溝通。」這意味著「人事相連，心必相隔」的必然性。人事糾紛，江湖恩怨，在所難免，可這也不等於沒有純粹而真誠的友誼。只是悠悠人世，生命中的盛事，是各有各的造化。而尋思起那所謂的好時好景好日月，到頭來終是春夢一場！這才恍然大悟，原來母親最懂得人間塵緣，也最惜緣。人生路上急雨驟下，即使在最困頓的日子裏，也沒有絕望，更不怨恨。自我不及一週歲被抱上南下的夜行火車開始，這種無根飄浮已成定局。可母親卻從容面對，將這詮釋為「邊度好搵食去邊度」。凡事退一步想，換個視角，則能把劣境扭轉——藍天白雲中，即使沒有太陽也有半個月亮吧。

無疑，我是失去了生命中最親的那個人，可那份情緣卻沒有斷絕。不管經歷多少事，多少所謂的日長歲久，我仍記得她的容貌、她的聲音、她所說過的話語；有時是逝世後不久的，有時是湮遠年代的，但都非常清晰，我的心更是清明的，宛若海潮湧動，不斷地湧上來湧上來……年年歲歲，凄涼而美麗，好比是一面菱花鏡，照我少年時，憐我白髮非。

吳小菡（泰國）

一九九四年起居泰國曼谷。祖籍湖南，在廣州出生成長，一九八四年入廣東《湛江日報》任記者、編輯，擅寫人物專訪，連續四年獲得廣東省好新聞獎。後任廣東佛山圖片社攝影記者及採編部主任。在泰國投資創刊《泰國風》中文雜誌，二〇〇〇年建立泰國風網站。雜誌社先後策畫出版紀念中泰建交的特刊《偉大的中國》、《偉大的友誼》、《中泰情深》。二〇〇九年策劃CCTV到泰國拍攝九集紀實片《走進泰國》。在經營《泰國風》十五年中吳小菡做了大量人物專訪，二〇一〇年為紀念中泰建交三十五週年，出版了《人物春秋——吳小菡人物專訪集》。

山上那個女人

把我吸引到泰北清萊府美斯樂高山上的，本是那裏隱藏著的一段與中國人命運攸關的歷史，那裏居住著藏匿半個多世紀的一批中國軍人和他們的後裔，我以記者的職業敏感和道德操守，想去揭開這幫中國軍人的命運篇章，想去記載曾經發生在泰國北部邊境的那段悲慘而悲壯的歷史，以及歷史發展至今的演變軌跡。

我站在海拔一千三百米的高山村頭，深呼吸，開懷笑，我被這翡翠般的青山吸引，被這沁潤心肺的綠色空氣吸引，被這裏一張張親切的中國面孔吸引，被這裏濃濃的中華情結吸引。我像回到故鄉或娘家般被人們接待，我喝過這裏無數人家為我浸泡的清香四溢的新茶，我吃過這裏好多家餐廳的名菜：「卡母饅頭」（紅燒蹄膀加白麵饅頭），我還被這這裏一個女人，深深地吸引著。

不要以為居住在山上的女人，都是世俗家婦，鄉野女子，與時尚無緣，與現代不相識。我原以為是這樣呢。後七次上到美斯樂山上採訪時，我發現了這山上的這個女人，她打破了我一個根深柢固的觀念。

我第一次見到她的時候，她在美斯樂村頭的第一家珠寶工藝品店裏。她是店老闆娘，她並不年輕，但有魅力，清新的樣貌，輕柔的話語，不凡的談吐，讓我有仙女下凡的錯覺，她實在和這山上周圍環境太不匹配了，有鳳落雞窩的感覺，我隱隱有為她命運惋惜的心痛，看見她的木屋商店外面的招牌——段將軍茶莊，我想，她和大名鼎鼎的段希文將軍的兒媳婦的身分，還是很匹配的。

因為她是山上「泰北義民文史館」的現任館長，我的採訪便和她結了緣，我發現她的穿著打扮很得體，有品位，不誇張也不陋俗，而且她的談吐舉止剎時讓你確信她曾受過良好的文化修養和薰陶。

我和她馬上熟悉起來，為能在山上遇到知音而感到慶幸。我叫她「曾姐」，因為我很快知道她已經不是段太太，她的婚姻觸礁了，但她卻挺過來，走到今天的平淡和從容，她經歷過生命的煉獄。

曾姐是臺灣姑娘，祖籍河南，父輩跟蔣軍一九四九年撤退臺灣，她成了在臺灣生長的女孩子，那個年代能考入大學的女生都是天之驕子，她在一次大學生晚會上認識了段公子——當時一位風流倜儻、青春活力的男生，他們很快戀愛了。

第一次從臺灣追隨愛情而來，她被當時美斯樂山上唯一的一輛破車搖晃在蜿蜒的黃土崎嶇路上兩個多小時，接到山上時她已黃塵蒙臉，土頭灰臉了。她的清新脫俗立即吸引了全村人，她的到來給閉塞偏僻的山村帶來歡欣和希望，人們真的相信，世間有愛情這樣東西的存在。

山上沒有像樣的磚瓦房，沒有電燈，沒有水龍頭，山上只有她的愛人，和愛人的父親段希文將軍剛剛去世後的窮窘家境，她被愛呼喚著，她留下來了。她說，那個年代的人就是這麼單純，愛，就愛到底，不顧一切，包括父母和家人的強烈反對。

愛是值得讚美的。她決定留在山上，是愛情的力量改變了她的人生走向。她在這裏用青春譜寫著自己的愛情之歌。她用全部生命去愛一個男人，她的初戀、她的初吻、她散發著青春熱力的心、她的溫柔和母性、她今生的生命，都毫不猶疑地交給了這個男人，只因為一個字：愛！

生下第一個孩子的時候，他們沒有錢，寄住在曼谷的朋友家，選擇到一家不收費的窮人醫院去生產。出院那天，丈夫空著兩手來接她們，醫生問他：「你帶孩子的小衣服來了嗎？」丈夫搖搖頭，她流淚了，看見醫生拿出一塊舊毛巾包裹孩子，抱給他們，送他們出院──當懷抱孩子的那一刹那，她又笑了，她覺得自己很富有，有丈夫有孩子有愛，她無怨無悔，依靠著丈夫消瘦的肩頭，她想，就這樣，帶著我們的孩子，走下去，一直走下去！

信念是一個女人生活的精神支柱。山上的艱苦是她沒想到的，但是堅定地生活下去也是她沒想到的，為了家和孩子，她在美斯樂山上旅遊業興旺的時期，到街邊賣過綠豆糖水，賣過小工藝品、小雜貨，她還是臺灣商專的高材生呢，但是要籌創業資本的殘酷現實，逼使她當上街頭小販，沒有任何遺產的將軍後代，就是這樣自己蘸著甘苦悲喜的七彩顏料，描繪著自己的生活畫卷。

她從沒有感覺到苦和痛，因為她心中有愛！

突然有一天，當和她有了十幾年婚姻、有了三個孩子的丈夫，跑到另外一個年輕女人的懷抱時，她的天空隕落了太陽，彷彿刹那間陷入一片陰冷刺骨、黑暗渾噩的末日之中……。

她把丈夫當成生命中的天空和太陽。而丈夫摧毀了她對愛情的信心，搗毀了她心靈中神聖的婚姻聖殿。

她拼命抗爭過，向命運抗爭，她要維護她的愛、她的婚姻以及她的家，但是她這個掛著將軍兒媳婦頭銜的外鄉女人，第一次體會到孤軍作戰的悲涼和無助。

這時候，她被懷疑傳染愛滋病，這發重磅炮彈把她震懵了，等待複查的三個月時間裏，她每天晚上和形形色色的鬼怪在夢中打架，愛人不在身邊，恐懼鉗緊她的神經，她懼怕死亡，這是比任何孤獨、困苦更可怕的魔鬼。依落山旁的房子曾經是多少城裏朋友羨慕的別墅小屋，現在卻變成一座生死較量的煉獄。漫漫夜晚山風送來樹林的唰唰聲，讓她想到很多很多，想到天地人的生存法則。家對面半山腰上段希文將軍墓前的威嚴松柏，像是傳來未及謀面公公的安慰聲音，她整夜地流淚……。

她不敢照鏡子，因為三個月的精神折磨，她已經面如骷髏，走路弱不禁風，雖然還在經營她的小店，因為還是母親，還有養育三個孩子的責任在肩，她還不能放棄生活和生命，但是她已經挑戰到了生命的極限。

後來，一切雲開霧散，她被醫生證明沒有染上死亡之症，她經歷了死神擦肩而過的悲壯考驗。她變得豁然開朗起來了，死都體驗過了，還有什麼不能捨棄的呢？丈夫要走，就由他去吧。

那段曾經割捨不下的愛，那段曾經刻骨銘心的死，都讓她當作人生財富收藏在記憶之中。愛時無悔，愛逝也無悔。她不再後悔，不再抱怨，她開始按照自己的人生軌跡繼續生活下去。

那晚，曾姐請我在山上一家小餐館裏吃牛肉湯，碰巧丈夫和那個女人也在餐館用餐，她的淡定坦然讓我自愧不如。她像個大姊姊一樣招呼我多喝牛肉湯，山上寒冷，多喝熱湯可以禦寒。她的特別笑容我最喜歡看。她告訴我：「當婚姻不再完美的時候，我們女人要調整心態，我們可以讓自己的人生完美，可以讓自己的人格完美。」她還說：「這就是人生，沒對沒錯。」

其實後來她的丈夫知錯了，深深的悔意反而使他躲遠她，人生有些錯誤，是永遠改正不了的！愛走了，愛毀了，錯了就只能一直錯下去。「愛不釋手是愚蠢女人。」她說。

她把大學學到的商業知識用來經營她的生意，她的小店漸漸生意好起來，她說她的公公、孩子的爺爺段將軍，每天都在山上默默保佑著她們母子四人，當她痛苦的時候，就會一個人來到將軍墓前，靜靜坐著，望著公公的遺像，望著大大厚厚的棺墓，望著四周圍蒼翠的松柏，再望向山前層層疊疊的遠方……。

如今三個兒女都送到曼谷讀大學，她覺得生活很是愜意。時間可以沖淡一切痛苦，她告訴我，她已經對失去的婚姻麻木了，她只希望晚年遇到一個知心的男人，疼她愛她理解她，和她挽著手走完今生。

這就是我要說的山上那個女人的故事。她已經是我的朋友，我對山上的牽掛多了一份關注，我以理性的狀態關注一個女人的命運，不要太多磨難，為什麼大山的胸懷不能包容一個為愛而來到山上一輩子的女人？她還得留在山上，留守她的段將軍茶莊商店，因為三個孩子的學費和生活費還需要她經營不懈。為母的堅強，我在曾姐身上看到了！

遠在高山上的曾姐，我對你的敬佩和祝福，能隨風聲傳遞到你的耳旁嗎？

二〇〇八年五月一日寫於曼谷

阿理（印尼）

韓理光，筆名阿理、韋韋。生於印尼棉蘭，祖籍海南文昌。家庭主婦。作品除發表在印尼幾間華文報刊，也散見於美加的《世界日報》，馬來西亞《南洋商報》，泰國《中華日報》，澳洲《新報》，《星島日報》，悉尼《櫻桃小溪季刊》，新加坡《錫山》刊物，中國《刺桐》，《莆田文學》，香港《香港文學》及臺灣的《人間福報》等報刊雜誌。二〇〇九年出版文集《遲來的春天》。

藏在舌蕾的記憶

（一）白水蛋與糖沁蛋

小時候早晨上學前，爸爸常煮了白水蛋給我們。淡綠色的小杯中，盛著爸爸細心用小匙弄粹了蛋白及金黃的蛋黃，灑上了棕色「美極」醬油及一點點的胡椒粉；有時爸爸也煮半熟的蛋，他說那叫糖沁蛋。他把剝了殼圓圓白白嫩嫩的蛋放在杯子裏，我用小匙把蛋切開，裏面半凝的、金紅色的蛋黃呼之欲出，很小心的一口一口怕弄痛雞蛋地吃完。兩種蛋的味道一直留在記憶中，隨著歲月在增長。

孩子們小時，我也常弄這兩種煮法的雞蛋給他們當早點，簡單又有營養。那天，給總是匆匆出門、來不及好好吃早點的小么煮了個白水蛋，豈知她怎也不吃。說是小時吃怕了，本想訓她一頓，但一想，媽媽愛吃的糖水蛋包，何嘗又不是我的最怕。忍住笑意。板著臉白了她一眼，把蛋打在杯裏，坐下來，一邊吃一邊讓藏在舌蕾的記憶跳了出來。

（二）冰球

Esbola，從印尼文直譯的意思是冰球。那是一種小販在街邊擺檔或推車到處叫賣的冷飲。他們用手轉動機器把冰塊刨成冰屑，再將冰屑放在掌中捏成球狀，然後淋上紅糖漿和椰奶。

小時候，不讓我們隨便吃零食的爸爸，這種冰球被列為最不衛生不可吃的零食。每回看著小朋友們用那凍得發紅的手指，捧著白色圓圓閃閃發亮的冰球，有滋有味地舔著冰球上棕色香噴噴的糖漿和白色的椰奶，我們只有暗暗吞口水，卻從來沒想過要去買來吃。

但是，我卻在外婆家嚐到了一顆如大蘋果般的冰球。更超乎常情的，還是不苟言笑的曾外祖母親自去買來給我吃的呢！

還記得那天是到外婆家去玩。五歲的我，站在屋中天井門邊，看到寄宿在外婆家的姑婆——那是親友們都說最不好相處的遠房姑婆，她正在廚房對著我的外婆發牢騷，溫順的外婆一聲不發。我真替外婆打抱不平，也對那姑婆頓然起反感。接著見姑婆拿了飯就朝我的方向走來。在經過我身邊時，我壓著怒氣拉長音調，小聲地唱歌謠似的說：「住我外婆家……還要欺負我的外婆……喂，不害羞噢！」而本來對人就不友善的姑婆一聽，很生氣的舉起手打了我一下！這一來，我滿肚憋著的怒氣，就如馬蜂窩那被捅的蜂兒，「嗡」的一下全飛了出來，我抓著她的手不顧一切的想咬她。她大概料不到一向還算文靜的我，反應這麼大，嚇得臉都白了，而她的驚叫聲，傳遍了整間屋子。曾外祖母、外婆、舅母全以消防員聽到集合鐘聲的速度跑過來，將如下山猛虎在奮戰的我拉開。而姑婆邊罵邊往樓上跑，再也不敢下來。

我當然明白闖了禍，悶聲不響任曾外祖母拉到天井罵了一頓，她用支細細的椰骨枝象徵性地輕輕打了我幾下。被打雖然不痛，但令我覺得很委屈，於是大哭不停。我數落那姑婆的是事實，何況是她先動手打我，我才動口的！外婆沒多說什麼，只輕聲地說著我：小孩子不可沒禮貌，怎麼能咬人呢，何況是對長輩。她把我帶進浴室，幫我洗了個臉，出來時，但見飯桌上有個放在碗中的大冰球。大大出乎我的意料，是曾外祖母不知什麼時候出去鄰近的冰室買的。她給我拿來支小湯匙，指著冰球說：「這是專買給你的，吃吧！」我原來流個不停的眼淚，一聽這話，淚腺馬上「凍結」了。坐在椅子，慢慢地吃著做夢也沒想過能吃到的大冰球，滿肚委屈也和冰球入肚一樣融化了。

吃完後，外婆就帶我乘三輪車回家。一路上，她告訴我，她會據實告知爸爸媽媽，我毫無異義，可是想到回家見到嚴厲的爸爸，心中是怕怕的。到家一進門，外婆對爸爸媽媽說，阿理今天做了一件錯事，竟然要咬姑婆。不過已被罰過了，我當然被父母大訓了一頓，卻免了挨爸爸的打。因為外婆特別聲明，說我已被曾祖母打過了。

自那回起，親戚們都知道，溫柔慈祥的外婆和媽媽，以及嚴厲的爸爸，竟然有個很凶會咬人的二小姐。

長大了，凡吃果子或紅豆刨冰，我不去攪均，先吃幾口那覆蓋在最上層的，淋了紅糖椰奶的白色冰屑。那種香甜的冰球味道，藏著我對外婆的珍貴記憶。

小時候，外婆來我們家，是我最開心的事。我會纏著她，跟她撒嬌，上上下下裏裏外外好歹也要她陪著我。外婆會講故事給我聽。對自己一向很節儉從不捨得花錢的她，卻常瞞著爸爸，偷偷的買永遠是那兩種的零食給我。一是甜橄欖，二是白色的糕點。她把橄欖肉剝了讓我吃，自己啣橄欖籽。而在我六歲那年，有天她對我說，外婆要跟舅舅、外曾祖母回國去，不能再來陪你了。以後你凡事怕怕時，就唸唸：「阿彌陀佛，保佑平安。」那時我根本不懂阿彌陀佛是什麼，也從來沒跟父母以及任何人講起我和外婆的這個小秘密。但因為很想念她，我常會唸著這句話。

從此我再也沒見過曾祖母和外婆，更不用說能夠回報她們。年邁的曾祖母回國不久，就因病去世了。而外婆在舅舅他們出來香港的前一年，也去世了。再見姑婆，還是不願意叫她，最後她也回國去了。

長大後，才聽說外婆的故事。當年家鄉兵荒馬亂，年紀小小的她跟著我們的曾外祖母來南洋。離別時她媽媽千交萬代，要曾外祖母答應不要把她當女兒，因為當女兒是要出嫁的。她長大後，守信的曾外祖母要讀洋書的外公娶她，外公為此離家出走，跑到緬甸仰光（我從沒見過外公）。曾外祖母只好抱來一對孩子讓外婆撫養。那就是媽媽和舅舅。

當我自己有了孩子，常會想起曾外婆把年幼的外婆交托給好友，從此遠離自己的心情，想起那一代人因戰亂、遠離故鄉親人到陌生的印尼來的血淚史。想到千辛萬苦南來，勤儉刻苦在印尼生活了三四十年，又因排華浪潮回到國內，卻回不了家鄉的曾祖母和外婆，她們算不算落葉歸根呢？

我曾問媽媽，為何不讓外婆出嫁，外公也娶他自己所愛，那曾外祖母不就多了女婿和媳婦。但是媽媽說老輩人重諾言。我也聽說了那位姑婆，當年常欺負外婆。聯想起童稚時期咬她的事，才意識到原來小小的我竟為外婆出了一口大氣！但咬人畢竟是野蠻的行為，當然該罰；而那顆大冰球呢，一向大家都敬畏的曾外祖母這一招，倒真耐人尋味啊！

馬羚（泰國）

原名蔣依桐，網絡名泰曼依依，學名蔣垣芳。泰國《湄南河詩刊》創辦人，現任泰國《湄南河詩刊》總編輯。旅居泰國十五年，堅持文學創作，用詩歌，散文等文字寫下了自己十五年來的心路歷程。作品散見於泰國《世界日報》、《新中原報》、《中華日報》、《亞洲日報》、《京華中原》、《泰國風》雜誌等。目前移居北京，在照顧年邁的母親的同時，開始編撰自己的文集，計劃二〇一二年出版。

夢裏鳥鳴知多少

搬到曼谷杜鵑花家園，是在四年前的九月，這裏是一幢兩層的獨立式別墅。為了工作方便，我將住家和公司合在了一起，省去了大量的車程，也就省了大量的時間。對於我這個每天睡到自然醒的人來說，真是一舉兩得的美事。

在我們還沒有搬來之前，已有一戶人家在這裏安居了。「住戶」是一對小鳥。外形酷似喜鵲，但比喜鵲小很多。羽翼黑白相間，雍容華麗。它們每天出雙入對，那感覺如同一對貴族夫婦。牠們就住在我家門口的郵箱裏。這裏因很久沒有人居住，郵箱的玻璃碎了，門口的梔子花因沒有人修剪，已長到郵箱的高度，花叢後面就住著這對夫婦。此時這裏已成為它們隱蔽、安逸的家。

我們的到來驚擾了牠們平靜的生活。當我們開始每天進進出出時，一聽到動靜，牠們就立即飛出來，站在房屋對面的電線上，用詫異的目光看著我，眼神中還有一絲驚恐和不安。時間久了，看到我們每天與牠們和平相處，也漸漸適應，習慣了與人為居。

初到杜鵑花家園，每天清晨我還在睡夢中，便有和婉、悠揚、唯美的鳥兒啼啾聲傳入我的耳中。這種聲音丟失了很久。兒時的記憶裏去頤和園春遊，在萬壽山的山林中曾聽到過。那優美的旋律，是來自天籟的聲音，這聲音彷彿從天而降。「鳥語花香」這個詞是那時印在腦子裏的。現在彷彿又置身於北京頤和園萬壽山之中。黎明，我還在睡夢中，有時也忍不住要打開窗子，讓聲聲悅耳的鳴叫陪伴我睡到自然醒來。睡擁這份時光，是我每天心靈放鬆的極致。

有時我辦事回來，驅車剛一進院，那小鳥聽到我的車響，便趕忙從郵箱裏飛出來，站在對面的電線上望著我。我也習慣的走到郵箱前望一眼。我們都已習慣了這種生存方式。

有一天，我驚喜地發現，鳥巢裏有兩枚小小的蛋，琥珀花紋外形比鵪鶉蛋略小，靜靜的躺在枝條搭建的睡床上。從此，我每天都會關注這小生命。一天又一天，小鳥終於破殼而出了。它們兩個小小的粉紅色的肉身擠在一起，眼睛還不會睜，羽毛還沒有長出，但求生的本能已經有了，聽到動靜，它們就會張開小嘴，要吃的。我看著鳥媽媽每天出出進進，含辛茹苦，默默地哺育著牠們的後代。

小鳥一天天的長大了，牠們烏黑的羽毛和父母一樣，黑色的羽翼上各有一道白色的花紋。那色彩搭配得如國際服裝名師的設計一樣，冷峻含蓄且華貴明亮。

牠們長大了，有時還會擠到窗口，用好奇的目光看看外邊的世界。盛開在牠們窗前的是鬱鬱蔥蔥、潔白無瑕的梔子花。牠們的世界單純、單一、單調。牠們對世界的認知只是白和綠的色彩。這個畫面是我兒時的童話。有時看到我走到牠們面前，牠們還以為是媽媽回來了，兩個可愛的小寶寶同時張開小嘴發出吱吱的叫聲，那聲音嬌嫩稚弱。此時的我就如同見到自己的小寶寶一樣，內心的喜悅油然而生。

就在小寶寶剛剛長出羽毛，剛剛學會站立，還不會飛的時候，一隻黑手伸向了牠們，到現在我仍不知哪隻黑手是誰。我曾無數次的詛咒過這隻黑手。

這一天回到家，我習慣的走向那兩隻小寶寶，當我走到郵箱前時，郵箱內空空如也，枝條搭建的床上早已沒有了牠們熟悉的身影。鳥媽媽痛失了孩子，站在對面的電線上，看到我回來了，發出長長的啼叫，不停地哀鳴著，目光不停的四處搜索著。聲音帶著顫抖和哭泣，那聲音透著無助與無奈。這種聲音，這種眼光在我的腦海中幾天揮之不去。

這時我一反常態的衝進辦公室衝著司機大喊；「迪，郵箱裏的小鳥哪去了？」迪說：「不知道。」此時，我已失去理智，在辦公室破口大罵起來：「也不知誰那麼缺德，把小鳥拿走了，不得好死的東西！沒人性的東西！」迪沒有作聲。我又衝出辦公室，走到郵箱前，在花叢中翻來找去，唯恐牠們掉在地上。我清晰地記得有一次一隻小鳥掉在地上，鳥媽媽在無助地求救時，我剛好回來，看到這一切，連忙把小鳥撿起送回到郵箱內。但這次我始終沒有找到小鳥的身影。我情不自禁地哭了。跑上二樓的睡房，淚花滾滾。那感覺如同自己失去了愛子一般。想到那兩個可愛的小寶寶，聽到鳥媽媽那淒涼的叫聲，我的心刀絞一樣的痛。這一夜我沒有睡覺，整晚都是小寶寶的影子和鳥媽媽的哀鳴哭泣聲。

時間是最好的醫治創傷的良藥，無論是身體的還是心靈的。小鳥的爸爸媽媽又恢復了平靜。依舊與我為鄰而居，平靜地生活著。

日復一日。小鳥又開始繁育下一代了。我一次次目睹了鳥媽媽養育後代的過程。但每次都是在我和鳥媽媽一樣期盼著小鳥長大的時候。小寶寶卻一次次神秘的失踪了。歷經多次，我已欲哭無淚。

去年七月，門口的梔子花被員工砍掉了。門前沒有了梔子花的掩映，郵箱裸露地掛在牆上。牠們美麗的家園被摧毀了。牠們已沒有安全感，牠們害怕厄運再次降臨到牠們的頭上，這一晚牠們沒有回來，被迫遷徙了。每次我回到家還會習慣的望一望空空的郵箱，我的心也和這郵箱一樣變得空空蕩蕩。

我期待著，期待著那對熟悉的身影，有一天牠們能夠重返家園。

員工多次勸我換一個新的郵箱，這個已破得不能再用，且與我們公司不夠協調。而每次我都用沉默來回答他們。門口的梔子花變成了高大的木瓜樹。偶然的一個不得已而為之，牠們僅有的、賴以生存的空間，也在我的眼前被徹底摧毀了。目睹這一切，心情變得格外沉重與複雜。那是一種天性使然的悲憫。

但有時我也為這無意的舉動替牠們慶幸。我幻想著，也許新的家園更加安全，更加美麗，也許新的家園再也沒有人來竊走牠們的寶寶。也許牠們已經有了很多的子女，想到鳥媽媽能遠離了痛失愛子的傷痛，此時我那份內心的隱痛與難過也慢慢釋懷了。

直覺告訴我，它們就在我家的附近，在黎明的睡夢中經常還會聽到牠們婉轉悠揚的啼叫。

這一天中午，我們正在吃午飯，那熟悉的，悅耳的，跳躍的，怡人的旋律又清晰地響在我的耳畔。聲音從家門口傳來。我連忙放下手中的碗筷，打開房門，門口的芒果樹上兩隻黑白相間的羽毛，華貴雍容的小鳥又來到我的家芒果樹上。看到我出來，牠們並沒有飛走，還是衝著我不停的叫著，一唱一和，從枝頭跳到枝幹，宛如舞臺上配合默契的男女生二重唱。我站在門口許久許久，深情地望著牠們。在我的眼裏，牠們已不是一對飛禽，而是與久違的親人重逢般的感覺。我知道牠們此時是在用另類語言告訴我，牠們的小寶寶又誕生了。這種歡欣與感覺，只有經歷過人與禽類朝夕相處而又痛苦分離過程的人，才能聽懂牠們的語言，才能知道牠們今天到來的涵義。

我沒有研究過鳥類的壽命有多長。至今叫不出這對小鳥準確的名字。我也不知道牠們生活在哪裏？牠們始終是我悠悠的思念與牽掛。那色彩，那身影，早已駐入我的視覺，進入我的心靈。牠們是我生活的依戀，牠們已是我的情不由衷的牽掛。

莊良有（菲律賓）

字淇芸，原籍福建晉江，生長於馬尼拉，留學英國倫敦大學亞非學院，獲藝術與考古系碩士學位。歷年來苦心鑽研在菲出土十至十七世紀中國古外銷瓷，數次為菲東方陶瓷學會舉辦瓷展並出版展錄。平生愛好文藝，熱心支持菲華文藝活動，為菲華文藝協會常務理事，作品多發表於該協會之文藝月刊《菲華文藝》上。

小文蕊

小文蕊是我十二歲的外孫女，出生在美國，一九九八年十二月女兒帶她來菲度假，時年才一歲九個月。一踏進外公外婆家大門，就跑到庭院去，看到眼前廣闊的花園，脫口「Wow」了一聲！那麼幼稚的年齡，覺悟力敏銳如斯，不由我微吃一驚。

女兒在華府世界銀行任職，上班族的假期是有限的，聖誕節過後，母女欲回美國，不料，離菲前一個晚上，小文蕊生病發高燒。十二月是航空公司的旺季，逢年過節，搭客尤多，機位緊張，改期非易。女兒心焦如焚，我勸慰她：「你先走，將來再來接她回美國。」就這樣子，小文蕊被「扣留」在外婆家到如今。大概是天意吧！

兩歲的小文蕊，正是蹦蹦跳跳的年齡，活潑可愛，樂透了外公外婆，老愛親昵的把她摟抱在懷裏玩。寂靜的家，一下子熱鬧了起來。我們倆老甚至竊望能把她長久留在身邊。天從人願，小文蕊的兩個雙胞弟弟誕生了，女兒在美國忙得不可開交。我乘機說服女兒暫時把小文蕊寄養在外公外婆家，答應她每年把孩子送到美國與父母團聚一次。

時間飛逝得快，一晃就十年。小文蕊在我呵護關顧下成長的過程，值得提起的事何其多。

年幼天真活潑

菲東方陶瓷學會每年聖誕節的聚會都在我家舉行。記得有一、兩次，我尚在臥房裏粉飾妝綴，五、六歲的小文蕊已搶先下石梯到花園裏去和早到的客人周旋。人家有問，她必有答，無拘無束。晚餐時，我看見她遙坐他桌，困在陌生人當中，揮手示意她過來坐我身旁。她很自在的樣子，搖搖頭，給予我一臉燦爛的笑容。我驚奇又高興。年紀輕輕的已會交際。年齡漸增，有了自覺性，小文蕊顯著的收斂她外向的性格。家裏有客人，事先我得再三叮囑，她才羞答答的出來迎客。

海綿似吸收力

這小女孩像一塊海綿，具有一百分的吸收力。陶瓷學會的朋友時送瓷件來我家，徵求我的意見。造型、比例、或釉色若不對，我會委婉地說：「我對它的比例不太放心。」（I am not very comfortable with the proportion.）纏繞在我身邊的小文蕊，偶爾會似懂非懂連同語氣聽進幾句。有一次，住在我們家後街的瑞士大使 Lise Favre，看上了一件三尺高的瓷罐，派司機送過來給我細察。東西還在門口，小文蕊即跑了出去，張開她那雙小手，在罐身上撫摸幾下，然後跑回書房，煞有其事的對我說：「阿媽，我對它的釉色不太放心！」（I am not comfortable with the glaze.）不由我咯咯大笑，這種意外的喜悅是無可言喻的。

小文蕊稍長大，我可與她談世界大局，講政治、講歷史、講經濟……，話題是嚴肅，是輕鬆，她無不目光炯炯地聽著，所以我從來不把她當小孩，她是在成人的天地裏成長的。每天晚上CNN、BBC和ANC的新聞報導是我必收視的，小文蕊五年級的功課沒有現在繁忙，常陪我收聽晚上七時的新聞節目。美國競選總統，她也很感興趣。在她，柯林頓最「酷」，是她的偶像。柯林頓落選為民主黨候選人，幾天不見小文蕊的嘻皮笑臉。當時麥克恩、柯林頓和歐巴馬在電視上的演講，小文蕊聽了不少，竟然會仿效麥克恩講話平平乏味的語調，這是她的絕技。學校午飯桌上，有小文蕊在，不愁寂寞。

她模仿各位老師講課的口吻常惹在座同學捧腹大笑。她本有出色的口才，三年級曾得獨白（monologue）比賽亞軍，今年又拿到辯才最佳獎。口才比賽義德學校不是每年固定有的。

世界金融危機爆發於二〇〇八年，最嚴重的是美國，風聲鶴唳，歐巴馬總統一上臺，隨即召集經濟大才，傾力策畫刺激經濟的措施。CNN首次布告華爾街諸大金融機構遭殃時，小文蕊大人似的喃喃自嘆：「哎呀！」第二天，嫂嫂恰來電話邀約中午在香格里拉大酒店日本飯館餐聚。飯桌上，小文蕊嘰哩咕嚕的展示出從電視上所聽來的新聞：「舅公，妳知道嗎？利曼兄弟（Lehman Brothers）倒閉了，AIG也有問題。美國政府宣布願以八億美元資助金支持他們……。」（還有數字呢！）哥哥眼睛頓時一亮，瞄了我一下，臉上掛著一個問號，訝然笑道：「妳才十歲，怎麼知道得那麼多啊？」

痴迷英國文史

小文蕊七歲才開始有閱讀能力，根據兒童教育家的分析，這是很正常的，雖然有些孩子在這方面發育得較早，是早是晚，並不重要，以前，小文蕊在週末，常嬌聲叫嚷著：「阿媽，我好無聊。」我要給她找玩伴，給她買拼圖，買各種手工玩藝。她會看書以後，我極盼她能培養出閱讀的嗜好。長大後，要有漂亮的表達力、豐厚的學識，沒有其他捷徑，只有閱讀、閱讀、閱讀。是以，常帶她去逛書店。很興奮的發現今日的少年讀物已見有世界經典文學名著的刪節版（abridged edition）。十九世紀是英國小說的鼎盛時期，如狄更斯、奧斯汀、布朗姊妹等名家的作品；文字典雅，極富維多利亞文風代表性，很高興把它們一一介紹給小文蕊。沒想到她一入門，會有如沸如焚的熱度。狄更斯的《雙城記》，夏綠蒂・勃朗特的《簡愛》以及法國名作家大仲馬的《基督山恩仇記》全令她回味不已，而對奧斯汀的著作更大為激賞，一本一本的閱讀，樂此不疲，最使她如痴如醉的是《傲慢與偏見》，數章她特別喜歡的，讀了不下五遍。她所不能不忘懷的是男主角達兒士和女主角敏妮特在舞會裏初次邂逅時，前者傲慢的態度引起後者敵視他的情節；彼此苛刻激烈的對話，小文蕊滾瓜爛熟。她在香港物色到這部小說 BBC 版高水準的光碟，欣喜若狂，如獲至寶，不知看了幾遍？浸泡在英國人講的英語，叫她不知身在何方；更吸引她的是男女主角最終以眼睛互訴情意的鏡頭，簡直把小文蕊給迷醉了！

小文蕊把《傲慢與偏見》推薦給她的好友，希望她也會喜歡這部精彩動人的小說，誰曉得幾天後，對方皺著雙眉，臉露憂色的說：「我只讀兩頁，再也讀不下去了！」

奧斯汀的小說讀多了，小文蕊寫英文很有味道；更奧妙的是腦子裏充盈著十九世紀英國女孩子綁著腰圍、緊身細腰、筆直裝束的高貴華麗的形象；很嚮往她們的陽傘、蓬蓬裙、帽子、手套等等。一個週末的傍晚，自己一個人在我的更衣室裏忙得不亦樂乎，從我的衣櫃抽屜裏發掘搜尋她心目中所要的衣飾，把自己打扮成一個十九世紀的英國女子，站在鏡子前面，滿意地端詳著自己的裝扮，裝模作樣的玩她的把戲，真的痴得很可愛！我趕快拿照相機把她自導自演戲裏嬌媚的戲裝捕捉下來，以作她一生長大過程中片斷的紀錄。

在學校裏與同學聊天，小文蕊會我行我素的大談《傲慢與偏見》裏伊莉莎白・敏妮特的故事，別人是否聽得下去，她可不管；因此班裏許多同學都戲稱她為 Lady Sophie Bennet。Sophie 是她的英文名字。

葉公超的深厚英文造詣，遐邇聞名。董橋在〈葉公超這匹千里馬〉一文裏簡介葉的學歷與他在清華大學任教的光景。九歲就讀英國、留學美國，是著名詩人佛洛斯特的門生，且與大牌詩人艾略特有著非同尋常的情誼。葉從政前在清華教大一英文，所選課本就是奧斯汀的《傲慢與偏見》。在班上不大講解，只讓學生把課本一頁一頁的朗讀，讀了一大段，葉教授會大聲吼「Stop!」問一問有沒有問題，不然就繼續讀下去，一直到鈴響下課。這種教授哪會栽培出痴情的學生如小文蕊者？

小文蕊醉心英國文學，亦熱衷英國歷史。泛讀有關英國皇室歷史，伊莉莎白女皇一世與統治英國時間最長的維多利亞女皇的史略，她瞭如指掌。後者與其夫婿艾伯爾王子恩愛情深。艾伯爾王子過世後，女皇餘生一身黑衣為他守寡的動人故事，我還是從小文蕊口裏聽來的。英國皇室的趣聞逸事，她知道得可多了。晚上吃飯時，經常縷縷述說給我聽。歐洲皇族盛行通婚，已沒有純種。維多利亞女皇和艾伯爾王子身上都流有德國血統。小文蕊可以珠玉落盤似的唸出一大串歐洲各國皇族混雜的血統。她年紀小的時候，每天晚上，我得給她講「床時故事」（bedtime story），哄她入睡。意想不到，才十二歲，她已是講故事給阿媽聽的時候了。講的不是白雪公主，不是灰姑娘，而是歷史故事。

熱衷世界歷史

有一年十二月帶小文蕊去香港度假，在所下榻文華酒店電梯旁供住客瀏覽的小店裏，令小文蕊矚目的是一本精裝厚厚的英文咖啡桌書（coffee table book），題目為《中國最長的旅程一八五〇—一九四九》，裏面所撰寫篇章包括晚清皇室，最後皇帝溥儀、國父孫中山的革命、袁世凱、蔣介石與國民黨，一直到毛澤東宣布中華人民共和國成立等故事，且收入許多很珍貴的歷史圖片，例如慈禧太后盛裝之著飾有串串珠子的滿族高尖鞋，滿清女子的三寸金蓮小腳，全副官服的滿清顯貴官吏巨賈，街上的市民狀況，南京大屠殺的慘狀，各時代重要人物的玉照以及蔣宋美齡在美國國會演講等。小文蕊翻了許久，不忍釋手。我心中一陣快慰，即刻把它買下，當晚在床上，她興味大濃地閱讀著。

菲歷史學家奧甘布在國立博物館和阿亞拉博物館每一場有關菲律賓歷史的演講，小文蕊都興沖沖地跟隨我去聽講。總之，對世界歷史，小文蕊就是滿懷熱情。在學校裏，乃以豐富的歷史學識知名。有一天，老師講起課外歷史，提到俄國最後一個沙皇，刻意把視線投射在小文蕊身上，試問道：「Sophie，妳知道是誰？」

「沙皇尼古拉斯二世」（Czar Nicolas II）一下子就脫口而出，還不問自招的加插了一句：「羅曼諾夫（Romanov）是他們的最後一個皇朝。」

小文蕊常被同學推薦為代表班裏參加作文、朗誦比賽的人選，幾乎已成為「明星學生」！

醉心古典音樂

小文蕊學了五年鋼琴，帶給自己無窮的樂趣。功課壓力使她喘不過氣來，她會找鋼琴解悶，彈幾首莫札特的樂曲，讓輕盈美妙的裊裊琴音鬆弛一下繃得緊緊的神經。她在網上聽到貝多芬的月光奏鳴曲，全然被震攝住了。告訴她的鋼琴老師她要學這部樂曲。老師果然把琴譜帶來了，慎重其事的說：「裏面有三部曲，第一、二部你可以學，第三部是六年級學的，你才五年級，明年我才教你。」其實，最精彩的即是第三部。小文蕊學會第一部，迫不及待的發奮自學第三部，的確很難，她孜孜矻矻地苦練，已會彈好幾頁。她十個手指頭在黑白琴鍵上飛躍彈奏，所彈出感天動地的音樂，常使我心潮澎湃。古典音樂真有使一個人靈性昇華的力量。

馬卡地香格里拉酒店的大廳堂，每天下午提供英式茶點，且有室內樂隊（Chamber Orchestra）演奏悠揚的音樂，氣派得很。小文蕊一個月前即已計劃好，要我事先安排他們在她生日那天演奏她喜愛的樂曲：柴可夫斯基的「天鵝湖」op.20和Dance of the Sugar Plum Fairy，莫札特的 Eine Kleine Nachtmusik……，我建議她邀請幾個同學一齊湊湊熱鬧。她皺眉搖頭說：「沒有一個喜歡古典音樂，何必請她們來悶坐一個下午？到時候我還要為她們不悅的情緒操心。」當天，果然只有我們祖母孫女兩人冷冷清清地坐在香格里拉大廳裏樂隊前的沙發，小文蕊眼神恬靜欣悅，不言不語，默默的傾聽她所點的樂曲，開心得有如倘佯於天堂。看她高興，我也高興。

小文蕊具有響亮如銀鈴的嗓子，將來應屬女高音。她不滿十歲，我即已把義大利歌劇介紹給她欣賞。她學得很快，隨即能用義大利原文唱威爾第所譜寫La Traviata裏的樂曲Libiamo……的一小段。最令她陶醉的則是普契尼所譜曲〈杜蘭朵〉裏的「今夜無人成眠！」（Nessun dorma!）。興趣所趨，無師自學，如今已會以義大利原文吟唱整首歌曲，我不禁心裏暗暗喝采。

一個週末晚上，我外面有應酬，小文蕊自己一個人在家，同學來電話，她正在欣賞帕瓦羅蒂所唱〈今夜無人成眠！〉，急切的把無線電話朝向CD唱機，欲與該同學分享那動人心魄的音樂，興奮的叫喊著：「妳聽！妳聽！」

同學竟驚詫道：「Sophie，妳好怪啊！（You are so weird!）」

這個小女孩情繫古典藝術，全情投入。彈鋼琴時，無限的感情流露在她的臉上和手上。跳芭蕾舞時，心靈的境界表達在她的頸脖和手腕上。那麼自然！那麼優美！最遺憾的是因著學校時間的衝突，芭蕾舞只學了四年就被迫停輟。小文蕊雖沒有她表舅祖欣和表妹珮鳴超然的音樂天分，卻也不難看出她渾身的藝術細胞。

愛好文物藝術

小文蕊對人類的文化以及藝術懷有強烈的好奇心。帶她參觀博物館，壁上的說明，必字字句句的細讀；對展室裏的展品、文物、油畫、雕塑等，會從容不迫的盡情觀賞。去年三月，眼福不淺，在三藩市恰遇榮譽社團博物館（Legion of Honor Museum）有法貝爾界（Faberge）特展。法貝爾界是專為俄國皇后製造的彩蛋。這種皇蛋飾有各種金銀珠寶，精緻華麗，很為世人歎賞。該博物館離鬧市頗有一段距離，與朋友午餐後，懇求他把我們送到榮譽社團博物館。到了那兒都已快三點，小文蕊照樣細細品察，全神貫注地觀看每一顆皇蛋，尤其專注於那顆俄國沙皇為軍火籌款，以天價賣給摩納哥女皇后葛萊絲・凱莉精美絕倫的皇蛋。五點快到，鈴聲大響，空中傳出再十分鐘，博物館即將關門的布告。小文蕊臉色倉皇，驚叫著：「我還看不到一半呢！」眼淚都快滴下來了。我很同情她，安慰她改天再來。兩天後，為了履行對小文蕊的承諾，我叫了一部計程車遠赴該博物館。小文蕊眉開眼笑的踏進展室，還是老樣子，在每一個展櫃前駐足良久，才肯離去。我急了，在她耳旁輕聲叮嚀道：「達令（Darling），要記得，阿媽沒有時間第三次再帶妳來。」

本屬倫敦大學亞非學院價值連城的 PDF 中國瓷器收藏，也就是當年我在倫大就讀時的主要研究資料（在〈倫敦戀情〉和〈倫敦回味〉兩篇拙文裏已介紹過，在此不再贅述）。因著經費有問題，現已移歸大英博物館。該博物館花費數年時間重新整理，召集多位專家研討該收藏裏有爭議的瓷件，更正了幾件重要瓷器的年份，我極想能於今年小文蕊的暑假飛往倫敦，重溫大英博物館內的 PDF 瓷展。腦子裏所牽掛的是如何應付小文蕊。大英博物館世界文物的收藏是蓋世有名的，她一走進去，是出不來的。那就在大英博物館鄰近的 Bed and Breakfast（簡稱為 B&B）租一個房間算了！如此，就可以每天大清早輕便的步行到該博物館等他們開門。B&B 是英國簡陋的客棧，小房間裏只見一張床鋪，早餐只供奶茶與麵包牛油。

真是個好孩子

小文蕊菲文不行，算術也不是很靈光，功課成績最高亦只得第二名。我才不在乎呢！分數不是衡量一個孩子才氣最準確的尺度。只要好讀，自會成器。班裏有同學拿到欠佳的分數單，心事重重地深怕回家挨母親一頓罵。小文蕊會一邊安慰，一邊揚言她的阿媽很不為分數動情，羨煞了同學！

小文蕊是一個很溫順的孩子，從來不對我發脾氣。她的一舉一動都在我的眼裏，把她管教得很嚴格，但亦縱情的寵愛她；使我歡慰的是她倒沒有給我寵壞。給她買衣服，必問：「很貴嗎？」我得把價錢少說一半。放暑假的第一天，亦即小文蕊生日的前三天，乘著同學們尚未各飛東西，我邀請了小文蕊十來個好朋友來家裏餐聚。一個禮拜前帶她去訂購生日蛋糕。在鋪子的相冊裏，她歡天喜地的看中一張照片裏飾有「迷你」皮包、高跟鞋、化妝品的蛋糕，我因而給了訂金。小文蕊一發現到昂貴的價錢，跳了起來，堅持要我取消所訂購的蛋糕，說什麼她都不肯要。錢已付，怎退得了？她沮喪得眼睛泛紅潤濕，很痛苦似的。我看了好難過，耐心的勸慰她：「妳如此不快樂，花錢那值得？乖孩子，不要捨不得，就算阿媽打麻將輸掉！」聰明的孩子，為了體貼阿媽的苦心，立時拾回她歡欣的情緒。

以前我要給小文蕊督課，她的功課就是我的功課。今年六年級她自力更生，已不需要靠我了；但功課繁多，加上她讀書一絲不苟的精神，有不解之處，一定上網找到答案才肯罷休，常常搞到十一、二點。發育時期，睡眠不足是我最大的擔憂。守候在書房看我的書，做我的事，頻頻要注視一下桌上的時鐘，若已近半夜，我會著急的呼喊：「夠了！夠了！一知半解又何妨？」為了她的健康，不得不出此下策。每個週日晚上，我總是緊張惶急地等待她上床入寢，才平靜下來。

把小文蕊帶大，其勞其樂，難以道盡，這小女孩給了我許多意外的喜悅。為她，我第二次做母親，這也是我生命中意外的喜悅。法國人說：「C' est la vie!」（此乃人生也！）

陳淑璇（菲律賓）

筆名璇璇，也曾用翊清、嘉菱、康菱等名寫文章。出生於香港，長大於菲律賓。曾在香港蘇浙小學就讀，後來赴馬尼拉與家人團聚，繼續升學，英中畢業於天主教聖軍中學，漢文高中畢業於中正學院。考入國立菲律賓大學，先後攻讀生物及醫學系，完成兒科專科訓練。婚後赴美國加州大學聖地牙哥分校研究兒科內分泌。目前，是菲大醫學院副教授，也在大岷區數間醫院行醫。業餘以華文寫作。

天上人間

——給淑純的一封信

六月初五，您撒手離開人間。回想您在世的最後半年，承受身體萬分的苦痛，我卻無有效的法寶，只能靜靜祈禱，不斷冀求奇蹟。結果，一關又一關，您都以異常的求生意志，配合醫生的治療，闖關成功，帶給我一次又一次的驚喜。您最後那天，凌晨姊夫打電話來，我的心情沉重極了，希望仍然逢凶化吉。在醫院加強救護室裏，您臉色蒼白，「五穀水」點滴正注入靜脈，心跳血壓還算穩定。如果輸血後沒再出血，如果……，我盡力往正面想。那時刻，您顯得很清醒、安詳，正確回答我的詢問。幾個鐘頭後，您又流血了，把一灘灘鮮紅留在人間，讓靈魂輕快地升上極樂西天。

在殯儀館裏，您安睡著。姊夫選了您一張玉照掛著。清醒時的您顯得那麼慈愛，好似媽祖在天上俯視，保佑世人平安。柳鶯和我追憶您的人生點滴，談著談著，我們都忍不住流淚，畢竟捨不得您離開我們。我努力告訴自己：記取您美好的一面。可是，想到您，我的眼淚多次不自禁地奪眶而出。

您好像一支蠟燭，燃燒自己，照亮別人。

您是外子唯一的姊姊。我感覺到您們姊弟情深。聽說小時候您瘦瘦的，而外子卻胖胖的。您總幫忙照顧小弟，還背起他，不知那裏借來大力氣。您聰明好學，也鼓勵、督促外子用功。您學業成績由中學至大學一直名列前茅，化學工程以大榮譽（Magna Cum Laude）畢業於菲律賓最古老的聖道瑪士大學。因為您豎立榜樣，所以外子耳濡目染，努力求學；另外一個妹妹亦很傑出，是中正學院及國立菲律賓大學的優秀校友。

柳鶯與您結緣約五十年，從同班同學到無話不談的知己。柳鶯常說：「淑純理科好，文科也好。」她稱讚您樂於助人，不自私，對向您求教的同學，您都很耐心地講解。因此，您有很多朋友。能幹、溫和又善解的您曾被推舉為中正學院高中二十七屆級友會理事長。

因為您與柳鶯，我有幸參加辛墾社文藝活動。有一陣子，我們仨還有三人專欄。後來，您的「水桶」事業蒸蒸日上，讓您忙得不可交加；我亦為醫務、教學及研究而廢寢忘餐，終於，我倆都罕有文章見報，唯有柳鶯一直固守文學崗位，甚至出版了兩本書。雖然沒再寫，您卻從未停止讀書。每次到中國兩岸三地，您總買了幾本中文書籍或刊物來讀，然後挑選好書與我分享。

當您的病被診斷出來時，居然是癌細胞已擴散了。我們都感意外。唉，我們都太忙碌了，忽略了一些病徵的警示。經常腸胃不適或大便有異，誤以為出外奔波，吃了不潔食物引致。您說過：「父母都長壽。父親活到九十歲，而母親仍健在。我沒想到自己的生命竟如此短暫。」您原非多病之人。您給我們的印象是精力無限。三十年前，您必須每天趕早搭巴士公車上班。創業的過程艱難，冷暖自知。遇到問題，您總能憑智慧解決。BESTANK 質量優、口碑好，登上菲國名牌榜，您的功勞實在不可抹滅。為事業，您付出了自己最寶貴的黃金歲月。

您與姊夫手牽手，共建美好家庭，一起為事業奮鬥。其實，家庭在您心中是最重要的。我記得您曾在屋裏的圓桌上督促兒女做功課。您的二女兒，也是我們的寶貝誼女很單純善良；小學時讀書，由於不拘小節，注意力分散，曾經讓您較費神用心教導。您的付出有了成果：她不僅大學畢業，還成家了，並給您三個活潑的外孫兒女。她極孝順，陪伴在您身邊最久。您的大女兒本來遠居加拿大，後來亦一起和夫婿返菲；結婚數年，終於添丁。您一定最感興奮，特地為這個可愛的孫兒取名「浩然」。他剛滿週歲，現已邁步走路。您的兒子聰明能幹，在美國賓州大學沃爾頓商學院亦以大榮譽獲學士，以及碩士學位；結婚後居住在加州三藩市。為了您及您們所創的事業，終於攜眷返菲，接手經營工廠。他很尊重您的意見，也經常與您討論管理上的理念及改革方案。他的表現讓您欣慰。他的大女兒三歲半，慧黠伶俐，智商極高；小女兒十個月了，笑口常開。這些好兒女及內外孫，應該給您加添不少歡樂。老天爺使您們全家重新團聚，怎麼不加多幾年讓您退休後享清福？

您善耕福田，向來為家人付出。您的公婆生病，都是您陪著他們去醫院診治。雙親住醫院接受手術，您也幫忙照顧，吩咐傭人煲湯蒸魚。這三年來，家人不離不棄地照顧您，也算是一種回報。姊夫一直陪伴您尋醫治療；悲喜苦樂，與您分擔共享。您與姊夫相扶相持，怎忍心先走而讓另一個人孤單呢？您對家人的關愛是支撐您活下去的動力。您堅定的求生意志，使您默默忍受病痛的折磨。最後的半年，您顯得虛弱，我看了很心疼。然而，我們都尊重您的決定；您要拼，我們陪您一起拼。有一天，您告訴了柳鶯：「這一仗我終於沒打贏。」我聯想到項羽的〈垓下歌〉：

「力拔山兮氣蓋世／時不利兮騅不逝／騅不逝兮可奈何／虞兮虞兮奈若何！」

七月二十五日，中正校友在鞋市亞洲商場競跑，外子清早出門，我因忙作研究報告熬夜，至凌晨才入寢，不敢隨行再透支體力。他匆匆說聲：「再見！」我睜開惺忪睡眼叮嚀：「路上小心。」朦朦朧朧，我起身端坐電腦前打字，忽聽到敲門聲，轉頭看到您進來。您說：「中午我們一起出去吃飯。」「好啊！等我幾分鐘。」受邀的我們總是歡喜隨行，共嚐美食。下樓看到您正在圓桌旁等待，我突然驚喜地發現：您健康如昔。是否得天獨厚，有超能量才會迅速恢復原狀？您手指著窗外說：「這世間有很多快樂的靈魂。」我仔細一看，花園裏好多圓桌，許多小孩拉著爸媽進入，高高興興，準備就座……。後來，我才知曉這是夢境。多人夢見您：看到您宴客，或者靜坐搖椅微笑。您大概不希望我們一直為您悲傷，而入夢告知：您已無病痛，我們不必再擔憂。您的快樂靈魂還在人間；您在我們周圍。

其實，不管在天上人間，您永存我們心中——聰慧、溫和又謙虛的淑純。

二〇一〇年九月二十二日初稿
二〇一一年四月三十日修改

康琪姮（菲律賓）

原名王自然，祖籍福建晉江，土生土長的菲律賓華裔，大學負笈臺灣。曾任菲律賓中正學院副院長、菲律賓外交部外交學院華文講師。現任亞洲華文作家協會菲律賓分會理事、亞洲華文作家文藝基金會董事。

么叔搬家

道卓的祖母死後，么叔便成了他心頭的一個牽掛。

么叔已遠遠超過而立之年了，卻仍然孤零零一個人，無家無室。並非么叔不想結婚或不喜歡女孩子，而是沒有遇到一個與他兩情相悅的人。多年前，當道卓和祖母、母親以及兩個叔叔住在一起時，有鄰女長得白淨可愛，待字閨中，么叔對她很有意思，可是他雖然落花有意，人家卻流水無情。問題是么叔人長得並不怎樣，又木訥寡言，缺少些個人魅力。以後雖有親友熱心幫忙介紹，可惜都沒有結果。如此蹉跎多年，這期間二叔和道卓都先後結婚成家，么叔還是孑然一身。他在市內一個華人和菲人雜居的公寓租賃一個小單位住，到他上班的銀行只需搭一趟集尼車（吉普車改裝的小公車）即可抵達，倒是方便。祖母疼惜他與他一起住，母子兩人相依為命。後來祖母年事大了，健康大不如前，時有小恙，道卓把她接到家裏來，讓他母親照護她。么叔還在上班，仍留在舊居，鄰居有一菲女每天來打掃房間和洗衣熨衣，晚上才回去。說也奇怪，祖母不在身旁，么叔人反而變得白胖油潤，神清氣爽，和他以前那副瘦巴巴的樣子比起來，簡直變了一個人。

祖母逝世後，道卓想，要是給么叔安置一個好居所，交女朋友就更有條件，如果有好姻緣將來結婚便沒有居屋的問題。於是找二叔商量，是不是兩人合買一個公寓的小單位給么叔住，地點最好是在中國城的王彬街或附近的街巷，那裏大小食肆多，路旁到處有水果攤子，又有糕餅店、雜貨店，么叔根本不必自己開伙食，三餐不愁沒著落，且靠近他工作的銀行，步行幾分鐘就可到，更省了搭車錢和時間。難得道卓設想這麼周到，二叔當然贊成。於是分頭去詢查王彬街有沒有公寓單位要出售。上天憫恤孝純的人，就有那麼巧，二叔一個住在那裏的朋友，他們公寓裏正好有一個小單位沒有人住，於是介紹和屋主洽談，索價公道，道卓當下即決定要買，但二叔跟他說先不要急著簽手續，讓他去和么叔談談，瞭解一下情況，看他的意思如何。道卓聽了，心中嘀咕：有什麼好問的，買房子給他住還有不依的嗎？二叔未免太迂了。性急的他最怕做事拖泥帶水，便當機立斷，決定自己把房子買下來，逕自和屋主簽契約。

房子買下來後，接著是裝修，道卓的妻子是菲律賓人，很有點藝術天分，她把他們的家裝飾布置得美輪美奐，雅緻溫馨，堪可登載在《建築文摘》或室內裝潢之類的雜誌。佈置房子的工作順理成章的由她來負責。她去看了一下房子，三尖六角燈的格局，因為是在最後的一間，免不了有些角落成不規則的形狀，她認為這是一個挑戰，布置起來反而更有個性。看到那凹進去的地方她已能想像放一張單人床剛好，客廳的一邊放一張三人沙發椅，電視機就放在對面靠牆的地方，那邊有一處成小三角形的角落可以放一張小几……反正是么叔一個人住，裝潢可以簡單些，不必太講究。

房子經過油漆後，乳白色的牆壁使它看上去煥然一新，客廳廚房臥室擺上簡單的幾件傢俱，生活上最起碼的一些用具，一應齊全。忙了一個月，把房子布置得清爽舒適，連道卓看了都滿意。他立刻通知么叔搬家，教他只把他個人的衣物帶過去就行。於是找一個星期日，由司機開一輛小貨車，帶一個工人去接么叔，他和妻子則自己開車直接去新居等候。過了半小時，么叔他們來了，兩個工人各扛了一隻紙箱的東西先進門，道卓看了一眼裏面的內容，除了么叔的衣物外，更多的是些瓶瓶罐罐拉拉雜雜的東西，看得他眉心都打結了。然後么叔來了，他後面跟著一個中年菲女人，瘦小的身材，輪廓分明有西班牙混血兒的味道，她穿著一件寬鬆的連衣裙，十足家傭的樣子，道卓以為是么叔的工人來幫忙，然而讓他和妻子大吃一驚的是，她後面跟來了兩個小女孩，其中大一點的那個長得蠻清秀，道卓依稀記得么叔曾帶她們去過家裏，當時介紹說是鄰居的女兒。

正在想著，忽然又進來一個十幾歲的菲男童和一隻小黃狗，男童手裏拎了一個包包，另一隻手還提著一個水桶和面盆，看到道卓偉岸的身形，大概有點緊張，手中的鋁盆哐啷一聲掉到地上。道卓被眼前的光景搞糊塗了，他轉頭問么叔：「這些人是誰？他們來幹嗎？」

么叔靦腆地傻笑，眼睛看著地上。道卓轉問那女人，女人自稱她是么叔的妻子，他們在一起有幾年了，以前阿媽在的時候，她替他們打掃房間洗衣等，阿媽離開後么叔的生活起居都是她在照應。

道卓說：「我從來沒聽說過我的叔叔結婚，妳不可亂講。這三個小孩又是誰？」

那女人說兩個女孩是她和前夫生的，男孩是她的遠房親戚。道卓聽罷氣得滿面通紅，他的妻子更是雙眼噴火，正要大聲把他們轟出去，被道卓按住。

道卓說：「我這個公寓只準備給我叔叔一個人住，請你們統統給我出去。我要和叔叔講話。」

等關上大門，道卓問么叔：「你事先怎麼都沒有說呢？這個公寓很小，住了這一大堆人那還得了！我不給他們進來住！」

這時么叔開口了：「不讓他們住進來，那我還是回那邊去。」道卓沒有想到么叔會這麼說，一時僵在那裏不知如何是好，過了一會兒，道卓放柔了聲音，好言相勸，希望么叔改變初衷，可是么叔的態度很堅持。其實道卓心中很清楚，他們家族的人都是這種拗脾氣，要叫么叔放棄他的決定是不可能的，而他如果堅決不讓那些人住進來，事情就要拉倒，那他希望改善么叔生活的意願不就落空了嗎？想了又想，他讓步了，不過提出一個交換條件，不准那個男孩和狗住進來，么叔沒有異議。

折騰了大半個下午，這時天色已暗，回到家裏又氣又累，早先懷著一股興奮的心情去幫么叔搬家，現在卻像被扎了一針的氣球，洩氣回來，本來還盼望么叔能因有了這個公寓而娶得好媳婦，現在看來是沒有指望了，心裏確實難過。他和妻子草草吃了晚飯，誰也沒多說話，妻坐在花園的涼亭裏，菸一支接一支地抽，已過了半夜還不進房間睡覺。他坐到妻的對面，說：「事情已是這樣，生氣也沒有用。我們換一個角度來看，那個女人和她的孩子如果能給么叔帶來快樂，在生活上能好好地照顧他，我們也只有接受了。購置那個公寓純粹是為了么叔，只要他快樂，我們算是盡了孝心，其他的不必太計較。時間不早了，上樓去吧。」妻默默地跟在他後面進屋裏。

舒穎（馬來西亞）

原名符藹莉，祖籍海南省文昌縣。一九五六年出生於馬來西亞柔佛州巴株吧轄，從事幼兒教育多年。曾榮獲數屆馬華文學節散文、微型小說及兒童小說組之獎項。散文及小說創作收入：《新馬海南作家作品選集》、《柔華作家百人文集》、《馬華文學大系》等多部文集。個人著作：《我已經長大了》、亞洲民間傳說《武羅和仙女》、《月亮月亮出來了》

不見明月

乍醒，一時之間不知身在何處，有點茫茫然。

回國已經幾天了，仍不能適應時差，像現在，明明睏得雙眼迷矇，房內卻灑了一室陽光。

屋子裏一片寂靜，這個時候爸爸一定已到公司，媽媽則八成是上菜市場。我打開房門，卻隱隱約約聽到媽媽不友善的聲音，從她房間傳出，我探身進去，只見媽媽正對著電話筒吼，說的雖是蹩腳英語，殺傷力卻很強，對方一定被炸得渾身發抖。

媽媽重重蓋上電話，我連忙趨前：「媽媽，你在和什麼人嘔氣呀？」

媽媽揮揮手：「別提了，氣死人了！」憋不住，又發牢騷：「還不是你大伯的那個洋婆子，三天兩頭的打電話來要錢，每次你爸爸一接到電話，就三千五千的匯過去。這次讓我逮著了機會，狠狠教訓她一頓，看她以後還敢不敢再開口要錢！」

我聽得滿頭霧水，追問：「媽，你說詳細點，我一點也不明白。」

媽媽顯得不耐煩地：「說來說去，還不是要怪你大伯沒出息！哎，藝術，當年為了藝術，連家也不要，現在死了，連身後事也要你爸爸幫他辦……。」

我震驚，打斷媽媽的話：「媽，你說什麼？大伯去世了？什麼時候的事？為什麼爸爸的來信從來沒提？」

「你小孩子懂得什麼？爸爸寫信告訴你又如何？你大伯當年為了藝術，跑到巴黎去，還娶了洋婆子，你公公早已聲言與他斷絕父子情。這次你爸爸念在兄弟的情份上，趕去巴黎幫他辦理身後事，那洋婆子還貪得無厭，常常打電話來哭窮，你爸爸心腸軟，先後已匯了不少錢。哎，她以為我們是印鈔票的？」

我楞住，一時之間，無法理出頭緒。

「媽，伯娘呢？伯娘知道嗎？她有出席喪禮嗎？」想起伯娘，我迫不及待地問。

「唉，守了幾十年的活寡，又沒名沒份的，巴巴地飛去看洋婆子的臉色啊？」

媽媽擺擺手，不想再提，我也不敢再追問，卻暗下決心，明天，一定要回老家去看伯娘。

啊，伯娘！

啊，伯娘！

五年沒見，仍是一襲旗袍，一雙平底包頭皮鞋，宛如電影裏三、四十年代的上海女子，印象中，在親戚群裏，沒有見過第二個女性作如斯打扮，更何況伯娘本身的遭遇儼如一齣戲。我從小就非常喜歡伯娘，也許其中摻雜了些許同情，只是當時年紀小，分別不出其中的不同，只是一味固執地喜歡伯娘。

五年沒見，伯娘乍見到我，著實嚇了一跳，我喚了一聲：「伯娘！」鼻尖一酸，眼眶已紅。

伯娘架上一副墨鏡，我看不清她的眼睛，但已覺出她聲音裏的哽咽：「啊，是小真，是小真啊！」

伯娘站在院子裏，陽光照射在她的銀髮上，我彷如回到童年。這棟兩層樓的老家，曾是我童年時候的居所，在那十年的童年記憶裏，記不起多少個日子，伯娘總在中午時分，站在院子裏，迎接從學校回來的我和芳姊。不知怎麼伯娘的頭髮白得早，後來成了銀灰色，在太陽的照耀下，煞是好看。

伯娘像往日一樣挽著我，一股久違了的親切感湧上心頭。

「伯娘，阿婆呢？身體還好吧？不知道老人家還認得我嗎？」阿婆是伯娘的母親。

「傻孩子，阿婆已經走了三年咯！」再次聽到另一個噩耗，我楞了一陣，說不出話來，在我離家留學的五年裏，到底發生多少我被蒙在鼓裏的事？

「伯娘，芳姊好嗎？她有幾個孩子了？」我想起童年的玩伴。

我一提起芳姊，伯娘露出了笑容：「你芳姊住在新山，已經有兩個男孩了，頑皮得不得了。」

「伯娘，你的眼睛？」伯娘以前從不戴墨鏡，我忍不住好奇地問。

「伯娘兩個月前才動過白內障割除手術，不能讓陽光照射到眼睛。」想不到伯娘七十多歲了還要挨開刀之苦，又孤苦伶仃的，處境真淒涼。

我不禁埋怨：「為什麼爸爸和媽媽不接伯娘到我們家去住？」

伯娘反過來安慰我：「傻孩子，伯娘又不是七老八十，我還能照顧自己，你爸爸回來過幾次，每次都要載我一起回去，是我不肯。你芳姊也催了我好多次，要我搬去與他們同住，我都拒絕了。小真啊，你應該瞭解伯娘，在這所房子住了幾十年，怎能說離開就離開呢？」

我瞭解，我明白，我非常清楚，伯娘二十多歲從上海南來後，就一直住在這所房子，由年輕至中年，再到老年，虛度年華，為的就是那一份執著，那份對婚約的執著。

小時候，從親戚們與媽媽的談話中，我對伯娘的故事多少有些瞭解；稍為懂事了，母親讓我知道更多伯娘的往事，我暗地裏祝福伯娘守得雲開。但是，幾十年過去了，伯娘仍然空守著一所老舊的房子。

我迫切地想知道，伯娘，她心中到底有幾許悔恨？如果可以重新來過，伯娘會不會安排自己的命運？

童年，我和芳姊親密地一道上學放學，一起溫習功課一同玩游戲。可是，我腦海裏總是浮現一個疑問：「為什麼我有爸爸，芳姊的爸爸卻從未出現過？為什麼我們房裏有爸爸媽媽的結婚照片，而伯娘房裏卻沒有大伯和伯娘的結婚照片？」

幾次話到了嘴邊，都被我嚥回去了。

直到姑媽一把眼淚一把鼻涕地求伯娘，讓芳姊的身世曝光了，才打破了我心中的疑團。

我記得很清楚，那年，我八歲，芳姊則即將小學畢業，像以往所有的日子一樣，芳姊牽著我的手，兩人奔奔跳跳地走進院子，意外地沒見到伯娘等著迎接我們，這使我們感到納悶。

我們以為伯娘忙得忘了時間，於是頑皮心起，躡手躡腳走進屋裏，想嚇一嚇伯娘。卻沒意料到，我們兩個小孩，反被屋裏的情形嚇著了。

意外地，平時很少露面的姑丈和姑媽竟然出現在屋裏，而姑媽還淚流滿臉，用近乎哀求的語氣，向伯娘說：「大嫂，你成全我們母女，我會感激你一輩子的。」

姑丈垂手站在一旁一言不發，公公則躺在搖椅連連搖頭，伯娘低著頭，頻頻用手帕抹淚，阿婆輕輕拍著伯娘的背，低聲說著什麼。

芳姊與我面面相覷。

姑媽突然回頭，瞧見我們，竟衝過來撲向芳姊，一面喊著：「兒呀！我的孩子呀！」

芳姊嚇得逃去伯娘背後，我則被姑媽戲劇化的動作嚇呆了。

伯娘緊緊摟著芳姊，哀求姑媽：「秀雲，有什麼話改日再說，別嚇壞了孩子。」姑媽似乎聽而不聞，仍要向前拉芳姊，公公發脾氣了：「夠了夠了，你鬧夠了沒有？當初你們怪她八字硬，會剋死你們，硬著心腸不要她，如果不是你大嫂好心腸收留她，將她養到這麼大，她早就不在這世上了，現在你們後悔了，又來兒呀心肝呀要女兒，有沒有良心呀？」

公公這一吼，姑媽立刻噤聲，我雖然似懂非懂，卻未曾見過這樣的場面，早就嚇得躲在阿婆身旁。我偷偷瞧著芳姊，只見她臉已蒼白，身體直哆嗦，忽然，芳姊奔進房。

「糟了，糟了！」伯娘追著喊。

公公鐵青著臉，指著姑丈姑媽：「你們回去好好反省！」

我還未弄清事情的來龍去脈，就莫名其妙地散局了。傍晚，父母親下班回來，我迫不及待地把中午發生的事情向他們報告，然後提出我憋了一整天的疑問：「芳姊為什麼還不出來？她今天為什麼不陪我玩？姑媽為什麼被公公罵？」

媽媽最不喜歡我問題多多，這回卻意外地沒有斥責我，只是皺著眉，嘆了一口氣，爸爸也低聲嘀咕了一句：「大姊也太過衝動了。」

原以為父母親會幫我解開疑團，誰知反而令我更加迷惑。

在大人身上找不著答案，晚飯後，我悄悄溜去芳姊的房間，輕喊：「芳姊，開門，我是小真呀！」

芳姊平日與我有說不完的話，這次見了我，卻只淡淡地摸摸我的頭，就不理我了。

我呆坐了一陣，覺得實在無趣，便扯扯芳姊的衣袖：「芳姊，你為什麼不開心呀？」

不問還好，我這一問，芳姊的眼圈竟紅了。

「小真，你還小，你不會明白的。」

我要賴：「你們都不說，我怎麼會明白？」

芳姊雖然只比我大四歲，卻似乎懂得好多事，不然不會把自己關在房裏一整天，連晚飯也不吃。我悶了一整天的葫蘆，非得打破砂鍋問到底。

芳姊被我纏得無奈，嘆了一口氣：「你這小老太婆，真長氣！」

芳姊摸摸我的小臉蛋：「小真，你真幸福，你有個快樂的家，你有公公，有爸爸，有媽媽，有這麼多人愛你！」

我不解：「芳姊，你也一樣有公公有媽媽，只是少了一個爸爸，我叫爸爸也做你的爸爸，我們就扯平了，好不好？」

芳姊像個小大人似地，又嘆了一口氣：「小真，你錯了，公公不是我的公公，你的伯娘也不是我的媽媽。」

我滿頭霧水，怎麼這樣復雜的？

「你的姑丈是我的爸爸，姑媽是我的媽媽，所以公公就是我的外公。」我覺得芳姊好像在說繞口令，令我摸不著頭腦。

芳姊見我一臉愕然，又詳細地分析給我聽，等到我真正的明白真相時，我的嘴已張成了O型。

在我那樣的年紀，實在很難弄得清楚他們之間的關係，但有一點是我強烈地感覺到的，所以我急急問：「那麼，姑媽要把你帶走，帶去新加坡？那麼，以後我們不可以在一起了？」

我永遠記得芳姊那堅決的語氣：「我只有一個媽媽，就是撫養了我十二年的媽媽，我不會離開她的。」

果然，姑媽後來雖然來求過幾次，芳姊都不肯跟他們回去，經過爸爸和媽媽的勸解，姑媽也終於死了這條心，再也沒來煩芳姊和伯娘。而芳姊則開心地與我度過不少快樂的日子，一直到我十歲。

十歲那一年，父親被調升到吉隆坡的總公司，我心底雖然有一千個一萬個不願意，卻不得不離開老家，離開伯娘及芳姊，還有慈祥的公公，隨父母親搬去吉隆坡。

我們一家在吉隆坡安頓下來後，媽媽不再上班，安心在家督促我的功課。媽媽不用上班，心情也似乎好了很多，不會嫌我嘮叨，反而願意聽我訴心事，所以我雖然想念老家，想念伯娘和芳姊，卻也不怎麼難過，況且假期裏媽媽都允許我回老家去住一小段日子。

後來，姑丈也舉家搬來吉隆坡，又與我們住得近，所以姑媽常來找媽媽聊天。

當時，我已從媽媽那兒瞭解一些事情的真相，知道姑媽生下芳姊後，一病不起，誤信相命師的話，要把八字太硬、剋父剋母的芳姊送走，伯娘獲悉，就收養了芳姊。因此，我一直不能原諒姑媽，對她總是淡淡的。

媽媽總是語重心長地勸我：「小真呀，如果伯娘像你這樣的性格，早就……。」

媽媽從來不把下文說完，有一天，我實在忍不住，又自持已上了初中，算是小大人了，有權利知道一些事，於是纏著向媽媽逼供。

媽媽執拗不過，指著我的鼻子：「你呀，真八卦，什麼事都要追問到底。」

我連忙討好地遞上一杯茶。

母親啜了一口茶，說：「伯娘的命也真苦，還未出世就訂了婆家……。」

我想到小說或電影裏看到的故事情節，急急打岔：「什麼?指腹為婚?」

「嗯，當時伯娘的媽媽，就是阿婆，與你的婆婆是好朋友，親如姊妹，巧的是又一起懷孕，於是就約好將來的孩子一定要結拜為兄弟或姊妹，或者是夫妻，結果就是大伯和伯娘先後出世，也就理所當然地定了這頭親事。」

如果不是故事中的主角都是我熟悉的親人，我會懷疑媽媽是照著劇本說故事呢！

「當時他們都住在廣州，一起上學，長大後又雙雙去上海念大學。你婆婆早已去世，公公帶著姑媽和你父親南來馬來西亞，阿公也早逝，阿婆就一直在上海照顧他們二人的起居。」

聽到這裏，我心想故事應該完美結局吧，怎麼母親又說伯娘命苦呢？

「伯娘雖然生得端莊大方，又是大學生，可是一點都得不到大伯的歡心，大伯一直拖延著不肯成親，其實就是不滿這門婚事。他們在上海念了兩年大學，第二次世界大戰就爆發了。雖說當時的局勢很亂，許多家庭都離散了，但是，非常肯定的，大伯是故意撇下伯娘和阿婆，自己溜走了。」

「那麼，伯娘和阿婆怎麼辦？」

「伯娘和阿婆逃到馬來西亞，千辛萬苦才找著公公，可是伯娘沒有說出大伯已拋棄了她，所以公公一直惦記著他的安危，一直到……。」母親頓了一頓，喝一口茶。

「太平後，你大伯來了一封信，說是已到巴黎學美術，暫時不會回來，請公公取消這門親事，還伯娘自由身。公公氣得暴跳如雷，叫你父親寫信，限他馬上回家，否則不認他這個兒子。」

「那麼，大伯是不是聽話，回家了？」

「他如果肯回來，當初就不會不告而別了，他說要追求自由，要成為藝術家，他不要被盲目的婚姻毀了終身幸福。公公為了他，還氣得病了一場。」

我同情的卻是伯娘：「那麼，伯娘在我們家不是沒有地位？又帶著阿婆，生活一定很苦？」

「你大伯不義不孝，公公卻是重情重義的老人家；伯娘堅持要留在陳家等你大伯回心轉意，公公早把她當成媳婦，對她們母女很好，所以生活沒有問題。」

「大伯一次都沒回來？」

「三十年前，他在新加坡開畫展，報章報導了新聞，我們才知道，他在巴黎已娶了洋婆子，伯娘去見他時，他還說取消婚約是為伯娘著想。天知道，伯娘一生的幸福與青春，已葬在他手裏了。公公當然生氣，就與他斷了父子情。」

我唏噓：「可憐的伯娘！」我不知該佩服伯娘呢，還是該感嘆她太傻？

傍晚，我和伯娘在院子裏納涼，伯娘躺在搖椅，輕輕搖動，與我話著家常，聽我聊起外國留學的點點滴滴。

夕陽西下，一點餘輝照在伯娘的滿頭銀發，我突然感到一陣心酸，忍不住撲在伯娘懷裏。

我緊緊摟著伯娘，心底有許多說不出口的疑問：「伯娘，你後悔嗎？伯娘，你快樂嗎？伯娘，你值得嗎？」

後記：伯娘逝世於一九九三年，當天早晨，預約的的士司機去接伯娘到新山探望芳姊，在門口按了十多次門鈴，不見伯娘出現，卻也驚動了鄰居，拿了後備鑰匙開門，只見客廳裏的電視開著，伯娘坐在沙發上，雙目緊閉，身軀冰涼……。

愛薇（馬來西亞）

原名蘇鳳喜，一九四一年十二月十六日出生於馬來西亞柔佛州。麻坡中化中學畢業，廈大海外教育學院中國語言文學系學士。筆耕四十餘年，一路走來，無怨無悔。旅遊也是愛薇的愛好，足跡遍及半個地球。愛薇兩次榮獲讀者票選為「國內十大最受歡迎作家」之一，馬來西亞閩籍傑出女性文化獎、全國最偉大母親獎、全國傑出單親彩繪獎、馬漢兒童文學獎等。經已結集出版的有小說、散文、報告文學、兒童文學等五十三冊，最新作品為《水深慢流》。

母親的髮髻

十六歲那年，母親憑著父母之命，媒妁之言，嫁給了大她四歲的父親。及至二十三、四歲時，父親這才將她和七歲的大哥接來馬來西亞。從照片中，發現母親原來在她很年輕的時候，就已經將一頭濃濃密密的黑髮，在後邊挽成一個圓圓的髻子。我不知道這是否是當時的一種時尚，還是福建泉州當時婚後女性的傳統習俗？可惜在她生前忘了求證一下。

母親兩度中風。第一次發生在五十多歲那年，微血管阻塞，病情屬於輕微，傷害不大，服藥不到三個月，基本上算是痊癒了。記得醫生當時就曾鄭重地警告過她：你會中風，是因為血壓過高所致，現在你雖然恢復正常了，但降壓藥卻不能隨便停止，換句話說，你每天一定要服藥，直到死為止。

有一天，母親眼見私人藥房買的降壓藥已經服完，生性節儉的她，想到公家醫務所取藥是不用付費的，於是，獨自到附近不遠的政府診療所取藥。當值的是個剛從護士學校畢業的年輕馬來護士，當她循例地為母親量了血壓後，禁不住對母親喜滋滋地說：「阿婆，你的血壓很正常，不用再服藥了。」對一個沒有受過教育又沒多少醫藥常識的母親，聽了小護士這麼一說，自然欣喜萬分，卻忘了醫生先前的叮囑，高高興興地回家了。直到事發之後，母親才悔不當初地告訴我們這件事，但為時晚矣！

就在她停止服藥前後不到十天，有一天，母親正在幫割膠工人製作膠片時，突然間，整個人跌坐在地上，不幸得很，母親二度中風了，那年，她六十八歲。這次病情顯然比上一次嚴重得多，雖然我們想盡辦法四處尋求良醫，包括中醫、西醫，但收效不大，導致半身不遂，讓她飽受精神與肉體上的折磨，前後長達八年之久。

母親二度中風之後，由於個人行動無法自理，不得已之下，唯有請來美髮師，將她留了數十年的長髮剪短，主要是為了替她梳洗上的方便。我在想，當時在剪下長髮的那一刻，老人家心裏一定是十二萬分的不捨。雖然我們住在鄉下，但是，向來母親在我們兒女印象中，是個愛乾淨，同時也很注重儀表的女性，特別是對梳頭這碼事，更是鄭而重之，從不馬虎。

從小開始，我就喜歡站在一旁，靜靜地欣賞母親梳頭的過程。

母親房間，沒有所謂梳妝臺，只在靠窗的牆壁上，掛了一面十寸左右的四方鏡子。後來父親用他無師自通的手藝，就在鏡子的下邊，給她釘了個木架子，讓她擺放個人應用的雙妹牌生髮油，同樣牌子的蛋粉（因其形如蛋，故名之，母親是這個老牌子的忠實用戶，數十年從沒換過其他的牌子），還有一罐青色罐子的夏士蓮雪花膏，一把黑牛骨梳子，這就是母親所有的化妝品了。

母親是個傳統女性，每天早睡早起，生活規律。在忙完了一連串的家務後，她才有心情梳洗，包括梳理自己的髮髻，這也是最費工夫的事。只見她站在窗前，將髮髻解開、拿下髮夾，讓長長的頭髮從背後垂了下來，再撥到胸前，然後用牛角梳子，從上而下，慢慢地，一下又一下地梳、梳——整個過程，大概十分鐘之久；接著，她倒了一些生髮油在掌心，雙手磨磨搓搓，再輕輕地、順序地塗抹在髮稍上。

最後的一個步驟，就是將油亮的頭髮，慢慢地纏成一個圓圓的、結結實實的髮髻，套上髮網。然後在靠近耳際的頭髮兩邊，分別別上銀色髮夾，整個梳髮過程，才算大功告成。

如果遇上親朋戚友家有喜事，或外出做客，母親更會在髮髻上花些心思，特別是頭髮上的那些裝飾物，更是講究。她挑選的簪、髮夾、耳挖、耳環，全都是閃閃發光、純金打造的、分量十足的金飾品。偶爾她也會叫我到屋前去採三兩朵自家種的白色茉莉花，別在髮髻上，就像噴了清淡的香水。

在她二度中風之前，母親的穿著，從年輕到老，一直都是那種很傳統的唐裝。就是一般高領側邊開的碎花布上衣，紐扣是用布鈕縫製的，那是嬸嬸用手打的，頗費功夫（現在都改用機器代替人工了），這也是從中國南來的婦女普通裝，我們笑稱為「阿媽裝」（現在我還特地保留了母親兩三件這樣的衣服作為紀念物），下邊配搭的是質地上好的黑色綢緞褲子，這樣一身打扮，連我這做女兒的都不禁在心裏暗自喝彩。

雖然，母親不是什麼名門閨秀出身，但任何時候看到母親，她給人的印象總是清清爽爽、整整齊齊、端端莊莊的好模樣。像梳頭這種每天都要做的普通事，母親總是做得那麼地專注，那麼地認真，一絲不苟。在別人看來，梳髻，實在是件麻煩透頂的事，很多年紀與她相仿的婦女，早就跟著時代潮流，棄髻而燙髮了。在她未中風還能自理時，我和大姊曾經費盡唇舌，勸她將長髮剪掉，她就是堅決不肯。快要七十歲的人了，每天還是站在窗口、在同樣的時間、用同樣的動作、梳理她那頭日漸稀疏，白髮已過半的髮髻，就像她數十年如一日，為父親準備內容一成不變的早餐一樣。

我想：母親刻意保留這種過時的髮型，是否意味著她對父親一份永恆不變的感情？如果我猜想沒錯的話，難怪當她獲悉父親因為心臟病突發而去世的第五天，母親也尾隨老伴之後，急急到九泉之下與他相伴去了。

以現代的婚姻來說，連白頭偕老都難以經營，何況是「生死與共」？父母親長達六十年的婚姻，兩人始終相敬如賓，對一個大男子主義的父親來說，不曾見過她對母親大聲呼喝或吼叫，動粗更甭說了，這倒是大大出乎我們兒女意料之外和匪夷所思的。

張聲鳳（泰國）

祖籍中國廣東省普寧縣，一九三九年出生於泰國曼谷。少年時就讀於泰京進德學校及泰華中學。上世紀五〇年代中期服務教育界，及後隨外子轉業謀商。晚年機緣巧合，趕上泰華文化列車，重萌生寫作興趣，以本名作筆名。出版散文集《團聚在金秋》及與外子合集《辛勤的收穫》。現為泰華作家協會理事。

溫馨的親情

——晚年不能缺少的財富

我這一生都過的是小康日子，雖說無波無浪，可也有不尋常的追憶，年輕時十幾年當教師的體會，夠我回味，永難忘懷。

人生到了花季嫁娶年齡，我也不能例外，結婚後夫妻過著平平凡凡的日子。當我們的女兒出世，家庭增加了一個小成員，那是我一生的轉捩點，內心激動萬分。因為我已為人母，要開始履行為人母的天職，我要給女兒愛，讓女兒享受到天下偉大的母愛。

女兒在我的懷抱裏慢慢長大，天天都在變化。當她牙牙學語；搖搖晃晃學步，至第一次親切的叫出「媽」！那一刻更令我驚喜歡悅。啊！孩子！你是母親的心血滴滴澆灌培育而成長起來的夢想。所以我一心指望她早日長大，可以說女兒的喜怒哀樂都有我的陪伴；當女兒生病時，她說不出自己的痛苦，但我的心比她更苦痛。那時的我，真希望自己能頂替女兒的痛苦。她哭鬧時，我會為她偷偷掉眼淚，心中默默替她祈禱，祝福早日康復。

時間在向前推移，好不容易等到女兒入學，我才算鬆了一口氣，女兒的教育開始起步了。一步一臺階地進了幼稚園、初小、高小，女兒優異的成績，沒讓我失望，尤其是到初中、高中更勤奮好學，年年名列前茅。最後考上瑪希倫醫科大學，再往外國深造，終於完成了醫學教授的心願。真是勤奮不負有志人，我所付出的心血沒有白費，內心默默自豪。

又到了女兒談婚論嫁的年齡，女兒步入了婚姻殿堂，人生又邁進了一步。和美的生活，隨之而來的是女兒與夫君愛情的結晶——我們的小孫子出生了。我慶幸晉身為外祖母，這也是人生循序的一件大喜事。孫兒的出現，給兩個家庭帶來了無比的熱鬧和歡樂。

孩子誕生，女兒不能捨棄做醫生的職責，為了自己的事業前途，夫婦倆只好請保姆來照顧孩子。我這個長輩是孫兒的外祖母，實在不放心陌生人在孫兒身邊，也放心不下讓孫兒單獨和保姆在一起，因此我主動，心甘情願地天天往返於自己的家和女兒的家，繼續弘揚母愛。為新一代而操勞，內心無所怨悔；美美滿滿的，什麼不愉快，一切的煩惱都拋到九霄雲外，心中別有一番樂趣。

養育孫兒又有了新課題。我記得當年女兒小時太過頑皮或哭鬧，可隨意責備幾句或輕打幾下，都不為過。而對於孫兒無形之中失去了這份權利，連動一個指頭都捨不得。啊！當你們做婆婆、外祖母也一定會有這種體會的。

我這個小孫兒，有個別號叫「小靈精」。顧名思義，聰明伶俐，天真活潑，說話十分流利，整天都在啦哩啦咕，連珠炮似地說個不停，做起事來真像個「大人」，而且小孫兒小小年紀便有顆熾熱的愛心。有一天，天氣偏涼，我到他家，他一看到我就馬上問：「婆婆，你不冷嗎？」沒等我回答，他就立刻走近桌子拿了一件厚衣蓋在我身上。那時的我一股暖流湧上心頭，雖尚未穿上寒衣，全身卻立刻感到暖暖的。

最近我不慎跌傷了右手腕，包紮打了石膏，整條胳膊硬硼硼的，很不舒服，生活上也相當不方便，但我依然天天去照顧孫兒，一聽到孫兒不停的慰問聲，童聲稚氣的語言，天真幼稚的一舉一動，勝過任何一位好醫生，即時減輕了我的病痛，忘了不幸，對治好疾病也有了信心。我一定要趕快將傷病治癒，婆孫倆才可玩個痛快！

這個小孫兒的確太惹人愛、太迷人了。我和他已心連心，相依相惜，也讓我覺悟到人生的真善美，從小就應好好培養，孩子的成長環境是一個大染缸，染黑就黑，染紅就紅。想不到兩歲半的孫兒把教養與美德表露無遺，不時對我噓寒問暖，這是周邊一些成年人不一定能做到的事。小靈精真讓我心甜如蜜，一見他就禁不住擁在懷中，親了又親。成為我心中不能捨棄的牽掛。

現在女兒已經是兩個孩子的媽媽了。他們是現代家庭，與我們過去上有老，下有小，負擔很重的日子不一樣，生活條件好，因此對孩子容易產生溺愛心理。物質方面應有盡有，可以說是物超所需，關於這方面我認為愛孩子要有分寸，不可千依百順，要以科學方式教育子女。望子成龍是新一輩的最高願望，其實天下根本沒有「最好」，只有「更好」，本來追求完美是一件好事，但太執著，反而變成一種壓力。只要努力去做，認真盡力而為，也算是盡責了。原本孩子在自然成長的過程中出了一些毛病，有點小事故，這也是不能避免的，而且，孩子經過磨練會更懂事。逆境中能使人振奮、自信，故此做父母者，苦樂都要承受得起，才算經得起考驗。

平日和女兒溝通閒談，總希望她要多教育孩子腳踏實地。眼前一事一物，處理得妥當，孩子反應靈敏，父母的一舉一動，孩子看在眼裏，心領意會。就像孕育在肥沃的土壤裏，陽光照耀下怎能不生長出美麗的花朵呢！

女兒非常理解我的心思，贊同我的看法，這是我養育子女的心得，也是將我的愛心傳給他們而已。

我已經是夕陽餘暉之人，不甘心過著苦澀的晚年，如今除了兒孫的愛滋潤著心田外，還要做些自己喜好的工作，充實自己的精神家園，邁開腳步走向充滿陽光的大道。

人的一生，除了友情、愛情外，親情在晚年更為重要。願我們每個夕陽紅下的老人都擁有享受親情的快樂，浸浴在愛的溫馨暖流中，盡享人間的天倫之樂！

曾沛（馬來西亞）

原名曾玉英，祖籍廣東番禺，一九四六年生於馬來西亞，二〇〇五年馬來西亞最高元首封賜拿督勛銜。「情愛速食館」及「皆大歡喜」專欄作者，曾出版短篇小說集《行車歲月》、《行雲萬裏天》、《曾沛文集》以及微型小說集《勿讓愛太沉重》、《緣來是你》（zengpei.com 電子書）。小說《行車歲月》、《人到老年》被選譯成馬來文。現任馬來西亞作家協會副會長、馬來西亞儒商協會文學組主任、世界華文微型小說研究會副會長。

我在哪裏？

「這是什麼地方？」

「怎麼越走越不對勁？」

「我……我在哪裏？」

「告訴我怎樣回家？告訴我怎樣回家？」

慧屏驚惶失措、無助地哭了起來！

她全身的神經線都繃緊著。她已六神無主，死勁抓住駕駛盤的雙手抖個不停。每個轉彎處既陌生又似曾相識，她竟完全迷失了方向！

車子在一排排、一棟棟的「屋林」裏鑽進鑽出，她的意識越來越迷糊。

「怎麼辦？怎麼辦？」一陣憂慮之後，她但覺眼前一片昏黑，突然整個人墜入了無底深淵。

她拼死掙扎、掙扎、狂呼、狂呼，從惡夢中驚醒時，已冒了一身冷汗！

一連數個晚上，她幾乎都被相似的惡夢困擾、糾纏。

其實，何止是夢？幾天前，她在在實實經歷過自己也無法相信的荒謬事，整個下午，她就在「迷宮」中度過，她不只迷失了方向甚至連問路，也完全記不起自家的地址和電話號碼！無論如何努力搜索，腦海總是一片空白。

在心悸中摸索著、摸索著。離家其實不遠、短短的一段路，她竟兜了近一個小時，好不容易才找到自己的家！

「為什麼會這樣？」她一再問自己：「為何意識突然如此混亂？」

她沒有把當日的際遇告知任何人，因為她知道沒有人會相信她會在自己住了近二十年的地盤迷路。

她終日心事重重、憂心忡忡，不知道那不可思議的跡象，是否一種病症的先兆？才會頻頻被惡夢所困。

家。

她翻來覆去，再也睡不著了！她害怕！害怕不知何時自已會一出門就再也回不到家。

她趕緊從床上爬起來，拿了紙和筆，嘗試把回家的路途畫下，帶在身邊以防萬一。她很熟悉這一帶，所以很順暢地畫著、畫著，可是，當她要在地圖上註上路名時，對轉入家中小路前的大道名稱，任由她怎樣努力嘗試，想不起來就是想不起來！對自已這種突發性、間歇性、片面性的失憶，她一籌莫展！她憂鬱、恐懼、沮喪、焦慮、無助地伏在桌面上哭泣！

她驚悉自已實在有些不太對勁！卻又道不出所以然，唯恐是一種早發性老人痴呆症的徵兆。然而，她才剛踏入五十的門檻，向來又是活躍於商界、社團組織的風雲人物，怎麼可能在這年紀就出現老化、善忘的現象？

「不會是老人痴呆症吧？不是說只有性情孤癖、自我封閉的老人，才會患上此症嗎？」她心裏忐忑不安，一再反思，發覺自已近日來，常常在晚間被一種莫名的熱潮所侵，頻頻失眠，同時，人也很脆弱，時常心神不寧，好端端也會激動流淚！而且，不是想不起自已正要做什麼，就是忘了把東西放到哪兒去了？東找西找的，又總是那麼的脾氣暴燥和不耐煩，一時很衝動、一時又莫名其妙地緊張兮兮或鬱鬱不樂。甚至，握著東西的手，常會無緣無故的顫抖。

無論如何，她知道自已的身體一定有些問題，必須盡快找專科醫生診斷。然而，她不知道要找哪一方面的專科？決定先找她所熟悉的婦科醫生宋婷，作一次徹底的週年檢查。

「慧屏，你是更年期荷爾蒙失調，再加上血壓高，必然會有熱潮和產生種種情緒上的不正常等現象。至於記憶偶爾中斷的問題，也許是暫時缺血性腦中風，導致部分腦血管梗塞所引發，我會替你驗血及作更深一層的檢查。」宋婷好言相勸：「不過，我勸你最好還是找一位精神科醫生，詢問有關大腦功能緩慢、退化等事。」

慧屏遲疑著，不敢去見精神科醫生。一星期過去了、兩個星期過去了……宋婷婦科醫生拿到驗血報告之後，撥了個電話給慧屏：

「慧屏，驗血報告顯示，你還有些微高血糖和高膽固醇。所以，你還得跑一趟來拿藥。」

一時之間，對自己忽然患上多種病痛，慧屏無法接受，不由悲從中來，激動得淚水如破堤般湧出，一發不可收拾，甚至，歇斯底里、發洩似地大聲吶喊，抓起東西就失去理智般亂摔。很久、很久才能平靜下來，沮喪地蜷縮在牆角下一動也不動。

事發時，家裏並沒有其他人；她的怪誕行為，未被阻止。她雙眼無神、呆呆地不知發生什麼事？良久才驚覺大概發生了什麼驚天動地的大事？趕緊收拾殘局，把弄亂的地方打掃清潔！

恢復意識之後，她開始感覺到事態嚴重，不可一拖再拖，應該「病從淺中醫」，否則有朝一日，一定會無意識地變成一個舉止不可理喻、令人生厭的老人，孤老終身。她終於鼓起勇氣去見精神科醫生了。

醫生為她安排了一連串的血液篩檢、腦部掃描、精神系統檢查、腦電波圖檢查等等。最後，又決定為她做磁振造影檢查，以斷定是否罹患阿茲海默氏病。

經過醫生的診斷，果然是一種早發性老人痴呆症的徵兆。向來處世鎮定非常的慧屏，由於受到更年期荷爾蒙失調的影響，簡直無法控制自己的心緒，絕望悲慟的痛哭。她不知道還有多少時日自己就會病入膏肓、會拖累孩子、給孩子很多麻煩，她不知該怎麼辦？

她向來自信，沒有什麼事可以難得倒自己。丈夫去世之後，孩子尚小，再苦的日子也捱過去了。現在，應該是安享晚年的時候，卻沒料到會如此不幸！她想，不如趁自己意識還清楚之際，坦坦白白告訴孩子們發生了什麼事？共同商討對策，總比個人承受壓力與痛苦好！她知道，患上這種不治之症，往後的日子，將會面對許多挫折，不能再逞強，必須要有人在身邊協助自己！

她記得，大兒子子豪小的時候，比一般孩子遲開竅，但是她不相信自己的孩子會比不上別人，她耐心指導，從不輕言放棄，今日，孩子們都已成材，她也確實花了不少心血！她從未想過要孩子回報，只是有著千言萬語想對孩子們說，對自己的病，她不會輕言放棄，她會努力克服；她希望孩子們也不要放棄她。可是，可是她不知該從何開口。

醫生對她說，許多國家的領導人，都有可能患上此症，尤其是曾受到精神莫大壓力的人！患上這種病症，除定時服藥外，最重要還是要放寬胸懷。同時，以頑強的意志力與病魔搏鬥，越是善忘越是要勇於迎向挑戰，奮鬥到底。

然而，她能不擔憂嗎？最近，她特別留意有關痴呆老人的種種報導，越發覺得他們對於親人的那種無助和無奈。據說，有一位小販被控上法庭，說他虐待七十餘高齡的母親，小販一字一淚的哭訴：

「我能怎樣？我要找家計，不把她老人家鎖在房裏，誰看管她？任由她隨街亂闖、鑽到拉圾堆裏、睡在馬路上、被車撞倒、甚至迷路？任由她亂開石油氣、被火燙傷、被炸死？說是我打她？那是她自己與自己血肉之軀作對，用頭撞牆、用手用腳敲踢鐵門，我能怎樣？你們告訴我，我該怎辦？有誰能幫助我？你們只會怪責我。」

「唉，長年累月的折騰。可憐的母親！可憐的兒子！他們之間還有多少愛？或僅存責任？」慧屏不勝噓唏。

更令人心寒的是，有一位痴呆老人，因患上盲腸炎，被送進醫院之後，竟沒有親人替他辦理住院手續，老人也不知自己姓甚名誰，就這樣被遺棄在醫院裏。

她心裏明白，養兒育女，千辛萬苦，還有「望子成龍」的希望；而痴呆老人，卻是一個大包袱，非要有很大的耐心和愛心不可！真要難為下一代了！所以，她遲遲開不了口把這些告訴孩子們，唯有獨自承受著莫大的壓力！

她很害怕前些時候的情況會再度發生，除了畫個地圖帶在身邊，還把地址、電話號碼寫上，她希望不會再出亂子，否則以後休想還能外出遛躂！

可是，有一天下午，她到一座購物中心去購物，竟徘徊在停車場多時，卻想不起自己的車子停放在那裏？她非常焦急，很緊張地跑上跑下，怎麼也找不到車子！找啊找的，她心裏一慌張，更是看見每一輛汽車都像是一樣的。她竟連自己的車子是怎樣的、什麼牌子、什麼號碼也好像不太清楚了！她很害怕、真的很害怕！

她無助地哭起來了，路人問她發生什麼事？她竟詞不達意地說不清楚；也不會拿出預先準備好的地圖和資料。結果，還是驚動了警察，把她帶回警局，並從她手袋中尋獲資料、才聯絡上家人。

見到孩子們，慧屏摟住子豪泣不成聲，彷如隔世。子豪也緊緊摟住母親，安慰道：

「沒事了！沒事了！」

慧屏非常激動！很久、很久才平靜下來，一時又記不起發生什麼事了。只見警員在嘰哩咕嚕的不知跟孩子們說些什麼？然後，但見孩子們個個一臉驚惶失措地問她：

「媽，您的車子呢？」

「是不是遇上交通意外，車子撞壞了？」

她一句話也沒說，一臉的茫然。

子豪把她載到醫院檢查，經警員和醫生的分析，他多少也看出媽媽很可能是患上老人痴呆症。

回到家裏，睡了一覺之後，慧屏又似恢復正常。在孩子們一再追問下，只好「顛三倒四」、「前言不搭後語」地從實招來！

「媽，您千萬別放棄，您一向是永不言棄的！您也常教我們說天下無難事……。」大兒子豪一臉的關愛。

「對！媽，您說過沒有什麼可以難得倒您的。」次女沙沙也爭著說話：「別擔心，我們都會永不言棄地在您身邊協助您、支持您的。」

這話太熟悉了，是她等了很久、很久的話，終於從兒女的口中飄出來、飄出來了！慧屏很開心，一直在笑、在笑……。

「明天，我把您的車子駕去安裝一個響得很響的防竊器。只要按一按控制鈕，車子便會響起來、而且燈會亮，還怕找不到車子嗎？」小兒子健也有很好的建議。

「媽，您知道嗎？現在科技一日千里，只要在車上裝上一個 GPS 衛星定位系統，就能確認您所要去的地區，並給您明確的指示。」三兒子佳有更先進的提議。

「媽，我明天就給您買一個手提電話，我會定時撥電話給您探行踪。萬一您迷路不知道自己在那裏，把手提電話交給路人聽就行了！」小女兒秀秀也很細心：「我們還可以把我們的電話號碼輸入，您只要按一、二、三、四或五，就可以找到我們其中一人了。」

眼見孩子們個個爭著給自己出主意，前些日子病痛的恐懼、鬱悶及精神折騰，一掃而空，慧屏除了笑還是笑！

這些年，她也著實撐得很苦，她好疲倦，好疲倦，就讓孩子們為她作好安排，協助她度過和面對隨時而至的病發的日子和困境吧！

現在，唯有永不言棄，做自己該做的！她除了笑還是笑。因為，她始終很自信，子女與她之間的愛，是濃得化不開的！反正，若有一天到了無意識狀態，對她來說，什麼事都已不重要了！

劉純真（菲律賓）

筆名鈞陶，福建南安人，一九三七年生。從事教育工作五十多年，得過僑委會教師甲等獎。屢次獲得菲華報刊主持的散文獎，一九八六年榮獲「王國棟文藝基金會」散文首獎。她文筆穩健、懇切、不誇飾卻動人。著有《純真散文集》。

三春暉

自小母親常在耳邊叨念著：「如果不是你阿嬤，你這條小命早就報銷了。」

原來在我三歲那年，我們與祖母住在鼓浪嶼，而父親則在呂宋島米骨鄉下幫助祖父經營椰乾生意。不幸那年夏天，大哥大姊同時出痲疹，雖有祖母的幫忙，但年輕的母親一時要看顧兩個發高燒的小孩，著實夠辛苦。偏偏這時我又來湊熱鬧，半夜裏也發起高燒，並來勢洶洶，弄得母親手忙腳亂。這樣一連三天高燒不退，明知也是痲疹作祟，但人已奄奄一息，嘴巴緊閉，滴水難進，祖母見狀，把我急送進醫院。經過醫生診斷，果然是痲疹，但已感染肺炎，再晚點送院，恐小命不保。

一番急救折騰，我的病情才漸漸穩定下來，雖有打點滴，但醫生吩咐，孩子脫水嚴重，一定要補充水分，祖母徹夜不眠不休，耐心地坐在床前，手握茶壺，對準我的小嘴，讓開水一滴一滴地注入我的口中，翌日燒退才撿回一條小命。在醫院住了一星期，才康復出院。

小命是救回來了，可是人只剩皮包骨，祖母便日夜張羅，忙著熬補品給我補身子。這樣忙碌了個把月，才使骨瘦如柴的我，又恢復了紅潤活潑。

母親叮囑我不要忘了祖母的恩情，如果不是祖母，她那時照顧兄姊，已筋疲力竭，實在無力兼顧病重的我。

我病後不久，母親拜別祖母，帶著我們到呂宋與父親、祖父團聚，其間經二戰，關山遠隔，我們都未能回國探視祖母。

在戰亂中父親慘遭日軍殺害，祖父年老喪子，傷心過度，也相繼離世，好不容易挨到抗戰勝利，母親遵從父親遺囑，帶我們回祖國定居。

那時十一歲的我，在旅途中一心想著：終於可以看到慈愛的祖母，可以與她笑談幼時種種，可以撒撒嬌，逗她開心了。誰知一踏入三伯父的家，看到的是呆坐在床上的祖母，她雖睜大眼睛看著我們，但眼神呆滯，一點反應也沒有，原來她自從中風以後，就失去意識，根本認不出誰來。

說來奇怪，只可說是天性使然，試想骨肉遠從天涯來相會，那是多麼震撼心魄的一件事啊！在祖母的注視下。母親已泣不成聲，而祖母更奇怪，一陣抽搐，淚水竟大滴大滴地流下來，這時室內頓陷一片傷感，照顧祖母的兩位堂姊，更是忍不住哭出聲來。

病中的祖母，多虧兩位善良的大姊姊——素芬姊和碧蓮姊，她倆不辭辛苦，日夜輪流看護祖母，無微不至地服侍她老人家，不枉祖母自小疼愛她們，使祖母在病中不失尊嚴，也享受到溫情，感嘆遠在異國他鄉的我自小深受祖母最深摯的疼愛，又身受祖母「救命」之恩，竟未能在祖母身邊盡一點心，實是不孝之至。

母親本來很留戀鼓浪嶼，這裏是她與先父新婚時住過的地方，有太多甜蜜的回憶，加上年邁臥病的祖母也在這裏。母親自小喪母，嫁入夫家後，祖母像慈母般疼愛她，每提起祖母，她都有無限孺慕之情，現在看到祖母臥病在床，更想留下來服侍她，以盡孝道。無奈看到三伯父母對海外歸來孤寡的親人，猶如待陌生人一樣的冷漠，便在進退兩難下，聽從舅父的勸告，帶著我們回鄉下祖居。

一到鄉下，堂叔讓出祖父原有的房子，我們便得安心住下來。一住三年，這期間，我們姊弟才得接受祖國文化的薰陶。而所有親朋戚友都待我們非常好，使我們在逆境中，不但看到一絲陽光，也享受到無比的溫暖。

最心痛、最遺憾的，也是讓人憤恨不平的是祖母的過世，我們明明近在咫尺，三伯父母竟不讓我們奔喪，待喪事完畢，才寫信通知我們，母親為此非常傷心，不知哭過多少次。

我在祖母過世後，才對她又多了一些認識，在得知祖母過世的消息後，堂伯叔嬸都非常難過，他們異口同聲地譴責三伯父的不該和不孝，說老人家之喪，豈有不通知親屬下輩奔喪之理；接著你一言我一語地講起以前曾祖母在世時，大家住在一起，祖母是怎樣待人，是怎樣地溫柔體貼又勤儉；說祖母儀態端莊，為人誠篤，寬容大量，在大家庭中，從不講人是非，只做份內事……種種美德。

祖母確實具備中國傳統婦德，祖父在菲不僅有菲婦，還把菲婦所生的大姑媽，送到家鄉受中文教育，祖母不但接受，還把她視如己出。大姑媽嫁人後渡菲，還常常掛念著祖母哩！

因為為人寬厚，不善計較，使祖母受人讚揚，一生平順。只是造化弄人，天公有時偏會作弄忠厚人，最大的傷害，是讓她在幾天裏連喪兩個兒子。

祖父年少出外，沒讀過多少書，但對七個兒子的教育，卻非常重視，尤其是五叔、六叔和七叔，很幸運地都能進入廈大就讀。

五叔、六叔年齡相近，同時考入廈門大學，那年五叔二十歲，六叔十九歲；隔年暑假兩人興沖沖地回泉州老家度假，那知天氣炎熱，竟於半途中暑。二〇年代醫療有限，又來不及危急時送醫，致相繼過世。據姑母復述：當時悽慘景況，真是筆墨難述。祖母連喪兩子傷心欲絕，不知昏死過去多少次。事後大病一場，行銷骨立，經年鬱鬱寡歡，還好祖父及時回國，給祖母很大支持的力量，加上堂兄姊相繼出生，讓她老人家把精神寄托在孫輩身上，才漸漸地又有了笑容。

我今已年逾古稀，祖母的音容笑貌，永遠都活在我心中，只是念及她老人家用一滴一滴水，把我從死亡邊緣救回來的恩情，可我無能報答一二，愧念終身。

藍璐璐（新加坡）

一九六五年生於臺灣，八個月大隨父母回到新加坡。新加坡國立大學企管博士、法學院榮譽學士、英國劍橋大學法律碩士，現任新加坡國立大學副教授。新加坡作家協會法律顧問、《新加坡早報》「四方八面」專欄〈天平秤〉作者。從小學開始即在報刊發表文章，擅長寫散文、小品文、雜文，是當年《星洲日報》第一屆少年記者。一九八七年出版《情懷集》，收錄了她早期的作品。二〇一一年，將專欄文章彙編成《蝴蝶效應》出版。

吵架與愛情（外兩篇）

吵架跟愛情有很多相似的地方。上秒鐘兩人也許還是相安無事各自過著自己的生活，下一秒卻因某緣故讓兩段人生有了特殊的交集，從陌生人或朋友變成了敵人或情侶，一樣都讓人經歷跌宕起伏的心情轉變，一樣不到最後都不知道結局會是甜或苦。

吵架也像愛情不受時間所約束的。有時候吵架可以是很短暫的，就似迷戀，腦袋被一時的氣憤或熱情給沖昏了，糊里糊塗見了對方就劈頭亂罵、瘋狂追求，等到清醒後必定悔恨萬分，想還原但已經給對方造成了一定的傷害。幸好這種心理傷疤通常比較淺，隨著歲月流逝，痕跡也就會漸漸減退了。

吵架也可以是天長地久，猶如不朽的愛情，一直活在當事人的腦子裏，咬嚙他們的靈魂，雖痛苦卻又解不開、逃不掉。例如我所知道的一對兄弟，本是同根生，但是因為一塊父親遺留下來的土地，兩家人互相爭奪了很長的一段時間，後來兩人偕同其家人從此不再來往，長達五十多年，而其他的兄妹屢次勸架都不果。最近其中一方弟弟去世了，在他的遺囑內，還記載了他對哥哥的怨恨，並囑咐家人不允許當事的哥哥到他的靈堂祭拜他。此種吵架真的能以「至死不渝」四個字來形容。

吵架還有一點像極愛情，就是它不少時候是受到外來因素所引起的。譬如有時情侶或夫妻之間會吵架，是因為受到對方父母或好友的影響，而開始對伴侶起質疑。這就跟愛情一樣，會愛上對方可能是因為受不了社會與家庭壓力，而他碰巧又在適當的時候出現，所以環境就製造出愛情的假象。在這種情況下的吵架和愛情，主動的一方必須冷靜和誠實地問自己，那外來因素真的是很重要嗎？若沒有了那因素，還會跟伴侶吵架、跟他相愛嗎？如果答案是「不會」，那就應該立即停止吵架和愛情，因為繼續下去後果大多會是令人傷心的。

吵架也有時候是由愛情所導致的。就是太愛對方，太想互相遷就，導致在事情處理上顯得優柔寡斷，拿不定主意，最後反而使到兩人鬧得不歡而散。

最後，與愛情相符，吵架也是可以有好與壞的結局。雖然撕破臉皮的決裂，而過後雙方又不能放下身段道歉是個壞結局，但如果通過吵架，雙方能夠更瞭解什麼事物會挑起對方的喜怒哀樂，兩人學習互相容忍和謙讓，提防下次再吵架，這就可以說是個好結局了。

養兒反思錄

我跟絕大多數人一樣，在還未有自己的孩子之前，從未帶過小孩，所以當年與友仁決定成立自己的家庭時，兩人都是戰戰兢兢的。雖不知道前面等待我們的日子是否苦的比甜的多，我們還是秉著「天生天養」這個簡單信念，來面對往後養兒育女的問題。

也許就是有這信念支撐著，因此除了生下女兒之前還買了幾本育嬰書，虔誠地讀了幾遍外，接下來就只靠著我倆長輩偶時給的經驗忠告，大部分時間則是跟孩子們一起摸索學習成長。可能讀者會笑我三句不離本行，但我確實把養孩子當成是人生作業，所以也定期做季期檢討，給自己打分。

如今女兒已經十五歲，兒子小兩年，都上中學了。養兒第二階段（第一階段是入學前）算是告了一段落。反思過去，孩子在身體健康方面還不錯，很少生病：因為我跟友仁在念書時都曾是某項體育的校隊代表，所以覺得讓孩子從小學習體育技能，不但能夠強身健體，在競賽中也能認識到紀律，和學習掌握輸贏得失，有利於心智發展。這項二十分我覺得我可得十六分。

在品德修養方面呢？姊姊較溫文有禮，從小深得師長同學喜歡，所以很好養；弟弟幼時調皮，也讓我操心一段時候。幾次我在教書時接到學校老師來電，都會心驚膽戰，害怕他又不知道闖出什麼禍，因此我對他較苛刻，打罰也多。後來發現他脾氣雖有點倔強，但生性善良，吃軟不吃硬。我態度軟化後，多一點疼愛和提高自己對他的信心，情況就有好轉，現在他個性也隨著年齡增長漸穩定了。這項可得十四分。

功課學習方面呢？我認為這是最難控制的。孩子從老師和同學們身上已經意識到考試成績的重要性，我若跟得太緊太心切，就會導致太大壓力，但不盯著又覺得似乎沒有盡到做母親的責任。左思右想，最後採取的就是「放羊吃草」政策，即設好範圍就少干涉，只是從旁協助，讓他們有自主學習權，瞭解自己的長短處，甚至是否需要額外補習課也由他們自己決定。孩子目前學習狀況都還不錯，但我這樣子做，可能從亞洲母親角度來說，大概只能得十二分吧！

統計下來，這季總分六十分滿分，我得四十二分。雖不能算特優，但至少是優了！

一生緣

最近我們買了棟舊房子。為了能夠在樓下多設兩個房間，讓我父母及友仁的爸媽與我們同住，屋子不得不作大幅度的裝修，連大門都換了，必須重新買門鎖及把手。

到了門把手專賣店，我和友仁不約而同都看中了一款復古式的銅製把手。青銅色的把手比較常見，這卻是烏黑黃銅色的，雖不起眼但感覺舒服。最重要是它很有家的味道。

正欲付款的時候，忠厚的老店員好心地提醒說，他們店裏最暢銷的是鍍金色的門把手，不只是因為金光閃閃的大門把手看起來壯觀有福氣，更要緊是這顏色有美國製造商永不褪色的品質保證。相比之下，其他顏色的把手會跟著門和屋子一起變老，年復年，漸漸色澤就會轉為黯淡，雖然門鎖還能用，但髒兮兮不再光鮮漂亮了。因為把手價錢不菲，所以大多數的顧客一開始就選擇買金黃色的，以提防日後還要面對換把手的煩惱。

其實經他這麼一講，我更不介意買下那門把手。

這是多麼好的事情呀！這世上能夠共度一生，一起變老的東西早就不多見了。

以前電視機、洗衣機一買就可以用上十幾年；現在的科技雖發達，產品功能也越來越多，但大多不耐用，保證期一過不久就壞了，找人修理工錢昂貴，難怪多數人會覺得將之丟棄買新的，更省錢省事。工作也一樣，如今把效率擺第一的社會裏，員工對公司是否忠心不二，已不再是升遷或加薪的考量要素了。

另外難共度一生的就是住址。不久前在《海峽時報》上閱讀到一位記者的文章，她頗自豪地宣稱她在過去的二十年內，一共搬了十二次家。有時是因為形勢所逼，但大多時候是因為她覺得生活悶了，既不想換工作或伴侶，唯有選擇頻頻換家來尋求刺激。這記者的例子可能是屬於少數的，但搬遷對於當下國人（包括我自己）來說，已經不再是陌生的字眼；隨著買屋賣屋的熱潮日益俱增，如今越來越少人可以驕傲自稱說是某某鎮上的老居民了。

這次，我實在很想在這裏住上一輩子。擴建後的房子不只可以容納我們全家，還能讓我們有一個完整的三代同堂、同住一屋簷下的機會。這本身就是福氣，所以我不需要燦爛發光的把手來提醒我的恩澤；但我卻為能夠找到一把似生命，會隨著歲月的流逝，與我一起變老、褪色，見證我這一生為人之女、之妻、之母多重身分的把手，感到心滿意足。

鄒璐（新加坡）

滿族，祖籍遼寧，生長於江南水鄉，現定居新加坡。長期從事財經領域工作。二〇〇六年九月出版第一本詩歌攝影集《時間，一條美麗的河》，後陸續在新加坡及海內外報章雜志上發表各類文章詩歌。已出版書籍尚有：個人文集《愛在他鄉》（二〇〇九年）；詩集《追隨河流的方向》；《聽見海的聲音》（二〇一〇年）。二〇〇六年十一月，和多位定居新加坡的中國朋友用業餘時間創建了一個華文文化網站「隨筆南洋網」（http://www.sgwritings.com/）。

蘇州繡娘

我和雯麗約好星期天在茶樓見面，傍晚七點，她和先生培華準時赴約。沿著窄窄的木樓梯拾階而上，高山流水的音樂，古色古香的桌椅，雕花窗櫺，一縷茶香，沒想到在炎炎赤道島國，卻有這樣一個清靜所在，讓我們不約而同都有些想念江南，想念蘇州了。

雯麗的家鄉就在蘇州，這個新加坡人頗為熟悉的人間天堂，而另一個眾所周知的原因，就是從一九九四年五月十二日破土動工，如今早已家喻戶曉的蘇州工業園。

說起這位蘇州女子和新加坡夫婿的異國婚戀也要從一九九四年說起。

大年初一的遠方來客

培華是道地土生土長的新加坡人，兄弟姊妹四人，從小就在聰明能幹的潮洲媽媽的教導之下，和妹妹被安排進了英校，而兩位兄姊則是華校畢業。

學校畢業後，培華獨撐門面開了一家運動器材專賣店。他是那種踏實勤奮，喜歡凡事親力親為的工作狂，從年頭忙到年尾，包頭包尾一腳踢，也不覺得累，唯一的休息時間就是每年華人新年全體國人放假的那幾天，結果三十好幾的年齡還是一個快樂單身漢。

一九九四年華人新年，他和姊姊、姊夫以及他們餐館裏的幾位員工組成了一個小小旅遊團，到上海蘇州等地做走馬觀花似的遊覽，就正是這樣的一個新年假期江南行，有了這對異國佳偶的美麗緣起。

那時候，雯麗恰好在蘇州絲綢博物館擔當導覽解說員，這是曾經榮幸接待過包括李資政及其夫人等重要貴賓的專業絲綢博物館，因為雯麗供職於成品複製部，對於每一個展品每一個細節瞭如指掌，如數家珍。而他們的初次相識竟然是在大年初一早上。

因為華人通常都非常重視新年，所以，當天博物館大多數員工都被安排過年放假休息，而雯麗僅和極少數同事被安排值班，於是，在那個江南特有的潮濕寒冷的大年初一的早上，雯麗接待了這一行十多人，來自新加坡的充滿家庭情誼的小小團隊。

我問雯麗，隔著十五年時光歲月，還記得當時有什麼特別有趣的情景嗎？雯麗說，有啊，導覽結束，姊姊建議大家合影留念，並且又專門邀請她和弟弟培華照了一張合影。「嘩，那是我們最難看的一張合影，因為兩個人的臉都繃得緊緊的。」

姊姊幫忙代筆情書

於是，故事又從這張照片開始得以延續。大約一個月之後，雯麗忽然收到一封來自新加坡的信，打開信封，從裏面滑落那張大年初一遊覽絲綢博物館後她和培華的合影，其中還附了一封短短的致謝信，只是在信的末尾處，有一段含蓄婉轉並且巧妙的問話，「你看上去真是年輕，請問你芳齡幾何？是否有了親密的交往朋友？」這封短箋看來略有些像情書的意味。關於這封疑似情書，直到後來嫁給了培華才知道，培華其實不認識華文字，而這封信居然出自姊姊之手。

當年才二十歲出頭的雯麗匆匆回覆了同樣表示謝意的短箋，表明自己正在夜校讀書，並沒有這方面考慮也就敷衍了。這是實情，雯麗的父母都是蘇州城裏普通工人，雯麗高中畢業後，就加入當地知名刺繡研究所，成為一個專業繡娘。

蘇州是絲綢的故鄉，太湖邊上發現的新石器舊石器遺址，見證了當地悠久歷史和絲綢文化淵源，「絲帛之鎮，長覆天下」，蘇州絲綢古往今來享譽天下。

可是要成為專業繡工可不是一件容易的事，說起從前五彩絲線的往事，雯麗臉上的表情開始多起來，首先，一定要有非常好的視力，其次，雙手要特別靈巧光滑，雯麗解釋說，那是因為我們要把在普通人看來一根普普通通的繡線，能夠再細分成四十八根，然後配好顏色，在繡梆上飛針走線。

當然本文不能像《紅樓夢》第五十三回寫繡瓔珞的蘇州繡娘慧娘那樣，大肆筆墨介紹蘇繡技藝和蘇繡鑑賞，簡略地說，雯麗不僅巧手能幹，還曾因為容貌秀麗，成為繡品的平面廣告模特，再後來就被挑選，加入蘇州絲綢博物館，成為一個專業解說員，而這位好學上進的蘇州女子，業餘時間都用來進修工藝美術，色彩、工筆畫、南洋畫等專業提升課程了。

聲音的魅力

書信往來是一個開始，兩個相距遙遠的年輕人開始了遠程交往。當時人們對於新加坡還不十分瞭解，信息渠道也不多，不過借由蘇州工業園的開幕，蘇州人對於新加坡充滿好感，甚至民間還頗為嚮往。

當時中國家庭申請國際電話線路不容易，所以，兩個人約好，每個週末晚上由培華打電話給雯麗，而雯麗無論再大的事情，只要是兩個人通電話的時間，立刻放下一切，守在電話機旁邊。就這樣憑著一根電話線，天上人間聊了好多年，慢慢，通過交流得到瞭解，取得理解，增進感情。

雯麗說，通過電話，他的聲音特別好聽，口氣誠懇，聲音磁性，說話實在，連我爸爸都喜歡聽他講電話，家裏人為了不影響他們的每週固定通話，還特地把電話線移到雯麗臥室，於是兩個人就通過講電話的方式，跑了三年之久的愛情馬拉松。

一九九七年雯麗首次來到新加坡，受到培華全家人的熱烈歡迎和接待，雖然還沒有正式行結婚大禮，對她就像自家人一樣的親切溫暖。而遠嫁新加坡，雯麗隨身帶著爸爸親筆寫下的長達兩頁紙的家書，上面工工整整密密麻麻寫滿了家規家教，做人道理和為人父母而對遠嫁女兒的濃濃的親情與不捨。

幸福和生活懂得感恩

轉眼雯麗定居新加坡已經十二年之久，而他們的孩子今年也已經十歲了，二〇〇五年雯麗在朋友的介紹之下，參加中華總商會舉辦的「華語導遊員」培訓課程，獲得導遊執照，成為一個正式華語導遊，才重新回到社會投入工作，而這時候他們的孩子也開始上學了。

雯麗不無感慨地說，來到新加坡的這些年，她受到培華以及家人的無微不至的關懷，也幾乎完全不和外面世界接觸，像溫室裏的花朵，現在重新投入工作，充滿活力和熱情。這位聰明的蘇州繡娘很快體會到，以她個人的興趣及專長是比較適合接待各類商務遊行團。於是，她將全副精力放諸商務團的接待方面，並且總是因為她的熱心周到，細緻入微，受到顧客的歡迎和讚譽，她並且也將這份榮譽歸功於同樣體貼周到的先生。

譬如有一次，隨團有一位女士因為食物中毒上吐下瀉，雯麗立刻撥電話向先生求救，而先生也立刻放下自己餐飲生意的工作，趕到客人下榻的酒店，然後親自載送患病旅客到一家私人診所就診。又有一次，車行途中，細心的雯麗發現，有一位老人家總是不斷地從座位上站起來，而當時車輛正在行駛途中，在悄聲詢問之下才知道老人的痔瘡犯了，所以才會坐立不安，於是，雯麗又打電話向先生求助。先生趕緊買來一個兒童用的游泳圈，吹好氣，墊在老人的座位下面，並且考慮到這位遊客身體不適，胃口欠佳，還專門打包一份熱粥一併帶來。

這樣的例子還有很多，一個人的工作讓大家找到了助人為樂的樂趣，雯麗總結說，也許我們是比較幸運的，不必為金錢過於煩惱，這樣就少了很多口角，而先生是一個踏實穩重，有包容心並且隨和謙遜的人，因此可以相敬如賓，平平靜靜生活在一起這麼多年。

是啊，幸福的生活重要的是懂得珍惜與感恩，如果說生命是一襲絢麗多彩的錦緞，那也是十指春風柔柔密密，細細縫就，從前的蘇州繡娘一生的時光就在那個小橋流水的人家，在那竹綳撐起的薄絹上繡花度過，雯麗是遠嫁獅城的繡娘，和一個溫暖的愛人共同度過針腳細密的南洋時光。

第四輯　熙熙和鳴

小華（菲律賓）

原名陳瓊華，在菲律賓出生長大，一九八一年開始創作，以小說、散文見長。歷任亞洲華文作家文藝基金會董事、耕園文藝社常務理事、《耕園週刊》主編。陳瓊華秉承其先夫王國棟熱愛文藝之遺志，創立「王國棟文藝基金會」並任會長。基金會設文藝獎，資助菲華作家出版個人文集，已出十本。陳瓊華先後榮獲中國文藝協會海外文藝工作獎、臺灣文藝作家協會文藝獎、世界華文作家協會海外華文文學貢獻獎。

蔗園中的白屋

「蔗園中的白屋」在我腦海裏早已塑了一個模糊的形象，它時不時地在我腦海裏映現，長久以來只因時機不合或俗務纏身，而錯過了多次造訪的機會，這次摯友莊幼琴再邀，深感機不可失，我即刻答應。

二月十一日清晨，興奮地隨著大家坐了一個鐘頭的飛機到描戈律（Bacolod）市，再從機場坐兩小時的車程到甘蔗園，也就是描戈律糖王阿枯尼亞律師（Attorney Arsenio

Acunia）的豪宅。我們一行十七人，共度四天假期，這為期四天的假日是我身歷另一種生活層面的體驗，我洞悉到富貴人家豪華生活的同時，也體會到腰纏萬貫的老人捨棄城市生活，隱居山林守護蔗園的孤寂心靈。此高層次的人生，讓我頓悟到人活到耄耋之年，金銀是護身符，有了它，可呼風喚雨，可隨心所欲，俗語：「富在深山有遠親。」有了它，子孫盡孝道，親友勤關懷。

描戈律市，位於西北部的一個島嶼，氣候涼爽，雨量充沛，而大多數的人說依龍戈話（Ilonggo，菲律賓一種方言），全市迅速成長為一個發展中的大都市，人口超過五百萬人。以種植甘蔗為主，椰子和大米也不少，市民從事畜牧、漁業和陶器製造。

盛產甘蔗的描戈律，擁有「菲律賓糖城」之盛名，我們一路走來除了熱鬧繁華的市中心建設現代化外，沿其公路，甘蔗種植園是一個典型的場景（甘蔗，多年生草本，長丈餘，莖如竹，有節實心，汁水甜美，可製糖）。眼看上千頃蔗林，我心想主人家的財富應如密密麻麻的甘蔗無從計算。

來接機的是蔗園主人阿枯尼亞律師的兩位公子，他們親切接迎，我們分成三部車前往蔗園，經過連綿不斷生氣蓬勃的蔗林，車從轉角處駛入一條又狹窄又顛簸的小道，小道是從甘蔗林中開闢出來的崎嶇路徑，兩旁盡是丈餘高的甘蔗，車搖晃地穿過連綿不斷的甘蔗林，剎那，我感覺猶如電影《十誡》（Ten Commandment）摩西帶領千萬猶太人「出埃及」過「紅海」的驚險場面。車搖盪地走了十五分鐘，穿過一道白鐵柵門，一幢大白屋遠遠聳立，真的像夥伴們所形容的，蔗園白屋猶似美國一部不朽的電影《飄》（Gone with the Wind）裏的白屋。

到蔗園已將近下午一時，寬大的白屋，周圍種植著各色各樣的花草樹木，鬱鬱蔥蔥的大花園，給人一種舒適感。登上階梯到走廊，迎接我們的是一對和藹的年老夫婦和兩隻大狼狗，大家與主人握手或相互親貼面頰。凶猛肥壯的白毛黑斑狼狗（Dalmatian），一直以斜眼瞪視我們這群遠道而來的陌生人，牠繞著我們嗅嗅聞聞，害得大家魂驚膽喪地縮手縮腳。男主人使喚著狗：「乖，到外面去！」狼狗就是不聽話，我行我素地邊繞邊嗅，似要找出什麼地專注，或展示保護主人的威勢。主人引我們進屋，哇！如跨進古代宮殿或博物館的感受，金碧輝煌的色彩，滿屋子的牆壁掛滿了大小幅油畫，連靠牆壁的弓形大樓梯從第一階到頂層都懸掛著圖畫，亮晶晶的法國大吊燈閃爍著，稀罕的古董瓷器與傢俱，真的，活到知天命的我看過的豪宅不知其數，但在菲律賓從沒看過宮殿形的大厝。

主人盛意款款，招待我們圍坐在可容二十幾人的長桌用午餐，長桌前面有一圓桌，擺滿了香噴噴的菜餚，鋪有檯布的典雅長桌，銀具刀叉匙子、高腳飲杯、桌墊上的餐盤蕾絲手巾並齊，潔雅的裝飾，害得我捨不得動用，怕弄髒它。這別具地方特色的自助餐，吃得大家齒頰留香。

男主人阿枯尼亞律師，八十六歲，是菲國國防部退休的大律師，當年的他一有訴訟事件十之八九必贏，進入中年後放棄律師之職而從商，身體魁梧四方臉的他長了不少的老人斑，狼狗是他的隨從，有他的身影就有狗的足跡。女主人八十二歲，是位製藥師兼律師，她行動有點緩慢令人憐惜，本是精明能幹的她，竟被無情歲月摧蝕消滅了當年的風姿華容，讓人感歎「美人遲暮」。

用畢午餐，大家輪流上洗手間，奇怪的是，如廁出來的人幾乎都是驚惶失色。我奇異地也進入小解，真的是嚇了一跳，整間廁所都掛滿了油畫，令人膽怯的是有幾幅古人畫像，油彩已斑剝，畫像眼睜睜的瞪著你看，有一張是嘴裏含著煙斗地竊笑著。記得未來之前，我對要寄宿的大屋子起了疑惑，問過朋友，有沒有鬼？而她竟笑而不置是否。害我旅途中提心吊膽地持著大問號，其實一切是心理作祟而已，像廁所裏的畫像栩栩如生，那是畫家的神來之筆，它傳神之真竟被我們敏感誤為靈異。

分配房間後，大家各自上樓找房間，二樓共有七間臥房，像旅館一樣房間在走廊兩側，整個走廊，連同每個房間和洗手間都掛滿畫，我住的房間就有四十幅。所以整座房子除天花板之外，所有的牆壁從上到下是不留白的，大廳、書房、廚房、餐廳、房間、洗手間，都以畫為牆，我想應有近千幅吧？有時半夜起來如廁，心忐忑亂跳，半睜眼地快進快出，不然就憋著尿到天亮。不過住久了，對布滿油畫的牆壁竟視而不見地走過。其實，這是愛畫者求之不得的欣賞機會，所有的油畫都出自早期名畫家之畫筆，或許畫家多已作古了。不同的畫題畫風豐富了整座屋子的特殊藝術，正顯示主人的藝術修養。

我想白屋是不隨便給人進來，除因安全考量，應該是為維護這些無價之寶的畫作不至於被偷竊或損害。屋主的女兒瑪麗・阿枯尼亞小姐（Maria Clara "Kim" Acunia Camacho）是畫作和珠寶的收藏家，她曾任蘇富比（Sotheby）拍賣行經理，他的先生 Jose Isidro Camacho 是菲律賓前財政部長，現任駐新加坡瑞士信貸銀行（Credit Swiss Bank）亞洲副總裁。

仔細觀賞蔗園裏的白屋，的確跟電影《飄》有一點相似，美國大地主的鄉野莊園都是這種風格。它聳立在千頃大的蔗林中央，這廣大厚實的甘蔗林像是一座連環圍牆，圍護著白屋的安全。白屋門前門後都有寬敞的走廊，走廊陳放著幾張鋼鐵和竹籐桌椅，可供休閒聊天、飲茶、下棋之用。走下後門的走廊階梯是大花園，穿過長長的石子路是游泳池和按摩（Jacuzzi）浴缸，周圍林林總總的花紅柳綠中有間小教堂，環境清淨幽雅，據說是兩老百年後要安葬的靈地。白屋內除了滿壁的油畫令人驚嘆外，更引人注目的是一座擺滿了有關憲法精裝書的大書櫃，而書櫃旁邊有一臺黑色三角大鋼琴。我似乎身處在一個充滿琴、棋、書、畫的藝術領域裏，心中好敬仰欽佩相偎相依的兩佬，在他們晚年能有這麼幽雅寧靜的大莊園可享受。

三夜四天的作客，主人是盡了地主之誼，供膳宿、陪參觀、陪遊覽。三餐新鮮精美、水果飲料甜品齊全，和不可少的切塊甘蔗。第二天主人本意是要帶我們坐船到對岸的 Iloilo 玩，但因風浪大而取消，後改用艋舺載我們到較近的小浮嶼。島嶼寸草不生，只有漂來的海草與貝殼，島上有座像燈塔般的小水泥屋，也許是供游泳者休息用的。站在島嶼上浪濤花捲捲沖激，遙望茫茫大海，我思緒隨波起伏……。陽光灑落在空曠的島嶼上，大家忍不住熱能的煎熬，玩一下下即打道回程，回到小碼頭的亭閣享用豐富的野餐。閒坐在海中央的亭閣用餐，真是一種浪漫的享受，傾聽滾滾浪濤聲，眺望海鷗展翅飛翔，聆聽吱喳的鳥鳴。我最欣賞那一道架設在水中，連接到亭閣的長長木棧道，木棧道兩旁是茂密青翠的紅木樹，不過，望著滔滔海浪的洶湧，難免引起我對突來海嘯的怯怕。記得二〇〇四年十二月二十六日的印尼亞齊發生由強震引發大海嘯的慘重破壞，罹難人數達二十三萬人，五十萬人無家可歸，這驚世的災難多少影響到我對海產生了畏懼。

主人盛情陪同我們參觀他的維多利亞煉糖廠，一路走來目之所及，盡是大片大片的甘蔗田，和運送甘蔗的大卡車來回穿梭，快到糖廠見幾十輛載著甘蔗的大卡車停泊在曠野等待進廠過磅。四、五層高的煉糖機轟隆隆地震耳欲聾，想不到熬製白糖的工程還真夠浩大繁瑣，從播種到收成要十個月，成長中雨水陽光要均勻才能肥沃甘甜，據說田中成熟的甘蔗超過十一個月不收成就會腐爛，至於煉製的工程我們只看到片面而已。因時間關係捨棄了參觀也是維多利亞牌的罐頭沙丁魚廠，所有維多利亞品牌的罐頭都是外銷，本地市場沒有銷售。

菲律賓人天性好客、熱情，大家在主人無微不至的招待下，吃得個個都增加體重，離開時主人還贈送每個人一小箱他家出產的沙丁魚、虱目魚、午餐肉、花生等罐裝產品。有人還向主人要了幾株甘蔗幼苗要帶回去栽種，祝福他小苗成林。

賦歸時，大家依依不捨地與主人告別，我百感交集，眼眶濕濕，不知何時再能返回蔗園與慈祥的兩佬閒話家常，祝他們安康，長命百歲。我視線轉移在搖著尾巴的狼狗，幾天來常聽到鳥叫聲，但總沒聽過狗吠，常聽人說：狗有人性，是動物中最有情義的，但我看不懂牠搖尾巴、伸舌頭、一臉冷漠的肌體語言的含意。車子駛出蔗園的狹長石泥路，再一次的顛簸搖盪，我回首再望那庭院深深的白屋，那田園的恬美與和藹可親的兩位老人，都將留給我一段難以忘懷的回憶，是我生命中美好的印記。

二〇一一年四月十八日

白浪（菲律賓）

本名潘嘉惠。原籍福建晉江，中學畢業於馬尼拉聖公會中學，後就讀國立臺灣大學中文系。自幼愛好文學，中學時代開始寫作，其散文、小說經常發表於各華文報章；曾為報刊撰寫專欄「燈下話閒」。二〇〇四年曾獲「菲華散文比賽」首獎，二〇〇五年獲「菲華短篇小說比賽」首獎。現為菲律賓作家協會會員。

炒三絲

那一年，第一次去美國，臨行前數日，在美國的次女來了長途電話：「媽！來時記得幫我帶兩、三罐『炒三絲』，久未嚐其味，甚是想念！」

我從不知道她如此喜歡「炒三絲」，既然特意交代，當然得替她帶上。

所謂「炒三絲」，即是筍絲、肉絲、干絲，三者炒在一起，味道不錯，下飯甚是爽口。次女單身在美，生活力求簡易，忙完了工作，回家只要開一罐，在微波爐熱一熱，晚餐就輕易地解決了。

我先跟大女兒商量，能夠帶多少？大女兒說：「『炒三絲』內有肉，不知美國海關能否通過？二妹如此思念，就帶三、四罐試試，不可多帶！」

心想難得老遠去趟美國，只帶那麼四罐，未免太少！我暗中多加四罐。好心的弟媳知道此事，臨行又送過來八罐，好讓她的甥女吃個痛快！

這下子我有點為難，一共十六罐，全部帶去呢？不帶？這問題在我心裏七上八下地翻騰著，最後狠下心來，全部裝進行李箱。

十多個鐘頭的飛行，終於結束了，隨身飛行了十多個鐘頭的問題，也即將面臨。惴惴不安地拎著隨身小提袋，跟在女兒後面。

進了海關，檢驗處讓我打開手提袋，看到裏邊三個橘子，說水果不能入境。我捨不得扔掉，就站到一旁，急急吃掉一個，剩下的兩個，才沒奈何地扔進垃圾桶。

行李出來了，檢驗處嚴厲地問我箱子裏有無肉類食物，我據實以告，打開箱子，滿眼的「炒三絲」，無法遁形地滿目皆是，檢驗人員很不高興地全部拿去扔掉，知道我是初次赴美，只告知我下次不能再犯，也就讓我過關！

眼見那十多罐「炒三絲」，終於難逃噩運，心裏多有不捨！

到了次女家，整理行李時，卻發現尚有兩罐，巧妙地躲在厚厚的外套中，真是喜出望外，女兒到底還是有口福的！

在美國，大女兒在岷的好友，有個美國男友，據說不久即將與女兒的好友結婚，他知道我們去了，特地駕著私家車來帶我們到處遊逛。中午，他怕我們吃不慣西餐，特地帶我們上一家中國餐廳。

女侍遞上菜單，我們正不知該如何點菜，想不到他毫不猶豫地把菜單接過來，很從容地點了三個菜，然後問我們，喜不喜歡？

我們正提心吊膽地想他是否全部點了湯？探過頭去看看，還不錯：一個炒三絲，一個糖醋肉，一個清蒸魚片。

「真了不起！你好像對中國菜餚很在行！」我忍不住翹起大拇指讚上一句。

「當然囉！不然，我怎能娶中國老婆！」他很自負地笑答著。

三樣菜餚中，糖醋肉與清蒸魚片還合人意，只是炒三絲，筍太老了，肉太澀了，不夠脆嫩，更談不上色香味！

提起「炒三絲」，最讓人回味難忘的，那是在臺北大一，初次與小驥單獨上館子的時候。

平時我們都是一夥五六個人，逛景點、看電影、上館子。那次趁其他人不在，小驥突然邀我上街，帶我上中華路的一家名為「真北平」的小館子。

平常我們大夥都是上「點心世界」用餐，根本不知道有這麼一家館子。

「喂！這家館子名為『真北平』，難道此地還有別家『假北平』！」我甚是有趣地問道。

「這兒的菜餚，才真正有『北平』的味道。你不是挺喜歡『炒三絲』麼？臺北只有這家才是物真價實、美味爽口的『炒三絲』！吃了以後，讓你唇齒留香！今天我特別帶你來品嚐，讓你回味無窮，永記心頭！」他神經兮兮地誇著。

「哎唷！你會不會誇過頭了！」我挖苦他。

「等一下你自己嚐嚐就知道了！」

這家館子不大，卻座無虛席，侍者忙進忙出，生意看起來不錯。

菜送上來了，未舉筷子，那微微飄過來的香味，已先喚起濃厚的食慾，待嚐了一口，真是滑嫩香脆，肉絲細又嫩，筍絲香又脆，干絲火候適中，味美無比，使人欲罷不能！

「你真是夠偏心的！平日怎不帶大夥兒上這兒，『點心世界』都吃膩了！」

我抬起頭來，忍不住責問他。

「那麼一大夥人來，情調都被搞壞了？我只是要讓你留下一段特別的記憶！」他語意深長地輕聲道。

我有點驚奇，眼前這個神情凝重的他，完全不是那個平日嘻嘻哈哈、輕鬆豪放的小驥，讓我見到沉靜一面的他。

我一語不發，靜觀他是否有什麼話想說。

「別看我平時嘻嘻哈哈地，我就是不讓他們覺察我深藏心中的情意。今天與你單獨相處，就是想讓你瞭解！」

他飲了一口茶，語意深長道：

「相處了這不算短的時日，你應該能體會到我這不尋常的心意，希望咱們能彼此珍惜這段緣份！」

望著面前一本正經的他，我保持沉默，心裏是一片迷茫，我是否能夠擁有此段情緣？該不該擁有？

在這一夥中，最欣賞他那軒昂的氣宇，爽朗的胸襟，風趣的言談，泰然的舉止，更喜歡他戴上空軍軍帽的儀表，一派雄風，多相襯的名字——「驥」，這匹千里馬，將來必馳騁長空，捍衛家園！

平常相聚，大家坦然相處，情投意合，他從未對誰情感特別，都是單純的友誼，我當然也不曾對他異生感覺！

此刻他的表白，來得那麼突然，使我似乎有點措手不及！

他的這份情誼竟如霧中之花，看得見，摸不著，又像那空中美麗的泡沫，伸手一碰，立即幻滅！

我仍靜靜地咀嚼著那盤「炒三絲」，不想多說，也無須多說，就讓心中的那縷感受像眼前的「炒三絲」，又香又美，餘味長存！

我不是不想擁有，而是有許許多多的問題、阻礙，使我不敢擁有！

幾十年後的今天，雖然人已故，情已盡，那美好的回味，卻裊裊地忽隱忽現，長繞心頭！

那年輕的戀情，什麼也不曾擁有，除了那段美麗的記憶，只留下無盡的惆悵！

就如他曾說的：「希望能彼此珍惜這段緣份！」

但是他呢？究竟在何方？是否仍在珍惜回憶？

二〇一一年三月八日

永樂多斯（馬來西亞）

原籍新疆伊寧，畢業於臺灣大學，馬來亞大學中文系博士，英國劍橋大學訪問學者。曾任馬來西亞瑪拉大學和馬來亞大學中文系講師。曾受聘馬來西亞教育部編寫中小學華文課本。著作有《我見，我思，我寫》、《雲淡風輕》、《永樂家書》、《美麗的馬來西亞》、《風雲人物鄭小強》等十餘部作品。現在馬來西亞國家廣播電台主持「思想泉源」節目，極受聽眾歡迎。曾獲臺灣中興文藝獎章，是馬來西亞十大最受歡迎作家之一。

幸福

以快樂感恩的心情迎接每一天，是我今年對自己的「基本要求」。

早上出門散步，我從內心對周遭萬物致謝，感恩上蒼創造了它們，讓它們美麗豐盛我的生活。我慢慢走，細細呼吸，享受晨起帶著草香泥味的空氣。

我把邊吃早餐邊看報看書的習慣改了。現在是一次做一樣事情。泡好香濃的咖啡，烤好一片麵包，我端著杯碟走到廊下的小桌慢慢享用。十分鐘而已，咀嚼，回味，吞嘛，「不急。」我對自己說，不急才能體會，才能感覺。感覺什麼呢？感覺自己的幸福。

自己的幸福自己找，一點都沒錯。

幸福的習慣也要培養。日本一位老醫生寫了本書叫《快樂的十五個習慣》。他說：

禽鳥的飛行姿勢
動物的奔跑方式
無論如何都難以改變
但是親愛的您
自己的生活方式，也就是您的生活習慣
從明天起可以完全不同
心中保有愛，珍惜擁有的一切，欣賞別人，感恩，我們都可以活得更好。

自備燈火

如果把人生比喻成登山的話，我現在該是開始從峰頂往下行的階段了。

上山時沿路的風景已經欣賞完了，如今必須要注意的是，下山的路，小心好走。

有一位法國人說過一句很有意思的話，他說：「一個有用的生命，進入黃昏期，會自備燈火。」

自備燈火，當然是能夠照亮自己的前路，同時還能給別人光明，為人引路。我覺得這四個字鏗鏘有力，也希望自己能夠優雅，不給人負擔地老去。

其實很多時候會忘記自己的年齡，總是想學，想充實自己。周圍同齡的朋友個個花枝招展，穿梭蝴蝶般的在人生路上飛翔，也讓我看不到蒼老的痕跡。只是「不知老之將至」，心境青春是一回事，身體頭腦的操作又是另一回事，不想這個「老」字也不成。

一切就順其自然吧，我會自備燈火！

大富翁

我每天早上出門散步。打開房門，走出家外，歡迎我的是清晨的微風和藍天白雲；看到初升的太陽，暖暖的照在萬物之上，我的腳，一步一步的踏在大地上行走，我內心有無比的感動。

《易經》上說：「天行健，君子以自強不息；地勢坤，君子以厚德載物。」不論外在如何，日月星辰，總是在固定的時候在固定的崗位不曾歇息；而不論我們如何踐踏，大地都以無比的包容默默承載。看到眼前的天地給我們的無言的啟示，我們就知道活在世上一天就要努力盡責，就要寬容愛物。

路邊的大樹開滿了黃花，地上的小草鋪了一地的青綠，電線上的小鳥為我們歡唱，大自然不要我們一分錢，一點力，為我們提供了視覺心靈的美好。看到眼前的一切，我由衷的感謝。我從心裏向它們道謝，向它們致敬。我的快樂，我的心平氣和，全來自於它們無私的施舍。

吃飯的時候，咀嚼著米麵菜餚，我細品個中滋味，感覺它們在我身體裏慢慢轉化成豐富我生命所需的能量。我不自覺的要感恩這些果菜穀物，感恩把食物帶到我桌上的所有人，我能有健康的身體，充足的精力，沒有它們是不可能的。

或許我在生活中也碰到負面的人物，但是他們也提供了一面鏡子警惕我自己，不要做讓別人傷心懊惱的事，讓自己能夠修養得更好。有人說，如果你要知道你有多富有，就算算你有多少金錢買不到的東西。這樣一看，我們每個人都是大富翁呢。

一個人

我喜歡一個人開遠途的車到一個沒去過的地方。

沒去過的地方，不論是大城小鎮，只要沒去過，就新鮮，就精彩。到那裏，即使什麼都不做，看看人，呼吸一下那裏的空氣，就感覺很好。就很開心。

當然開車的過程，是一個能夠帶給我快樂的重要步驟。所以要做好準備工作。

上車前，我先過濾自己收藏的CD，依照當時的心情，選擇自己的最愛。車一開動，車裏連綿不斷擺動的就是讓自己安定、愉悅的美妙音樂。樂聲按摩我的神經，撫慰我的心靈；而我的思想隨著車奔馳，沒有人打擾，沒有事煩憂，我，就屬於自己，那種感覺很好。

年輕時喜歡呼朋引伴，有了家，不呼，也是前呼後擁。看電影，逛街，旅行，乃至吃飯喝茶，都沒有自己的空間。那時從沒想過要獨處，獨處，是奢侈。

現在，奢侈輕飄飄地飛到了面前。我很珍惜。

散步，我喜歡一個人。看到前後左右一群人邊走邊說，熱鬧吵雜，覺得不可思議。去餐館吃飯，一人獨坐，靜靜地，專心地享受食物，不用找話題，不用顧慮別人，感覺好好。

家人朋友，當然，也是我快樂的泉源。但是偶爾一個人生活，或是故意讓自己掛單，其實也是很美麗的事情。

爸爸牽著我的手看世界

這篇文章是為父親節寫的。刊登在二〇一〇年六月二十五日的《星洲日報》副刊上。刊登的時候，我人在臺北，沒有讀到印成鉛字的文章。回來後一些朋友跟我提起，也有一些朋友沒有讀到，聽說我寫了這樣一篇文章，希望我在部落格中再「發表」一次，於是，應朋友之命，我把它從電腦中調出來。其實文章寫得匆忙，又有字數限制，有機會，我希望重寫，趕在八月八日臺灣的父親節寄給爸爸過目，希望他喜歡。

我在廚房清洗早餐的碗碟，妹妹和爸爸在外面的客廳裏喝茶聊天，我依稀可以聽到他們的談笑聲。

窗外，伊斯坦堡的天藍得好純淨，草地上遍是野花，紅的、黃的、紫的、燦爛耀眼。看著平凡卻讓人感動的風景，回味著在這個假期裏和父母、妹妹天天共進早餐的溫馨，「幸福」的感覺在我的心裏一直蕩漾。

就在這個歡喜的時刻，妹妹紅著眼走進了廚房。

「怎麼啦？你不是和爸爸談天談得好好的嗎？」我詫異的問。

妹妹點點頭。「對呀，可是聽爸爸說到他什麼都不怕，就怕得到失智症，擔心有一天會忘記我們的時候，我就難過了。」妹妹哽咽著說：「大姊，你不知道，爸爸跟我說這些話的時候，眼睛裏有我從沒有見過的憂傷。看到他這個樣子，我的眼淚不覺就流下來了。」

聽妹妹這麼說，我的眼淚也奪眶而出。不過我這個姊姊還是想到了安慰她的話，「我看我們倆每天忘東忘西，得失智症還差不多，爸爸哪裏可能？他的胃口那麼好，身體那麼強壯，記憶力那麼好，反應那麼敏捷，唉，你放心啦，他絕對絕對不會有問題的。」

兩年前，在烏魯木齊。四位新疆大學的教授手執錄音機圍繞著他，聽他談四六－四九年間新疆的人與事。爸爸思路清晰，聲如洪鐘，在他娓娓講述中，消逝的歲月，重新還原成一張動人的圖畫。教授們嘖嘖稱奇：「九十歲了，還能說古論今，你父親就是一本精彩的歷史。」

在這之前幾年，爸爸和我國詩人奧斯曼阿旺相見，他們各自用各自的語言朗誦詩作：愛情、生死、政治、國族……。父親一首首的吟誦。儘管聽不懂維吾爾語，但是爸爸吟誦詩歌時澎湃的感情氣勢，讓在座的陳應德教授感動得直呼父親為「天山雄鷹」。

今年九十一歲的爸爸，背不駝，腰不彎，健步如飛，說他是翱翔天地的雄鷹並不誇張，但是我卻喜歡在回憶中檢視他的溫柔。在我心中，他始終是保護我，照顧我，疼愛我，牽著我的手走世界的爸爸。

我記得：三四歲的時候，爸爸牽著我的手在人潮洶湧的街市買小魚；十幾二十歲的時候，爸爸牽著我的手在外國街頭購衣物；三、四十歲的時候爸爸牽著我的手上長城，回家鄉；即使如今在土耳其，爸爸還是牽著我的手搭汽車、乘渡輪，這裏走那裏走。

爸爸精通土耳其文，沒有爸爸當翻譯，說真的我還不敢出門。而他並不以當翻譯、作嚮導、替我付帳為滿足。東西重的時候，他要搶著替我提；人多的時候，他斜側著身保護著我。在他的眼中，我是他永遠長不大的女兒，儘管我已白髮叢生；而在我眼中，他也是我最硬朗的爸爸，雖然他已慢慢老去。

歲月讓人老，但是握著爸爸厚實溫暖的手，我感覺到無比的力量。

故友

在熙來攘往的鬧市，遇到了一位十幾年不見的朋友。她大聲喚我，我回頭張望，好久，我才想起，原來是她。

彼此沒有什麼深厚的友情，但是來自同一個地方，曾有一種他鄉遇故知的感情，尤其當年遠嫁來此，人生地不熟，只要聽到鄉音，就覺得親切。即使個性、思想永遠都不會交集，鄉情，卻把完全陌生的兩個人拉在一起。

我們曾在一起吃過飯，偶爾也到對方家裏坐坐。她是一個特立獨行的女子，說話，行動都與眾不同。和她在街上一起行走，我總會迎上旁人不以為然的眼光。不過，我尊重她的特別，她也能坐下來聽我說話。我們其實並不需要了解，來自同一個地方，相濡以沫該是最重要的吧。

後來聽說外表堅強的她崩潰了，我心中十分難過。那時，她剛和丈夫分手，沒工作，沒積蓄，一個單薄的女子，要面對身心的挫敗的確很不容易。但是好強的她，心中的痛苦要遮掩，現實的難題又排山倒海不斷撲來，想必日子非常難過。我曾支支吾吾地表示要助她一臂之力，電話那一頭，傳來的卻是堅決的NO。

這句NO，在我耳邊迴響了好久。一些她認識的朋友，也同樣在滿腔熱情的情況下，被她澆了冷水。於是大家都只有眼睜睜地望著她在狂濤巨浪中浮沉，最終看她進了醫院，最後回家。

她剛走的時候，朋友相聚，有時還會提到她；只是問起她的下落，大家都搖頭。人海茫茫，誰也不知道她到哪裏去了。在這個一切講求迅速的時代，要認識一個人很容易，要忘記一個人，也不難。很快的，她也在我們的談話中消失了。

沒想到這麼多年以後，我們竟然會在街頭重逢。她的神采沒有了，跋扈飛揚沒有了，說實話，要不是她先叫我，我還認不出她來。我很想跟她說什麼，卻什麼也說不出來。好不容易問了一句：「你還好吧？」她點點頭，這十幾年的時空就合攏了。

我們沒有再多說話，也沒有再約喝茶吃飯，淡淡的一聲「再見」，我們又站在人生的兩岸。人來人往，她很快的閃進了人海，一下子就沒了蹤影。我呆呆佇立街頭，好久好久都提不起前行的腳步。

李惠秀（菲律賓）

筆名枚稔，為菲華已故著名詩人許芥子夫人。出生於廣東臺山，定居菲律賓馬尼拉，執教華校近四十年。曾獲獎項：中華民國語文學會，僑委會頒贈：第十四屆中國語文獎章獎狀及對菲華社文教工作特殊獎狀；菲宿務無名氏引叔（施維鵬）一九九九－二〇〇〇年度「模範華語教師」獎金獎座，為菲律賓隴西李氏華文教師聯誼會創會會長。作品選入：《菲華文藝》、《茉莉花串》、《薪傳十年》、《菲華文學》、《正友文學》、《第十二屆亞細安文藝營文集》。

歡樂組曲

在人類的「七情」中，歡樂是很美好的心理狀態，也是一種充滿幸福和滿足的感覺。然而，歡樂往往可能受了精神或物質生活所影響；必須由自己去尋求和爭取，方能真正體會得到。

好多年前，美國勵志叢書名作家 Og Mandino 應菲律賓某大書店邀請訪菲，舉行他的 Cardinal 袋裝書之勵志叢書推介會。我有機會請教他如何才獲得快樂人生的奧秘；他含笑肯定地告訴我：「Always count your blessings（常常數你的恩惠）。」讓我想起了一首給過我很大啟示的聖詩——「數主恩惠（Count your blessings）」：「當你經過試煉，茫然無所從，你心絕望，以為什麼都失去，就當數主恩惠；當一一的數，你就要希奇祂曾如何眷顧你——數主恩惠……當你看到別人屬世的亨通，你若念主應許，心就不會動。你所受的恩惠，原來無處買，你有了父的家，又有主的愛。所以，無論遇見大小的試探，不必灰心，萬事總有主承擔。你若數主恩惠，天使要來臨，伺候你，並使你歡欣。」而又有所感悟。

我們中國民間也流傳著這樣的一首小詩：「知足常樂，天天樂，慾望太多，天天憂；比上不足，比下有餘，凡事隨緣最快意。看得透，是福氣。知足常樂，天天歡欣。」由此可見知足是歡樂的源泉。來自內心的歡樂，往往是始於知足自滿，是自我的肯定。

說來，證嚴法師的《靜思語》亦提到：「為人要：心中常存善解、包容、感恩、知足、惜福……一個人的快樂，不是因為他擁有得多，而是因為他計較得少。」此著實是發人深省的開示。

我是很平凡的人，在平實的人生中卻曾擁有過很多恩惠，讓我內心常常充滿感恩惜福，和自滿知足的愉悅。倘若從記憶的八寶箱裏，數數緊連著的美好回憶珠璣，就會喚回串串溫馨愉悅的舊夢……。

從二〇〇四年接受了一場大病的治療以來，我更深深地體會到神的大愛，和親情、友情、師生情、同事情與同窗情的可貴。我在患病及調養（復健）之際，甚至目前對病情尚待追蹤檢驗期間，都承蒙諸位親友、恩師、醫師、同學、門生及熱心的華社文教團體人士的親切關懷，愛護備至；熱心悉心多方賜予精神、物質及經濟上的大力支持，俾我得以順利度過難關；恩同再造，深銘五內，現特此再謹向上蒼與各位親朋好友、老師、醫師、母校、校友總會、隴西李氏宗親總會及華社文教團體和有關人士，致以最大的謝意、敬意與祝福；亦應得獲重生而感恩欣慰……人生何幸有此難得的平安福分，真是夫復何求！

這也是好多年前的往事了：世界最偉大的美國人類學家 Margaret Mead 曾應聯合國駐菲的「教科文組織」（UNESCO）特別邀請來菲作數場學術專題演講和主持講座。我有幸和她聚談，請問她對有關人生樂事的看法。她很親切地告訴我說，人生不一定能有機會選擇自己喜歡的工作，但每個人都能培養喜歡自己所做的工作之樂趣——要盡量去喜歡自己的工作，這樣，自然就會樂在其中……這項「樂業」的忠告，後來就成了我的座右銘。我常常和親朋好友分享與落實這寶貴的金石良言。

中華文化，博大精深，源遠流長，對世界之貢獻及影響至大。而語言專家都認為，從應用和藝術觀點看來，華語文是世界上最簡易，最科學化，最具特色和優美的語文……。

筆者從事華文教育工作近四十年，一向以負起「傳道、授業、解惑」的神聖任務；和傳承及弘揚中華文化竭盡棉力，為傲為榮為樂……而每當在應酬的交際場合裏，遇到了能將華語講得字正腔圓的外國人或華裔青年，真是又感動又高興。還記得多年前在一個偶然的場合，認識了一位美國朋友，在彼此交換了名片，他竟用「普通話—華語」把我的中文姓名的音、形、義都準確而妥貼地說出來；還為我寫下了他（Herman Bay）——「河門」的兩個端正可喜的中文名字。我以為他是當時趕上「中國熱」而學習華文的；誰知他是二十多年前在大學時代就選修過了。他自認很仰慕和嚮往中國文化，所以一直以能說中國話和能寫中國字為榮為樂。這使我著實敬佩他的好學精神；對他也增了一份親切感，更給我留下了深刻的印象。

回顧我們在菲律賓的華僑社會，由於一九七六年菲總統馬可仕（F. Marcos）宣布菲化僑校後，為了因應現實環境，僑校已將辦學目標著重於培養富有中華文化氣質的菲律賓公民；又因華文上課時數減至只有二小時，為了要趕教學進度，教師多偏於重教不重管；並且中國史地和公民道德的課程，皆未能納入，令到學生對中華文化都沒有良好的觀念；而對生活倫理及行為規範也無所適從；加之華語文在日常生活上應用的機會不多，影響到學生的學習興趣和意願不高；有時甚至會排斥，造成華社很多困擾……。

所以當我還在母校菲律賓中正學院主持「中國語言研究中心」時，有一位好學的學員曾經在課堂上寫過這樣的話：「快樂，就是能專心努力，把華語華文學好！用好！」

我在高興欣慰之餘，是多麼希望他這句激勵的話，也是我們每一位華僑華裔青年的心聲！

有一年暑期，不是為了時尚，而是為了學習的興趣，跟懿妹一同回到中正母校，和好多阿公阿嬤的校友歡聚，一起學習電腦操作和上網尋找資料等入門課程……從不斷的嘗試過程中，落實了「學到老，活到老，還要活得更美好」的現代教育理念；也從中享受到無窮的學習樂趣。

英國名詩人濟慈認為：「美的事物是永恆的喜悅。」這種精神上的享受、慰澤和喜悅，並非皆由金錢的代價所能獲取；而往往可以張開心靈的眼睛和耳朵，去欣賞周遭美好的事物菁華，來體會精神上的滿足而喜樂。

真幸運，也很感恩我親愛的雙親和敬愛的恩師們，在我平凡的生活中讓我早年就有緣結識了文學之神阿波羅（Apollo），一直緊隨他進入奇妙的書的世界遨遊，陶醉在芬芳的書香裏，使人類的文化精華，從古到今，流轉在彈指之間，並以開朗輕鬆的心情，虛心向書裏的中外文學與藝術大師及學者專家請教，來啟迪智慧，拓展視野；且如「人間讀書會」所倡導的：來「讀做一個人，讀明一點理，讀悟一點緣，讀懂一顆心」，將生活書香化和趣味化而樂在其中。

遙想在母校中正學院求學那段最美好的黃金歲月裏，音樂之神對我似乎特別恩寵，總愛牽引我到一個飄逸空靈的精神世界漫遊；我還常常在藝海的邊沿，聆賞一陣陣中外的古典或現代之樂韻歌聲；觀賞一道道七彩繽紛的藝術彩虹，使我有時蕩氣迴腸；又時而給我激勵鼓舞；心曠神怡，身心受益；提升了精神的境界。在人生漫長的旅途上，文藝就如一道曲折曼妙的河流，淨化我的心靈，滋潤我的生命，充實我的人生，因而在平凡中知足而幸福歡樂⋯⋯。

若萍（泰國）

本名翁惠香。祖籍廣東潮安，生長於泰北清邁，後移居曼谷，長期服務於報界。八〇年代於工餘開始投稿各華文報副刊，作品以散文為主，出版有《龍城河畔》與《佛邦漫筆》散文集。現任泰國華文作家協會理事，泰華文學編委。作品曾多次獲獎。

失眠之夜

相信每個人都有失眠的經驗，夜深人靜，萬籟俱寂，應該是可以舒暢的睡一個好覺的。但現在我卻是頭腦混亂地躺在床上，聽著自己粗重的呼吸聲，仰躺俯臥再側睡，輾轉翻覆，耳聽一個時辰、一個時辰地過去了；不管精神是多麼的疲憊，雙眼是多麼的困倦，奈何就是進不了夢鄉，表面上人是靜靜的躺著，但思維意識卻像脫韁野馬似地不受控制。

一隻綿羊、兩隻綿羊、三隻綿羊……吸氣、吐氣，吸氣、吐氣……阿彌陀佛、阿彌陀佛、阿彌陀佛……。

已經數了不知多少隻綿羊，也吸進去了滿肚子的悶氣，和吐出了不知多少的懊惱，睡不著就是睡不著，阿彌陀佛也幫不上忙！

在長長的失眠隊伍中，我可說是一個頗有韌力的堅持者，多年來都不曾掉過隊。雖然我並不喜歡失眠，甚至害怕失眠，可是我卻像有牢不可移的意志，始終是流連在失眠的隊伍中，應了一句潮州土話——「愈畏愈對」。

醫治失眠有很多良方，有人教我睡前喝一杯牛奶，有人教我睡前作一些柔軟體操，有人教我睡前看看書、聽聽音樂，有人教我睡前把雙腳泡泡熱水，有人教我睡前按摩穴道，甚至有人教我躺在床上扮死人……。

然而我發現，最管用的入睡方法還是吃安眠藥！一顆藥丸、兩顆藥丸，加上半杯水，比學死人全身放鬆還更快失去知覺，但吃安眠藥並非妥善的方法，不說吃的分量是越來越重，畢竟的是昏睡並不同於熟睡，第二天頭腦昏昏沉沉的，有時連簡單的加減乘除都算不出，看來吃多吃久了以後，很可能有一天是一了百了，連扮死人也都可省了。

在歷經了漫長的失眠歲月後，我終於接受了事實，也悟到了一項歪理，就是既然睡不著，頭腦混沌眼皮沈重全身乏力，起來看書寫字也沒興趣，何不乾脆找一些在白天沒時間做的事做，於是我在床頭放了個小小的收音機，睡不著覺就扭開機，心領神會感受一番收音機包羅萬象的飄渺境界。

那虛幻的世界真是熱鬧極了，一個電臺、一個電臺就像是擺設在佛寺盛會裏的各類攤子，除了一些時下青少年喜歡的流行歌曲、與男女打情罵俏節目外，賣藥的，解答問題的，評論時事的，醫學，農業，球賽……無所不有。

我一個攤位一個攤位地瀏覽過去：這邊一個節目女主持人，吊高了嗓音，正用刻薄尖酸的口吻對一些時事冷嘲熱諷，極盡挖苦貶損之能事；另一個攤子上，一些人正在對那自詡是神機妙算、能為世人指點迷津的相士吐露心聲，冀望那素不謀面的算命先生能為自己帶來愛情的好運，或是飛黃騰達大發其財的機會。聽著聽著，我突然想到，假如世間真有活神仙的話，真是非相士之流的人莫屬了。

摻夾在轟轟烈烈、熱熱鬧鬧的攤位間，偶爾有一些播送著輕音樂與老歌的電臺點綴，也還有正在解說佛經的老和尚，苦口婆心的講解著眾生的無常與苦：

「……世間萬物均由地水火風四大相組成，緣聚則生，緣盡則滅，一切事事物物，都是瞬息不停地在變幻；人心裏的念頭是隨生隨滅，也是假有的東西，實際上並不存在。喜怒哀樂的情緒，都屬心理的作用，執著於虛幻的東西，就是眾生痛苦的根源。……現在居士善信們對佛法有什麼不瞭解的地方，有疑問可以提出來討論……。」

一片寂靜，沒有反應，接著零零落落的，終於有人從電話線的另一端，提問了一些不著邊際的小問題。

陽春白雪，曲高和寡。在這占了人口的百分之九十以上是佛教徒的國家裏，佛陀的教義，已經是距離急功近利的現代人越來越遠，越來越成了吃飽飯沒事做的老年人、或是精神痛苦的人的慰藉，比不上又扭又跳、又吼又叫的歌手，更能捉住新時代青少年人的心。

再移轉過去，又是另一番情調，情緒高亢的伊斯蘭教徒，也正起勁的朗誦講解可蘭經。儘管我對伊斯蘭的教義是一無所知，但常常都有機會感受到伊斯蘭教徒的宗教熱誠。很多個曙光未露的清晨，陣陣的唱經聲總會由一公里外的伊斯蘭教堂裏的擴音機裏傳出，飄越過寧靜的天空，穿透進我的臥室，然後再鑽入我的耳孔裏，把我正在遨遊夢鄉的靈魂喚回。於是在半睡半醒的迷糊朦懵中，我神智未清地聆聽著那拉得長長的、抑揚頓挫的聲音，一面捏著手指默默在數那音波的長短：一、二、三、四……每次都對那能夠一口氣不斷的呼喊出那麼悠長聲音的唱經人感到欽佩。

該睡的時候卻睡不著，確是很煩惱的事情。胡思亂想至此，我突然想起，儘管我們的社會裏有很多人組織了各種性質的聯誼會、協會、公會之類的團體，但似乎還沒有人成立一個失眠者聯誼會，這未免真是在百花齊放、萬鳥爭鳴的各種聯誼會、粉絲會中的一個缺憾。

什麼時候有人登高一呼，我將首先響應。

林素玲（菲律賓）

常用筆名：林鈴、陸子麟、林得詩、路爾特斯。菲律賓土生土長華人，祖籍福建廈門。碩士學歷。已出版隨筆散文集《隨緣自在》（二〇〇二）、《悅讀人間》（二〇〇三）、《星荷緣》（二〇〇三）、《心靈視窗》（二〇〇七）。微型小說、小詩隨筆合集《笑拈茉莉》（二〇一〇）。

糖在茶水裏融化了

（一）加糖的茶

某週末，一家人去酒店咖啡廳喝茶。把一袋Lipton茶放進茶杯，加水後，順手拆開一包糖放進去。

「茶很苦嗎？」啊，孩子突然的問話，讓我跟外子楞住了。是習慣還是「隨俗」，什麼時候喝「半西方式」的茶就會很自然的加糖？好像它已是文化傳承的一部分。就像每次與孩子們談話時，中國話裏總會無意間加一些英、菲語進去，跟糖一樣，它很快地在開水裏融化了，分不清，也抽不出來，只有讓它順其自然地合為一體，成了新一代的「餐飲文化」吧。

希望下一代能學貫中西，在西方的社會裏能立足、落地生根，又恐他們忘了回頭探望祖輩的「家」。於是，父母在融合與傳承之間不斷地徘徊、掙扎。許多將孩子們送到國外留學的父母，到了老年，大多數都有同樣的體悟，長了翅膀的鳥兒越飛越遠，只有偶爾稍來一聲「哈囉」的問候。他們奔向自己的理想，其實那個「理想」本來也是父母為他們編織的夢。如今夢想成真，卻感覺很矛盾，好像那茶，又苦又甜。

已不能完全要求泡出原汁原味的茶，只希望還能保留些許來自祖輩家鄉的味道。或許，要孩子們泡什麼樣的茶已是其次，重要的是趁孩子們還在自己身邊時，多陪陪他們，讓他們自己感受那所謂的文化傳承。

（二）畫紙上面的世界

記得孩子們尚年幼時，我與外子常幫他們報名參加「親子繪畫比賽」。有次主辦單位出的題目是「我的寵物」。看到許多家長忙著拿出大盒小盒的彩色筆和一些報紙、雜誌或從漫畫書剪下來的圖案讓子女參考或臨摹。每次我們只是抱著湊熱鬧以及讓孩子能有多一個課餘活動的心態來參加，除了一人帶一小盒蠟筆和幾支彩筆外，並沒有做其他任何準備。

首先我把題目解釋給兒子聽，他立刻決定要畫魚兒。一下筆，就畫了一個大半圓形，我嚇一跳問他畫什麼，見他不慌不忙地說是裝魚的魚缸呀！我嫌他畫得太大了，已占了整張紙的一半，他的理由是魚是主題，就要畫大一點。接著他又畫一個小男孩，說是自己在看魚，不過看來看去，男孩頭部的起筆太高了，等畫到腳部，整個男孩豈不是掛在空中嗎？我就像專家似地說他位置畫錯了，沒想到他卻說，魚缸放在桌子上太高了，我個子小看不到，所以要站在凳子上才看得到，於是他就在腳下畫個凳子。

唉，好像有道理。跟放風箏一樣，能握住線的一頭使之不會迷失，又不妨礙到它自由的飛翔，或許是處理親子關係的一大學問，也是文化在傳遞中應該有的觀念。

（三）酷個夠

孩子漸漸長大，我們發現了新的「親子活動」。與女兒沒有讀「床邊故事」的習慣，最開心的是一起「悅」讀連續劇。學校放假，就買了一大堆光碟：《就想賴著你》、《下一站，幸福》、《愛上琉璃苣的女孩》、《痞子英雄》、《微笑 pasta》、《花樣男子》、《海派甜心》、《花樣少年少女》、《咖啡王子》、《惡作劇之吻》、《天使的誘惑》、《單身公主相親記》等。看了《一起來看流星雨》，又期待著《一起又來看流星雨》的放映。電視上看不過癮，又去買數碼光碟（DVD），兩岸三地的看完，接著看韓國連續劇，有華語對白加字幕，難得孩子有興趣看，相信他們將從中學點華語。

外子發覺我也看得入神，說：「這時代的片子還能如此吸引你，看來你還算『年輕』呵！」「哈，年齡是大了些，但情感是永遠年輕、豐富的哩！」

易中天教授說過：「如果要讓人家愛上讀書，只有一條出路，就是書要可愛。先哲的書，它們曾經也是非常可愛的書，只是因為時代久了，語言上有了一些障礙而已。中國的文化傳統其實從來沒有中斷過，只不過是以不同的方式、通過不同的渠道在延續。」

時代在變，方式和渠道也在變；回顧年少時，幾部瓊瑤的小說和電影，對於筆者現在的中文基礎是功不可沒的。因此，我很樂意陪孩子們看這些影片，不僅能加強親子關係，是另類的「充電」；且能再次品嚐「年輕」的滋味，真的很「酷」、很甜美哦！

（四）天涯共此時

另一個不能夠沒有的「親子活動」就是「吃」，筆者可以說是在慶祝中國節日裏「吃」大的。至今，從第一個月圓的元宵到最後一輪明月的「尾牙」，都不曾被遺忘。有次中秋，我們一家四人圍著一隻小碗，玩「博餅」（擲骰子）遊戲。圍在一起的感覺真好。骰子撞碰瓷碗的悅耳叮噹聲，使記憶回到小時候。父母親逢中秋夜就與我們姊妹一起玩「博餅」遊戲，當時也只有四人；然而那叮噹聲足以讓我們感受到父輩離鄉背井後，那種「海上生明月，天涯共此時」的情懷。

父母親都是廈門人，對於「博餅」、民族英雄鄭成功屯兵廈門的故事感覺特別親切。據知，一群滿懷反清復明的豪氣將士，因留守他地，每逢中秋月圓時都會思念家鄉的親人。因此，鄭成功的部下洪旭就發明了「博餅」遊戲，讓士兵賞月博餅，排解思鄉之苦。即使廈門月餅已被廣東式的月餅代替，「博餅」已被改進，父母輩思鄉思親之情卻不曾淡化。

因此每年的中秋，我們堅持與孩子們玩「博餅」遊戲，擲骰子的叮叮噹噹清脆響聲、孩子們的歡笑聲，只為了那美麗的傳說和傳承。窗外是否看得見月亮？月亮是否真的最圓？這些都已不是很重要。一樣的圓月，不同年代的中秋月，但願下一代能把那叮噹噹聲傳承下去，讓「故國的明月」永遠在他們心中升起，不忘「共此時」的珍緣。

（五）嗯，好茶

從《功夫熊貓》動畫片到中國文化，以本土的角度看新生代的華文教育，無形中分享了一些想法和感受。可能是受父母輩的中華文化薰陶較濃，以及環境的助緣，現代孩子們對中華文化可能有著很深的情感；然而，說不定再過幾代，那種溫度和熱情自然而然地會隨之冷卻、淡化、消失⋯⋯。

或許，無需憂心或執著，因為自祖父母輩跨向南洋的第一步，早已註定了子孫將來

「隨緣」的命運。撒落在地上的種子，風吹飄散，飛到哪兒，就在哪兒開花吧！

又或許，無需強調或苦惱，正如于丹教授說過的那樣，能傳承五千年的文化，必然有她沒有斷層的理由。好的文化傳統無論多遙遠，歷經語言的障礙、時代的變遷，終究也會被人們尋回！

「媽，你又在茶水裏放糖了」，哈，又忘了？不是美酒加咖啡，而是紅茶加糖。嗯，好茶！

柏一（馬來西亞）

祖籍廣東鶴山，出生於馬來西亞霹靂州怡保，現任大馬華文作家協會副秘書長。柏一專著十五種長中短篇小說與散文集，其中五種在中國河北及臺灣出版；長篇小說《畫城傾情》拍攝版權售予中國影視公司；《北赤緣》由中國編劇改編為電影劇本。柏一曾獲國內外文學獎約三十項，包括大馬優秀作家一等獎、花蹤散文首獎、全國長篇小說、亞洲週刊全球短篇小說、亞細安微型小說優勝獎等。

寧大冬夏情

走在樹下，我愛和朋友說一句話：「看樹上的新葉，是你我的相聚；看地上的落葉，是你我的分離……。」

是的，風一吹……葉和葉，人和人，就此天各一方。

朋友說我傷感，朋友說我煽情……但我覺得平靜，天各一方沒什麼好，可也沒什麼不好，都很平常，很平靜。

這樣的情懷，我在中國寧波大學再一次深刻體會葉和葉，人和人，我在寧大由冬至夏的冷暖裏，平靜和平常地再一次感受心靈洗禮。

結緣寧大——漂泊與依靠

那年春天，元宵節剛過，我懷著漂泊之心飛往神州，已記不清究竟是第幾次涉足這片令我長久神往的大地，該是二十多次吧！可這是打算較長時間停留的首次，起碼半年，也許幾年……進修是和音，生活是主調，一天一天，一遍一遍……只要有情，只要有心，只要有生命，就有步伐和腳印。

可人生無論漂泊或停靠，一走一站都是周周轉轉的我二月十一日赴華，先到杭州後轉寧波，本想直奔金華，進入早已報名的浙師大，可峰迴路轉急拐彎，一會兒卻走入了山東，過臨沂到平邑，登青島遂回航經蘇杭，一路顛簸會友逍遙，最後咋整的又回到了並佇足於寧波，很折騰又很順遂地，最後進入寧大進修心理和哲學。

為了體現這種漂泊與依靠之心情，我今回一赴華即已啟用另一同音筆名：泊依漂泊依靠，我就在中間兩字飄搖這許多年了，我這才明白柏一與泊依同行啊！

寧大之冬——春遲冬意留

如此一番周折後，我本可輕鬆置身於春暖花開的大學校園了，然天氣的任性變幻就如同人性之反覆無常，也都只是愛耍點孩子氣哦！入春開學期，寧波竟還奄奄臥在執拗的冬寒中……。

我那時住宿位於寧大東校門的留學生賓館，天天踏過羊腸小徑，穿越大片樹林，被厚甸甸羽絨暖得胖嘟嘟、臃腫笨重的我，舉目環視，卻都是被凍得光禿禿瘦骨嶙峋的樹幹和枝椏。

老實說，這樣連一片新葉和落葉也沒有的樹林，落在長期居於熱帶蕉風椰雨中的我的眼裏，簡直是不可多得之奇景啊！因此受涼而埋怨的心，不禁又感恩春之遲，教我這怕冷而冬季不敢來的膽小鬼，依然有幸體嚐冬之秘；並且多情愛上了無情天，直想脫下身上毛茸茸的衣，去包裹林間赤裸裸的樹。

冬情的寧大，可確是苦了滿林的樹啊！更堪憐那冒不出的葉，讓我和寧大師生以及寧波朋友的相聚，始於沒有新葉而只有冬意之春裏。

寧大之夏——春去夏速來

大段怯寒且憐樹的日子後，不知哪天路經樹林的不知哪個驀然抬眸，我訝喜察覺梢頭椏身添上了點點綠……恍如隔世代的陌生又彷似眨巴眼之熟稔，我想起了這就是新葉！這就是長在樹上的新葉了……可不是麼？這就是春意盎然而青嫩蓬發，久違而讓我乍遇之春至新葉！

春，這才算是來了哦！

我心中的詫嘆，喚醒了渾身沉睡的細胞，領會著冬眠方甦醒，春夢誰先覺……這一冬眠可真夠長！足足半生了哦！我甦醒於寧波遲臨而苦短之寒春，唯盼有覺於人生遲臨而綿延之炎夏，以至秋冬過盡又一春……。

冬眠悵悵，冬意長長，可春去夏來卻只在一晃眼——

我看著點點淡綠長成了片片濃綠，讓我穿越樹間，頂上猶如撐了把大傘，可清涼的春風和蔭鬱的春林，伴我護我卻只是這麼一小會兒哦……。

由於搬離東校門宿舍後較少走過那羊腸小徑了，後來不知哪天再路經那樹林的又不知哪個倉忽猝然間，我驚覺腳下鬆軟軟又脆乾乾地，像踏在什麼厚沉沉的墊席上……一個淡悠神思，再一個恍如隔世的陌生，又仿似眨巴眼之熟稔，我就看見了一路的落葉！這就是掉在地上的落葉了……可不是麼？這就是夏日炎熱而乾癟碎落，久違而讓我踐踏之春逝落葉！

春，這又算是走了哦！

今年春色確是苦短啊！難怪溫家寶總理也說：「莫道今年春將盡，明年春色倍還人。」

這就是了！眼前的景色一定更美好，期待中的未來景色也一定更美好！與其對逝去的春天感到無比眷戀，不如對即臨的夏天表示熾熱歡迎。

於是我對自己正式宣告，我的神州之旅由冬躍過了春，直接迎來夏景，延展我與寧波和寧大之情……。

夏天的寧大，表皮只像換上了清爽的衣衫，內裏卻是渙然一新地振奮起來！她的渾身骨架是學問，她的遍體血液是師生；骨架堅固地支撐著，血液鮮活地竄流著，巍巍學府就如同肉身傳承著精神綻放著性靈……這不僅僅是歌頌與讚揚，而是心領神會著那一股火焰點燃生命之活力啊！

寧大之情——過程與結果

這就是寧大的夏日風情……這就是一股靈動之生命光輝，直向學子們照耀和輝映的日子夏陽的溫煦熱度，把各國學子首度帶上了中國留學生漢語大賽之舞臺，我們十一人接到國際交流學院汪娓娓老師的通知：校方今年決定參加盛會，就由我們這十一個經挑選的首批留學生代表寧大和寧波，由毛海瑩副教授率領前往杭州參加現場筆試和面試，成為浙江賽區大學選手。

有趣的是，六月出生的我，乘這趟六月之行，也為自己送上了一份特別的生日禮物。最後取得了筆試全場最高九十六分。而配合首派學生出賽就旗開得勝，獲得百分百筆試合格率的寧大，我們十一人共創下了本次賽會兩項紀錄。

比賽，真正的意義是什麼呢？對全國漢語大賽主辦單位中央電視臺而言可能是做節目，對學校而言可能是榮譽，對學子而言可能是體驗……在過程與結果環環相扣下，卻有人愛強調結果才是重要的；也有人愛強調過程才是重要的。為何非得如此一分為二不可呢？整個人生和個別心聲，何謂過程又何謂結果，何謂重要又何謂不重要？這一趟和下一站，劃分線又到底設定在哪兒啊？人生一走一站無疑都是漂泊與依靠，我冬春赴華周周轉轉先到杭州，後轉寧波，峰迴路轉，走入山東過臨沂到平邑登青島遂回航經蘇杭，一路顛簸回到寧波，佇足了一年半載，來到了這過夏逢秋，臨別秋波臨別秋日寧波的時刻，咋整的又故地重遊，再來一趟夏遊山東臨沂平邑鄭城，心情一輪四季變幻⋯⋯卻依然我還是我而你還是你麼，親愛的？

你與我，冬日與夏日，寧大與寧波，大馬與大中國，夢裏與夢外，死後與生前，過程與結果⋯⋯在我有知的生命裏都是如此串連循環而重疊交替⋯⋯於是在我有知的生命裏，新葉與落葉，光禿禿的樹和赤裸裸的人，都可以隨時分離和隨時相聚而甭厘清何謂結果何謂過程⋯⋯只要有心，只要有情，就有過去和未來，就是過程和結果。

結業了，寧大這一段時光因為有情有心，就意味著隨時重新伊始⋯⋯。

姚念慈（越南）

原名劉硃美，曾用筆名芝楓、憶昔，祖籍中國廣東新會。二十世紀五〇年代出生於越南西貢，現居胡志明市第十一郡。一向熱愛文學創作，作品常刊於胡志明市《華文西貢解放日報》文藝版與週刊、《越南華文文學》季刊、並散見於：美國風笛詩社《風笛專頁》、印尼國際日報《東盟文藝》越華篇、新加坡《新世紀文藝》等刊物。

生命不會有 TAKE TWO

當知悉自己只差一分，而考不上某所名校時，周志彬只感到整個世界變得一片灰暗。他不敢相信，也不肯相信，以自己一向的優異成績，居然會考不上這間頗具名氣的學校？

還記得當考完了最後一科時，幾個談得來的同學，聚集在一起，談論著考試的對錯時，自己還很自負的向同學表示，對此次答題充滿信心，並十分自信一定可以順利的考進那間名校讀大學。

當時同學們都對他投以羨慕的目光，因為他一向都名列前茅，是老師們眼中的優秀學生，同學們心目中的偶像。父母亦常因他卓越的成績，得到親朋戚友的讚美和羨慕而感到自豪和沾沾自喜。

可是，如今，一切都完了，就因為只差一分，他的整個人生，便變得暗淡無光，猶如世界末日般的，變得一無所有了。他感到再無臉面去面對老師、同學、父母以及所有人的目光，不論他們的眼光是婉惜，同情或是失望，他都不想、也不願見到。

在回家的途中，每當有人望向他時，他所感受到的都是不屑和譏笑的眼神，雖然，那些都是一些他不認識的陌生人。但他卻固執而又肯定的認為別人是在恥笑他。

周志彬出生在一個富裕之家，父母親的生意，因為經營有道，越做越大，賺的錢也越來越多，志彬又是他們的獨生子，加上他聰明好學，每個學期都取得好成績，所以父母當他是心肝寶貝，對他百般遷就，有求必應，從來都不會逆他意，久而久之，便養成了他好勝逞強，凡事都要求達到最好而又經受不起些小挫折的性格。故此，今次的打擊，對於他來說，實在是太大了。

他無精打采地騎著那輛剛買不久的名貴摩托車，回到了那棟五層高的家門口，按了門鐘不久，傭人彩姊從屋內出來為他把大鐵門打開，把車停放好後，他快步衝向三樓自己的臥室。

整層三樓是他個人的王國，自懂事後，他過著王子般的生活，父母對他千依百順，呵護備至，把他的臥室，布置得華麗非常，隨著他年歲的增長，房中的設備應有盡有，空調、液晶體電視、冰箱、電腦、唱機音響等，還有一個健身室呢！各種健身器材，都是高檔入口貨品，每個到過他家的同學，都對他能擁有如此豪華的「私人空間」，表示羨慕不已，因此在同學面前，他一直有著高高在上的優越感，可是，如今，他如何去面對同學們呢？

和衣倒在床上，把頭枕在雙臂上，志彬雙眼定定的望著天花板發呆。他不敢想像媽媽知悉他不能進讀名校時的表情。

媽媽雖疼愛他，但也喜歡嘮叨他，只要有一些不合她心意，她就會滔滔不絕的說個不休，連爸爸也怕她這套「長氣功」，而且媽媽是很愛面子的，她一定會覺得這是一件丟臉的事，到時，就會日夜不停的向自己展開「疲勞轟炸」。

志彬越想越感到難受，越想越鑽進牛角尖。於是他立刻起身，開了房門，到二樓父母的寢室。把母親放在梳妝臺上的一瓶安眠藥拿走。回到房中他從冰箱中取了一杯冰水，然後毫不猶豫的把瓶中尚餘的十多粒安眠藥吞下肚去。放下手中的玻璃杯，他重新躺在床上，等待著死神的來臨。

不知過了多久，他在朦朦朧朧中聽到父母親的拍門聲，他本不想理睬。可是，門外的呼叫聲，越來越急促，他輕輕歎了口氣，下了床，行至房門前，正預備把門拉開，而就在此時，門已被撞開了，眼見父母迎面衝向自己，志彬剛想躲避，但卻已來不及了，志彬驚呼聲還未來得及發出，父母竟已穿過自己的身體衝向床前去了，而自己卻毫無一點被撞痛的感覺，志彬呆呆的用手撫摸著被父母穿過的身體，神情迷惘的轉身望著母親用手推著床上的人，口中還不停的在叫喊著：「志彬，志彬，你醒醒呀，別嚇媽媽呀、志彬。」

父親也在不停的推動著床上的人，彩姊和司機亞文都站在房門外張望，神情很緊張，志彬見父母如斯慌張，不禁感到十分奇怪和不解，因為自己明明站在房中，為何父母卻在床邊呼喊呢？還有到底躺在床上的是誰？為何會睡在自己的床上？而自己竟然不知道？

懷著滿肚子的疑團，志彬向床前行近，並向床上的人望了一眼，剎時間，他被眼前的景象嚇傻了，因為，竟然有一個長得和自己一模一樣的人睡在自己床上。他呆若木雞，不知所措的站在一旁，直至父親和亞文合力把床上的「自己」抬起，往樓下走去，母親滿臉驚慌的也追隨著父親身後時，志彬才如夢初醒般的跟著追下樓。

亞文開著車，父親與那個不醒人事的「自己」坐在後座裏，母親坐在亞文旁邊，並不斷催促他開快點，更不時的扭轉身子憂傷的望向後座中的兒子，口中不停焦急呼喚著兒子的名字，志彬雖在車上，可是卻沒有誰去理睬他。

志彬不斷的呼喚著雙親，不停的用手去觸摸他們，但，他們全無反應，就像聽不到，看不見般一樣。

志彬發覺自己就像透明人一樣，眼前的人與物件，自己居然是抓不著的，他嘗試將整個身軀坐到母親和司機身上，他們依然若無其事的繼續哭泣和開車，經過多番努力，也不能讓別人知道自己的存在後，志彬沮喪而失望地看著車上的人。

從母親斷斷續續的哭訴中，志彬終於清楚整件事情的經過。原來當志彬回家時，從他出生就開始看著他長大的彩姊，發現他神色有異，於是便靜靜的留意他的舉動，後來志彬進入母親房中取藥時，剛巧彩姊正在洗手間做衛生，而神情恍惚的志彬卻沒有發覺彩姊的存在。當他返回房後，彩姊走近梳妝臺細看，卻看不出少了什麼東西（因為梳妝臺上，放著各類的物品，除了有化妝品，有首飾，還有維他命丸和其他的幾種藥油）。彩姊想了一會，便走上三樓，在志彬的房門上，她連續拍了很多下和叫喚了多聲，可是，卻得不到志彬的回應，彩姊越想越感到事情有些不妙，再回想剛才志彬回來時的神情和他不知在二樓母親的房中拿了何物？於是，彩姊立刻致電給女主人。

志彬終於完全明白和意識到自己可能已經死了，在父親懷中的正是自己的「肉身」，而此刻的自己，只不過是脫離了軀殼的「靈魂」，難怪父母和所有的人，會對自己視而不見，聽而不聞了，也難怪自己觸摸不著雙親，原來自己已是一個虛無飄渺而別人又看不到的鬼魂了。

志彬只感到一股寒氣從心中冒起，他不由自主的打了一個冷戰，凝望著悲傷欲絕的父母。志彬突然間只感到熱淚盈眶，往昔父母對自己的萬種恩情，如潮水般的在他腦海湧現，他覺得自己實在是太過任性了，十多年養育恩情未報，卻因小小挫折就輕易的放棄生命，讓父母傷透了心，真是不孝呀。

就在志彬自艾自怨，不停地責備自己時，車已抵達醫院。目睹幾個醫院人員，七手八腳地將「自己」推進急救室，父親焦急不安不停的在走廊上踱來踱去，可憐的母親坐在長椅上低聲飲泣，這些情景令志彬感到非常難受，他衝向母親，蹲在她的面前，想握著母親的手卻沒法握得著，他只好不斷的叫喊。

可是，任他叫到聲嘶力竭，母親就是充耳不聞，不瞅不睬，最後，志彬轉至父親面前，張開雙手，意圖阻攔父親，但，父親依然毫無障礙的從他身體穿過，志彬絕望又無奈的輕輕歎了聲後，便往另一方向行去。

他茫然又失意的漫無目的在醫院內四處行走，在經過某個病房時，他聽見一陣婦人淒涼的飲泣聲，他忍不住好奇地停步向房中張望，只見病床上躺著一個二十四、五歲左右的青年，雖然臉色稍為蒼白，瘦削，卻不減其俊朗的外表，此時雖雙眼含著淚水，但他的神情卻表現出十分堅定，只聽他輕聲對坐在床邊，神色慘淡淒愴，正在傷心痛哭的婦人說：

「媽媽，您不要再難過了，我雖然失去了一條腿，成了殘廢，但，我還可以留住性命，和媽媽生活在一起，還可以天天看見您，我已感到很高興，很滿足了，別再哭了，好嗎？看見您這樣傷心和難過，我的心真的非常難受。」

「都是媽不好，若不是我叫你載我去拜神，就不會發生車禍，也不會讓你失去了一條腿。這都是我的錯，是我害了你，嗚……嗚，天啊！有什麼罪孽就讓我一個人來承擔吧，為何要我兒子來受罪呢？我情願斷腿的是我呀，我都已經幾十歲了，就算沒有了雙腳也不要緊，可是，我可憐的兒子才二十多歲，他還有很長的人生路途要走呀。」

婦人呼天搶地的哭訴聲，讓那年輕人的淚水，再也不受控制地奪眶而出。

這感人的場面，令志彬也忍不住熱淚盈眶，他深深感受到婦人對兒子的愛是那樣無私，那樣偉大，甘願換自己來替代兒子，母愛真是太偉大了。

痛哭了一會後，還是兒子先擦乾淚水，然後深呼吸了一下後，對婦人說：

「媽媽，別再怪責自己了，就算那天您不叫我載您，若老天爺要我受此一劫，躲得了初一，躲不了十五呀！老天爺沒有要我的命，只要我一條腿，總算是不幸中之大幸了。媽媽，那天當我甦醒後，發現自己已被截斷了一條腿，當時，我是如何傷心和震驚，我接受不了這殘酷的事實，我也曾想過結束生命，但，每當看見您時，我便捨不得離開您，更知道自己不能這樣不孝，就此拋下您。當我只有三歲時，爸爸便因病去世，是媽您含辛茹苦的獨自養育我，您曾對我說過，我是您唯一支持活下去的希望，若我真的離您而去，這對您將會是個致命的打擊。我不能這樣自私的，因您是我最敬愛的媽媽呀。這十多天來，在醫院內，我親眼目睹多宗生離死別的場合，這令我深深體會到生命有時候是很無奈的。有些人，雖已病入膏肓，可是他們仍然堅持與病魔對抗至最後一分鐘，希望可以戰勝死神，但偏偏有些人卻不懂珍惜生命，喜歡挑戰死神，用吸毒和飆車或其他方式來摧殘自己，把生命當兒戲。媽媽，經過多天的冷靜思考，我不會再為自己少了一條腿而難過了，因為世界上比我更不幸的人多得很，有些人生下來就沒了四肢，也有從未看見過這個彩色世界，或聽到過任何聲音和開聲說過話的可憐人，我比他（她）們可算是幸運得多了，因為我還有眼睛還有雙手和頭腦呀，這些都是我的謀生本錢。」

他停了一停，眼中現出了堅毅的神色，接著說：「所以，以後您也不要再內疚了，讓我們共同迎接一個新的開始吧。」

聽罷兒子的話，望著他那充滿自信的眼神和微笑，婦人就像看到了希望，欣慰的笑了。

他的話，讓志彬感到羞愧，別人變了殘廢，還可以把悲傷放開去安慰母親，而自己只不過是受了一些小小的挫折，便要自殺，完全沒理會到會令雙親傷心難過，看看別人再想想自己，志彬覺得自己實在太過自私和不孝了，他希望能向父母懺悔，請求他們的原諒，但，還可以嗎？還有機會嗎？

不過，他已無暇多想，便向急救室方向走去。

在急救室外，父親坐在母親身旁正輕聲安慰著她，母親的淚水，就像斷了線的珠子，不停的落下來，志彬正想走向他們時，急救室的門被打開了，一個身穿白袍，戴著口罩的醫生從室內走出來，父母親立刻起身向他迎去，並開口向他問情況，只見醫生把頭搖了搖，說：「病人送來太遲，很抱歉，已經救不了。」

醫生的話，讓父親怔住，而母親狂呼了一聲後，眼前一黑，昏倒了，還好丈夫就在旁邊，把她扶著，才不至跌倒在地上。

志彬呆看著這一切，他不敢相信自己已離開了人世，他還年輕，還有很多很多的事情要做，他怎麼可能就這樣拋下父母，拋下朋友和一切，不聲不響的離開呢？他不要這樣，他只是一時想不開，才會做出此愚蠢的行為。可是，如今他已後悔了，上天就不可以再給他一個機會嗎？他恐懼而又不甘心的喊叫著，可是，任他喊破了喉嚨，也沒人理睬他，他焦急得眼淚直流，卻沒有辦法解決，就在他彷徨無措的時候，從急救室中推出了一具蓋過頭的屍體，他知道這是自己的肉身，他不能讓他們把他推走，他拼命阻止，卻徒勞無功，完全起不了什麼作用，情急之下，他奮力撲向那具屍身上，出盡氣力的喊叫：「不要，不要推走我的肉身，我還不想死，放開我，放開我……」

一陣猛烈的掙扎，讓志彬突然驚醒，他睜開了眼睛，只見父母站在床前，用充滿關懷的眼神望著自己，母親輕聲說：「好了，終於醒過來了，志彬呀，有什麼不開心，可以對爸媽說呀，為什麼要自殺這樣笨呢，我們只得你一個兒子，若你就這樣一走了之，不就是要了我們的命嗎？你就這樣忍心不管父母的死活嗎？」

母親無限憐愛的撫摸著他的臉龐，慶幸的繼續說：「還好今天我早回家，又聽到彩姊說你回來時，悶悶不樂，所以立刻上樓看你，誰知開門就發現你已昏睡在床上，而地下卻有我吃的安眠藥瓶，於是立刻送你來醫院急救，一路上，只聽見你神志不清的亂說亂叫，把我們嚇壞了，還好，我的安眠藥只剩下十多顆，又發現得早，所以醫生才可以把你救活，志彬呀，你到底為了什麼要自殺呢？」

知道自己還是活人時，志彬不由暗中鬆了口氣，原來剛才所見到所聽到的都只不過是自己昏迷後的幻覺，此刻的自己，還活生生的躺在醫院的病床上，他慶幸上蒼再給了他一次機會，讓他可以重活一次，他閉目向天發誓，今後一定會好好的活下去，決不會再輕易的結束寶貴的性命，因為生命是不會有 Take two 的。

凝望著父母關懷的臉孔，志彬低聲向父母道歉，並保證此種事情永不會再發生。兒子的話，讓父母感到欣慰，只要兒子沒事，他們又哪會再怪責他呢！

莊萍（泰國）

原名莊賽苗，泰籍華裔。祖籍中國廣東省普寧縣。六〇年代，在家組織小組授課；七〇年代曾到內地華校任校長職。現在曼谷開辦幼稚園。二〇〇一年才開始學習寫作，作品大部分為散文、遊記，發表於泰國《新中原報》、《泰華文學》等報刊。二〇一〇年出版著作《愛的收穫》。現任泰國華文作家協會理事。

走馬看花越南遊

「越南」這個位於東南亞中南半島東部的國家，其國運有點像中國，是個多災多難的國家。

越南在西元一八八四年，曾淪為法國的殖民地。第二次世界大戰時，日本入侵，經胡志明領導人民武裝鬥爭，反對法國殖民和日本帝國主義。終於把殖民者和帝國主義者，通通趕出了越南，建立了「越南社會主義共和國」，但南部又出現了外國的霸權主義勢力，阻撓全國的統一；把越南分成南越和北越。

越南人民經過多年的武裝鬥爭，終於在一九七五年將南方全部解放；一九七六年七月間北方和南方才統一，成為真正的「越南社會主義共和國」。

我想旅遊越南已很久了，我想要看看越南人民的生活，也想了解越南的社會情況。這次乘泰國新年（宋干）五天的假期，我和妹妹與甥兒們結伴，走馬看花地旅遊越南一圈。

我們坐了一個多鐘頭的飛機，到達了越南首都河內的蓮眉機場。辦過入境手續後，我們上了停在機場外面等接我們的大巴士，繼續向下龍灣前進，旅遊車經過越日合建的「青河吊橋」時，當地導遊員說：「這青河吊橋是越南境內最長的吊橋，全長五・六公里。」

一路上，看到兩邊全是綠油油的稻田，這景象已告訴了我，越南出產的米那麼多，莫怪出口的米量差點要超過泰國。

最使我感興趣的是越南的民屋。那裏的民屋不像我們泰國的，在泰國只要有錢，誰要多大多闊都可以，只要出錢就可以買到土地。那裏卻不能，因越南是社會主義的國家，土地是不准買賣的。政府分配給每個家庭的土地是寬四米深十五米。

每家人家只能在自己分得的土地上建房屋，不能超出規定的範圍，如果超出就是犯法。

所以越南的民屋，有些家族人口多的，就只能向上空間發展，多建幾層。一些有錢的人家也不能例外，他們只能多建幾層，不管建得多麼富麗堂皇，也只在屋內和前面屋頂作裝修而已，屋子的兩邊都不開窗，也不上色彩，因那是別人的土地，他們是不能越限的。

越南的汽車很少，短程的交通工具，大多數是腳踏車和機車，長途才坐汽車。

我在越南旅遊的三天半裏，看不到穿著暴露的越南女人，她們的穿著都是整齊的越南裝，長袖和長及腳面的長裙，裏面穿著長褲子。

雖然有很多外國資本家到越南投資辦廠，發展大型工業。但越南政府還不許外國人投資開大商行和超級市場。從河內到下龍灣，都沒看到英國人的「羅達」和法國人開設的「家樂福」等超級市場。

看到一些西方的遊客，坐在小咖啡店前的小椅子上喝咖啡。在河內到處都是沒有冷氣設備的小商店和小食店。

在越南首都河內，有三十六條老街，我因不便於久走，便與妹妹坐著人力三輪車，作走馬看花地遊三十六街。那是分類買賣的街道，賣旅行袋的就整條街道賣旅行袋，賣成衣的整條都賣成衣；賣鞋子的就整條都賣鞋子……。

在三十六街裏，行人熙來攘往的，大多是來旅遊的，人多車也多。有汽車、機車、腳踏兩輪車和接客的三輪車。

越南的接客三輪車與別的地方不同，我們泰國的腳踏三輪車（內地有些地方還有），是踏車的人在前面，乘客坐位是設在後面，但越南的腳踏三輪車，乘客的坐位則設置在前面，踏車的人在後面。

我剛坐上時，內心真的有點害怕，看到那麼多來往的車輛，如果發生車禍時，坐在前面的我豈不首當其衝呢？

一會兒，我就釋然了，因那裏的交通，初看好像很雜亂，但仔細觀察，就會覺得那裏的人都很和氣。不管是駕駛汽車的，騎機車或腳踏車的人，遇到我們坐的三輪車時，都會停下或放慢速度，讓三輪車先過去。我以為他們一定會向我們怒目而視，所以偷望一下他們的臉色，奇怪，他們一點慍色也沒有，都若無其事的樣子，神態非常自若。

如果在泰國遇到這種情形，他們不把踏三輪車的人大罵一頓才怪呢！別說要他們減低速度或停下，讓三輪車先過去。

這次在越南旅遊雖只有短促的三天半的時間，卻給我留下許多的好感。越南政府不讓外國投資開大商行和超級市場，保存本國小資產商店不被鯨吞，沒有色情娛樂場所，青少年不易被誘學壞。不讓女人穿著暴露，就少有姦殺案件。不准開快車，就不會發生車禍。我覺得這是很好的社會習俗。

不覺中使我聯想到我們的泰國，原本就有著優美的社會風俗習慣，卻怕被視為落後，拼命追隨歐美，少女們都穿著短得不能再短的褲裙，袒胸露臂的；青少年們集體玩性愛遊戲，交換性睡伴等荒誕不經的事，以為這樣才算趕上時代，追得上時髦，真荒唐。

在泰國到處都是外國投資超級市場，使本國小型商店無法生存，漸漸地被鯨吞，最後終於關店大吉，讓子女們去作外資商行職員，淪為外國資本家的奴工。

表面上泰國到處都是高樓大廈，是繁榮的社會。使一些無知的人，以為這就是泰國的進步或強盛，那真是商女不知亡國恨呢！

越南與泰國恰是相反的，表面上看似是很落後，沒有高樓大廈，超級市場，沒有洋貨商店給青少年逛遊。但我卻感到在越南人民那樸實無華的裏面，隱藏著很強的民族自尊心。一個國家只要本國人民有自覺自省自尊自重的信心，我相信這個國家的強盛是指日可待的。

孫彥莊（馬來西亞）

祖籍廣東潮安，馬來亞大學哲學博士、馬大中文系高級講師、馬來西亞華文作家協會理事、《紅樓夢》研究、翻譯及出版計畫統籌。多次榮獲全國文學獎，為第二屆馬來西亞傑出潮青文學獎得主、二〇〇〇「馬華文學節」全馬十大最受歡迎女作家之一。著有：散文小說集《火車廂內外》、《永不放棄》、《如果生命能U轉》、《林連玉的崢嶸歲月》、《馬華作家與社會關懷》、《紅樓夢情結》等。編有各種文集十餘部。

三尺講臺

大學一畢業，我就留在馬大中文系當助教，拿到碩士學位後就當講師。這麼多年來，除了唸博士三年，我都沒離開三尺講臺這工作崗位。回想起當年填入大學的志願表時，我只選擇馬大文學院中文系，只因為愛文學。

三年的大學生涯，我坐在講堂裏，望著講臺上的講師講課。那些日子，演繹著那一段青澀的回憶，呈現出年輕時的我，對文學有純純的情，深深的意。如今，每次站上三尺講臺，看到當年自己聽課的角落，心裏都浮現出特別的情感。有時，通過回憶不經意地去探望，也都會勾勒出一幅幅令我感動的畫面。當時，我沒想到有一天我會站在同樣的三尺講臺上，成了學生們走進文學世界的引導者。

大學制度的不斷更改，加上有講師退休，我們教的課也有所更改。回頭看，二十年來，我唯一不曾放棄的課，是「馬華文學」課。馬華文學，是我們自己的文學，近年來中國、臺灣、香港、日本研究學者增加，中文系學生更應該要好好探討，加入研究馬華文學的陣容。

古時不同朝代對教師有不同的稱謂，其中「師傅」是先秦時代、「師父」則是宋朝時代對教師的尊稱。此兩個稱謂，若現代人聽到，相信會聯想到其任務是傳授某種功夫、技藝或學問給徒弟。而要傳授馬華文學「功夫」給學生的我，每次在步上三尺講臺之前就得在辦公室裏備課。幾疊「練功」的書中，有好幾本是方修編寫的馬華文學史料參考書。此外，論析馬華文學的篇章，多數也是取材自方修的《馬華新文學大系》。

當年方修秉持對新馬華文文學的熱忱與堅持精神，作了大量的史料勾稽、考證工作，一筆又一筆寫出馬華文學發展史，也編纂了許多史稿。他披荊斬棘鉤沉纂史的慧眼，把已經泛黃的馬華作家手稿和紙箋，變成《馬華新文學大系》，是許多馬華文學研究者必備之書。對我而言，方修彷彿建築了馬華文學的殿堂，收集很多已故優秀作家創作精神產品的遺物，且讓不朽的靈魂得到棲息和尊奉的地方。因此，每一回看到封面的編者名字，即「方修」兩個字，我很想躬身微俯，雙手互握合於胸前，喚一聲「師傅」。

每當推開講堂的大門，我的思緒就飄到宋元時代，只因「門館先生」和「門客」是對家塾老師的稱謂。古時私塾也稱為「門館」，因此這兩個稱呼道出了他們在該處當教師，可以被理解。而方修為我們打開了一扇又一扇如何領會、欣賞那種獨特文采的門，讓大家從其中窺見馬華文學的特色。學生們進入馬華文學世界，在文字所構擬的空間，投入個人的想像與情感。

魯迅曾提出用「旖旎」形容曹雪芹的文筆優點。我很喜歡「旖旎」這個形容詞，於是想到馬華文學世界中，也有一些旖旎風采。而早期的多位旖旎風采的創造者，是方修為他們展露風采的。學生們體驗前輩作家內在激情的體現，生命體悟的展現，也體味前人的藝術創造方法，了解民族精神的發展歷史。因為方修，學生的文學生命得以展開，變得開闊而美好；同時，也獲得了了解馬華文學的基點。

在三尺講臺上看到學生因馬華文學而引發情感的震撼、靈魂的激蕩時，「祭酒」就湧現在我腦海。那是漢代已開始作官學中老師之稱謂。向來我們把「祭酒」當成是以酒祭祀或祭奠。古時祭祀目的是為向上蒼、祖靈祈求福壽，企賜光明前程。而酒，就是祭祀時必備用品。此外，古時也把「祭酒」當成出行的餞別酒。無論怎樣，很多人很難將「酒」聯想到和教師這個職位與有關，看了只能莞然一笑。

也因為方修對馬華文學領悟的深刻，對馬華文學的虔誠，才令我有信心帶領學生們走進馬華文學的聖殿。三尺講臺下面的學生們，或微悲，或大慟，或歡樂，或長嘆，或叫好，或沉吟。馬華前輩作家的作品文筆簡潔、平易生動，像一杯杯陳年醇香的佳釀。有的平淡，而絕非淺薄，具有自身的厚度和深度，是陳釀老酒所具有的持久悠然的醇香。學生們展開方修編的大系，一股久違的醇香就會迎面扑來，令大家沉醉其中。因此，方修是「祭酒」，令陳年佳釀滋養著一代又一代的馬華文學讀者之血脈……。

令我感觸最深的是獲知教師的另一個稱謂是：「教習」。那是明朝入選翰林院的進士之師稱，至清末，學堂興起，其教師仍用其名。我將之詮釋為：教師在教學生涯裏，也要孜孜不倦、樂此不疲地學習。學生們和學兄學姊們借馬華文學課程的筆記，與他們的筆記比較之下，發現我每年都增加新的知識。有學生感恩，認為我不斷學習新知識。有學生卻打趣說比起學兄學姊，這會加強他們的考試負擔。我說：畢竟只有在教學和學習中有自學性、積極性和持久性，才能提高自己的專業知識，從而激發學生的求知慾望。

作為生物性存在的個體，人所擁有的時間是有限的。做研究時，尤其是戰前馬華文學，我得時時翻看大系的《理論》（一集、二集）、《小說》（一集、二集）、《散文集》、《詩集》、《戲劇集》、《劇運特輯》（一集、二集）及《史料集》，我慶幸擁有方修的這批參考書，而不需要如前輩學者般，得花很多時間從報章雜誌書本上收集資料。書本所傳遞的信息和知識，擴展了我的教學生命的精神內容。方修理性的闡述中卻始終能給我帶來思想的啟迪，不僅僅是信息和知識，還有無窮延展的想像。

方修扮演拓荒者和主導性角色，拉開了馬華文學研究的序幕。隨後馬華文壇有更多的作家與學者加入編纂文學大系的工程。我的書桌子上，肯定有李廷輝主導編纂《新馬華文文學大系》（一九四五至一九六五年）和大馬華文作協出版的《馬華文學大系》（一九六五至一九九六年）。此外，也包括了陳大為、鍾怡雯主編的《赤道形聲》和《赤道回聲》，以及很多學者的馬華文學評論集。而我，也和許文榮正編撰一本大專院校馬華文學課程的教程。在進行編寫工作時，我不忘參考新馬文史家第一人方修的著作。我不知道以上這些編者的想法，但我個人總認為：沒有方修這位奠基者，就沒有我們。

有一天，我到講堂去教馬華文學課程。當時學生還未抵達，於是我坐在學生座位上等候。感覺到，三尺講臺上，站著的是方修。他諄諄教誨，鏗鏘的語氣把一個個極難表述的課題絲絲入扣地娓娓道出。我，彷彿已經在臺下坐了二十年，一直聽他講課。

而我，還願意繼續坐下去……

張依蘋（馬來西亞）

任教馬來西亞拉曼大學中文系。曾任亞洲區時尚雜誌《都會佳人》（cittabella）創刊執行編輯之一，首屆馬來西亞國際詩歌節（二〇一〇KL Poetry Island Poetry Festival）負責人。著作：《隱喻的流變》（楊牧作品研究）、《暗戀》（詩集）、《吉隆坡手記》（小品）、《哭泣的雨林》等。編有《來自遠方的拷問》（哈維爾自傳）、《哈維爾圖像詩集》、《玫瑰之約》。譯著：《詩意地生活，或憂鬱而青春》（顧彬詩手冊）等。

作為路人乙

文學，真是一種可以保鮮的專業，指的是精神狀態。而因此，當從事別的行業的朋友都被生活磨得差不多，我才暖身完畢，宣告即將開始。

之一：開始知何為開始，知何為，且為之。我神秘的未來讀者，你大概在問：所為何？

你看不到我，但相信我，我現在是一臉嚴肅地在鍵盤上敲字對你傾訴，好像你會是一個理解我的對象。這非常可能，為什麼不呢？首先，你選擇了這本書，表示你可能也還沒從社會大學畢業（我也是，至今還是！）。那麼，我們可以一起思考。譬如，工作的意義？在精神方面，我比較貪心。我是不會願意，只是專心等待月底的戶口數字而已。我比較傾向用心做我認為應該做，且也有意義的事情對自己，也對別人。

我想我真的選對職業了：教學和做研究，後者也等同於思考、寫作。我做我本來就要做的事情，且同時可以藉此養活自己。我知道我很可能是幸運的。而我也知道人生過程，每個人都需要經過一些波折，最後才抵達幸運。

我的工作與其說是面對知識，毋寧是面對人那些面向不可知「未來」的人，我那些學生。這「未來」我也遭遇過，如今是我的「很久很久以前」。我們的路不盡相同，但有些地方我確實到過，有時不無驚險，卻也毫髮無損地回來了。我說的當然不是「我是過來人」那種話，因為確知風景時刻在變。但我這些年真的看到了一些真相：那就是，不管是在課堂上，或是在學校的巷子漫步之際，有時甚至在課餘時間，KLCC或大將書店的偶遇裏，我都是一個路人乙，有機會主動提供良善的知識，一些參考資料，一個註腳。有些時候，也就是在學生從路人甲那兒鎩羽而歸，或是路人甲缺席的情況中，以「後備路人」的角色做一點額外提醒或揭示。

在適當的時候，站在正確的地方，手朝對的方向一指，卻並非直接介入問路者的旅程，以免無意中取消了他們探險的歡樂和豐收。當然，也是在他們尋路不得而發愁的時候，以經驗作為基礎，告訴他們：故事尚未結束，這只是暖身動作而已！

之二：最幸福的事而我終於發現到，那種「認清自己位置」的自覺，事實上也來自一種承傳。我希望，我是一個會讓學生感到幸福的老師。你說馬來西亞，不，全世界，哪間大學開辦幸福課程啊？你當然知道，很多事情並不在課堂學習，而教育，常常不只是言教，更是身教。我的學習之旅中，有一位特殊的老師影響我走上和他相似的道路，教我以豁達的心態生活，告訴我什麼叫虛己。

我記得，寫碩士論文的過程，我彷彿學會了如何與無涯的知識和平共處，以及，如何化解思想與生活的距離。第一次，我苦惱地問柯慶明老師：「老師，書這麼多，以前的已經看不完，現在又越出版越多越快，怎麼辦？」老師並不回答，叫我坐下，問喝茉莉花茶還是普洱茶？片刻，我捧醇厚的普洱茶，慢慢啜飲。這時，老師好整以暇問我：「這水哪裏來？」我隨口說：「太平洋吧？」老師笑著點頭：「是啊！你現在只是喝一杯，不可能一口氣喝整個海洋。每天喝一杯，累積起來，幾十年也就很可觀了。」又有一中午時分，我氣急敗壞跑去找老師，問道：「老師，到底什麼是生活？」老師站起來，問我：「肚子餓了嗎？先別說那麼多，現在是中午，應該吃飯了，走！我請你去福利社用餐！」於是在臺大校園郵局樓上的學生餐廳坐下，簡餐很快就送來。老師看我吃得津津有味，開朗地「呵呵呵」笑，說：「肚子餓了就應該吃飯，這就是生活。」而畢業的時候，老師對我說句：「畢業就是貢獻的時候了！」我就帶這句話回國，那時臉上還掛著嬰兒肥，一個文學孩子搖身一變，站上講臺，就此成了傳授文學的「張老師」。

有時候想起來就不得不嘆一口氣，怎麼會那麼幸福？有幸受益於一個那麼好的老師？寫到這裏，驀然想起，曾經有一次，聯合報的聯合副刊就是以「找到幸福的事業」為題報導柯老師，那句話當然也是，老師為文學事業下的註腳，卻原來已不經覺被他的學生一併承繼，隨身帶行路。

之三：售後服務。

我做這一行也是有售後服務的，和賣保險一樣。

你剛才沒有聽錯，我……確……實……是……教……文……學……的。如何解釋？Well，文學是人學，而人的保值是一生之久，life warranty。

是的，我認為我有義務讓我的學生知道，人的一生，不管在什麼處境中，你都可以保留你的價值。因為人生如行路，不同階段做不同的事情，不管事情表面上成與否，價值的重點是，你成了何等樣的一個人，是否對自己對別人都更有助益了？我每隔一兩年都會回臺北，並且一定回臺大和老師面對面報告自己人生的進展。老師總會特闢一堂課給我，其中包涵文學知識以及為人、為人師表的知識。不論我怎樣趕路（何況我常常是在散步），老師還是走在我前頭，總是可以一再指引新路給我參考。老師自己也不諱言：我也提供售後服務的。說完發出一貫明朗愉快的笑聲。

而我發現，我把師門優良的「售後服務」精神也一併繼承帶回國了。三年多前，我教過的學生開始陸陸續續畢業。從此，我開始了在吉隆坡八打靈流域的售後服務，或偶遇、或約定時間地點，我鄭重其事地注意產品是否保持品質。感謝時間，到目前為止都沒有需要退廠大修的，看到的是很多光鮮的招牌。

這樣下來，我恍然大悟。這售後服務實在是對自己做的。身處如此弔詭的一個工作位置，把守人類靈魂建築系統最後一關，我終於明白，我何其榮幸被置放於一種難以估價的工作內容：難以言喻的路人甲或乙，通常會是乙，因為路人甲是父母，手足，甚至每個人自己。

我的幸福，我的價值，原來跟我如何看待這份責任、以及路過的人，如何在我適時用手一指的助力之中，克服了，或竟勝過了路上那些教人彷惶甚或放棄的考驗有關。

但這也還只是暖身。

更精彩的永遠都在前頭，或在路上，快來了！

張琪（菲律賓）

筆名張靈，祖籍山東，出生於臺灣。菲律賓聖道多瑪示大學（U.S.T.）文學碩士，U.S.T.人力資源管理碩士候選人。曾任頂石建築公司總裁兼總經理、設計總監，菲律賓中正學院院長室助理兼中學部中文主任，大學部中文方案主任，菲華校聯教師教學研究會會長。專欄寫作：《世界日報》文藝副刊〈寫真集〉、《聯合日報》〈薪傳專欄‧希言八百〉。出版詩集《想的故事》（亞洲華文作家協會菲分會叢書），散文作品三十多萬字，小說作品約十萬字，散見國內外刊物選集。

兩頭都是家

三月的最後一天，踏入那十里洋場的繁華之都——上海。四月末又在這兒過了一夜，就要起飛返回久居的千島之國，不知哪一陣風颳起，莫名其妙地撞了一招，我要回家了嗎？

很久，這種感覺淡了，只因來來去去的行旅之涯，已習慣了。

似乎有那麼一些歸心似箭的感覺，出門久了，就該回家。

我要回家了嗎？竟無以名狀的湧上心頭，這個疑惑，撞得我心慌了。突然的一撞，自己茫然了！

家，大陸這頭的婆家？海峽那頭的娘家？真是說不清，理也亂了。

我還是想家啊！當我回到了菲國的窩，確認了這種感覺。兩頭都是家，這兒也得歇著。

四海可為家，少了家人，就少了家的味道。這是我的答案，你呢？

「四海之內皆兄弟」那要多麼偉大的眼界與胸襟，我很想知道這樣的人，有多少寂寞？

這塊大地在記憶裏熟悉了，走這麼一遭，最想要去印證那種相遇認知不是做夢的場景。走遍宇宙大地，是夢想裏的一部分，真不願意這塊記憶中的大地，成了缺口。

實在有一個很明確的客觀需求，我必須用雙腳去考察，雙眼來審視，雙手去攀緣，心靈來體驗，斬釘截鐵地證實，那過去和現在所有真真實實存在的東西。

這個過去，牽扯了好幾千年前；現在，巧得很就卡在當今。一脈下來，不是調整時差的問題，而是纏繞了上下五千年的問題。

最重要的是某些問題必然要很科學性得下個結論，這些是沒有餘地搞出差錯的。那些又是留著極大的空間去質疑，不容憑一家之說下定論的？拿捏的準頭，最費周張了，也是一條牽拉驚懼的繩索，渴望探勘又害怕深究，卻又必須直奔逼視這路的險。

我心裏很清楚，長江黃河來去一回是必行之旅。豈能只在地圖上瞄那幾眼？我必須親見他們的身影。只是，看見了，卻又侵入若有所缺的遺憾，我要去撫觸，像我緊緊擁抱父親、母親。這份強烈的感觸，原來同行的阿如也感同身受的嚷嚷：「師傅，車子能駛到嗎？讓我們摸一下長江水！」「師傅，車子能駛到嗎？我們想摸摸黃河！」

我們一直尋求路線，盼著蹲膝長江畔、黃河岸，就取其一瓢，慰藉心懷。如今這份遺憾也成了動力，那麼下次就計畫，置身長江黃河道上掬水潑灑，縱情於天地吧！

三人行，從杭州北上，到了中原地帶，這一條路線的選擇是為了配合最後在河南焦作舉行的「第二屆世界華文文學論壇」。

回到生活中，時間和現實沉澱了理性與感性，留下來的回憶，讓我感受最實質的是人與人的交流。

四月二十五日，我們坐上大巴，從焦作的五星酒店出發，駛向鄭州的機場。這輛車上，其實只有新加坡的駱明夫婦，中國的三位學者，阿如和我，還有主辦會議的河南理工大學派來隨行協助的老師。巴士大，各自選了獨占的位置。坐在另一排右前方的一位「大人物」，稱其大，是我後來才給的名號，這是很主觀的註冊商標，我生命中的大號人物。

這個組合，很戲劇性的發生了，似乎我從小就在玩這拼圖遊戲，時光裏一小片一小片拼著拼著，每一小片都有一個故事，從前的身影和語調，零星的話語，都沒呈現成圖形，他在閉幕式的致詞，我找到了關鍵性的一塊拼圖。

就在車上，他帶我到文化大革命中親身體驗的故事，我們的淚水流出了對那個殘酷大環境的寬容，他讓我感受人性裏寬厚的深度與諒解的大度。

送我吃的一塊人蔘糖拼成一小片。彼此側身滔滔不絕的敘談裏逐一地大拼圖尋出了。「快看！這是黃河！」車經鄭州的黃河大橋時，他點示了我。他注入了新觀念和新視野，讓我多了雙心靈之眼。還有更多的故事，這裏說了就顯得淺露，成了敗筆，必要割愛打住了。

這段車程，我的人生有了豐美極致的風景，為這趟的考察旅行和會議，定下了最有意義的註解，更有價值的事情是新的里程正要開始，新的視野正開啟，中國社科院研究員博士班導師楊匡漢教授，成就了這大拼圖。

我還會連續出走，踏遍大地，天地之大與萍水相逢的人配搭，構成了最美好的結合。

詩雨（泰國）

原名黃玉虹，出生於泰國南部，現在泰國華文報社任翻譯。作品多為散文、新詩，偶爾也寫些微型小說，也畫中國國畫。曾得過散文優秀獎，新詩佳作獎及「春蘭・世界華文微型小說」鼓勵獎。二〇〇七年以《扒手》獲泰國華文作家協會主辦的微小說微文比賽季軍。著有《偷香》文集。現為泰國華文作家協會理事。

扒手（外一篇）

午後的陽光雖是一片柔和，卻是照射得令人睜不開眼睛，他駕駛著嶄新的轎車停在路邊一處水果攤位旁，他一身畢挺的西裝，油亮的皮鞋在陽光下閃閃發亮走下轎車來，正當他專注選購水果時。忽覺得身後的褲袋被人扯了一把，他本能的反手一把捉個正著，不想，捉住的竟是個弱小的小手，原來只是個十二、三歲的男孩。小男孩一臉的肌黃，此刻被他捏住驚惶萬狀，一雙企求他釋放的眼光，瞪得比燈籠還大，微張的小口合不攏，小男孩試圖從他魔掌般的手裏掙脫出，但掙扎不出，此舉更觸怒了他。他氣憤極了，舉起手便是一個巴掌往男孩臉上猛摑，他一面將小男孩雙手反扣緊抓住，一面高聲喚來了交通警察，一時引來了好多路人圍觀。男孩驚慌得把頭低下緊緊咬住下唇，肌黃的臉透著蒼白。交通警察把他們倆人一併帶上了警署，在警方嚴厲的詢問下，小男孩始抬起頭並帶著一臉的驚惶說：「我媽近來得了嚴重氣喘病，無能力再串花串賣，家裏又沒有多餘的錢看醫生，妹妹和我都吃不飽，沒辦法我只好當扒手。以我這樣的年紀，除了當扒手我還能幹什麼呢？」說著流下一臉的淚痕和鼻涕，一副人見猶憐的樣子，他緊繃著一雙冷面孔，不哼一聲坐在那兒。過了一會，男孩躡足走到他面前跪下，仰起肌黃的小臉雙手合十求哀說，「叔叔饒我一次吧！我實在沒辦法才當扒手的。」說著，兩眼淚汪汪的淚水不斷流下。他仍緊繃著臉，其後乾咳兩聲然後轉過頭來對警官說：「哼！我可要看看他的父母是怎樣管教兒子的，為什麼不讓他去讀書，卻讓他來當扒手，豈不丟盡祖宗十八代的臉……。」

嘿！嘿！他尚以忿懣鄙視的眼角斜望了一眼小男孩……。正在此時，警署的樓梯蹬蹬的腳步聲響起，一位警官帶了位步履蹣跚的婦人上來，手中還牽了位約莫十歲的小女孩，小男孩一見婦人便趨前跪下哽咽著說，「媽媽……我錯了，您打我吧……！」他抬眼一望只覺一陣暈眩，整個身子都僵硬了，她……不正是多年前，他為了另一個富家女人而被他拋棄的妻子嗎？那當扒手的小男孩不正是自己的兒子小川……。

賊

已是萬籟俱寂時候，位於巷口的泰華農民銀行裏的警報鐘，突然響個不停。

嘹亮的警報聲，響得震耳欲聾、懾人心魄，尤其在這夜深人靜時刻，特別鑽心刺耳，即時整棟公寓，包括附近居民在睡夢中均被驚醒，人們紛紛緊張地奔出外邊觀視情況，亦有人從樓上伸出頭來要看個究竟。

很快地巷口裏擠滿了人群，更有人議論紛紛，必定是竊賊撬竊銀行，潛入銀行內偷竊時不慎觸動了銀行內警報鐘，有人這樣判斷。

大家都渴望看到捕捉到竊賊情況，大批員警也獲訊趕抵，有如面臨大敵，一抵達便將整個銀行四周團團包圍起來，架起探照燈，照得大樓燈火通明，很是耀眼，可是大家什麼也沒看到，但銀行內警報鐘還是響個不停。

對了，竊賊必是躲藏在銀行裏面走投無路，人群中又有人這樣判斷。

圍觀人群個個伸長著脖子緊張釘住銀行大門，有人大喊小心竊賊手上有槍，即時又引來一陣緊張氣氛，有害怕者開始離得遠遠觀看，有不怕死的人還是擠在前面圍觀。

時間過了好一陣才聯繫到銀行有關職員，取了鎖匙打開銀行的大門，幾位巡警持槍小心翼翼摸進銀行裏面。

探照燈開得通亮通亮的，可是在裏面，幾位巡警還是左看右看都看不到有竊賊的半點影子，銀行外圍觀群眾也都屏住了呼吸，渴望看到被擒拿住的竊賊面孔，但只聞雜亂走動聲，桌椅移動聲，和著那不停的警報鐘聲。

在這沉寂夜中，緊張揪著每個人的心。

眾人正感到納悶時，突然從銀行裏傳來一名粗嗓子員警的大叫聲：「捉到了，捉到了……。」

在外圍觀人群一陣驚喜，四周響起歡呼聲，人群更逼近銀行大門，人人欲一睹鼠賊真面目。

片刻，見那位身材高大的粗嗓子警官，走到銀行門口來，眾人眼光都聚在這位警官身上。只見他高高抬起一隻手臂，大家定睛一看，不約而同譁然大叫道：「嘿，老鼠！真正是鼠賊，擾人清夢。」

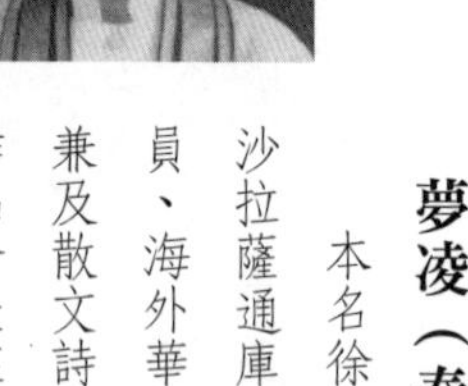

夢凌（泰國）

本名徐育玲，祖籍中國廣東省豐順縣，畢業於泰國素可泰大學師範系；現為沙拉薩通庫雙語學校副校長、《世界詩人》季刊藝術顧問、泰國華文作家協會會員、海外華文女作家協會會員、泰國《中華日報》副刊主編。創作以散文為主，兼及散文詩、現代詩、短篇小說、微型小說及攝影，並多次在國內外獲獎，部分作品發表在亞洲、東南亞國家和世界性的副刊和雜誌，及《世界華文女作家微型小說選》、《中外華文散文詩作家大辭典》、《當代世界華人詩文精選》、《世界當代詩人大辭典》。

女人，你的名字不簡單

社會發展到今天，婦女解放的口號吶喊了幾個世紀，但骨子裏這世界還是男人的。節日來臨，泰國婦女人權與自由總會在全國各行各業的女人中作了一項民意調查，百分四十三點九的受訪者認為男女地位不平等，並在一定程度上存在被男性性騷擾，被歧視的現象。

女人到底是什麼？「仁者見仁，智者見智。」有人說女人如花，柔情似水，清新如茶，豐富如歌……。

女人像什麼，很多時候，很多書上，把女人比喻為花朵，茉莉女人、玫瑰女人、桃花女人、金桂女人……一個字，就是花。

低俗的男人說：「什麼美的醜的，燈一拉還不都一樣嗎？」

任何男人，不管說與不說，還是以外表的感覺對一個初識女人加以評價，那就是外貌。每個男人都希望自己的老婆長得漂亮，而女人呢，也習慣了拿自己的漂亮去取悅男人。

現在社會上不少商店，幾乎全是為女人開設的，出售著大量的衣服和化妝品，百分之八十的雜誌封面刊登的是女人的頭像，廣告也是女人用的洗髮水、衛生棉，好像這個世界是女人的，其實這正是男人世界的反映。

古往今來，就有「紅顏薄命」之邪說，視「女人為弱者」來評價女人，不管世說怎樣評價，尊嚴來自女人的自身。

女人的美是因為自愛。學會愛自己，愛家人，愛所有愛你的人。把溫暖送給所有的人，善待自己，善待他人。

女人的美是因為自信。在這個處處充滿競爭的社會裏，柔弱無助的女人已日漸失去市場，男人不再是女人的依靠，女人也早已不是男人的附庸。「男人追求成功，女人追求幸福」的名言也日漸黯然失色，女人的自我完善是最重要的。

女人的美是因為自立。愛迪生說：「堅強者能在命運風暴中奮鬥。」的確，自強不息的人會在大難臨頭時照樣迎難而上，不管一切如何，最後必定會化險為夷！每個女人都應該在生命火花閃爍時甘心情願地拼搏，要在人生路上勇往直前地創新。

女人的美是因為自強。隨著科學日新月異的發展，女性社會工作的領域會更寬，能力會更強，男女社會分工差異減小，男女間的獨立性和自由度大大增加了。現代社會沒有人能與我們相助到底，只有自己面對現實不退縮不逃避，即使飈風驟雨而依然背水一戰，蒼天不負自強人。

女人的美是因為自尊。女人，自尊是對自己的一種敬意，它教會了一個女人要有尊嚴，要愛自己的肉體和靈魂，要肯定自己，要將自立放在重要位置，而不是依靠他人，接受他人的施捨。因為自己尊重自己，也尊重他人，由此也博得他人的尊重。

女人的美是因為自足。女人必須要努力學會用正當的方式去賺錢，並不單純為了享受奢侈浮華，而是為了維護一種生命的尊嚴。

近代史上有許許多多「巾幗不讓鬚眉」的女人，美國盲聾女作家、教育家海倫・凱勒。她幼時患病，同時兩耳失聰，雙目失明。七歲時，安妮・沙利文擔任她的家庭教師，從此成了她的良師益友，相處長達五十年。在沙利文幫助之下，海倫進入大學學習，並以優異成績畢業。在大學期間，寫了《我生命的故事》，一九六四年被授予美國公民最高榮譽——總統自由勳章，次年又被推選為世界十名傑出婦女之一。現代的美國國家安全事務助理賴斯‧休斯，英國的前首相柴契爾夫人，中國副總理吳儀，印度國大黨領袖索尼亞‧甘地，美國前第一夫人、參議員希拉里‧克林頓，印尼總統梅加瓦蒂，惠普CEO卡利斯‧費奧瑞納，英國前任首相布萊爾的夫人切莉等等。她們的心智往往不弱於男人，不但取得了輝煌的業績，還開創了大展宏圖的天地。

在現今男女平權的新世界，女人要在這個世界上立足，最重要的是要不懈地努力，所謂要自尊自愛自立自強，用自己的能力和智慧為自己爭取一方燦爛的天空。不慕橫財，不服邪惡，腦中有才智，手中有勤勞，就一定能夠自力更生、自食其力地開拓屬於自己的世界！

上帝給每個人一張支票，隨便你去買點什麼，你可以選擇自己的人生，只要不干涉別人的正當權利，而且每一次歷煉都是心靈的一筆財富。

對於女人，外表容顏的美麗自然重要，但是更重要的應該是追求人格的獨立和內在的美。容顏容易老去，唯有內在美可以持久美麗、日久彌新。

印度詩人泰戈爾說：「生如夏花之燦爛，死如秋葉之靜美。」我以為這句話不是對生與死的探討，而是對女人的讚譽。一個女人就是一朵花。花的收放就如同女人的內斂和開放。一個實在的女人，知道自己收放的時刻，一個收放自如的女人，一定是知足的女人，也一定是快樂的女人！

楊玲（泰國）

祖籍中國廣東潮汕，現任職於泰國華文報業。業餘時間愛好文學創作，寫詩、散文、小說，和翻譯泰文作品。發表於泰國《世界日報》、《新中原報》、《泰華文學》，和海外等地的報刊。現任泰華作家協會副秘書、《泰華文學》編委、小詩磨坊成員。二〇〇五年和父親老羊合著出版《淡如水》文集，二〇〇七至二〇一〇年與泰華詩壇八人合作出版《小詩磨坊》。二〇〇八年、二〇〇九年再和父親合著微型小說集《迎春花》，詩集《紅・黃・藍》。

與詩同行

——泰國北部清萊之旅

到北部清萊府，去看金三角美斯樂，去看皇太后夏宮，去看泰緬邊界，是我多年的心願，二〇〇七年七月五日終於成行，夢想成真，這得感謝住在清萊府美賽市文友博夫的熱情邀請和接待，感謝同去的林煥彰先生和好友藍焰的照顧，快樂開心的旅程，與詩人同行，留下詩一般的記憶。

七月五日下午，我乘著五時的飛機從曼谷起飛，六時準時到清萊，一下飛機就看到三位大男人來接我，林先生和藍焰是四日晚上到的，他們今天已經到高棉遊了大半天，下午和博夫來接我。

博夫為了接待我們，早已經做了精心的準備，租了旅遊車和定下酒店，規畫了旅遊路線。在機場四人坐上了車，從清萊向美塞行駛，天色逐漸暗下來了，我們到博夫家小坐，出外用晚餐後回酒店歇息了。

我是個常常失眠的人，到美塞也不例外，只睡了一個多小時，就醒了。聽著窗外的鳥叫蟲鳴，享受著邊境小鎮的清淨和美，天開始亮了，我起身沖涼換衣，開電視看新聞。

在酒店樓下餐廳用過早餐，就立即出發，六日的旅程排得滿滿的。車子上了山到一個茶山上，司機要我們下車休息，在茶山上拍了幾張相片，我們就要司機快點趕路，車子向著美斯樂行駛，山路越上越高了，天空下著毛毛細雨，使本來涼爽的溫度又增加了些涼意，途中藍焰詩性大發，好詩連連。一首〈禪〉「水靜／山動／心空。」這詩才出口，又再接著一首〈罌粟花〉「的確／你很漂亮／可村野與城鎮無法容你／那無知的孩子／一直想偷吸／你的奶。」大家不禁贊好，林先生也來了一首〈紅鬍子〉「玉蜀黍很有錢／他的每顆牙齒都鑲金的／他講的話／每一句都是閃亮。」林先生的小詩總是幽默有趣，令人讀後難忘。

可是我卻提不起精神，因為暈車，一點詩興都沒有，還好已經到了美斯樂山上，我們上到了山峰上最高的茶館，大概是旅遊淡季，山上冷冷清清的。茶館的老闆是博夫的朋友，他熱情地招待我們喝茶，可惜我怕失眠一口都沒嚐，辜負美斯樂清香的茶水了。

小休一會兒，上了段希文將軍陵墓拜謁，聆聽守墓人講述段將軍生平，令人萬分感慨，中國將軍就長眠在這異域，與青山共存。站在山上舉目望去，滿山果園茶園，山上山下一片皆綠，茶香樹香無孔不入，沁人心脾，山上清淨祥和。可是幾十年前這裏是硝煙滾滾的戰場、軍營、馬幫、罌粟等，真難於把歷史和眼前見到的貫穿起來，跨度和差距太大了。

藍焰有詩為證，〈美斯樂〉「你在硝煙中誕生／神奇的美斯樂／血肉鑄成的草木／為你譜下／不死的樂章。」我回曼谷後寫了一首〈美斯樂〉「高山不語／故事太多／大樹不語／太多故事／孤軍老兵／已經不語……。」

在山腰吃了午餐，回頭望山峰，白霧纏繞著青山，美得不可思議，金三角在霧中無比的神秘。美斯樂的每個山峰，山上的一樹一草都有一個個故事，講不完寫不盡。我們轉到泰北義民文史館，其實就是國民黨孤軍九十三師紀念館，有三個大廳，第一個是相片展覽廳，首先是一大張地圖，標出當年孤軍的行軍路線，從中國到緬甸再到泰國北部，一路走一路打，帶著家屬帶著民眾，到達泰北紮下營地。一張張沾滿血和淚的發黃相片，令人心酸。第二個大廳是戰死和病死的軍人紀念廳，一個個老舊的靈位，顯示著一條條生命在戰亂中的犧牲。戰爭太殘酷太可怕了，面對著大靈堂我不敢拍照，怕驚動老兵的長眠，眼前所見的慘烈震撼我的心靈，久久不能平靜。雖然現在孤軍、老兵，和戰爭已經走進歷史，但留下的軌跡，是不能消磨的。第三個大廳，還是相片展覽廳，這是近代的相片，展示近年美斯樂的建設，老兵後代生活上的變化。七月是旅遊的淡季，館裏的遊客稀稀拉拉，館內外的設備都不夠，還需要有很多硬體軟體的補充，可是資金人力都是問題。

回曼谷後作了一首小詩〈記下〉參觀泰北義民文史館：「一張張發黃的照片／記下血和淚的歷史／一個個陳舊的靈位／記下在異域的慘烈／一名名感嘆的遊客／記下難忘的觀光點。」

我們接著到山下參觀了興華學校。學校很正規，教室操場具備，學生正在上課，校方正在舉辦教師電腦培訓班，有附近華校教師來參訓。楊校長和博夫認識，忙中抽空接待了我們，介紹了學校的近況。我深深欽佩在山中獻身教育事業的工作者，從心裏向他們致敬！美斯樂的希望就在這裏，我衷心希望未來的美斯樂更加美好。身臨其境，在本地遇到的青年小孩，都會講華語，令人親切，也體會到美斯樂華校華教的成功。

再接著是到皇太后夏宮花園遊玩，一下車我感到是在下雨，地上濕淋淋的，但藍焰說不是雨，是在下霧，啊！是霧，是大霧，好大的霧啊，人走在四、五米外，就看不見了。詩人說是人給霧吃了，人遊走在霧裏，飄飄欲仙，滿頭霧水，特別的詩意。我們先參觀了皇太后展覽館，聆聽了皇太后的生平事蹟，這裏使用先進的多媒體傳播工具，聲影光結合，向參觀者全面地介紹了皇太后的一生。

我們先參觀皇太后的夏宮，這是皇太后生前每年來避暑的行宮，一個大廳加上三間起居室，室內展示普通，但室外周圍的環境太好了，都是鮮花、都是大樹、都是綠草，空氣清涼新鮮。

再接著是參觀皇太后花園，園子好大好大，如果有時間可以在裏面遊玩欣賞一整天。我從來沒見過這麼多的奇花異草，種類繁多，造型奇異，都是珍品，好像全世界的最好的花樹都集中在這花園裏了，玫瑰、大理花、茶花等等，有一種是曼陀鈴花，像一個個白色吊鐘掛在樹上，美極了，同行提醒我不可走近，因曼陀鈴有毒會醉人，真想摘一朵回去，失眠時拿來聞聞。還有一種不知名的植物，葉子又大又綠，上面有許多圓洞，藍焰說是天生的，我說是蟲咬的，結果發現是蝸牛的傑作，林先生說是蝸牛的詩。

在此詩人邁不開步，一個勁地拍照，恨不得要把每一朵花，每一株樹，每一棵草都拍攝下來。這裏的花是那麼的嬌艷，樹是那麼的青蔥，草是那麼的翠綠，還有池塘裏的鴛鴦、天鵝，都是好景色好鏡頭。最後令人驚艷的是花園中心的雕塑——「生命的源泉」，一定要合照的。景色美極了，使人流連忘返。我們玩到花園要關門才出來，司機可能等得不耐煩了，藍焰特作了一首詩送他，〈獨離〉「對不起／司機／我沒準時到達約定的地點／山給我菜／水給我酒／我不自覺醉了。」

我也累極了，右腳已經在潮濕的天氣裏抽筋。回程他們都睡著了，只有我獨醒，車外下著小雨，獨自享受著清淨。後來看到藍焰睜開眼睛，問他睡了嗎，他說他在與山對話，又是口出一詩〈跟山對話〉「你靜坐著愁思著什麼？泉聲、鳥語讓我聽不到你的聲音／莫非雲煙害你蒼老？／鋒刀利斧／讓我聽不到／你的聲音。」真羨慕藍焰，旅遊作詩雙豐收。加上一路上聆聽林先生評詩，受益匪淺。

吃完晚餐回酒店歇息，累極就好睡。博夫一早就來接我們，今天他自己開車，先到美塞的蠍子山，站在山上看邊境，一條小河隔開泰國和緬甸，河對面就是緬甸的大其力，現在緬甸的發展很快，紅瓦綠屋一大片，可能就是賭場的所在地。在山上指點江山，盡致盡興，和巨蠍合照，以緬甸為遠景拍照存念。

接著下山送藍焰過境到緬甸，這裏是泰國最北端，有牌子為證。藍焰上了橋在境外，我們在泰國境內，又留下合照，真有意思。看到邊境線上人來人往，出入境很方便。而那些緬甸小孩子就在橋上跑來跑去，橋下水中游來游去，完全不在乎什麼邊境。博夫說《國際玩童》緬甸的邊境小孩：「早上出國來玩耍，中午回國吃午飯，下午再出國找朋友，晚上回國睡覺。」這可成了打油詩，也是真實寫照，說明兩國邊境人民和睦相處。還有緬甸山民（少數民族）過境到美塞賣菜賣水果的和行乞的，多不勝數。我們在美塞的市場逛逛，到博夫的店裏和本地朋友小夏店裏坐坐，當天是週六，市場很熱鬧，天氣也很熱。

不知不覺中午到了，藍焰從緬甸回來，買來一大堆唱碟，我們和小夏一起用過午餐之後，到了清萊飛機場，結束了兩天詩一般的旅遊，這兩天裏完全休假不工作，遠離大城市的污染、囂張和喧嘩，遠離電腦，不上網不上線，在山裏時，連手機都沒有訊號了，人在大自然中享受清涼假期，但休假後工作在等著，只得和清萊揮手作別，飛回曼谷了。

蓉子（新加坡）

半個商人，半個寫作人，一個兼職母親。出生於中國潮州金石，八歲去國，半生漂泊，從馬來西亞到新加坡，再旅居上海十載，近年又成蘇州新客。客串過新加坡作家協會副會長，寫作四十年，是個沒有初中文憑的作家。一甲子工夫經營三最愛：寫稿、做飯、掙錢。在新加坡所有華文報都寫過專欄。曾以「秋芙」為名回答社會服務信箱三十二年，嘻笑怒罵天馬行空，深受讀者熱捧。著有小說、散文、信箱文集等近三十部。近作《上海七年》、《今夜我想新加坡》，代表作還沒寫。二〇一〇年主編新加坡詩歌散文集《魚尾獅之歌》慶祝新中建交二十年。

榴槤情結（外一篇）

莫醫生從新加坡給我帶來一盒榴蓮，千里飄香的珍果，掀我半世紀的懷思。

已近兩年沒回新加坡，粿條我會炒，雞飯我能做，就是榴槤種不了。上海也有榴槤，泰國來的，硬得像咬蘋果，有色無味，形似味異，入口難解相思，真個是相見淨如不見！無奈一喜其香，二賴以調胃寒，每每三兩核入肚，胃病立止，當日見效。我家那對醫生兒媳就是百思不得其解，老媽子我毛病多，偏方亦奇。

我捧著這盒榴槤，如獲至寶，入夜在屋裏找個安身地，這東西最是偷吃不得，盒子未開，滿樓香溢，樓上當然去不得，後院有保姆怕怕，廳內又開著空調，陽光房裏也擔心：榴槤吃完了，香味變臭氣，幾天散不掉怎辦？

隔著紗窗，探屋外一片寂寂，涼意微透，夏夜綠地濕氣重，久坐又恐寒腿沉。為這榴槤，不辭園中去。放肆的蚊子興許也受不了這異香，主動撤離說不定，就怕香飄鄰窗，喚起幾家榴槤夢！

獨坐小園，啖食美味，享受著年輕人誠摯的厚意，遙想當年首回吃榴槤，是在馬來西亞小笨珍，猶是三尺小童，聽得人們說：你敢吃榴槤就能留得下來。而今驀然回首，驚愕！誰染了我半頭白髮？

我沒在馬來西亞留多久，八年吧，又來到新加坡，此一留，留下一生中的大半歲月，五味雜陳，不勝唏噓！

在這無星無月的晚上，莫名淡愁伴著榴槤濃香悄然闖入，半生漂泊，此身何所歸？人在申江，是客非客？茫茫然然！

過番、移民、旅居，這一大圈，帶回一個榴槤病。無論天涯何處，南洋風物自難忘。再求索，料是此生難再！

二〇〇六年六月二日

千里淚祭

親愛的許媽媽：

驟聞您仙去之訊，我黯然神傷！

您走了，我竟無緣相送！

兩月前，我回新，登門拜望，您迎我以極熱烈的擁抱。是日匆匆一敘，情也依依。臨別送至門口，您忽然問道：等我要去了，你會不會回來看我？

您的戲言，我早已習以為常，並未放在心上。

年來獅城上海，遙隔千里，音訊常通。月初致電問候，日日只聞鈴聲空響，一聲聲響得我心頭不安。後來探知您病了，又欣聞您康復了！

十八日傍晚，您在醫院，電話中告訴我：沒事。就要回家了。

您還叮嚀我凡事別太操心，要多照顧自己。

言猶在耳，誰知這竟是您大歸之前留給我的遺言。

一別成永訣！原來您歸期早卜。

我今不能哭拜靈前，惟掩涕撰文，告慰您於九泉！

千里弔君惟有淚，十載知己非因文。

您之於我，亦師亦友；您之言談，亦莊亦諧。忘年之交，情誼銘心！

您常說：我比你大了三十幾歲，為什麼說起話來我們就像老朋友！

其實，您是我生活上的導師。言行多美德，舉止不逾矩。雖登高壽，不論家居外出，總是整齊華貴，精神煥發。

您是新女性的典範，自立自足自尊自信。既有舊傳統的端莊慈愛，亦有新時代的豁達爽朗；集俠義、正直、善良、堅強於一身，更兼洞悉人情、寬容大度、見義勇為、逢善必行，守時、尊重、克己、明斷……是位令人喜於親近的智慧老人。

您終身喜愛戲劇、支持文化，一切與戲劇和文化有關的活動，您必鼎力相助。猶記數年前，好校長何蒙寫了一些苦學生的困境，感人至深，少年失學的苦澀重湧我心頭；那日恰與您閒聊，順口提及，焉知您即予支助，非但出了錢，還找來好友解囊。您出身官宦人家，蘭桂騰芳，本應不識人間疾苦，豈料劍膽琴心，至情至性，樂於助人；俠義之風猶如寒冬爐火，溫暖之功更似夜航燈塔。

六年前，當我甫卸老人院營生之時，您常在午後翩然而至，老少間無所不談，說往事，談兒孫，平淡恬靜，親切溫馨。問及傳聞中您於日寇來時義救一街鄰里的舊事，您豪邁壯語情似當年，談笑間彷彿又年輕；義勇風骨，教我肅然起敬！越年，我因宿孽苦磨心，您日日來電慰我於水火中。雪裏送炭，春風沐人；知我憐我，情勝慈母。貼心之親，欲忘也難。

我今在遙遠的上海，並無一碗一盆與您奠別。回憶往昔，呼朋喚友，笑語歡聲，共享佳餚，肥豬肉、大魚頭、菜飯、鴨腳……，於今臨風拜祭，泣禱忘年知己，九泉安息！

若有來生，希望您真的是我媽媽！

蓉子　二〇〇三年一月二十二日凌晨於上海

附記：許媽媽為新加坡巡迴大使許通美令堂徐粲鶯女士，與阮玲玉、胡蝶、周璇同期的上海明星。

潘碧華（馬來西亞）

一九六五年生於馬來西亞吉打州，祖籍廣東肇慶高要。馬來亞大學中文系學士、碩士，北京大學文學博士。作品以散文為主，著作有：《傳火人》、《我會在長城上想起你》、《揚眉女子》、《誰在夜裏敲鑼》、《錯過站的時候》、《馬大開門》、《當年沒見到你》、《在北大看中國》等。現任馬來西亞華文作家協會秘書長、馬大中文系高級講師，主要研究中國古代文學和馬華文學。

怕見老師

我從北大畢業回國，轉眼在馬大又服務了三年。終於等到了五個月的研究假期，讓我有機會回到北京，再過一次留學生活。從學生身分轉到訪學，我選擇了北大隔壁的清華。論講座之頻密，文藝表演之豐富，清華不及北大；論風景和人文氣氛，北大也更勝清華。為什麼不去北大而去清華了呢？我想了半天，說不出什麼好理由。

我想我是害怕回到那棟陳舊的宿舍吧。那棟有我三年回憶的宿舍，其實一點也不好，小小的雙人房就只能擺放兩張床和兩張書桌。我和我室友各占半壁江山，我們把雜物都藏在床底下。第一年冬天，我那位年輕的室友，把男朋友帶回房間親熱。我面對電腦，聽他們在我背後接吻。那一年，我學會了上網聊天，一聊就聊了大半個晚上。

或許我害怕每天使用公共廁所吧。我到過多間大陸大學的留學生宿舍參觀，到目前為止，最落後的要數北大。二〇〇一年我住進去，聽說新宿舍就要建好，第二年我們就可以換新環境，說歸說，直到我畢業，二〇〇八再到北京，中國學生換了新樓，留學生還住在那棟上世紀八〇年代的舊樓裏，日日與廁所異味為伍，還要排隊洗澡，因為一過十二點，就沒有了熱水供應。

我到清華去，已經打聽好外國研究生都分配到有獨立衛生間的單間，網絡設配非常好，足不出戶也不覺得寂寞。我的博士導師就住在清華大學南邊叫藍旗營的小區，從我的住處騎自行車到老師家去只要十分鐘。我住在清華，其實也方便我去拜訪老師。

我九月十五日到北京的，一直沒有機會見到老師。有時候電話沒有回音，有時是師母接的電話，說老師那段時間在開會，沒有精神見我們。十月二十五日，老師早期的研究生從美國回到北大演講，老師安排好在北京的同門一塊聚餐，我卻去了韓國參加研討會。十一月初我從廣西回到北京，老師又去了歐洲。

進入十一月，眼看我的假期只剩下一個半月，我卻還沒見到老師，同學們知道了都有點意外。聽說老師每個星期五下午給北大國學院的研究生上課，我決定到班上去看老師。

北京的冬天不適合出門，出門得穿上厚厚的羽絨服。出門之前，我掙扎了半天，才到宿舍樓下打了一輛出租車到北大去。車子穿過清華校園，路過藍旗營，直奔北大。司機說前面堵車，把我擱在路邊，叫我自己越過馬路進入校門。我悻悻然下了出租車，站到等待交通燈轉綠的人群中。

我的老師，也在人群中，高瘦的身子，花白的頭髮，我一眼就認了出來。

「老師，我跟您上課去。」我站到老師身邊，彷彿回到當年，也是同樣的這條馬路。男同學給老師提公事包，一伙人浩浩蕩蕩擁在老師後面，踏著雪地一起送老師回家。老師的和藹可親常常叫其他專業的同學仰慕，更羨慕我們同學之間融洽的感情。

老師先是有點意外，然後意料中似地點點頭，好像什麼都知道。靜默了幾秒鐘，老師忽然拍拍我肩膀，說：「碧華呀，你不要怕我……。」老師習慣在我們名字後加上尾音……。我來不及說什麼，前面的交通燈已經轉綠，我們隨著人群過了馬路，進入北大校園，很快就走到了課室，學生已經在等著上課，時間正好下午兩點。

我坐在課室的角落，看得出老師對我的出現很是開心。老師先將我介紹給他的學生認識，才開始講課。我在恍惚中繼續想，老師怎麼知道我說我怕見老師了呢？

說怕見老師是因為每回老師見到我，一定問起最近寫了什麼文章？什麼時候出版論文集？評了職稱沒有？老師已經七十三歲，每年都有學術著作出版，屢次得獎。老師的勤勞和關心，叫學生見面的時候慚愧。前年途經上海抓緊空檔到同學家拜訪，說起一起上課的舊事和後來的發展，無限感嘆。在他的名片上只見某某大學副教授的職稱，卻不見「北大」的痕跡，與我們名片上註明畢業自哪間大學的方式不同。

我的同學說，畢業了就只能靠自己，不能時常把北大掛在口頭上了。這幾年來，我出去參加國際學術活動，見面別人總會問畢業自哪一間大學，然後問讀什麼專業，最後還是會提到老師的名字。我的同學習慣地搔搔頭：「沒有什麼成就，哪裏好意思說自己是老師的學生啊？」我自畢業以來，每年都到北京一、兩次，每年至少見到老師一次。而我的同學畢業了五年，一次也沒回去北京。比起讀書時代，他的頭髮越見少了，我的同學又搔搔他的頭，說：沒有成就，羞見老師啊……。

同樣的話，我也經常說。這次到了北京快三個月了，還沒去見老師，想是這番話已經讓其他同學轉述給老師，老師才忽然叫我不要怕他。

一個星期後，我終於踏入了老師的家，也見到了師母。我找了個時機，告訴老師，我不是怕他，我只是怕他問我什麼時候出版論文集。老師聽了，仰頭哈哈大笑，說：「那我不問就是。」我心裏一鬆，接著聽到：「但是，我還是要提醒你……。」

二〇〇八年的最後一天，我結束了長假，回到了馬來西亞，農曆新年也近了。前幾天，收到一則問候短訊，是一位畢業多年的馬大學生發過來的。我立刻給她撥了個電話，電話連響兩次都沒有人接聽。良久，短訊再次傳來：對不起，老師，跟你說話心理有壓力，所以沒有勇氣接聽……。

我也給她回了短訊：沒關係，我也怕我的老師。

寧泠（菲律賓）

土生土長於臺灣，從未將教職放在生涯規畫中，因此，大學數學系畢業後即投身國際貿易工作計十年，之後，為了懷老二而辭去繁忙的工作，成為全職家庭主婦。一九九三年一月二十七日，攜二稚女與夫客居菲律賓。鑑於孩子的就學問題，也因為便於照顧的因素，那年六月起從事華教工作，歷任幼教中文老師、小學中文老師、中學華文教師以及中學、大修二中文數學教師，前後共十六年。日前已回歸為全職家庭主婦，偶有文章見於僑社報端。

迷思

之一　家庭教育 VS. 學校教育

二月二十七日，檢討過最後一次平測考卷，放眼看向班上那群正值青春期的孩子們，感受著周遭正發酵的蠢動氛圍……再一分鐘，下課鐘聲將會響起！隨著腕錶上秒針的移動，思緒不禁跟著起伏：又是一個學年了！孩子們究竟從我這兒學到了多少？

回到教員室，洗去臉上手上的粉筆灰，喝口保溫杯裏的熱茶，思緒再次跟著裊裊上升的熱氣翻騰：好快！轉換跑道後第一年教導的學生就要畢業了！再三十分鐘，我將在五樓的大禮堂，觀賞孩子們在畢業前夕為終年辛苦耕耘的老師們策畫的獻禮——謝師會。

我坐在禮堂的一角，謝師會上，各班的優秀生均代表同學上臺抒發畢業感言。五位代表操著一口漂亮流利的國語，娓娓道出對學校、對師長們的感激之意，以及對同學們的依依之情。五位代表中，有兩位曾是我中二代數班的學生，其中一位，當年更是讓我這個初來乍到的「新」老師震動萬分……！他，就是李羅丹同學，一個道道地地、土生土長的菲律賓小孩。

羅丹在講演中以感性的語調道出，剛開始，每當老師教書時，他都需要費好幾個鐘頭才能夠領悟出書中的意思；老師用閩南話跟他交談時，他都要請同學幫他解釋。當時，他真的覺得自己沒有希望了，因為家裏根本沒有人能幫得上忙。然而，就在學校的悉心栽培、老師的諄諄教導之下，十年後的今天，他已是一個完全不一樣的人。如今的他，不但會說華語、會寫中國字，更能站在臺上用國語致詞。因此，他懇切地呼籲同學們，好好的珍惜每一個學習中文的機會。最後，他與同學們共勉，未來將把最好的才能表現出來，以報答母校的教育之恩。他說：「母校的好，我們會永遠記得；我們的好，也讓母校永遠驕傲。」

約莫兩分鐘的講演，羅丹全程未看稿，以生動自然的表情語調，咬字清晰且發音幾近完美地、流暢地表達出他內心深處的感慨與感恩。他的致謝詞獲得了滿堂采，全場報以最熱烈的掌聲。終場，老師們更予以最大的讚許與肯定。後來聽說，羅丹由於天生一副好歌喉加上可愛的模樣，以及勤學好問的求學態度，自小便引起師長們的注意。於是，在老師們的全心培植和積極鼓勵下，羅丹不僅在英、菲語學科方面學冠同儕，更能自在地悠遊於華裔子弟普遍認為艱澀難學的中文領域，甚且經常領先群倫。執教十一年來，對我來說，他可真是個異數！

三月二日，華報登出〈純菲人學華語〉一文，再度震動我心，似乎另一個異數正在哺育！Rencie，一個七歲大的土生菲女孩，彷彿是當年小羅丹的再版。由於老師們的惜才、鼓勵與家長的全力支持，Rencie雖出身純菲式的家庭，卻能在初試啼聲時一舉奪下華語講故事比賽的第二名。相較於華族家庭中，屢見父母與孩子在中文老師面前以菲語交談，相信，在家長的堅持與Rencie自身的持續努力下，假以時日，她必然綻放光芒，取得更輝煌的成績！

走筆至此，思緒隨之飄浮、茫茫然……！家庭教育和學校教育是互補的，但是，如何釐清它們各自占有的比例？羅丹說：「一顆種子會成長，是因為有太陽、有水，還有肥沃的土地，它才能健健康康的成長，我們就是那顆種子……。」我想，經常移植種子于不同土質的地下，是絕對行不通的！

之二　教人VS.教書

歲末，Abad Santos與Recto的十字路口，年輕的女人抱著兩眼滴溜溜轉的幼兒，蹇步於車陣中……房車裏，一個婦人就著搖下的窗縫遞出銅板……；收放之間的些微落差，銅板掉了地。女人看了看地上的銅板，毫不猶豫地又一次伸出手。窗縫那頭，再次遞出另一個銅板。握著銅板的女人，放下了抱在手上的娃兒，要他拾起原先那枚掉落的銅板。

這是朋友親眼目睹的真人真事。

初執教鞭時，總喜歡利用十五分鐘的休息時間，觀察學生課堂外的行為舉止，希望能觀微知著，藉以深一層瞭解那些幾乎全盤接受「番」文化的孩子們。那時，瞧見學生端出一副理所當然的模樣，忽左忽右地伸手向同學討取正享用著的食品時，心裏總是一陣又一陣的納悶。小時候，父母叮嚀我們：看到別人吃東西時，不能開口向人要，因為，那像是乞丐，是一件很難為情的事；稍長入學受教，當老師教到校訓「禮義廉恥」時，更以此為「恥」之範例。為什麼僅僅一水之隔，雖同為炎黃子孫，道德理念與價值觀之差異竟是如此這般？

八〇年代，列名亞洲四小龍的南韓、香港、臺灣和新加坡，何以在經濟起飛帶來繁榮富庶之後，並未因而衍生與其雷同的諸多社會亂象，而能依舊保有樸實的民風與井然的社會秩序？於是，他們開始了抽絲剝繭式的研討……。最後，悠久的中華文化以及優質的儒家思想自此昭然發亮，受到世人齊聲稱道！

分享，是天主教的教義之一，更是具有普世價值的美德之一；分享，能使有無相通，致人與人之間顯得融洽，讓社會趨向祥和。然若在傳誦此一懿行之同時，能夠適切地賦予區分主客的觀念，使得道德理念與價值觀的模糊地帶盡量縮小，總的來說，不也正是發揮了我們中華文化裏，道德學說與倫理思想的互補作用?!

今天，在菲華子弟華文水平日趨低落的事實衝擊下，「將華語當作第二語言來教」這個議題，終究是被正視了，被搬上了檯面加以討論！然而，值此之際，被譽為人類靈魂的工程師的教育從事者，是否能夠意隨境轉，在心態上與教學方針上酌以調適?

「師者，所以傳道受業解惑也。」，我想，此一聖訓並不僅是闡明了教師的三大職責，它更隱含了循序天成的妙思。因為，我們生活上所遭遇到的，點點滴滴都可匯為一條條的「道」，而這也是最能引起學生興趣與得到共鳴的教材與捷徑；有了興趣與共鳴，自然激發其求知慾，至此，授業的成效必然事半功倍；汲取了學識，自能驗證並強固已有的道德理念與價值觀，進而通達事理、不生疑惑，昂首闊步於天地之間！畢竟，一項工程（樹人）的完善實用與否，是應該兼顧軟體建設（教人）和硬體設施（教書）的；再者，華教的薪傳不只是華語文的傳授，更重要的，是文化的傳遞與闡揚。

行筆至此，似乎瞥見中華文化的內涵，像是蘊藏了一顆顆晶亮的寶石，正熠熠發光、一閃一閃地向我們的子弟招手，要他們好生去探索哪！

劉泰坤（泰國）

泰北出生。畢業於泰國清邁大學，現居住在曼谷。愛好文藝創作，擅長寫散文和散文詩，常有作品發表在泰國《世界日報》湄南河副刊、《新中原報》大眾文藝和《泰華文學》。

打開

我喜歡打開的感覺。

打開一扇窗，看到新的景象；打開一本書，接受新的思維；打開一個人，看到更深的內心感受；都能帶給我欣然的感覺。

人生是重複的，在重複的道路上，我渴望能為自己打開新的感受，以新的角度看到不同的風景。

其實是打開自己。

打開自己，需要一些外來的撞擊，在舊有的道路上，撞擊出新的視野，新的思維，新的領悟。

情緒有時會無端低落，每一次情緒低落，都會使人深深沉溺，沉溺在更深的自己裏，引發更深的思索，更深的自我探索，自我分析，自我了解。

挫折有時會使人悲觀，但它也為人打開了一些盲點，讓人以不同的角度重新思考，找到新的出發點。

一扇門關閉了，就會有另一扇門開啟。往正面思考，每一種際遇都為我們的人生，打開了生命中的一些什麼；往負面思考，卻可能永遠只看到關閉了的門而把自己緊閉。

努力打開了機會，失意打開了淡泊豁達的心胸，成功打開了道路。

一片落葉打開了秋天，一朵花打開了天堂，一道彩虹打開了心靈的美感，一片天空打開了胸襟，一個人打開了另一個世界，一隻蜻蜓打開了記憶。

打開的感覺，真正美好。

我給你時間

「我給你時間。」一個人肯給你時間，或你肯給自己時間，是一種寬大慈祥的給予。

當你感覺人生再已無路可走，在絕望的處境裏，不要把自己逼到絕境，給自己一點時間，就是給自己一條活路，人生峰迴路轉，再次擁有無限的空間。

一位母親給予孩子時間，給的是無限的愛與包容。

一位長輩給晚輩時間，他給的是讓一個人成長的空間。

一個女人肯給一個男人時間，給的是痴情與珍惜。

一個朋友肯給你時間，他給的其實就是友情。

時間是一條漫長的路，給你時間，讓你遠行，等你歸來。

「我給你時間，我等你。」其實是一種深情的守候。

是的，給我時間，讓我去經歷，去失去，去擁有，去成長，去領悟，去回憶，去滄桑。

於是，走過的滄桑歲月，不再只是自己的人生，更是許多人的歲月許多人的生命滄桑。

時間是一條迂迴曲折的路，遠行的你，其實沒有走遠，而是越遠越靠近，越久越清晰。

當你感覺自己的人生已走至某一個絕境，請給自己時間，給自己一條路，你會再次發覺，前面的道路，仍然四通八達，許多人都在給你時間，給你道路，等你歸來。

跋 群雁歸來

才別「漂鳥」（註一），即迎「歸雁」。浩渺蒼穹，藍天任鴻鵠高飛，金風送大雁南歸。跨越國界、族群、更跨越性別、描寫各地華族移民生活感受的文學作品，是華文女作家對世界華文文學的一大貢獻。帶著原鄉文化的印記，飛向遠方，采風耕耘於他鄉，像經過精心嫁接的果實，又回歸原鄉。依然帶著故鄉的泥土氣息，卻又散發出異域的芬芳，這也是這本東南亞華文女作家文集的作品所帶給讀者的驚喜。

收入本書的是六十八篇來自菲律賓、馬來西亞、新加坡、泰國、印尼、越南、汶萊、緬甸這八個國家女作家的作品。我們不能說這些作品反映了東南亞華文文學的全貌，但至少可以說是一個縮影。

著名詩人瘂弦在〈從歷史發展條件看華文文壇成為世界最大文壇之可能性〉（註二）一文中，從歷史角度，對東南亞華文文學與中國大陸文藝界的淵源有很好的闡述。他指出：「第二次世界大戰前後，東南亞各國的星華（新加坡）、馬華（馬來西亞）、菲華（菲律賓）、印華（印尼）、泰華（泰國）、越華（越南）文壇如雨後春筍相繼誕生，由於此一地區距祖國較近，與大陸文藝界淵源深厚，生活在本土的作家也有很多遠赴南洋，或創辦報紙，或主辦刊物，如郁達夫、胡愈之在新加坡，巴人（王任叔）在印尼，都留下了可觀的文學業績，影響深遠。這種互通聲氣的雙向交流，使海外文壇與本土文壇形神相通，創造了同其血緣卻各具風格的文學風貌，而海外華文文學的特殊情調與異國風味，也豐富了中國原鄉文學的內涵。」（註三）

東南亞地區是海外華文文學發展最早的地區之一，當其他地區的華文文學還處於墾荒階段時，東南亞華文文學已形成氣候。當其他地區的華文作家大都還是新移民時，這裏的大部分作家要不是幼小時隨父母移居，就是移民的第二代或是第三代。當其他地區的作家還在「**原鄉**」與「**異鄉**」之間徘徊，在情感上尋求磨合；東南亞的華文作家們已與居留地多元的本土文化，有著自然的連接與情感。也許正因為此，東南亞華文女作家們的作品中，雖然有著厚重的中華民族烙印，卻是少了些在其他地區華人新移民創作中散聚的悲涼心態。帶著濃郁的南洋生活氣息，這地區的文學作品既是所在國文學的一部分，也同時是華文文學繁茂的枝幹，具有跨文化跨疆域的特徵。

華文文學在東南亞至今繼續蓬勃發展，不能不歸功於當地華文教育及文學工作者。縱觀文集的六十八位女作者，從事大、中、小學華文教育及華文傳媒、文學刊物編輯工作的竟占了近三分之二。這地區的文學筆耕者，有留學中國大陸或臺灣，或是來自這兩個地方的新移民，也有土生土長在當地受教育的華裔，生活在非華語語境以及學習華文的困境下，受著居留國異族文化自然融合的衝擊，是他們在艱難且受到打壓下的堅持，一代代的努力呵護，才能使中華文化和漢字語文得以在海外傳承，使華文文學得以發揚光大。

東南亞地區的女作家在上一世紀七、八〇年代已作為一個群體湧現，並迅速發展，在文壇上不讓鬚眉，尤以菲律賓、馬來西亞、新加坡為最。深廣的現實生活和哲學的思考顯示出女性文學作品的深度和廣闊的視野。限於篇幅和字數，本書收入的不一定是作家的代表作，但多為作者反映新世紀生活風貌的精心創作，具有新時代的地區特色，希望藉此引起讀者和研究者的興趣，從另外一個角度來欣賞、來評估這個地區獨特又多姿多彩的文學成就。

感謝臺灣商務印書館總編輯方鵬程先生及編輯部各位同仁在文學書籍出版的困境下，繼《漂鳥》一書出版後，再次支持出版《歸雁——東南亞華文女作家選集》，為海外華文文學史的研究又提供了一份嶄新的資料。

加拿大華人文學學會的策畫，瘂弦先生的指導，文野長弓和林楠兩位先生全程參與編審工作，在此致以謝忱。

感謝陳鵬翔教授、白舒榮女士為本書寫序，他們獨特、專業的見解是對讀者的導讀，對作者的肯定，也是對編者的激勵。

我們感到榮幸的是自徵文消息一發出後，立即得到東南亞各地老中青三代作家的回應，這裏有成名的資深作家，也有東南亞新生代女作家的領軍代表，更有初試啼嚶的文壇新秀，是她們的生花妙筆將南洋的萬種風情繪聲繪色地呈現在讀者眼前。當然我們更要感謝泰國的夢凌和楊玲、馬來西亞的愛薇、和菲律賓的靖竹這幾位作家朋友的協助約稿和催稿。

眾志成城，群策群力，才使大雁滿懷激情地千里飛翔，是南飛或北歸，它們都是乘著漢字語文的翅膀，尋找到祖先文化的精神家園。

文集專輯篇目排列以姓氏筆劃為序，如有疏漏不到之處，尚祈作者諒鑒。

《歸雁——東南亞華文女作家選集》主編

林婷婷、劉慧琴

二〇一一年十月五日

註一：《漂鳥——加拿大華文女作家選集》，臺灣商務印書館出版，二〇〇九年十二月。

註二：瘂弦：〈從歷史發展條件看華文文壇成為世界最大文壇之可能性〉《漂鳥》i頁。

註三：瘂弦：〈從歷史發展條件看華文文壇成為世界最大文壇之可能性〉《漂鳥》vii頁。

新萬有文庫

歸雁——東南亞華文女作家選集

作者◆林婷婷．劉慧琴主編
策劃◆加拿大華人文學學會
發行人◆施嘉明
總編輯◆方鵬程
主編◆葉幗英
責任編輯◆徐平
美術設計◆吳郁婷

出版發行：臺灣商務印書館股份有限公司
台北市重慶南路一段三十七號
電話：(02)2371-3712
讀者服務專線：0800056196
郵撥：0000165-1
網路書店：www.cptw.com.tw
E-mail：ecptw@cptw.com.tw
網址：www.cptw.com.tw

局版北市業字第 993 號
初 版 一 刷：2012 年 1 月
定價：新台幣 420 元

ISBN 978-95705-2661-5

歸雁：東南亞華文女作家選集／林婷婷・劉慧琴
主編. --初版・--臺北市：臺灣商務，2012.01
面；公分・--（新萬有文庫）

ISBN 978-957-05-2661-5（平裝）

839.9 100021009

《海邊的咖啡店》
楊 明 著
定價 220 元

中篇小說集，共收錄〈海邊的咖啡店〉、〈第一場雪〉、〈幽靈郵票〉三篇。

其中〈海邊的咖啡店〉探討現代人的愛情、友情，在面對消逝的生命，不可挽回的命運，複雜糾結的心情，藉由自我的省視，尋找面對後續人生的勇氣與智慧。〈第一場雪〉呈現的是一個年輕女孩如何為了守候自己的愛，反而擺盪在三個男人之間的愛情故事，對於愛情有細膩的描寫、深刻的探討。〈幽靈郵票〉則是一篇科幻推理小說，藉著一枚世界上未知國度印製的郵票，講述寬恕的可貴。

讀者回函卡

感謝您對本館的支持，為加強對您的服務，請填妥此卡，免付郵資寄回，可隨時收到本館最新出版訊息，及享受各種優惠。

■ 姓名：________________ 性別：☐ 男 ☐ 女

■ 出生日期：________年________月________日

■ 職業：☐學生 ☐公務(含軍警) ☐家管 ☐服務 ☐金融 ☐製造
☐資訊 ☐大眾傳播 ☐自由業 ☐農漁牧 ☐退休 ☐其他

■ 學歷：☐高中以下（含高中）☐大專 ☐研究所（含以上）

■ 地址：________________________________

____

■ 電話：(H) ________________ (O) ________________

■ E-mail：________________________________

■ 購買書名：________________________________

■ 您從何處得知本書？

☐網路 ☐DM廣告 ☐報紙廣告 ☐報紙專欄 ☐傳單
☐書店 ☐親友介紹 ☐電視廣播 ☐雜誌廣告 ☐其他

■ 您喜歡閱讀哪一類別的書籍？

☐哲學・宗教 ☐藝術・心靈 ☐人文・科普 ☐商業・投資
☐社會・文化 ☐親子・學習 ☐生活・休閒 ☐醫學・養生
☐文學・小說 ☐歷史・傳記

■ 您對本書的意見？（A/滿意 B/尚可 C/須改進）

內容 ________ 編輯________ 校對________ 翻譯________
封面設計________ 價格________ 其他________

■ 您的建議：________________________________

____

※ 歡迎您隨時至本館網路書店發表書評及留下任何意見

臺灣商務印書館 The Commercial Press, Ltd.

台北市100重慶南路一段三十七號 電話：(02)23115538
讀者服務專線：0800056196 傳真：(02)23710274
郵撥：0000165-1號 E-mail：ecptw@cptw.com.tw
網路書店網址：http://www.cptw.com.tw 部落格：http://blog.yam.com/ecptw
臉書：http://facebook.com/ecptw

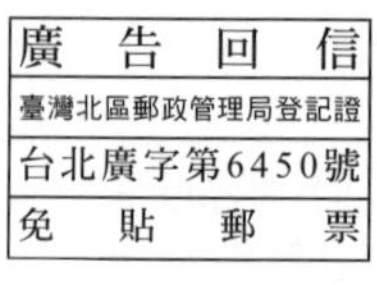

廣 告 回 信
臺灣北區郵政管理局登記證
台北廣字第6450號
免 貼 郵 票

100台北市重慶南路一段37號

臺灣商務印書館　收

對摺寄回，謝謝！

傳統現代　並翼而翔

Flying with the wings of tradtion and modernity.